中国当代文学经典必读

中国当代文学经典必读

2004中篇小说卷

吴义勤 ◎ 主编　崔庆蕾 ◎ 点评

ZHONGGUO
DANGDAI
WENXUE
JINGDIAN
BIDU

百花洲文艺出版社

图书在版编目（CIP）数据

中国当代文学经典必读.2004中篇小说卷 / 吴义勤主编. –– 南昌：
百花洲文艺出版社，2021.10
ISBN 978–7–5500–3878–3

Ⅰ.①中… Ⅱ.①吴… Ⅲ.①中国文学 – 当代文学 – 作品综合集
②中篇小说 – 小说集 – 中国 – 当代 Ⅳ.①I217.1

中国版本图书馆CIP数据核字（2020）第210125号

中国当代文学经典必读·2004中篇小说卷

吴义勤　主编

出 版 人	章华荣	
责任编辑	童子乐	
书籍设计	方　方	
制　　作	何　丹	
出版发行	百花洲文艺出版社	
社　　址	南昌市红谷滩区世贸路898号博能中心一期A座20楼	
邮　　编	330038	
经　　销	全国新华书店	
印　　刷	江西千叶彩印有限公司	
开　　本	850mm×1168mm 1/16	印张 22.75
版　　次	2021年10月第1版	
印　　次	2021年10月第1次印刷	
字　　数	370千字	
书　　号	ISBN 978–7–5500–3878–3	
定　　价	42.00元	

赣版权登字　05-2020-208

邮购联系　0791-86895108
网　　址　http://www.bhzwy.com
图书若有印装错误，影响阅读，可向承印厂联系调换。

我们该为"经典"做点什么?

吴义勤

　　当今时代，对经典的追怀和崇拜正在演变为一种象征性的精神行为，人们幻想着通过对经典的回忆与抚摸来抵抗日益世俗和商业化的物质潮流。在这一过程中，一方面，经典作为人类文学史和文明史的基石与本源，其价值得到了充分的认同与阐扬；另一方面，经典的神圣化与神秘化又构成了对于当下文学不自觉的遮蔽和否定。可以说，如何面对和正确理解"经典"，正是当代中国文学必须正视的一个问题。

　　什么是经典呢？就人类的文学史而言，"经典"似乎是一个约定俗成的概念，它是人类历史上那些杰出、伟大、震撼人心的文学作品的指称。但是，经典又是无法科学检验的主观性、相对性概念。经典并不是十全十美、所有人都认同的作品的代名词。人类文学史上其实根本就不存在十全十美、所有人都喜欢、没有缺点的所谓"经典"。那些把"经典"神圣化、神秘化、绝对化、乌托邦化的做法，其实只是拒绝当下文学的一种借口。通常意义上，经典常常是后代"追认"的，它意味着后人对前代文学作品的一种评价。经典的标准也不是僵化、固定的，政治、思想、文化、历史、艺术、美学等因素都可能在某种特殊的历史条件下成为命名"经典"的原因或标准。但是，"经典"的这种产生方式又极容易让人形成一种错觉，即"经典"仿佛总是过去时、历时态的，它好像与当代没有什么关系，当代人不能代替后人命名当代"经典"，当代人所能做的就是对过去"经典"的缅怀和回忆。这种错觉的一个直接后果就是在"经典"问题上的厚古薄今，似乎没有人敢于理直气壮地对当代文学作品进行"经典"的命名，甚至还有人认为当代人连写当代史的权利都没有。

　　然而，后人的命名就比同代人更可信吗？我当然相信时间的力量，相信时间会把许多污垢和灰尘荡涤干净，相信时间会让我们更清楚地看清模糊的、被掩盖的真相，但我怀疑，时间同时也会使文学的现场感和鲜活性受到磨损与侵蚀，甚至时间本身也难逃意识形态的污染。我不相信后人对我们身处时代"考古"式的阐释会比我们亲历的"经验"更可靠，也不相信，后人对我们身处时代文学的理解会比我们亲历者更准确。我觉得，一部被后代命名为"经典"的作品，在它所处的时代也一定会是被认可为"经典"的作品，我不相信，在当代默默无闻的作品在后代会被"考古"挖掘为"经典"。也许有人会举张爱玲、钱锺书、沈从文的例子，但我要说的是，他们的文学价值在他们生活的时代就早已被认可了，只不过新中国成立后很长时间由于意识形态的原因我们的文学史不允许谈及他们罢了。

这里其实就涉及了我们编选这套书的目的。我认为，文学的经典化过程，既是一个历史化的过程，又更是一个当代化的过程。文学的经典化时时刻刻都在进行着，它需要当代人的积极参与和实践。文学的经典不是由某一个"权威"命名的，而是由一个时代所有的阅读者共同命名的，可以说，每一个阅读者都是一个命名者，他都有命名的"权力"。而作为一个文学研究者或一个文学出版者，参与当代文学的进程，参与当代文学经典的筛选、淘洗和确立过程，正是一种义不容辞的责任和使命。事实上，正是出于这种对"经典"的认识，我才决定策划和出版这套书的，我希望通过我们的努力，真实同步地再现21世纪中国文学"经典化"的进程，充分展现21世纪中国文学的业绩，并真正把"经典"由"过去时"还原为"现在进行时"，切实地为21世纪中国文学的"经典化"作出自己的贡献。与时下各种版本的"小说选"或"小说排行榜"不同，我们不羞羞答答地使用"最佳小说"之类的字眼，而是直截了当、理直气壮地使用了"经典"这个范畴。我觉得，我们每一个作家都首先应该有追求"经典"、成为"经典"的勇气。我承认，我们的选择标准难免个人化、主观化的局限，也不认为我们所选择的"经典"就是十全十美的，更不幻想我们的审美判断和"经典"命名会得到所有人的认同，而由于阅读视野和版面等方面的原因，"遗珠之憾"更是不可避免，但我们至少可以无愧地说，我们对美和艺术是虔诚的，我们是忠实于我们对艺术和美的感觉与判断的，我们对"经典"的择取是把审美和艺术放在第一位的。说到底，"经典"是主观

的，"经典"的确立是一个持续不断的"过程"，"经典"的价值是逐步呈现的，对于一部经典作品来说，它的当代认可、当代评价是不可或缺的。尽管这种认可和评价也许有偏颇，但是没有这种认可和评价，它就无法从浩如烟海的文本世界中突围而出，它就会永久地被埋没。从这个意义上说，在当代任何一部能够被阅读、谈论的文本都是幸运的，这是它变成"经典"的必要洗礼和必然路径，本套书所提供的同样是这种路径，我们所选的作品就是我们所认可的"经典"，它们完全可以毫无愧色地进入"经典"的殿堂，接受当代人或者后来者的批评或朝拜。

感谢百花洲文艺出版社对我的经典观的认同以及对于这套书的大力支持，感谢让这个文学工程可以在百花洲文艺出版社这个平台美丽绽放。我们的编选仍将坚持个人的纯文学标准，而为了更好地阐析我们的"经典观"，我们每本书将由青年学者对每一篇入选小说进行精短点评，希望此举能有助于读者朋友对本丛书的阅读。

目 录

草地上的云朵

迟子建

　　吉普车到了山路上，就像害了咳嗽病的老人——捶胸顿足、一唱三叹地走，天水和青杨被颠得直嚷肠子要断了。

　　"断了肠好！一会儿到了伊里库，刚好给你俩接上两截猪肠子，省得你们长一肚子的花花肠子！"坐在副驾驶位置上的杨乾摇下车窗，将一口痰吐出去。

　　天水说："爷爷，人肠子本来不花，要是接上猪肠子，那才叫花花肠子呢！"

　　司机张迷糊"扑哧"一声乐了，他对杨乾说："局长，您孙子才十岁，脑子可是比我这四十来岁的都灵，您将来算是有指望了！"

　　杨乾心满意足地"哼"了一声，笑着说："如今这当儿做女的，哪个不图自己清闲，我还能指望上这小王八蛋？将来我两眼一闭，他能戴着孝帽子往我灵前的长明灯里添上几滴油，就算我老杨积德了！"

　　天水说："爷爷，你不能说我是小王八蛋，那样你不是骂自己是老乌龟么！"

　　张迷糊笑得肩膀直抖，快要把不住舵了，吉普车撒了欢了，左冲一下，右突一下的，仿佛咧着两个大嘴角也跟着笑。

　　先前天水把手伸到车窗外，捉了只迎风飘舞的花大姐，已经把玩够了，正想打发了它，爷爷说他是小王八蛋，让他起了捉弄爷爷的念头。他欠起身，悄悄把花大姐投到爷爷的脑壳上。爷爷谢了顶，只有四圈的头发尚存光芒，中央地带已是油光锃亮的一片空场，他觉得那正是花大姐嬉戏的乐园。不知是人老了感觉迟钝，还是颠簸着的吉普车分散了爷爷的注意力，天水和青杨欠着身，眼见着花大姐如鱼得水地在爷爷的头顶手舞足蹈地游逛，爷爷却浑然不觉，他们不由得嘻嘻笑了起来，但一个坑很快粉碎了他们的笑声，车子剧烈地弹跳了一下，惯力拔起了他们的身子，使他们的头磕在了顶棚上。两人跌回后座，捂着头呻吟着。

张迷糊说："磕着头了吧？我说让你们把好扶手，你们以为这路是城里的路？这路可是长满了脓包，你不小心踩破一个，就会弄一身的脓水！"

杨乾向左偏了一下头，对张迷糊说："不会比喻就别乱打比方，你这脓包脓水的一通说，我连吃杀猪菜的胃口都没了！"

杨乾这是在双休日专程去伊里库吃杀猪菜的。伊里库离他们所在的县城有两百多里路，那是一个临江的乡，乡长冯七上次来县里开农业工作会议时，就邀请杨乾来伊里库吃杀猪菜。前天，冯七打来电话，高声大气地对杨乾说："杨局长，伊里库的青苞米和香瓜下来了，小猪也养壮了，您老来尝个鲜吧！"伊里库乡政府只有一部电话，所以那里的人一打电话都习惯吼着说，好像他们身处遥远，声音也会跟着遥远，不如此别人就听不见似的。

杨乾本来要独自前往的，可放了暑假的孙子一听说爷爷要去伊里库，就闹着要同去，坐在车上享受两百多里路的风光以及那个陌生的乡，是对天水最大的诱惑。杨乾说："让你去趟伊里库也没坏处，那里晚上只来一小会儿电，没有自来水，你去看看那里的孩子吃的苦，就知道自己是身在福中不知福了！"

青杨是天水姑姑家的孩子，大天水两岁，开学该读五年级了。小哥俩每逢寒暑假都要三天两头凑到一起玩耍。他们嬉戏的天地基本是在居室，把形形色色的玩具战车分成两个营垒对阵，或者放动画片的影碟。家长们不敢让他们到街巷中玩耍，怕往来的车辆撞着他们，更怕不三不四的人拐骗了他们，因为三年前就有一个七岁的男孩被一个外地流窜来的人贩子用一块巧克力给拐走，两年后那小孩被解救回来时，他妈妈已不认得儿子了，她疯了，终日披头散发地在街上行走，一声一声地叫着："儿啊——妈的肉啊——儿啊——妈的肉啊——"天水来伊里库，自然要有青杨陪伴。青杨管天水叫"老弟"，而天水则称青杨为"老哥"。

老哥老弟并不是没有出过门，但他们去的都是比县城还要大的地方。大城市沸腾的人潮、层层叠叠的楼群、密集的车流以及闪烁不休的霓虹灯，成了他们向其他小朋友炫耀的一种资本。他们是头一回去比所居住的

县城要小得多的地方，所以神情中既带着几分好奇，也有几分不屑，这从他们的谈话中可以看出来。当张迷糊抱怨山路难行时，天水就说："还是咱们城里的水泥马路好，车跑在上面飘轻飘轻的！"青杨则像大人似的叹了口气，说："这路这么难走，伊里库的人猴年马月不出来一次，还不都得给憋傻了！"

车行了一百多里后，太阳升得高了，阳光仿佛给森林打了层蜡，晃得他们睁不开眼。持续的颠簸让他们有些晕车，所以他们不像先前那样为森林中成片的白桦树和五颜六色的野花而惊叫，更没精神在意杨乾头上花大姐的去向了。

"小东西们怎么没声了？"杨乾回头望了一眼昏昏欲睡的天水和青杨，笑着对张迷糊说，"妈的，给颠晕了，真不禁折腾！我说不让他们来，他们非要跟脚么，以为坐车有多自在呢！"

张迷糊说："等到了伊里库，杀猪菜一端上桌，俩小东西咣咣一通吃，就欢蹦乱跳了！小孩子的精神头哪像这辆破车，没马力！"

杨乾说："你就别抱屈了，一个民政局，有辆破吉普，就算不错了，不管咋地它也是四个轮子的啊。你要是有本事，调到税务局、财政局和烟草专卖局去，那些局长的屁股值钱，坐的车个个马力足！"

张迷糊朝窗外吐了一口痰，说："局长，别看您快退休了，咱民政局又不是有实权的局，可我就喜欢给您开车！您说我都往五十奔的人了，侍候您说的那些年轻局长，那不等于老子侍候儿子？再说了，那些局长应酬多，晚上没闲着的时候，我就是乐意天天晚上停着车跟狗似的在饭店和歌舞厅门前等他们，我老婆也不答应呢！"

杨乾不无得意地说："那你就在民政局耗到退休算了，富不了，可也穷不着！"

"那——是——啊——"张迷糊快意地打了两声口哨，拉着长腔说，"毕竟还有人请我们吃杀猪菜呢！"

天水和青杨其实都没睡着，他们眯着眼，听着大人的话。他们很后悔没有戴上凉帽，杨乾说森林的风比扇子还厉害，热不着他们。他们还后悔没有带上两瓶矿泉水，也是杨乾说了，沿途到处是溪流，那水清冽甘甜，渴了可以随时随地喝。谁料森林中的太阳如此毒辣，它投下来的光炽热而沉闷，所以即使落着车窗，行驶的车又带来微微的风，他们还是感觉不到凉快。再说那溪流，有倒是有，张迷糊也曾停车让他们下去掬捧水喝，可他们到了溪畔一看，水里不但有石子、绿苔和倒木，还有大脑袋小尾巴的蝌蚪飘来荡去的，他们真怕把蝌蚪也喝进肚子里，隔不多久再从嘴里吐出只蛤蟆来。小哥俩只能悻悻地又回到车上。而这辆老爷车呢，的确是风烛残年了，挡风玻璃上满是划痕，座椅也塌陷了，坐在其上就跟跌进坑里一样。最要命的是它爬着爬着坡就会熄火，惊出人一身的冷汗。这车在城里行驶着时，是看不出大毛病的，一遇山路，犹如兔子遇见了猛虎，哆哆嗦嗦的，仿佛魂都没了。

"杀猪菜有什么好吃的？不就是血肠、猪肉炖酸菜么？"天水忽然睁开眼，拉了一下青杨的手，问，"老哥，你说呢？"

青杨也睁开眼睛，说："老弟，咱们要吃的是伊里库的杀猪菜，是现宰的猪，没准香呢！"

天水嘟囔着："把猪肠子里的屎挤出来灌上血，不就是血肠吗？怎么吃也是个臭！"

杨乾笑了，说："小东西还穷讲究呢！"

青杨和天水在长相上迥然不同。青杨属于清秀型的男孩，瘦而高，脸盘不大，下巴有些尖，眼睛很大，说话声音轻些；天水呢，他长得四方大脸，细长的眼睛，塌鼻子，大嘴巴，嗓音很粗，属于那种憨头憨脑的男孩。大人们要是夸青杨漂亮，天水就会负气地说："男孩子长得漂亮，不就成了女的么？"言下之意，男孩就该长得丑一些、粗糙一些。有一回青杨赤红着脸对天水说："我也不想长成这个样子，我说了又不算。"天水说："都怪你妈和我妈，她们要是把我们放到一个肚子里生出来，我们不就一模一样了吗？"

吉普车不知碾碎了多少阳光，踏碎了多少只蚂蚁，又撞碎了多少飞虫的翅膀，沾上了多少水洼溅起的泥点和土路上的灰尘，终于在正午时跟个醉鬼似的摇摇晃晃地到达了伊里库。

刚进乡里，他们就被阻拦住了，一行人被迫下了车。只见一群人站在路中央，正围着一个头发蓬乱、面色灰黑的坐在地上的男人，看着他吃虫子。那些大小不同、形态各异、颜色不一的虫子被装在一个透明的玻璃瓶中。想必其中有不少活的虫子，只见瓶壁不停地变幻着图案。

杨乾吆喝那男人："哎，起来，你又不是鸟，吃的什么虫子呢！"

人群中一个豁着牙的瘦男人嘻嘻哈哈地说："你跟他说话等于白费唾沫，他听不懂，就认得虫子！"

张迷糊问："你们冯乡长呢？"

一个妇女搭腔说："刚才还瞅着他呢，这工夫可能撒尿去了！"

这妇女的话音刚落，一个歪嘴男人就抢白她说："你见着乡长那玩意了？要不怎么知道它有尿了？"

妇女呸了一口歪嘴男人，回敬道："我没见着你的屁眼，可你刚才放的屁哪个没听到？！"

先前天水和青杨的情绪还一落千丈着，见那男人吃虫子吃得津津有味，就乐开了怀。他们蹲下来，聚精会神地看着他吃。那人每扔进嘴里一个虫子，都要快意地"啊"地叫一声，仔仔细细地咀嚼透了，才把它咽下，再倒出另一只。

当那人将一只绿色的大肚蝈蝈吃力地从瓶颈中倒出，正要吞进嘴里的时候，只听一声又急又高亢的大喝像惊雷一样在人群中响起："还不快闪开？没见上面的领导来检查工作了么？！"

天水和青杨抬头一望，只见围观者自动给这说话的人闪出一条道来，他穿一件皱巴巴的有着四个口袋的灰布上衣，刀条脸，高颧骨，小眼睛，大嘴巴，塌鼻子，戴一顶灰布帽，手里举着一盒香烟，怪模怪样的，像从森林中跑出的一只猴子。

杨乾对这人说："冯七，你这乡长是怎么当的，你的乡民不至于饿得吃不上粮食要吃虫子吧？"

冯七一边忙三迭四地从烟盒里往外弹出一颗香烟递给杨乾，一边咧着大嘴说："杨局长，您说我怎么管吧？他老娘死了，老爹瘫在炕上，家里就一个哥哥是劳力，还是个酒鬼，挣俩钱都他妈的灌猫尿了！他自小精神不好，不但吃虫子，老鼠也吃呢！您看像他这种特殊情况，民政局是不是能高抬贵手，给他申请个'低保'，一个月一百来块，够他吃粮食的了！"

杨乾说："行啊，我回去考虑一下。"

人群中一个矮胖男人牢骚满腹地说："要是一个月也给我一百来块，别说让我吃虫子，吃屎我也干！"

冯乡长冲那人挥舞了一下胳膊，说："你还想当狗是不是？你家的香瓜不坐果，是秧掐得不及时。你还不回地里干活去，在这瞅什么？"

那人一梗脖子，理直气壮地说："不是你吆喝大伙来看他吃虫子的么！"

冯乡长急了，他一急说话就有些不利落了："谁……让你……来……看……看他……吃……吃虫子了？"说完，一脚踢在吃虫子的人的后背上，说："还不滚回家给菩萨磕头去？杨局长答应考虑你的事了，你前世的造化有多大啊！"

吃虫子的男人果然乖乖站了起来，他像拉磨的驴似的原地转了几个圈后，拎着瓶子走了，围观的人也渐次散开。天水和青杨正看得兴味盎然，免不得有些失落。杨乾连忙跟冯乡长介绍他们："这俩小东西听说我来伊里库，非要闹着来！"他指着天水说："这是我孙子！"冯乡长点着头笑着说："瞧他那大耳朵，一看就是个有福的人！"杨乾又指着青杨说："这是我外孙！"冯乡长依然是点了一下头，笑着说："好模样！我看当个小演员都够格了！"天水噘着嘴，低声说："给他扎上两条小辫子，演个小姑娘正好。"青杨知道天水为什么噘嘴，他岔开话，拍了一下天水的肩膀，说："老弟，要知道这人爱吃虫子，咱就把花大姐带到这儿来了！"天水想起抛在爷爷脑壳上下落不明的花大姐，忍不住龇着牙乐了。

冯乡长请杨乾再回到车上，说："让局长的坐骑受惊，是我的罪过！"

杨乾说："伊里库没多大，空气又好，几分钟的路走过去算了，上车下车的倒麻烦！"他吩咐张迷糊自己把车开到乡政府去。

冯乡长说："我已经让人摘了篮香瓜，苞米也煮了一锅，晌午了，到了招待所先尝尝鲜，垫补垫补。猪呢，我还没打发人宰呢，不过早就捆了它了！如今饭店点菜不是都时兴让客人看个活物么，单等局长过了目，再结果它的小命！"

杨乾揉了一下鼻子，意味深长地说："冯七，你这几年长进不小啊。"

冯乡长嘿嘿笑着说："咱这也是与时俱进嘛！"

天水和青杨见伊里库没一座楼，都是清一色的平房，而且很多平房都

矮矮趴趴的，像是要倒的样子，天水就悄声对青杨说："我看这里要是刮八级大风的话，起码有一半的房屋都得倒了。"青杨说："就是不刮大风，连下几天暴雨的话，这房屋也得给泡塌了，我看它是泥垒的！"他们说话的时候，乡村的泥土路上不时出现几只鸡、一群鹅或是几条汪汪叫着的狗。狗对生人的态度很像人对辣椒的态度，想吃又怕辣，可是不辣又觉得不过瘾，它们冲生人咬几声遭到训斥后会掉头跑开，然而没过一分钟，它又跟在人身后汪汪地跑来了。天水和青杨怕狗咬，他们就一左一右地跟着乡长走，他们知道狗欺生，跟着杨乾走不保险。冯乡长乐得领着他们，他说："一会儿让我家地龙和丑妞陪你俩玩，让他们带你们去江边捞鱼！"

天水和青杨又渴又饿，他们巴不得早点走到乡政府。他们憎恨天空没有云彩，使太阳那么有恃无恐地泼洒炽热的光芒。他们还抱怨爱在晚上出现的风，为什么白天需要它的时候它却无影无踪的？

快到乡政府的时候，热闹又来了，又有一群人聚集在前面了。天水和青杨以为吃虫子的人转战到这里来了，不由得一阵兴奋。走到近前一看，席地而坐的却是一个头发稀疏而斑白的老女人，她瘦得满脸的褶皱，眼睛凹陷着，唇角凹陷着，脸颊也凹陷着，好像她身上有一股神奇的魔力，要把她的五官给变没了。冯乡长分开众人，先大喝一声："谁又在这里给我丢人现眼哪？！"待他看见是老女人，就跺了一下脚说："老梁婆子，你怎么又来了？"

老女人用她散漫的目光扫了一眼杨乾，又扫了一眼乡长，说："我七十九了，没人管，我不上你这里，上哪里啊！"虽然她的声音听上去有些沙哑，但底气很足。

杨乾说："冯大乡长啊，这又是唱的哪出戏啊？"

冯乡长涎着脸说："这老婆子的事我上回跟您说过，您工作忙，可能忘了。要不就是没忘，正想研究呢。这老婆子现在孤身一人，您看您管着城里的敬老院，能不能把她收进去？"

"她没儿没女吗？"杨乾问。

"有三个呢！"一个大舌头的男人一边搭腔，一边竖起三根手指。

"有儿有女的进什么敬老院！"杨乾说，"这不符合规定。"

那个大舌头男人急切地说："她有仨孩子不假，可有俩到地下去了！一个捉鱼时淹死，一个采山货时让熊给咬死！"

杨乾"哦"了一声，说："几年前你们这里有个四十多岁的男人让熊给咬死，就是她儿子啊？"

老女人先前还安静着，别人一提她死去的儿子，她就拍着腿哭了起来。

杨乾问："她的另一个孩子呢？"

冯乡长说："活着倒是活着，可他前年进城打工，不往好处学，拦路抢劫杀人，被杀的人虽说活了下来，但他被判了无期，您说他活着跟死有什么区别？"

"这种情况倒是可以考虑。"杨乾说，"快让人把老太太搀回家去吧。"

冯乡长笑得嘴都合不上了，他对老女人说："还不快谢谢杨局长，你命好，碰上活菩萨了！你知道在敬老院有人侍候着你，睡着热炕，顿顿都是白米馒头，你快要掉进福堆里了！"

一个黑红脸厚嘴唇的胖女人说："老梁婆子算是交了好运了，还要当城里人了！早知道也让我的儿女不学好，我也离开伊里库这个鳖地方！"

冯乡长指着发牢骚的妇女说："真是站着说话不嫌腰疼，你的儿女真要是学坏了，你还不得哭死？都大晌午了，还不家去给你老爷们做饭！"

有人扶起梁老太，送她回家了，聚集的人随之一哄而散。

杨乾叹了一口气，指着冯七说："我看你改行得了，当个导演你是绰绰有余——两出戏演得真绝啊！"

冯乡长拱手说："局长，您老可是误会我了，这不是碰巧了么，我可是诚心诚意请您来吃杀猪菜的！"

"哼，摆的是一出鸿门宴！"杨乾吐了一口痰。

天水问爷爷："鸿门宴是什么宴？"

杨乾说："你小，跟你说了也不明白。"

青杨眨了眨眼睛，对天水说："我猜吃杀猪菜就是鸿门宴。"

杨乾大笑了两声，说："还是我外孙聪明！"

天水的嘴便又噘起来了，他赌气地将地上的一颗石子踢飞，让它像流星一样在空中划过，他骂石子："把你踢成个大傻瓜！"

青杨见天水不高兴了，便也踢起一颗石子，故意让石子飞得又低又平，他对天水说："老弟，你教教老哥怎么使的劲，怎么你踢的石子跟飞毛腿似的跑那么远、那么快，我的却像瘸子一样晃悠不了几步？"

天水说："你瘦，没劲呗！"说完不好意思地抿着嘴笑了。

乡政府的食堂和招待所是一体的，那是一幢长条形的红砖房。房前的院子很大，东一堆西一堆地放置着劈柴。在西北角，站着三个男人和一个女人，他们都穿着深色衣服，看上去像是几朵乌云。他们见了杨乾一行人，纷纷地说："到了，到了，该宰了。"

冯乡长引领大家朝西北角走去。那头待宰的猪被放在一个松木杆搭成的架子上，它是头不大的花猪，四蹄被牢牢捆着，侧着身，跟人害了牙疼似的直哼哼。

冯乡长指着那猪对杨乾说："局长，这可是当年的小猪，净喂它精饲料了，它的肉肯定又香又细，您看看可以下手了吧？"

一个脸上长了很多黑痣的男人已将屠刀提在手上了，刀锋在阳光下泛出一阵阵闪电似的白光，仿佛这屠刀要下场大暴雨。

杨乾点了点头，说："快动手吧，别让它在这大太阳下受活罪了！"

天水和青杨没有跟着杨乾进屋，他们手牵手看屠夫宰猪，这场面他们从未见过。屠夫持刀走到猪头一侧，另两个男人一前一后地摁住猪，妇女呢，则捧着一个盆，紧跟在屠夫身后。天水和青杨想看看那刀是如何进去又如何出来的，虽然他们是目不错珠地看着，但屠夫已经飞快使完了刀。猪拼命地嚎叫着，鲜血从脖颈汩汩流出，接猪血的盆子立刻就红了。猪在毙命前一刻的剧烈挣扎使得捆着它的两只前蹄的绳子断了，它的前蹄微微动了动，但很快就僵直了，它断了气了。

苍蝇飞到死猪身上了。血腥气让他们有些恶心，他们的手心出汗了。

青杨说："老弟，走吧，它死了。"

天水兴味索然地说："它怎么这么快就没命了。"

青杨叹息道："那刀子太快。"

天水说："大金牙说人死后都会托生成个动物，我可别托生成猪。"

大金牙是县城开丧葬铺子的老婆子，天水和青杨平素爱到她的铺子里听她讲鬼神故事。

青杨说："我想托生成老虎，人就不敢冲我下刀子了。"

天水说："那你可别碰见武松。"

青杨笑了，说："我先把酒馆全都砸了，不让武松喝上酒，他就没胆量打老虎了。"

张迷糊走出来，将天水和青杨引进了一间屋子。这屋子大约有二十平米，是饭堂，地中央放置着一张硕大的圆桌，桌上摆着香瓜和苞米，桌前围着几个陌生人，他们全都卖力地吃着香瓜、啃着苞米。

冯乡长一见天水和青杨进来，就扯着脖子喊："惠珍，添两只凳子来！"

很快，一个戴着花围裙、梳齐耳短发的女人笑眯眯地走了进来。天水和青杨见她就是刚才拿着盆子接猪血的女人。她一手拎着一只板凳，麻利地将它们放到青杨和天水身边，柔声问他们："宰猪没吓着你们吧？"

天水和青杨摇了摇头，惠珍就满怀怜爱地用双手分别抚弄了一下他们的头发，说："这俩孩子长得都俊，又都这么干净，真招人稀罕啊。"

青杨并没有像天水那样很快坐下来，他盯着板凳上的一抹绿色，担心它会染了自己的米色裤子。惠珍看出了他的心思，她俯身用袖子蹭了蹭绿颜色，说："都是丑妞干的好事，逮着彩笔满哪儿都画。"

冯乡长说："对了，惠珍，你一会儿抽空把我家地龙和丑妞都叫来，让他们陪陪城里来的这俩小公子！"

惠珍说："地龙倒是好找，他不在家里，就在井台给猫洗澡。你们家丑妞呢，她白天是散仙，晚上是夜游神，我上哪儿找她去？"

冯乡长将啃得粒米未存的毛茸茸的苞米棒扔在桌上，说："可我就喜欢我家丑妞，她要是个小子啊，将来不得了！"

惠珍咻了一下嘴，说："先前丑妞过来，看见要宰猪，还硬往猪嘴里塞了一块糖，说是这样它死时就不觉得苦，只感到甜了。"

冯乡长说："对了，血肠灌了没有？"

惠珍说："我这也是刚接完血进来，还没灌呢。到底是小猪啊，那猪血才鲜亮呢！"

冯乡长说："灌血肠时多加点调料——提味！"

惠珍边往出走边说："知道了。"

　　天水和青杨养成了饭前洗手的习惯，所以当他们光着手要拿苞米时，不约而同地向对方伸出脏乎乎的手。青杨的妈妈早为他准备了一沓密封在塑料纸盒中的湿纸巾，青杨从裤兜里掏出来，抽出两帖，分给天水一份，两个人低着头做贼似的偷偷把手擦了擦，这才拿起苞米。

　　不知是饿了，还是乡下的苞米真的与众不同，他们吃得格外香。天水连啃了三穗，平素饭量轻的青杨也毫不示弱地吃了三穗。天水啃到第三穗时连打了几个饱嗝，这饱嗝引来大家的笑声。天水觉得人们这是嘲笑他贪吃，很不开心地说："又不是放屁，打饱嗝有什么好笑的！"

　　冯乡长对杨乾说："您孙子这副不服管的劲头，太像我家丑妞了，回头一定要让丑妞领着他玩！"

　　天水鄙夷地说："我叫天水，凭什么跟丑妞玩？"

　　桌旁的人全都笑了，冯乡长笑得尤甚，他的唇角像小孩子一样流出了涎水。他说："你不要丑妞，就是要俊妮了！"他用手点了一下坐在他身旁的一位梳着平头、下巴朝前探的年轻小伙子："张主任，一会儿领着局长的孙子，在咱伊里库挨家挨户寻，我就不信选不出个俊妮陪他玩！"

　　看上去很斯文的张主任矜持地点着头，说："行，行！"然后起身拿了几个香瓜，一一放在鼻子下面闻闻，选中两个递给天水和青杨，说："吃吧，这瓜叫蜜糖罐，甜！"

　　天水和青杨将瓜拿在手中，正想要刀来切，张主任抓起一个瓜给他们做示范，说："香瓜一捶就开了！"他左掌托瓜，右手攥拳，拳头飞快地击在了瓜上。只这一击，那瓜就曲曲弯弯地裂开了，露出一圈雪白的肉和一汪乳黄的籽，溢出温暖的甜香气来。天水和青杨如法效仿，果然把香瓜给敲开了，这让他们开心不已。开心是一味甜味剂，所以本已够甜的香瓜让他们觉得更甜了。

　　吃了苞米，又吃了香瓜，又饥又渴的感觉就像一对小老鼠一样从天水和青杨身边溜走了。虽然阳光仍然激情四射的，但他们心底却涌起了一股清凉的感觉。乡长正在眉飞色舞地讲着一个人，说他结婚五年了，就是不跟媳妇同房。他不爱说话，也不与人来往，不过他的庄稼侍候得比谁家都好。他很怪，只要伊里库死了人，他就会神秘地失踪一两天，直到死者进了墓地，他才回来。开始时，他媳妇还四处寻他，后来习惯了，也就不找了。只要有人死了，不论这人是寿终正寝的老人还是中途夭折的孩子，他都会像风一样无声无息地消失。他媳妇在那两天也就不给他留门，权当他是一缕魂儿，任其飘荡在外。因为这，大家都不叫他的本名张友顺，而叫他张无影。听说张无影对媳妇不闻不碰，是怕搞出小孩子，他说世上没有长生不老的人，生了小孩子不等于是送他去死么！

张迷糊说："照他这么说，他连饭都不该吃，粮食最后不都变成屎了吗！真没想到我还有这样一个有意思的本家，我倒要见识见识他！"

冯乡长说："那你这次可是难见他了，这两天我们正四处找他呢！"

原来，四天前，乡里死了一个七十八岁的老太太，当晚张无影就失踪了。原想着他如以往一样在死者入殓后就回来，可是新坟已隆起两天了，张无影还不见回，他媳妇就急了，担心他出事了。"以往他会躲到哪里呢？"杨乾问。冯乡长说："他回家后从来不说自己去哪里了。他每回都是扛着铁锹走，再扛着铁锹回。"

张迷糊问："他扛铁锹干什么呀？"

冯乡长说："他去给自己选墓地。他要是看上哪块地了，就动手挖个坑。"

"那他得给自己挖多少坑啊？"杨乾说。

"是啊。他挖的坑后来有人见到过。"冯乡长说，"庄稼地有坑，松树林里爱长蘑菇圈的地方有坑，草地的野花丛中也有坑。看来他对自己死后进哪个坑，也是拿不准主意的。"

张主任插言说："他挖的坑还让郑二倔家的牛折了一条腿呢。"

冯乡长说："对对，郑二倔家的牛掉进了张无影挖的坑，跌折了腿，郑二倔找我磨叽了好几次，让张无影赔他家一头牛呢！"

"后来赔没赔呢？"张迷糊问。

"赔啥呀！"冯乡长说，"乡里乡亲地住着，真要赔他，他也未必好意思要！不过郑二倔家的牛成了个废物，拉车轻飘飘的谷糠都费劲，腿吃不住力了，郑二倔没办法，宰了它吃肉了！"

杨乾说："他这回不是让人给拐骗走了吧？"

冯乡长说："伊里库哪个人能拐骗得了他？除非是山里的狐狸精！"

满桌的人又笑了。笑声中，一个又矮又黑又胖的梳短发的中年妇女

闯了进来，她眉毛稀疏，鼻孔朝天，厚嘴唇，一只眼大，一只眼小，皮肤粗糙，穿一件破破烂烂的绿花布短袖衫，两条浑圆的胳膊袒露着，结实得似乎能做房屋的大梁。冯乡长见了她就像水遇见了冷空气，顿时霜雪满面的："你怎么来了？回家去吧。"

"我听说上头来了当官的了嘛！"妇女打量了一圈桌边的人，点着天水和青杨的头说，"这俩小崽子肯定不是了！"她把目光放在陌生的杨乾和张迷糊身上，但她很快又把衣裳散发着汽油味的张迷糊排除在外，她判断出穿着得体、面色红润、神态安详、头发已丢了多半的杨乾是官儿。她向他拱了一下手，拖着长腔叫冤："大人啊，求求你别让我家冯七当乡长了行不行？没当乡长时，他天天晚上老早就往我的被窝钻；当了乡长后呢，我三天两头就得守空房！他今儿说进城开会去了，明儿又说上头来人要在招待所陪个通宵，有时我一连几天都见不着他个影儿！"说着，她像一个在深海中沉潜已久的人要浮出海面一样，身体挺了几下，两手一摊，嗷嗷哭了起来。

张主任上前劝说："王姨，先回家，啊？有话回去好好说。"

乡长的老婆一甩手说："你也不是个好东西！你这乡政府主任是怎么当的？我听人说你跟他进城开会，还安排他去歌厅听妖里妖气的女人唱歌，你还让他洗了澡后让贱女人在他身上摸来摸去的，你还算是个人？你就不怕你老婆给你生个儿子没屁眼？"

乡长老婆这一通热辣辣的骂，倒是把自己的泪水给赶回眼窝了。青杨抿着嘴悄悄笑，而天水咧着嘴乐出了声。

杨乾走也不是坐也不是，将屁股在板凳上蹭来蹭去的。他对一脸尴尬的冯乡长说："你这又是唱的哪一出戏啊？我在民政局见多了你们这种吵吵闹闹来离婚的夫妻，用不了几个月，又没皮没臊地回来办复婚手续！"

冯乡长低着头，讪笑着："局长，对不住您，这是内政——内政出了问题，您老赶快回房歇息着！"

杨乾刚一起身，乡长的老婆就大喝一声："不能走！"她伸出双臂，拦住门，大有"一夫当关，万夫莫开"的气势。她那一大一小的眼睛也随之睁圆了，小的赶上先前那只大的，而大的则如牛眼一样了。她的鼻孔也是越张越大，嘴唇哆嗦不休。怒火仿佛是氢气，而她的五官是气球，每一处都被气势汹汹地膨胀起来了！天水觉得她比电视中小品演员的表演还要精彩，他不由得冲青杨偷偷竖了一下大拇指，为能看到此出闹剧而击节叫好。

这戏不仅天水和青杨爱看，张迷糊和那个被称为纪书记的乡党委书记也爱看，他们的眼睛都跳跃着快乐的光波。不爱看这戏的，第一是冯乡长，他面色铁青；第二是张主任，他就像做错了事正遭老师训斥的学生一样，一直耷拉着脑袋。杨乾呢，虽然他也做出愠怒的表情，但眼里透露出的却是无尽的兴味。

皱紧眉头的乡长回头看了看窗户，青杨从他的眼神中看出，他老婆既然把门当成了窗户，他就想把窗户当成门，溜之大吉了。

青杨趴在天水耳边悄悄说："他要把窗户当成门了。"

天水说："城里的窗户就不能当门使，会摔断腿的。原来乡下人爱住矮房子，是因为窗户也能当门使啊。"

他们互相拍了一下肩膀，笑了起来，期待着乡长的老婆在乡长跳窗时会像猛虎一样扑向他。正在此时，门外突然传来一个男人瓮声瓮气的喊声："王雪琴，你家地龙掉井里去了！"

乡长的老婆打了个激灵，护着门的胳膊颓然垂落下来，她声嘶力竭地叫了一声："我的地龙哇！"就冲出了屋子。那个让这场戏戛然而止的人随之进来了，原来是先前宰猪的屠夫！从他的笑容中，人们明白他是诓王雪琴。

"不是地龙掉井里了，是地龙洗的猫掉井里去了。"屠夫说，"我听俺家惠珍说她又来闹了，就——"

"唉——"乡长长叹了一口气，摆了摆手，示意屠夫可以出去了。他哭丧着脸对杨乾说："你说我去年在城里跑乡牙签厂上马的事，请主管的副县长吃了顿饭，听了听歌，洗了洗澡，捏了捏脚，结果就传得满城风雨的！"他又将脸转向那个被称为纪书记的瘦子："我看还是当书记好，不管这些吃喝拉撒的烂眼子事，只抓思想，清静！所以你看人家纪书记，五十多岁的人了，看上去还跟小伙子一样，牙没掉，头不昏，脸上也没长老年斑，我看再娶个二房这精神头也够用！"

纪书记讪笑着，说："当书记的不管钱不管物的，操心少，人也就滋

润点。不过杨局长，冯乡长为伊里库操心操老了也值啊！这两年的变化谁不说冯乡长有才干啊？你看乡里办起了两家小企业，路也比过去宽了，自来水工程年底就能上马，冯乡长可是劳苦功高啊！"

"哪里，哪里。"冯乡长说，"都是纪书记领导得好。"

在伊里库，党委与政府的不和由来已久，根深蒂固，杨乾深知这点。大多党委口的领导都是些行将退休、性情懦弱、牢骚满腹的人。而行政领导通常是些年轻气盛、脑筋活泛、交际力强的人，他们手中拥有财权，说话底气十足，难免目中无人、颐指气使的。杨乾觉得冯乡长和纪书记这番貌合神离的话很无聊，就略带嘲讽地说："党委和政府可是鱼和水的关系啊。"说完，吆喝着天水和青杨，由张主任引领着回房间休息了。

招待所的客房有股霉味，房间不大，也就十平方米左右的样子。客房有一扇南窗，一个北门，两张对放着的床，窗下的一张条桌以及两把红色的折叠椅。张主任帮杨乾把床下的拖鞋和脸盆一一拽出，让杨乾换换鞋宽松宽松脚，然后提着脸盆准备打水去。

杨乾说："算了算了，不洗脸了。"

张主任也没推让，放下了脸盆。

杨乾问天水和青杨："你们俩睡一张床，嫌不嫌挤啊？"

他们异口同声地说："不嫌！"

张主任心领神会地说："我一会儿让服务员再开一间房，杨局长还是一个人住吧，清静！"

杨乾说："俩小东西在一起总是打打闹闹的，没个消停的时候，也影响我休息，那就麻烦你了！"

张主任说："不麻烦不麻烦！"

天水和青杨可不想像爷爷那样躺在床上被房间污浊的空气包围着，单等着黄昏时的那顿杀猪菜，在他们看来那和贪吃贪睡的猪没什么区别。他们嚷着出去玩，说要寻找那个叫张无影的怪人去。

杨乾说："张无影连乡里的人都找不出来，你们人生地不熟的，哪里找得出来！"

天水和青杨同时撇了一下嘴，他们正想找个借口溜掉，门突然"唰——"的一声开了，一个夹带着浓郁野花香气的小女孩出现在他们面前。她看上去十一二岁的样子，个头介于天水和青杨之间，赤着脚，下身是一条打着许多补丁的蓝布裤子，上身是件鹅黄色的圆领短袖汗衫，汗衫已被磨出了许多大大小小的洞，称为烂衫更合适。她眼皮很厚，细眯的小眼睛，大鼻头，鼻孔朝天翻着，似乎都可以插蜡烛了。从她细长的胳膊和脖颈上可以看出她很瘦，但她的脸盘却很大，两个脸蛋宽阔得像两片丰盈的张开的荷叶。她的头发长短不一地披散着，有些黄，头顶戴着一个花环。花环的花很杂，紫白红黄的花应有尽有。但正因为这杂色，显得充满了生机。有一枝黄花似要掉下来的样子，半落不落地吊在她右耳际，为她平添了几分妩媚。

"我叫丑妞！"她在说到个别字时会大舌头，"丑妞"从她嘴里出来就成了"手悠"，但天水和青杨都知道她说的就是"丑妞"。她歪着头问："你俩要玩什么？惠珍姨说了，让我领你们出去玩！"

天水居高临下地一扬头说："伊里库这么小，有什么好玩的！"

丑妞一跺脚说："那你们还来这儿干什么？你们在城里待着呀！"说着，扭身就要走。

青杨顾不得笑话她把"城里"说成了"晴椅"，连忙给丑妞赔着笑脸说："我们想让你领着去找张无影，他不是走了好几天还没回来吗？"

丑妞又转回身来，她从上到下地打量了一番天水，又打量了一番青杨，鄙夷地说："你们穿这么板正，怎么出去玩？"

天水气恼地说："穿板正了有什么不好？"

丑妞说："在我们伊里库，躺在棺材里的人穿得才板正！"

杨乾被丑妞给逗笑了："小丫头嘴够厉害的了！"

天水毫不示弱地回敬她："在我们城里，疯子才像你穿得这么破破烂烂的！"

丑妞又跺了一下脚，说："你们城里的疯子有花环戴吗？"她忽左忽右地摇晃着脑袋，使沉静释放的花香猛然间变得热烈起来，香气快乐地奔跑着，屋子的空气骤然变得清澄起来。天水和青杨被丑妞逗笑了，他们可不想让眼前这个丑得有趣味的女孩溜掉，所以就放下自尊，在丑妞的埋怨

声中，厚着脸皮跟着她出了招待所。

午后的阳光富有挑逗性，它们无所顾忌地伸出滚烫的舌头，在人的脸上舔来舔去的，这种强行的抚慰你是抗拒不了的，因为没谁能斩断阳光。伊里库的土路上没有树，有的只是矮矮的篱笆，所以无阴凉可寻，天水和青杨很快就走出汗了。

"这鬼天，要把人晒冒油了。"天水嘟囔道，"还是城里的马路好，有树荫，还有冰激凌卖！"

丑妞回头问："冰激凌是什么玩意？"

天水"哼"了一声，说："你连冰激凌都不知道啊，它就是能吃的雪，里面有牛奶，有糖，吃了特凉快！"

丑妞说："我们把西瓜放在江水里一拔，吃了照样凉快！"

"我不信！"天水说，"放在冰箱里的冰镇西瓜我又不是没吃过！"

"冰箱那还算是个东西？"丑妞说，"刘金牙家买回来一个，只能晚上有电的那工夫使！没等东西在里面冻实呢，电就走了，东西又回到原来的样子了，气得刘金牙用笤帚打了好几回冰箱，骂它是个懒虫。江心的水拔凉拔凉的，它不用电，就能把东西弄得跟冰似的！"

"我俩没吃过拔在江水中的西瓜，怎么知道它比冰激凌要凉快？"青杨毕竟比天水大两岁，心机也就多些，他的话带有激将和怂恿的成分。丑妞果然中了圈套，她一顿脚说："走，我领你们上地里摘个西瓜，把它拿到江水里拔一拔，你们不喊冰牙才怪呢！"

丑妞在伊里库一定是招人喜爱的女孩，见着她的人都爱和她打招呼。

一个驼背老汉说她："丑妞，你美啊，戴着花环，又遮太阳又能闻香气！"

丑妞得意扬扬地拖着长腔说："是——啊——"

一个坐在家门口奶孩子的青年妇女说："丑妞，你领的这俩小子是谁呀？我怎么不认识啊？"

丑妞用不屑一顾的口气说："你看他们穿着皮鞋，衣裳又没露肉的地方，肯定是城里人呗！"

那妇女逗她："那你喜欢哪一个啊？"

丑妞说："喜欢你怀里吃奶的那个！"

妇女笑了，说："你还喜欢小女婿啊。"

当然也有对丑妞不太友好的人。他们快走出乡里的时候，一个赶着只老山羊的黑脸老头对丑妞说："我听见乡政府那儿有猪嚎了，你爹这又是宰猪溜须谁呀？你回家问问他，我两儿子都当兵去了，我光荣不光荣啊？他怎么不知道给我送碗杀猪菜呢？哼，当官的没个好货，全他娘的眼皮朝上翻！"

丑妞也不生气，她指着老汉赶着的那只山羊，说："你要是馋肉了，把它烤了吃了，滋味不是比杀猪菜美？"

老头气咻咻地停下来，瞪着一双小老鼠眼，恨恨地看着丑妞，直喘粗气。

伊里库的家畜，跟丑妞的关系就不大好了。鹅见了她张着翅膀一路疾行地回家，猪本来在墙角晒太阳，见了她会骨碌一下站起来。最明显的是那些狗，见了她一律缩头缩脑地溜掉。

丑妞对这些不敢和她面对面的家畜非常瞧不起，她骂鹅："扭着大屁股跑吧，下次我还用柳条捅你的屁眼！"

她骂猪："傻吃茶睡的废物，怪不得那么短命！下次我还用铁丝给你扎耳朵眼，让你戴耳环！"

那头猪的一只耳朵果然豁着个口子。

她骂狗："我让你们改不了吃屎的毛病，下回我还把火炭包在馒头里，烫你们的狗舌头！"

天水和青杨从这些言语中，已然明白她是如何捉弄家畜，与它们结下怨的。

乡间的路就像一个懒于洗濯的老太婆的肮脏的腰带，废纸、破烂的布头、流脓的废旧电池、草棍、碎玻璃碴随处可见。让天水和青杨不能容忍的是星星点点的羊粪蛋、鸡屎和马粪。他们想丑妞的脚底板一定是用钢铁铸就的，不然她光着脚走这样的路，怎么会如此悠然自得？

房屋的影子退去了，人影和家畜的影子也消失了，他们出了伊里库。天与地顿时变得开阔起来，大片大片的庄稼地碧青青地呈现在他们面前。远方，还有一叠又一叠山的剪影，那半圆的轮廓像一座一座的拱桥，又像拉起的弯弓。一群麻雀喳喳叫着飞过去，又一群喳喳叫着飞过来。想必麻

雀眼中的田野太值得歌唱了，它们的嘴始终没有闲着。

田间的路，都是羊肠小径。它不坚实，走上去就像踩着地毯，但它却是干净的。至多不过有些野草或是匍匐着的瓜秧的枝蔓。走在小径上的丑妞更加如鱼得水，她美滋滋地说："这路有股子香味，我觉得脚下踩的是根大香肠！"

一阵微风吹来，田地中的各色作物的叶片随之舞动，使先前杨柳细腰的一丛丛站在它们身上的阳光不同程度地栽歪了身子，破碎的光影一波一波地颤动着、摇曳着，香瓜的甜香气也随着风像蝴蝶一样起舞。

丑妞领着他们绕过大片大片的香瓜地，来到了高坡上的一片西瓜地。西瓜秧还碧绿着，掩映在枝叶中的瓜也是个个碧绿碧绿的。丑妞说，西瓜还没到熟透的时候，但它一样能解渴。

"这是你家的瓜地？"青杨气喘吁吁地问。他已走得双脚发胀，皮鞋灌进了不少泥土，使本来很宽松的鞋子显得拥挤了，他的每一个脚趾都有疼痛的感觉，他很想坐下来把鞋窠里的泥土倒掉，但又怕遭到丑妞的耻笑，只得忍着。

"是不是我家的瓜地有啥呀？"丑妞不以为意地说。她从这堆儿瓜秧又跳到另一堆儿上，俯着身，在那些圆头圆脑的瓜上打鼓似的敲来敲去的，每敲一个都要叹息一声，他们明白，这瓜都是生的，这让她很失望。

天水说："这要是别人家的瓜地的话，你这就是偷瓜！偷东西是可耻的！"

丑妞直起腰，笑得前仰后合的，连花环都掉到地上了。她不是用手，而是用脚将花环钩起来，钩到腰际后，再用手拿起，重新扣到头顶。她说："谁说偷东西可耻？偷东西最快乐了！你没见偷碗柜里的鱼来吃的猫最快乐！你也没见过偷鸡窝里的蛋来吃的狗有多快乐！"说完，她又俯身在瓜地上跳来跳去地选瓜，最终揪下来一个朝阳的那侧表皮微微有些泛黄的瓜，将它当成篮球投到青杨手里，像教练一样命令他："你个子最高，该你抱着，咱们去江边吧！"

"要是种这瓜的人撵上来，抓住我们怎么办？"青杨忧心忡忡地问。他觉得这瓜不是用钱买来的，拿在手里总是不妥。

丑妞："种这瓜的人我认识，是许老黑！许老黑你们知道吗？他是伊里库最乐和的人，他不会愁，整天笑，他媳妇管他叫'许老乐'。他可大方呢，他的瓜，我们随便摘，他就是看见了也不说我们！不像马九，你要是碰落他家地里的一串土豆花，他都会心疼得直叫。我看越大方的人，他家的地收成就越好。许老黑家的地种啥收啥，不像马九，种啥啥不成，白菜爱招腻虫，苞米出穗少，瓜长得跟他的脸一样歪歪扭扭的，就连他家养的鸡和狗，也都贼眉鼠眼的样子，好像老也长不开！"

青杨和天水笑了。他们仨离开瓜地向江畔走去。路上丑妞继续发表她关于"偷"的高论，她说凡是放在住户屋子里的和院子里的东西，你若是不打招呼就拿走，那算是偷；凡是没被篱笆隔起来的直接面对着天空和大地的东西，都可以信手拿来。她还说最大的小偷就是风，它能偷花的香气，偷鸟儿的羽毛，偷江水的水汽，偷草地上的雾气，偷人身上的热气，所以着了风的人总要感冒。

天水和青杨渐渐喜欢听丑妞说话了。青杨抱着瓜，才走了几百米，就胳膊发酸，面露苦色。天水自告奋勇地接过来，然而没抱多久，也嚷胳膊酸，又送回青杨怀里。两个人把西瓜倒来倒去的，到江边时，折腾得衣衫已被汗水濡湿了。

江比他们所在的县城南郊的罗沱河要宽阔和深澈多了。罗沱河畔，是茂盛的柳树丛和壁立的青山，而这条江的两岸，青山是远远地隐藏在背景之中的，它的近景，是浩浩荡荡的庄稼地。由于没有柳树丛作为过渡带，所以江水出现在人们视野中，是突然的。你走在田间小路上，以为前方还会是碧绿的瓜地或是还未被秋风吹黄的麦田，可是一片浩渺的水波突然就晃着你的眼睛了，一条江沉静地出现在你面前了。也许是因为它太宽阔了，容纳了众多的溪流，它呈现着无与伦比的安详感，不像那些狭窄的河流，总带着股激愤的情绪，哗哗地叫得很响。江水也有声音，不过它的旋律是那种轻柔的厚重，浑和而恬静。天水和青杨被它给深深地震慑了。

天水说："真宽啊。"

青杨则说："真深啊。"

丑妞抱着西瓜，告诉他们要转过身子，她要把西瓜送到水里去。

"你送你的瓜。"天水说，"我们看江还不行么？"

丑妞说："我在江里，你们看江就是看我。"

"你还怕看呀？"天水"嘘——"了一声。

"我不能弄湿了衣服裤子，就得脱光它们才能下江里呀。"丑妞说。

天水和青杨都红了脸，他们乖乖转过身。

天水悄声说："老哥，我估计她下到江水里，会偷偷洗洗脚，这一路她不知沾了多少鸡屎呢！"

青杨说："我看她挺牛气的，一会儿她从水里出来，你问问她，都去过什么地方？"

"你自己怎么不问呢？"天水说。

"哎呀——"青杨叫道，"她比我小，我不好问。"

"你是说我是她弟，你是她哥，哥哥和妹妹不好意思说话，就得弟弟跟姐姐说？"

青杨又"哎呀——"叫了一声，甩了甩胳膊，说："老弟，你这不是糟践老哥吗？"

天水说："就是！我老哥这么帅，怎么会看上个丑妞！"

他们悄悄议论丑妞的眼睛、牙齿、耳朵和鼻孔，总之，把她的五官贬得一无是处。他们说的时候眉飞色舞的，说完又有些怅惘，青杨甚至叹了一口气。

天水说："你说丑妞长得眼睛不是眼睛，鼻子不是鼻子的，可它们摆在她的脸上还不算太难看，真怪！"

青杨说："就像猪八戒，他那么丑，咱们还爱在电视上看他。"

天水说："爷爷不是说了吗，猪八戒的前世是天蓬元帅。丑妞是什么，她可能连天蓬元帅的马夫都不是！"

青杨正想说什么，只听背后传来丑妞的呼喊："你们转过身来吧！"她把"身"说成了"心"。

丑妞上了岸，虽然她穿上了衣裳，但仍然打着寒战，足见江水有多凉了。

"你从岸边就能把西瓜浸到水里，为什么还要下到江里？"青杨问。

丑妞说："江边的水浅，都让太阳给晒温乎了；江心的水深，太阳照不透它，水透心地凉。江心还有好多小石洞，我把西瓜放在洞里，它就不会被漂走了。"

"你能游多远？"青杨指着对岸说，"能游过去吗？"

"游三个来回都行！"丑妞得意地说，"我五岁就下江游泳，我还在里面摸过鱼呢！"她问青杨，"你能游多远？"

"他不会游！"天水抢先回答。

"对，你会游。"青杨有些不高兴地挖苦天水，"能在澡堂子里游个来回。"

"反正我比你强。"天水说，"会几下狗刨呢！"

青杨不满地扫了一眼天水，然后把目光放在对岸的远山上，好像天水那番令他不悦的话已化成了他目光中的一部分，被他投到了遥远的天边。

"你是跟谁学会游泳的？"天水问丑妞。

"跟鱼呗！"丑妞说，"你看鱼怎么游，你就怎么游嘛。"

丑妞不再打哆嗦了。她坐到沙滩上，召唤天水和青杨也歇歇脚。青杨先坐下来，他坐在丑妞的右边；天水呢，他先是坐到了丑妞的左侧，和青杨明显地分开，但他很快又站起来跟青杨并排坐着。他不想让丑妞成为中心，那样他俩不就成了她一左一右的守护神了吗？这也太抬举她了！

"你进过城吗？"青杨问丑妞。

"没有。"丑妞说，"伊里库好多孩子都进过城，我没去过。我家地龙也去过，他三岁时头上长了烂疮，进城看病，去了一个礼拜呢！"

"你不想到城里玩？"天水问。

"城里有啥好玩的？"丑妞问。

"有高楼，有水泥路，汽车多，人多，商店也多。"天水得意扬扬地说，"拉屎撒尿不用出屋，做饭不用烧柴，一拧煤气就能打出火来，还有，还有——"天水一时语塞，他求助地侧脸望着青杨。

"有电视。"青杨说，"个人家还有电话。"

丑妞"扑哧"一声乐了，说："在屋里拉屎撒尿，那不成了窝吃窝拉的瘫子了吗？电话我也见过，不就是人对着看不见的人说话吗？疯子才这么说话呢！这些有啥稀罕的？"

"那伊里库有啥稀罕的？"天水带着挑衅的语气问。

"你们见过白鹤吗？"丑妞问。

"没有。"青杨说。

"见过。"天水说，"在画片上。"

"对，我们在画片上见过白鹤。"青杨说，"它的脖子长长的，嘴长长的，腿也长长的。"

丑妞捡起一颗石子，"咚"地扔进江水中，看着水面绽开的一片涟漪，无限陶醉地说："我见过真的白鹤！"她歪了一下头，看了看天水和青杨，说："有一回我在松树林中采蘑菇，突然来了雨了，我就在一棵大松树下躲雨。躲着躲着，我突然发现不远处的草丛中出现了好几团白云！我就纳闷，你说云彩是天上的东西，它怎么会落到草地上呢？就是真的落下来的话，也不该是白色的呀，下雨天的云应该是灰色的云彩呀。我就盯着它看啊看啊，后来我发现那是几只白色的大鸟！它们的脚长长的，一会儿张开翅膀飞到树梢上，一会儿又落到草地上低着头好像在找什么东西，后来我才知道它们那是找虫子吃，白鹤爱吃鱼，也爱吃虫子！"

"你怎么知道你看见的是白鹤？"青杨问。

"我回家跟我爸说了，他告诉我这种身子雪白雪白的，有着长长的腿、长长的脖子的大鸟叫白鹤，我爸说一般的人很难见到它们。"丑妞说，"你们说这够不够稀罕呢？"

天水毫不掩饰地叹了口气，青杨也跟着微微叹了口气，他们都有些气馁，丑妞见过白鹤，而他们却只在画片上见过。太阳向西了，它那乳黄的光芒斜斜地插在江水中，就像一片被风吹拂着的芦苇。他们心事重重地看着江水，发现江上出现了一条小船，船上站着一个穿蓝衣的男人，丑妞介绍说，这是打鱼人的船，船主叫刘守金，他是伊里库唯一不种地的男人。几年前他买了一批玉米种子，说是那玉米一株能结十几个穗。结果呢，这玉米只知道长个子，却不结玉米，他种的玉米全部绝产，气得他老婆不给他饭吃。刘守金窝囊得大病了一场。病好后，他就不种地了，他说种子看不出好坏，运气好的话，埋下的是母猪揣了崽的肚子，一家伙能给你生出一窝崽来甜和你；弄不好，埋进去的就是地雷，把你炸得血本无归。他专门打鱼，打多了就拿到城里去卖。他家的鸭子最有口福，他把那些手指大小的小鱼都喂了它们了，所以刘守金家炖鸭子，隔着几趟房的人都能闻到香味。

"他每天都能打到鱼吗？"青杨问。

"赶上运气好，一天能打上六七条筷子那么长的鱼；要是运气差，连条小鱼都捞不上来。"丑妞说，"城里来的人爱吃江鱼，我爸老在他这儿拿鱼，招待上边来的人。"

"'上边'来的人是什么人呀？"天水明知故问。

"比我爸官要大的、坐着汽车来的城里人呗！"丑妞抽了一下鼻子，说，"我发现城里人是属猪的，来这里的人都是为了个吃！吃苞米，吃西瓜香瓜，吃杀猪菜，吃鱼，吃鸡鸭鹅狗，看来城里没什么可吃的东西！"

天水和青杨又不高兴了，他们明明很想吃嵌在江心石洞中的西瓜，丑妞这么一说，他们决意不吃了。

天水首先对青杨说："老哥，我不想等着吃西瓜了，西瓜咱们天天都能吃着！"

"就是。"青杨说，"这瓜可能还不熟呢，有个什么吃头！"

他们同时站起来，准备走。这时打鱼人的船快到岸边了，刘守金在喊："丑妞，城里又来人了吧？问问你爸，要不要鱼？我今天打了四条细鳞，才出水的鱼，不给这些城里人鲜个跟头才怪呢！"

"他们今天是来吃杀猪菜的，不吃鱼！上午时宰了头猪呢！"丑妞迎着小船跑过去，"刘叔叔，你不是嫌我爸拿你的鱼老不给现钱，不再给他鱼了吗？"

刘守金说："说是那么说，一个乡政府，能黄了我那点鱼钱？你爸说了，年底时把白条子都给我换成现钱，现在等于帮我攒着钱呢！"刘守金已经跳上岸，小船颤颤悠悠地摇晃着，使那片水域波光点点的。

天水和青杨很想去看看刚出水的鱼，不知它们是否还活着，它们长得什么样，有花纹吗？可是丑妞的话伤了他们的自尊心，他们只能离开江岸。

丑妞在他们身后叫："哎，你俩不吃西瓜了？！"

他们一齐回头，同声说："不吃！"又一齐扭回头来，继续走。

"不吃就不吃！"丑妞气鼓鼓地说，"留着给江里的鱼吃！"

他们离开江岸，刚上了通往乡间的小路，却见张迷糊开着吉普车一颠一颠地找来了。张迷糊是城里最有名的敢睡着开车的司机，他似乎总也睡不够，一天到晚迷迷糊糊的，不过即使这样，他开车还从未出过事。

路太窄，吉普车的性能又差，张迷糊驾驶的车看上去就像瘸了腿的山羊，寒酸、凄惶。

未等车停稳，张迷糊的脑袋就像伸出篱笆的倭瓜一样从车窗探了出来，他说："得亏地龙领着我来，要不还找不见你们呢！快上车吧，杀猪

菜都炖好了，闻着都流口水，保你们吃了这碗想着下碗！"

天水和青杨想既然不吃西瓜了，对杀猪菜也应该断然拒绝，他们可不想成为丑妞眼中的吃货。他们说："我们不饿！"

从车里跳下来一个七八岁左右的男孩，他一定就是地龙了。他瘦小极了，怀里抱着只猫。感觉他自己是只小老鼠，那只肥硕的大猫可以三下两下就把他吃了。他穿着绿色短裤、海蓝色的塑料凉鞋、杏黄色背心。他可不如他怀中的猫干净，背心上污渍斑斑，细脖子上弥漫着两片灰迹，鼻孔下一长一短地吊着两串鼻涕，头发黏糊糊地板结在一起，而露在凉鞋外的脚指头呢，个个都是板栗的颜色，黑黢黢的。

天水一见地龙的形象甚为寒碜，自己比他不知要强几倍，心情就开朗了些。他问地龙："不是说你的猫掉井里去了吗？"

"它在井里打了几个滚，扒着井沿的木框上来了！"地龙一开口说话，青杨和天水都乐了。他说起话来尖声尖气的，好像是用鼻子说话，每个字词都有股患了感冒的味道。

"地龙地龙——"丑妞提着一条鱼，一路吆喝着赶了过来，"刘叔叔送给咱家一条鱼，你拿回家去，让咱妈炖了吃！"

"你妈中午时闹你爸去了，她晚上哪有情绪给你炖鱼？"青杨对丑妞说。他这样说是想寒碜丑妞，谁知她不以为然："我妈再和我爸闹，也不拿我们撒气。再说了，不叫城里来人，我爸晚上就能回家和我妈睡，我妈能去闹我爸么！"也许丑妞并无意回敬青杨，但她的话在青杨听来却是字字经过预谋，像一串被风扬起的粗砺的沙砾一样打痛了他的脸。

地龙说："要送你自己回去送，我还有事呢。"

丑妞说："你有个屁事？"

地龙说："张无影回来了。"

丑妞说："这有什么稀奇的？"

地龙说："人家说他扛回了一个炸弹！"

丑妞说："瞎说吧！"

地龙说："真的！咱爸还去看了呢，我也要去看，听说那炸弹可大呢！"

丑妞说："那我也去！"她提着鱼返身跑回刘守金那儿，将鱼塞回鱼篓，说："我不吃鱼了，我要上张无影家看炸弹去！"

刘守金说："哪儿来的炸弹啊？"

"张无影扛回来的！"丑妞说。

张迷糊开着车，由丑妞引路，将四个小家伙送到张无影家。

张无影家的院子不仅聚集了人，还聚集了几条狗，可见这些狗是跟着主人来的。丑妞一进院子，那些狗纷纷夹着尾巴溜了。

炸弹更像个风尘满面的旅人，靠着院子的篱笆站着。它的个头跟丑妞差不多，玉米形状。它的身上已看不到金属的光泽，岁月的风雨侵蚀和泥土的尘封使它看上去尘垢满面，锈迹斑斑。张无影蹲在这枚炸弹下，用手指轻轻抠着那上面结了硬痂的泥土。

"吃碗面吧。"一个挺俊俏的小媳妇戴着花围裙，端着一碗热气腾腾的面条笑吟吟地走了过来，不用说，她就是张无影的媳妇了。

张无影面色青黄，他用充满血丝的眼睛湿漉漉地看了媳妇一眼，接过面，不声不响地吃起来。

"香玉，你家男人这回可是出了名了。"一个啃着青萝卜的矮个女人对张无影的媳妇说，"冯乡长不是说了么，这炸弹是日本人遗留下来的，有价值。这事要向上汇报，还得来人给它照相做鉴定呢！我看你不能白白让他们把炸弹拿走，这炸弹是你家男人挖出来的，起码得朝他们要个三头五百的，买上几块好缎子，冬天时好做棉袄穿！"

香玉说："人家上边怎么说，咱就怎么做。要钱，咱张不开这个口。"

"听说他挖出了两颗，只扛回了一颗？"那女人接着问，"他是在哪儿挖出来的？"

"我哪知道，"香玉说，"他只说挖出了炸弹，他在哪儿挖坑，从来都不跟人说的。"

那女人龇着牙说："你是怕俺们知道地方了，把那颗扛回来卖钱？"她伸了个懒腰，叹息了一声，说："这炸弹如今比千年万年的老人参都值钱了，是不能随便告诉人它埋在啥地方。"

香玉一改脸上的温和表情，说："你怎么净把人往歪里想呢？"

"就是，一颗炸弹你也眼馋，要是它把你炸成肉酱，你也就不眼馋它

了。"一个留着两撇小黑胡子的男人为香玉说话。

那女人受了奚落后自觉无趣，赌气地把吃剩的萝卜掷在地上，用脚狠狠地踩了一下，瞟了一眼炸弹，瞟了一眼香玉，走了。

天水见吉普车那儿有两个人提着瓶子转悠，就指给青杨看，说："他们看咱们的车呢。"

青杨说："他们真能喝酒，出门还提着酒瓶子！"

天水啐了一口痰，说："这帮酒鬼！"

张无影吃完了面。不知是已呈现出橘红色的夕晖的照映，还是那碗面为他注入了活力，张无影的面色看上去红润了。人们议论着这枚炸弹。有人说这炸弹在地里一待就是五十来年，可能早就成了哑巴——不会爆炸了。有人说既然伊里库发现了炸弹，证明日本人当年在这儿肯定有弹药库，他们暗中不知杀了多少中国人呢。还有人说这炸弹如今看不到任何标识和字迹，日本人能承认这炸弹是他们的吗？

丑妞说："这还不简单，把炸弹上的泥土用刀给刮掉，就能看清字迹了！"

"万一碰着了引信，把它刮爆炸了呢？！"张无影开口说话了，他的声音好听极了，像山涧流下来的溪水一样清脆。

"嗨，把它搁在江里，将它身上的泥泡透了，一搓不就下来了吗？"丑妞说。

"你以为这是给人洗澡呢。"天水说。

"就是给它洗澡么！"丑妞一仰脖子说，"它弄了一身的泥，你不用水给它洗，能弄干净它吗？"

一个上了岁数的老头说："这炸弹啊，也不一定是日本鬼子留下来的。当年苏联红军解放东北时打鬼子，飞机从天上可没少往下扔炸弹。赶上这炸弹是哑弹，就没炸开。"

"苏联红军投下的炸弹不能连着都是哑弹吧？"张无影反驳说，"坑里还有一颗呢，肯定是日本鬼子逃跑时丢下来的！"

老头说："这可难说了，要是赶上一个人放蔫屁，那一串屁就不会有一个响的！"

他的话把大家都逗笑了。

张迷糊觉得那土里土气的炸弹实在没什么看头，而且这个被人绘声绘色描述的本家也不如他想象的神秘、有趣，他就召唤天水和青杨上车，说是再不回去，冯乡长就会打发人来叫了。天水和青杨出来了半天时间，也乏了，肚子更是饿得跟布谷鸟似的咕咕叫，他们一呼即应地跟着张迷糊走出院子。地龙不请自来地跟在他们身后。只听丑妞数落弟弟："地龙，你真没出息！人家又没叫你去吃杀猪菜，你跟着走什么呀？真赖！"

地龙咕哝着："我又不上桌，我就是在灶房跟着惠珍姨一起吃。"

依然是中午的那间饭堂，坐在圆桌旁的也依然是那些人，不同的是那时天光明亮，如今室内却已昏暗了。桌子上已经七碟八碗地摆满了菜，既有用瓦盆装着的杀猪菜，又有凉拌猪耳、蒜蓉猪肝、尖椒炒肥肠、红烧猪拱嘴、酱猪骨棒、五花肉炖豆角，总之，把猪各个部位的肉充分利用起来，成就了一桌的美味。每个大人面前都放置着玻璃酒杯，张主任正从杨乾开始逐一斟酒，酒气快活地融入肉香气中，勾起人的食欲。青杨和天水一落座，杨乾就对冯乡长说："把你家丑妞和地龙也叫来吧。"冯乡长说："乡下的小孩子怎么上得了席面！"本来抱着猫的地龙倚在门框旁悄悄打量桌子下还有没有闲着的凳子，打算随时坐过去，他爸这么一说，他彻底灰了心，转身去灶房了。

冯乡长站起身来举着酒杯说了一大堆开场白，诸如"欢迎局长到来""局长到了伊里库的天都蓝了"等等一番充满了嬉笑意味的吹捧的话，大家纷纷将杯子撞到一起，将第一杯酒干了。

冯乡长敬完第一杯酒，张主任给每个人又满上，纪书记站起来敬第二杯酒，他说："到了伊里库，就得按这里的规矩办事，要先干三杯！杨局长干了冯乡长敬的第一杯酒，我这当书记的敬的第二杯酒就不能不干了吧？"

杨乾一边摇头做着无可奈何的表情，一边笑着说："我可是高血压、脂肪肝，医生让我少喝酒，少吃肉，可到了伊里库，书记乡长这么高看我，我要是不干，不是辜负了你们的一番好意么！"说着，举起杯一饮而尽，其他人也都跟着干了杯中酒。

第三杯酒是张主任敬的，他谦卑地说自己是晚辈，虽然与杨局长接触的时间短，但感觉老局长是那么和蔼可亲、品德高尚，自己一定要好好向杨局长学习，为人民多办实事。

杨乾只有干的份了。

三杯酒落肚，大家才纷纷拿起筷子吃菜。杨乾对每道菜都赞不绝口。酒桌热烈的气氛犹如一团火焰，随着天色的转暗更加活跃起来。大家的话也多了，话语如燃烧的柴火，噼啪噼啪地响。他们一会儿议论花翅子鱼怎么做才好吃，一会儿又议论乡上的一个小寡妇，说她的戏唱得好，就是模样差了点，不然可以叫来助助兴。说着说着，他们又提起了那颗炸弹，冯乡长调侃说张无影本来要给自己找个安息的地方，没想到掘了个炸弹窝。纪书记说半个多世纪前伊里库一带曾有被逼为日本人采金子的劳工，他相信肯定有劳工私埋过金子，放在不知名的地方。他信誓旦旦地表示将来自己退休了，一定要扛着铁锹去挖金子，一夜挖成个大富翁。大家就举杯为这未来的大富翁干杯。

一瓶白酒很快就空了肚子了。张主任又起开一瓶，人们嘴上都说不能再喝了，但所有的人看着酒时，眼里闪烁的都是看待情人的那种温柔和依恋的目光。天水和青杨吃出了汗，大人们的注意力都在酒上，那些菜也就成了后宫中的娘娘——只是个陪衬了。天水和青杨窃窃私语着：酒究竟有什么好的，能让人们对它如此钟情？

"嗨，照我看，大人喝酒就是为了能说胡话。"天水说，"他们平时不敢乱说话，憋得慌，喝上酒呢，就能胡说八道了。"

青杨说："这说明他们平时不喝酒时说的话是假正经的。"

"咱们长大了也会像他们一样吗？"天水打了一个饱嗝，忧心忡忡地问。

"也许吧。"青杨叹了一口气说。

青杨的话令天水很失望，他也叹了口气。

惠珍又端上来两样菜，一盘爆炒腰花，一碗土豆炖茄子。冯乡长夹了一筷子腰花放到杨乾的碟子中，说："吃腰子补肾，老局长多吃几口！"

"我这岁数的补不补肾有什么用？"杨乾用筷子点着腰花说，"你们这些年轻力壮的多吃点！"

张迷糊已经不胜酒力，话都说不连贯了。但他依然奋勇地要酒喝，一遍遍地唠叨："酒逢知己千杯少——倒酒！"纪书记更是喝得心花怒放，他吹嘘自己年轻时是美男子，上他家提亲的人要把他家的门槛踏平了。冯乡长呢，他喝热了，脱下了那件有着四个口袋的外罩，只穿一件紫背心，裸着又黑又瘦的胳膊，用筷子敲着碗边，哼着怪里怪气的小调，说这是流传在伊里库一带的"蛇腔"，是蛇求偶时发出的叫声。只有张主任，他似是海量，敬了这个又敬那个，连干了无数杯，说话仍不走板，照样手持酒瓶恭恭敬敬地为大家掛酒。

青杨和天水嫌屋子里酒肉气太浊，正想着到外面透透气去，突然，屋子好像失了火了，本以为是瞎眼的那盏吊在饭桌上的灯泡，如今盛满了暖融融的光，把每张脸都照亮了。由于没料到电会突然来，大多的人在沐浴光明的那一瞬间，都不由自主地抖了一下，好像遭了狗咬。

冯乡长不失时机地说："杨局长一来，真是蓬荜生辉啊。"

杨乾说："你这发电机发的电也不错嘛，光挺足的么！"

这电大约没见过世面，很羞涩，不经夸，杨乾的话音刚落，光焰就开始打哆嗦，顷刻间花容失色，骤然暗淡了许多。冯乡长急赤白脸地对张主任说："去看看，这电怎么发的？"纪书记说："电刚送来不稳，跟新嫁娘似的，你得容她熟悉一会儿。"

冯乡长说："它平时不稳没人计较它，今天杨局长来了，它缩手缩脚的这也太不像话了。我看这个新嫁娘啊，没见过什么世面，杨局长多担待吧！"

纪书记唱戏似的"唉——呀——"地充满韵味地叫了一声，说："冯乡长在伊里库可是太委屈了，凭你的口才，当个县长也绰绰有余啊。"

冯乡长正咧着嘴大笑着说"纪书记可真抬举我"，惠珍进来了。这回她换了装束，老蓝色的长袖上衣被一件翠绿的紧绷绷的短袖衫所代替，她的胸脯比先前看上去高了，浑圆而细腻的胳膊充满了性感，先前垂在肩头的短发也用杏黄色的手绢束了起来，使她生就的宽脸显得瘦削了，为她平添了几分俏丽，仿佛是变了个人。她捧来一盆碧绿的蒸豌豆，说是专门给天水和青杨的，小孩子可拿它当点心吃。

冯乡长用热辣辣的眼光看着惠珍，夸她："还是你想得周到。"

惠珍微笑着出去了。

天水和青杨早已饱了，但那碧青青的豌豆又勾起了他们的食欲，他们各自抓了一把，放在桌上剥豆子吃。那豆子又香又软，又面又甜，像栗子肉，但又比栗子要细腻；像地瓜，但又比地瓜甜得微妙。他们吃了一把后意犹未尽，先后又抓了一把，他们想丑妞若是见到他们这副吃相，更得说

城里人都是吃货了。

灯泡依然忽明忽暗的，笼罩着饭桌的光随之忽强忽弱，那些菜肴也就跟着变戏法似的颜色忽深忽浅的。天水和青杨实在吃不动了，他们出了屋子，去灶房找地龙。正在扫地的惠珍对他们说，地龙吃了碗杀猪菜，早就回家去了。不过地龙走了，他的猫还没走，它正懒洋洋地趴在灶台前，有滋有味地舔着脸。

天水和青杨来到院子，天还没有黑透，西边天仍有几丝淡粉的云霓，以此可窥视出先前的晚霞是多么轰轰烈烈。夜晚的空气清爽极了，就像新煮的玉米的气息，有点微微的甜。他们都想撒泡尿，两个人去了东南角的厕所。它看上去像座破败的庙，歪歪斜斜的，用木杆搭就的。他们才走到门口，就被刺鼻的臭气给挡了回来。

"别进去了，实在太臭了。"青杨说，"万一再掉进粪坑里，那可太倒霉了。"

天水说："行，反正没人看见，咱就站在外面尿吧。"

小解完，他们觉得轻松极了。他们怕院外游荡的狗会咬着自己，所以尽管很想走远些，也不敢擅自出去，只能在院子里转来转去的。他们先去了上午宰猪的地方，那木架还在，只是猪不见了，他们想着自己的肚子里就有猪的影子，不知怎的有些害怕。他们手拉手走到房屋的西头，那里有一片枝叶婆娑的豆角地，他们走了进去。原来这片地正对着灶房的西窗。窗户竖着纱窗，上面附着飞蛾和一些不知名的虫子，不用说，是屋内的光明充当了巧手，将它们"绣"在了纱窗上。透过它，可以看见惠珍忙碌的身影。他们正想离开窗口，忽然听见灶房的门响了，跟着，冯乡长的声音飘了过来："惠珍，快脱！我闩了门了，你穿成这样，我刚才一见就憋不住了！"

惠珍说："怎么能在灶房里？"

冯乡长急切地说："快呀，我受不了了！我说出来撒尿的，一会儿就得回去！"

天水和青杨对男女之事一知半解的，他们悄悄趴在窗台上朝里张望。

冯乡长把惠珍搋到灶台上了，惠珍斜着身子，连连说："这样不行——"冯乡长就把她扳倒在地上了，好像一头凶蛮的牛撞倒了一棵青碧的柳树。灶台挡住了他们大半的身子，天水和青杨只看见了他们的小腿和脚。他们的四只脚就像漂荡在激流中，有节律地颤动着。只听他们"哎哟哎哟"地叫个不休，天水和青杨看得脸热心跳，手心都出汗了。他们想离开，但窗里的风景和声音却像两条绳子一样，捆住了他们的脚。突然，先前蹲在灶台的猫一跃而起，朝他们扑去，冯乡长的叫声变得更加怪异了，怪异得有些凄厉，他们想冯家的这只猫一定是败坏他们的好事去了。但他们的脚依然没有停止颤动，直到冯乡长又畅快淋漓地大叫了一声，那脚才像历经了一场战斗的刀枪一样，黯然静止了。

冯乡长站了起来，跟着惠珍也站起来了。

冯乡长叹了一口气，说："不叫这猫，更美！"

惠珍一边整理散开的头发一边嗔怪地说："怨不得猫，怪你嘴急。"

冯乡长说："饿了当然嘴急了，下回慢点吃！"

惠珍说："快回去吧，人家该问你一泡尿怎么撒这么长时间了。"

冯乡长不无得意地说："我肾好，尿长！"

惠珍说："听说这局长答应给三革子弄低保，也答应把老梁婆子收到城里的敬老院去？"

"那是啊。"冯乡长说，"连老带少的吃了我小半头猪呢，他不给我办事说得过去吗！"

惠珍说："别唱高调了，你也是自己馋肉了，我又不是不知道。"

冯乡长说："我这是公私兼顾、一举两得嘛。"

惠珍说："剩下的前槽和后鞧叫俺男人卖了，卖多少钱他还没跟我说，反正他会交给乡里的，俺们不会昧一分钱的。还有些碎肉、排骨、肺子和猪蹄，我都给放到地窖里了。"

"你家王屠夫真是有口福！"冯乡长用手拧了一下惠珍的脸蛋，感叹道，"他白天黑天吃的都是好肉！"

惠珍笑着骂他："滚你的吧！"

冯乡长亲了一口惠珍，这才像在山坡上吃足了草的山羊一样乐颠颠地走了。

天水和青杨悄悄离开西窗，他们像两只小老鼠一样窸窸窣窣地穿过豆角地，又回到院子。他们不约而同地仰头望着天空。半轮鹅黄的月亮出现在东方，星星也如野花一样点点簇簇地在夜空中四处绽放了，让人觉得

天与人间一样，在夜晚也是万家灯火的景象。只是不知月宫和星星里都住着些什么人，那里有山么？有河么？有火种么？那里的人也会喝酒么？正当他们浮想联翩的时候，突然看见一颗流星划过天际，它犹如从天庭失落的一盏明灯，顷刻就没了踪影。

"流星！"他们同时叫道。

"哎，你们俩——"他们的话音刚落，背后就传来了丑妞的吆喝，"刘四家的牛刚下了个小牛犊，你们去不去看？"

他们转过身来，说："去看！"

月光下的丑妞不像白天那样戴着花环了，她披散的头发也梳了起来，肩膀上一左一右地荡着两条辫子，显得文静多了。

"我们看见流星了。"青杨说。

"张无影过两天又得没影儿了。"丑妞说，"我们这里要是出了流星，不出三天，乡里准得死人！"

"有那么灵？"天水问。

"真的。"丑妞说，"刘老邪那瘸腿的爹死的前一天，我就看见了流星；王双和的老婆难产时，我看见了两颗流星呢，结果他老婆和她肚子里的小孩子都死了！"

青杨和天水立刻觉得流星是射向人间的一支毒箭，他们很懊恼与它相遇。

他们走出乡政府的院子后，就被此起彼伏的狗叫声所包围了。看来黑夜的狗比白天胆量大，丑妞的呵斥并没有使它们闭嘴。

想起刚才冯乡长与惠珍的所作所为，天水觉得丑妞很可怜。他很想套问一下丑妞对此事是否略知一二，谁知他没城府，自以为是试探性的问话，其实是富有针对性的："那个做饭的女的和你爸是啥关系啊？"

青杨叫了一声"老弟"，暗中拉了一下天水的手，示意他不该这样问话。

"啥关系？"丑妞不无得意地说，"我爸是乡长，惠珍姨是个做饭的呗！"

天水"哼"了一声，说："我看你爸这个当乡长的不怎么样！"

青杨又叫了一声"老弟"，使劲捏了一下天水的手，强烈制止他说下去。可天水甩开了他的手，一副要把事情戳穿的架势。青杨情急之中只能装作肚子疼，说不去看牛犊了，要回招待所。丑妞正因为天水无端指责了父亲而心生不悦，听见青杨嚷肚子疼，就赌气地说："回就回去吧，就看你们的爷爷在城里当官，你们就瞧不起我爸，怪不得我妈说了，城里人个个势利眼，指望他们为她撑腰，那是白日做梦！"丑妞撇下他们，一个人去看牛犊了。

待丑妞走远了，青杨埋怨天水："这种事是不能说的！"

天水辩解道："我又没说真事。"

青杨责备道："跟说真的也差不多了。"

天水委屈地说："我说什么都不对，你说什么都对。"

"老弟——"青杨拍了拍天水的肩膀，"其实你比我有正义感，长大了会比我有出息！"

"老哥——"天水笑了，"你别忽悠我了。"

"咱们回去睡觉吧。"青杨说，"明早醒来后咱就回城了。"

"就是。"天水说，"伊里库真没什么意思，乡长都是个流氓，其他人还有个好吗？"

"丑妞还挺有意思的。"青杨说，"就是脾气太大了。"

天水说："她有什么好？连鞋子都不穿，将来沾着一脚鸡屎上你的床，你干吗？"

"老弟！"青杨高叫了一声，"我生气了！"

"跟你闹着玩呢。"天水连忙说。

他们回到招待所后，筵席已经散了。杨乾的呼噜声灌满了走廊。纪书记、冯乡长已不知去向，张迷糊也睡下了。惠珍听见天水和青杨的脚步声，连忙从灶房迎了出来，她柔声地说："张主任找你们去了，你们困了吧，洗洗脚睡吧。"惠珍要为他们去端洗脚水，被他们拒绝了。他们觉得让坏女人为自己做事，是可耻的。

好像电也长着眼睛似的，天水和青杨刚钻进被窝，电就走了。他们折腾了一天，乏了，很快就睡着了。惠珍悄悄进来将一个尿罐放在门口，听着小哥俩香甜温柔的鼾声，她无限怜爱地独自感叹道："小孩子睡得可真甜啊。"

天水和青杨一觉醒来，天已经很亮了。夏天的太阳就像个爱抛头露脸的女人，早把自己打扮得鲜亮亮的，招摇在天上了。

　　杨乾和张迷糊早已起来了，他们昨夜看上去像是两株枯败的草，经过一夜睡眠的滋润，又神奇地活了过来，看上去格外精神。他们刚从江边散步归来，说是江边的空气好极了，要不是蚊子太凶了，他们还会多待一刻。

　　天空出现了云朵。有了云朵的天空就像有了伞，让人觉得有阴凉可寻了。杨乾说，早饭一过就往回返，估计中午时就该到家了。

　　戴着灰布帽的冯乡长一甩一甩地来了，他的腋下夹着一捆烟叶。跟他同来的，是个胖胖的面目有些迟钝的人，冯乡长介绍说这是乡人大的汪主任，专程来陪杨局长吃早饭。他把烟叶递给张迷糊，说："给老局长放在车上吧，这烟叶比什么'中华'和'熊猫'都好抽，伊里库没啥好拿的，就当是尝个鲜吧。"

　　杨乾说："冯乡长太客气了。"

　　张迷糊去送烟叶，汪主任则去厕所了。

　　冯乡长小声对杨乾说："要是不让汪主任出席一下，他就闹情绪。可你让他来吧，那吃相就像八辈子没吃过东西似的！你看，这是他的老习惯了，开吃前要把屎尿打扫得干干净净的，好多装点！"

　　"哎，可不许这样说老同志啊。"杨乾说，"人大可是监督你们政府工作的啊。"

　　"那是，那是——"冯乡长有些不好意思地笑了，他指着天上的一朵云说，"瞧这朵云，像棵玉白菜，多俊！"

　　吃过早饭，一行人上了吉普车，杨乾正将头探出车窗和冯乡长握手话别，一辆银灰色的丰田越野车像匹骏马一样英气逼人地开进院子。车好，驾驶它的人也身手不凡，一个漂亮的急刹车，车居然晃都没晃一下。车门打开后，从副驾驶位置跳下来一个穿一身米色休闲装的中年男人，他的头发似乎打了发油，梳理得柔顺而光亮。

　　"哎呀！"冯乡长惊喜地大叫一声伸出双手迎上前去，紧紧握住那人的手，"宋局长大驾光临，怎么连个招呼也不打啊？我说早起时听见喜鹊么么，真的是有贵客光临啊！"

　　"到冯乡长的地盘上还用得着提前打招呼吗？"宋局长调侃完，发现了杨乾，连忙走过去和他打招呼，"想不到在伊里库能遇见杨局长，真是有缘啊！"

　　杨乾只好下车来，跟宋局长寒暄道："你这水利局长一大早往伊里库赶，是不是有洪峰要经过这里啊？"

宋局长笑了，说："杨局长还是那么风趣！我有两个来月没下乡了，这不雨季来了么，想看看江堤牢固不牢固，防患于未然嘛！"说完，回头介绍与他同来的一位女孩，说："这是小姜，去年分来的大学生，跟着我下来熟悉熟悉情况！"

穿一套鹅黄色休闲装的肤色白皙的小姜将一只纤纤素手伸给杨乾，矜持地问候道："杨局长好。"

宋局长又发现了坐在后座上的天水和青杨，他问杨乾："是您孙子吧？"

杨乾说："一个是孙子，一个是外孙。"

"好福气，好福气！"宋局长赞叹道。

"那就不耽误宋局长检查工作了，我们回去了。"杨乾准备上车。

"哎，那怎么行！我来你走，也太不给老弟面子了！"宋局长说，"起码应该在一起喝顿酒才是啊，在城里想请您还请不动呢！"

杨乾说："我这儿的工作也完了，没事了，该回了！"

宋局长说："反正今天是双休日，您吃过午饭再往回返，天黑前准到了，不耽误明天上班的！"

冯乡长巴望着杨乾快走，可他又不得不做出挽留的姿态："就是，杨局长，吃了午饭再走吧！"

"家里还一大摊子事呢。"杨乾说，"不留了。"

如果没有接下来发生的事情，杨乾真的也就走了。

冯乡长殷勤地问宋局长，中午想吃点什么，是江鱼、土鸡还是鹅？他好让人提前准备着。谁知宋局长一挥手说："我看勒条狗吃吧！三伏天吃狗肉，那才叫美呢！不过我可有言在先，这买狗的钱由我出！"说着，从兜里掏出钱包，抽出一沓崭新的百元钞票，往冯乡长手里塞。冯乡长笑着说："钱我是一定要收的，不过要等到宋局长走时才能收，您先替我拿着！"杨乾觉得他们的话似乎都是针对自己而来的，他就大声对张迷糊说："对了，老张，我让你把饭钱和住宿费结了，你没忘吧？"张迷糊在人情世故上一点都不迷糊，他马上心领神会，故作懊恼地"哎呀"叫

了一声，狠狠拍了一下自己的脑门，说：“瞧我这臭记性，真还给忘了，我这就去结！”说着，打开车门跳了下来，朝招待所走去。

冯乡长一脸尴尬地看了看杨乾，又看了看宋局长，好像一个犯了错误的孩子要等待着两个家长的训斥和处罚，诚惶诚恐，苦不堪言。

宋局长大约也意识到刚才的举动伤害了杨乾，他又一次拉起杨乾的手，说：“杨局长，您要是真回去的话，我也不检查工作了，我送您回去！”

杨乾说：“只怕你送我，像旋风小子送瘸腿老汉——送不那么痛快！我这国产破吉普跟你这进口的丰田越野车跑在一起，还不得给落下十万八千里！”

宋局长说：“您这么说，我可就真送您回去了。”

杨乾不敢得罪这个在仕途上一帆风顺的人，谁都知道他是县委书记的红人，他可不想在退休前让这个姓宋的到县委书记那奏自己一本，那可是连破吉普车都坐不上了。所以尽管心中格外厌烦宋局长，他只能屈尊留下来陪他吃顿狗肉。

冯乡长领着水利局的一行人进屋吃早饭去了。在招待所走廊空转了一圈的张迷糊出来了。他见了杨乾啐了一口痰骂道：“操，这几年发大水，省里年年往下拨款修堤坝，没见堤坝修成什么德行，倒肥了这些水利局的头头！妈的，他们的车越换越好！”

杨乾说：“哎，眼馋这个干什么，人早晚有一天得两眼一闭去见阎王爷；再好的汽车，终究不过是堆废铁！”

“就是，”张迷糊说，“就像张无影挖出的炸弹，几十年前它肯定锃光瓦亮，一身的威风；现在呢，跟泥猴似的，废物一个！”

张迷糊悄声对杨乾说：“这个宋局长和那个新来的大学生关系暧昧，他去哪儿检查工作都要带着她，水利局的人对此议论纷纷的。”

天水和青杨不想在伊里库再待一刻了，杨乾决意留下在他们看来是很没面子的事情，所以他们被迫下车时都噘着嘴。张迷糊乐得留下，他声言自己中午要喝三碗狗肉汤，啃两条狗腿，再灌水利局那个牛烘烘的司机一斤白酒，让他晕得分不清东西南北，把车当成船，给开到江里去。

天水没有好气地说：“那你干脆把四条狗腿都啃了得了，要不进了你肚子的狗还是个瘸子！”

青杨笑了，他叫了一声“老弟”，天水便将紧绷的脸松弛下来了，他长吁了一口气，说："老哥，留下也不错，咱们一会儿看他们怎么勒死狗吧，那肯定比杀猪有意思！"

水利局的人吃过早饭后，冯乡长就陪他们去江畔巡视江堤去了。杨乾由纪书记和乡人的大汪主任陪同，在屋子里打扑克。张主任受冯乡长的嘱托，到乡里买狗。冯乡长对他说："你先垫上钱，拿现钱买一条肥狗！哪怕花三百块钱也行！把宋局长招待好了，他就能多批给咱点防汛经费，咱这一条狗跟那经费比起来，九牛一毛！"

张主任去买狗，天水和青杨便尾随着。乡里的人家都养狗，有的人家还不止一条狗。但凡那些瘦的、毛色不润泽的、呆头呆脑的狗，都被张主任给排除在视线之外了。最后他挑中了一条黄狗，它个头高、毛发光亮、表情灵活、身形俊美。这黄狗的主人正捧着一碗面条蹲在门前吃得满面流汗的，听说张主任要牵走他家的黄狗给水利局的局长吃，他丢下面碗怒气冲冲地说："我都不舍得吃，给城里来的当官的吃，你做梦去吧！"张主任连忙说这狗不白牵，他会给钱的。那人"呸"了张主任一口，说："你们上回抓了葛老头子家四只鸡，说是年终给钱的，最后不是才给了一半吗？！"张主任说："我这回给现钱，一次给全！"

那人立刻就不激愤了，他挤出两团干涩的笑容问张主任："给多少钱啊？"

张主任沉着地说："一百八。你知道，一条狗最多值这个价。以前，我一百三十块就买一条。看这条狗长得肥才多给你。"

那人一撇嘴说："一百八太少了！我这狗在伊里库可是数一数二的，要模样有模样，要身段有身段！少于三百，你连根狗毛也别想拿走！"他介绍这黄狗，倒像是媒婆在介绍待嫁的姑娘，听得天水和青杨嘻嘻乐了。

张主任故作生气地说："好好，这狗这么值钱，你自己留着享受吧，我找别的狗去！"张主任放开脚步，吆喝天水和青杨跟他走，说："伊里库的好狗有的是！"

那人见张主任真的走了，就飞快地撺上来，一口一个"张主任"地叫，说："那我就少要二十块，你看二百八总值了吧？"

张主任仍然嫌贵，那人就抽搐着脸把价钱降到二百五，张主任这才答

应，拿出二百五十块钱给他，顺顺当当地把黄狗牵走了。

狗的脖颈上拴着皮项圈，这狗并不知道死到临头，走得乐颠颠的。才走了一会儿，那人又气喘吁吁地撵上来了，他说勒死黄狗后，那个皮项圈他还得要回来，留着养狗用。张主任不耐烦地说："又不是金项圈银项圈，值得你跟着屁股要？"

惠珍的男人王屠夫早已在院子里候着这条狗了。这回他手里没有持刀，而是拿着一条两米多长的绳子。黄狗一见王屠夫和他手中的绳子，感觉大事不妙，先前还活泼张开的耳朵和快活摇动着的尾巴，全都像霜打的叶子一样耷拉下来了，它"呜呜"地缩头叫着，准备逃跑。可是张主任已牢牢地把它牵在手中了。

王屠夫朝手心吐了一口唾沫，接过拴狗的绳子，生拉活拽地把狗弄到院门口的一根水泥石柱下。这石柱的顶端吊着一个大喇叭，大概这喇叭久已不用，已被鸟做了窝了。石柱的中端，固定着一个铁质滑轮，而石柱的下端，附着斑斑驳驳的陈年血迹，看来在这石柱下毙命的狗已经不止一条了。

王屠夫麻利地将手中的绳索挽了个扣，套在黄狗的脖子上，然后垫着木墩，跷脚将绳索穿到滑轮下，从木墩上蹦下来，吆喝围观的人："闪开——闪开——"他站在地上奋力"唰唰唰"地拉起绳子，黄狗就像漩涡中的一片落叶一样被拉得团团转。它凄厉地叫着，疯狂地扭动着四条腿，逐渐地像一条被钓出水面的鱼一样给提了起来。它的身体不像在地面上是横着的了，而是竖着的了，好像它已把天空当成了道路。黄狗叫得越来越哀，越来越沙哑，越来越微弱，与此同时，它的眼睛暴突出来，舌头像一片花瓣似的从口中脱落出来，它的四肢也不再抽搐了，而是像干枯的树枝一样僵直地垂着——它死了。它的嘴角流出一缕血来，仿佛它曾收藏了人间的一缕晚霞，在它告别之时，又把它吐了出来。

一个欢蹦乱跳的狗这么快就死了。天水和青杨哀伤极了。王屠夫将狗从水泥石柱上落下来，拖它到昨天宰猪的地方，剥它的皮，肢解它。苍蝇又嗡嗡叫着来寻美味了，它们对杀戮总是报之以喝彩。

"我不想吃它的肉。"青杨说。

"我也不吃。"天水说，"我宁愿饿着！"

他们不再看王屠夫在黄狗身上轻灵地用刀，他们百无聊赖地找到一处比较干净的地方，席地而坐，用木棍画了一个"+"的图形，玩起了"天下太平"的游戏。青杨用作棋子的是四粒石子，而天水用的则是四块碎玻璃碴。玻璃能反射阳光，所以天水一运棋时，他的手指就闪闪发光，好像他长着金手指似的。

他们大约玩了一个小时，地龙来了。地龙加入了他们的行列，他从灶房取来四粒黄豆做棋子，豆子很"圆滑"，他常常捏不住"棋子"，就骂它们是贼，只会溜。往往是棋子一落下来，他的鼻涕也跟着出来了，他就一次次地把鼻涕抽回去。他不能输，一输就要哭，天水和青杨只好变着法让他赢。

太阳快走到中天了。从灶房里飘出炉狗肉的香气。只见张主任忙三迭四地一会儿从外面提进灶房几条鱼，一会儿又提进来一只鸡，午饭的丰盛可想而知了。

他们玩腻了"天下太平"，就围作一团说话。

青杨问地龙："'伊里库'是什么意思啊？"

地龙说："这地名又不是我起的，我怎么知道！"

青杨说："那你姐姐一定知道吧？"

地龙一扭脖子说："她也不见得知道！"

天水觉得青杨这是变着法打听丑妞呢，他冲青杨挤了一下眼睛，问地龙："你姐呢？"

"上张无影家去了。"地龙说，"她说要给炸弹洗澡去，好看看它身上的字。我爸不让她去，说是就是洗出了字，也是日本字，她又不认识。可我姐不听。"

青杨微妙地叹息了一声，说："你姐可真犟，想干什么就干什么。"

他们正说到落寞处，场院里来了热闹。一个穿蓝衣的男人牵着一条狗来了。跟着，一个穿花衣裳的中年妇女也牵来了一条狗。只短短五六分钟的时间，已有七八个人牵着狗进了院子。狗的主人嚷着要见张主任，而那些被牵着的狗则因为这意外的相逢而忙碌着，它们有的彼此友好地贴着脸，有的则充满敌意地互相咬着。

天水和青杨跑了过去。原来张主任花二百五十块现钱买了黄狗的事被主人炫耀出去，很快传扬开来，大家都觉得这买卖划得来，纷纷来卖他们的狗。眼见着围观者越来越多，陪杨乾玩牌的纪书记只得出来调停，他劝他们回去，说一天也用不了这么多条狗，将来需要了，再找他们去。可

那些人就是不走，人人都说他们家的狗适宜吃肉，急得纪书记满面汗流的。幸而张主任这时回来了，听明事情原委后，他不慌不忙地从兜里掏出一个小本子，又摸出一支笔来，说："什么事都得有个先来后到。这样吧，按先后顺序先登记一下，然后你们把狗牵回去等消息！"那个穿蓝衣的男人兴奋得脸颊都红了，他尖声叫道："我是头一个牵狗来的！"于是张主任就在本子上把他的名字写在最前面。第二第三的登记也很顺利，轮到第四第五个人时，他们发生了争执。年轻的说他是第四，年老的说他是第四。年轻的说他进院子时，年老的在他身后，而年老的说虽然他比年轻的落后几步，可他牵着的狗比年轻人牵着的狗走得要靠前，这是卖狗，又不是卖人，得以狗的前后为准吧？张主任有些不耐烦了，他说："好了好了，并列第四！"就这样，只用了短短几分钟时间，就将狗的主人的名字排好了顺序，大家这才像揣了一份保险单似的四散了。人走了，他们的狗也自然跟着走了。

纪书记酸溜溜地对张主任说："倒是张主任年轻，有魄力，跟冯乡长走南闯北的见识多，能把问题这么快就解决了！"

张主任说："哪里，我这不过是雕虫小技！"

纪书记的脸拉长了，他想说什么，嘴唇嚅动了许久，那些话最终还是被他咽了回去，他神色黯然地接着陪杨乾打牌去了。

谁家的驴受了委屈似的呜呜喃喃地叫了起来。地龙说驴这是在叫午。只要太阳走到天中央，它就会扯着脖子叫，好像太阳会赐给它食物似的。果然，太阳正当头顶。水利局的车回来了，冯乡长陪着宋局长一行下了车，他们纷纷去了厕所。跟着，杨乾、张迷糊和纪书记等人也接二连三地出来上厕所。地龙说，这些人只要一上厕所，酒筵就要开始了。似乎是为了验证地龙的话似的，张主任过来招呼天水和青杨去吃饭，他们就说自己不想吃狗肉，张主任说："那就吃别的，菜多着呢。"

这回天水和青杨是被安排到灶房的一张小方桌上吃饭的，他们也不喜欢和大人聚在一起，听他们说那些似是而非的酒话。地龙搬来三个圆凳，他们一人坐上一只，围在桌前，拿起了筷子。菜都是用小碗盛的，天水和青杨对狗肉和鸡肉一律不碰，只吃了少许的鱼和芹菜。地龙呢，他对狗肉情有独钟，把一小碗全都吃了。

吃过饭，地龙提了一只空酒瓶，带着天水和青杨去灶房西窗下的菜地捉蝈蝈。明明听见蝈蝈在豆角叶片上叫，可他们奔过去，声音就消失了；有一刻他们甚至看见了它站在金黄色倭瓜花上的翠绿的身影，可他们扑过去，它又无影无踪了。他们扑落了很多豆角花，又踩烂了好多大头菜的菜心，踏破了无数葱管，可善于奔跳的蝈蝈总是能逃脱他们的手，让他们的瓶子只装着些虚飘的阳光。

惠珍听见他们在菜地闹得凶，就跑到西窗前吆喝地龙："你把菜地都糟践了，我拿什么做饭？"

地龙说："拿我的鼻涕，给他们炒盘大鼻涕吃！"

天水和青杨虽然没受到责备，但他们觉得惠珍训斥地龙，也就是不满意他们，遂出了菜园，每人捡了一颗石子，去打水泥石柱喇叭里的鸟窝。正打在兴头上，猛听得"轰——"一声巨响，大地仿佛颤抖了一下，招待所的玻璃窗也被震得"哗啦啦"的响。张主任跑出来问地龙："什么响？"地龙说："我怎么知道？"张主任嘟囔道："肯定是谁偷着使炸药炸鱼了。"说完，不以为意地回屋了。

天水他们接着砸鸟窝，最终把它给捣毁了。他们正为此欢呼着，打鱼人刘守金上气不接下气地唤着："冯乡长——冯乡长——"跌跌撞撞地进了院子。

他一见了地龙就瘫倒在地上，断断续续地说："快……快叫……你……你爸，丑妞……出……出事了。"

地龙去叫父亲时，酒筵正在高潮。杨乾、宋局长已喝得面呈猪肝色。张迷糊虽然声称下午开车返城要少喝点，但是谁给他倒酒，他都来者不拒。那个姓姜的女大学生喝了一大碗狗肉汤，肤色愈发显得白皙润泽了。纪书记喝得舌头大了。乡人大的汪主任喝得暗中松了两次裤带。冯乡长呢，他借着酒劲赞美小姜比演员还受看，他明白，赞美小姜，比直接拍宋局长的马屁作用要大。小姜被说得娇羞地低下头来，愈发惹人怜爱了。

地龙告诉父亲丑妞出了事时，冯乡长还以为她让狗咬了或是崴了脚，就一摆手轰他出去："去去去，找你妈去！"

地龙说是刘守金来报告丑妞出事的，姐姐出了多大的事他不知道，因为刘守金栽歪在院子里起不来了。冯乡长知道大事不好，连忙撇下酒杯出了屋子。

刘守金一见冯乡长眼泪就下来了，他拍着腿说："冯七啊，你还喝啊，你没了闺女了！丑妞让炸弹炸死了！"刘守金哭得鼻涕都流出来了：

"丑妞被炸得七零八落的，我只捡着一条胳膊，在我的渔船上呢！"

原来，丑妞真的去了张无影家，央求他把炸弹扛到江岸，张无影答应了。他们把炸弹放置在江心的一处石缝中，那时刘守金正在撒网，还帮了他们的忙。张无影待丑妞安置好炸弹后就侍弄他家的庄稼去了，丑妞到岸上去采野花。她说采了野花，编了花环后，这个泥人似的炸弹就可以洗了。刘守金划着船往上游走，继续撒网。撒完网，他在上游抽了一颗烟，又顺流而下回到伊里库渡口。当他的小船快到渡口时，只听得江面传来巨大的爆炸声，好像江底钻出了一头怪兽，把江面搅得一片喧嚣沸腾，波浪翻卷，水花飞迸，他的小船也摇摆起来。他意识到是那颗炸弹爆炸了，担心丑妞出事了，就加快划船的速度。当他到达出事现场后，一看见江水中那隐隐的血色和漂浮着的花布碎片后，他就明白丑妞已死了。他想找到她的尸首，然而只在江水转弯的地方找到她的一只胳膊，有一刻他还看见探进江水的几丛芦苇挂住了一个圆圆的东西，他以为那是丑妞的头颅，可过去一看，原来是个西瓜！

天水和青杨明白，那个西瓜一定是昨天丑妞放到江心的那个，爆炸力像一只手，将它从石缝中托了出来。他们想在江水中拔了一天一夜的西瓜，一定比冰还要凉吧——就像他们此刻的心。

江岸上聚集了很多闻讯赶来的乡民。冯乡长的老婆坐在沙滩上已哭得气息奄奄，一帮女人也陪着她哭；冯乡长则像只饥渴的水鸟似的一次次地冲入大江，声嘶力竭地呼唤："我的丑妞——"人们就得一次次地将他从江水中拉回来。泊在岸边的小船微微摇荡着，人们已将爆炸引起的一些游荡到岸边的漂浮物打捞上来，丑妞的一只脚，几团粉红的碎肉，被炸死的鱼，炸弹的金属碎屑，连同刘守金找到的那只胳膊，都被装在小船里。

太阳依然将它的光明洒在江水、大地和山峦上。宋局长和杨乾满嘴酒气地走过去安慰乡长的老婆。他们刚说了两句话，就被那女人给骂了回来："你们滚！不叫你们来，我男人能天天陪我们娘们在家，丑妞也不会出事！"宋局长和杨乾只能讪讪走开，又去安慰冯乡长。冯乡长倒是没骂他们，他哀哀地听着他们重复了多遍的"节哀保重"一类的话，痴痴地看着江水，什么也没有说。

宋局长和杨乾只能选择告辞。走前，宋局长掏出五百元钱给张主任，说："一点心意，给冯乡长的爱人买点营养品。"

杨乾的兜里只有一百多块钱，他觉得拿不出手，尤其是在宋局长面前。杨乾将张迷糊拉到一旁问他要，张迷糊说只有五十多块钱。杨乾很生气，问他为什么出门不多带些钱。张迷糊说："哪个干部下基层带钱啊，谁能预料出了这档子事呢！"最终，他们凑了二百元给了张主任，也请他转达他们的哀思和慰问。

宋局长一行先上了车，走前他颇为无奈地握着杨乾的手说："这酒没喝痛快，下回吧！我就不陪你们了，接着去前开乡看看那里的防汛去！"

宋局长这是由伊里库去沿江的另一个乡了，天水和青杨想前开乡也要有一条狗遭殃了。

张迷糊驾驶着破吉普车，载着杨乾、天水和青杨离开了江岸，离开了伊里库，离开了背后的哭声和那条不忍目睹的渔船。他们很快进入到森林原野之中。那些绿树和野花又扑入他们视野之中了。

"妈的，这趟来得可真晦气！"张迷糊说。

"是够晦气的。"杨乾长长地叹了一口气。

吉普车内的气氛显得格外沉闷，杨乾不再说话，张迷糊也只是闷闷地开车，丑妞的死已使他们酒醒了大半。天水和青杨也不说话，他们在后座一左一右地将头探到车窗外，看着林中飞鸟一样的树叶和在花间翩跹的蝴蝶。就这样了无情趣慢悠悠地走了两小时后，太阳已经偏西了，杨乾打起了呼噜，张迷糊也呵欠连天的，他把不稳舵了，车子开始像蛇一样游走。天空呈现着微微的橘色，劳作了一天的太阳要给自己披上一件金色的霓裳，以最美的姿态与天空作别了。

吉普车突然怪叫了几声，骤然停了下来。张迷糊踩了好几次油门，也没打着火，他看了一下油表指示仪盘，说："怎么他妈的没油了，破车真是耗油！"他趴在方向盘上迷糊了片刻，突然抬起头骂："准是伊里库这帮王八蛋偷了我油箱的汽油！他妈的，乡下人就爱偷汽油去洗他们被油弄污的烂衣裳！"

天水和青杨回忆起，昨天吉普车停在张无影家门口时，他们确实看见有人提着瓶子围着吉普车转悠，当时他们还以为那是酒鬼呢。

张无影肯定又扛着铁锹失踪了。这次他会把自己的墓地选在哪里？他还会再回到伊里库吗？

杨乾睡着，张迷糊也睡了。他们睡在途中的吉普车上，竟像婴儿睡在摇篮中一样安稳。

天水和青杨打开车门，走到林间的草地上。这片草地处于洼地，隐约可见几片清亮的水色在闪烁。他们一直向前，忽然，在被夕阳笼罩的草地上，突然出现了几团雪白的云朵！它们悠然游动着，像几朵绽开的白莲花！他们抬头看了看天，天上也有云朵，不过那里的云朵比草地上的云朵要大，而且懒洋洋的。而草地上的云朵娇小柔美，妖娆绮丽地变幻着身姿。他们放慢脚步，慢慢地接近那几朵云。他们看见了在画片中看见过的事物：几只白鹤游动在草地上，它们身躯雪白，有着长长的脖颈，长长的脚，长长的嘴。它们在自己的天地中自由自在地游走着，看上去是那么地无忧无虑！

天水和青杨想起了丑妞所描述的有关见到白鹤的情景，他们再也控制不了自己的泪水了，一任它们像一串连着一串的删节号一样滑过脸颊。他们多么希望白鹤能衔住他们的泪滴，把它带到天庭去，因为他们相信，丑妞已是天上白云中的一朵了。

原载《人民文学》2004年第5期

点评

小说讲述了一个民政局长的下乡经历，虽然打着私下会友的旗号，但他特殊的身份仍然将私人聚会搞成了一场地方性的大场面视察。冯乡长的杀猪宴看上去更像是鸿门宴，局长吃下的每一口佳肴都是有代价的。冯乡长、杨局长、宋局长、纪书记、张主任各分角色地演出了一场别开生面的官场百态剧，将地方性的政治生态活灵活现地演绎出来某些，某些地方官员的丑态与贪欲一览无遗。

值得注意的是，小说还有另外一个线索和视角，即以天水和青杨为线索的儿童视角。杨局长下乡时带上了自己的孙子和外孙，两个小男孩也一同到了伊里库，他们眼中的世界跟两个局长下乡所看到的图景则完全不同了。他们与丑妞结下的短暂友谊深厚而清澈，他们看到的乡村干净而美丽，但这一切都被冲淡了。他们看到了屠夫杀猪杀狗的残忍经过，看到了冯乡长与惠珍的可耻偷情，还看到了丑妞因为冯乡长夫妇疏忽而惨死。丑妞就是天上滑落的那颗流星，是那只飞走的白鹤，是飘浮在天空的白色的云朵。

小说特意设置了两条下乡的线索——官员下乡与儿童下乡。面对同样的人群与风景，两条线索令人体验到了截然不同的感受，成人世界里的肮脏和儿童世界里的纯净构成了鲜明的对比。基层政治生态的污染令人痛心，那些原本美丽的云朵被沾染了污秽，面临严重的危机。

（崔庆蕾）

红莓花儿开/

/王　松

　　事情的起因是一部电影。由于年代久远，这部电影叫什么，甚至具体情节都已记不清了。总之，是一个发生在解放战争时期的故事。那时的小孩子都把战争题材的电影称为"打仗的"，而"打仗的"电影对于男孩子，尤其是正上小学二年级的男孩子来说无疑是极具魅力的。只记得电影中有这样一个情节，国民党驻守军队在拦河大坝上安放了炸药，预谋炸坝放水。当他们发现解放军先头部队已准备渡河时，一个国民党军官就发出了"炸坝！"的命令，这时，只见一个獐头鼠目的士兵用力一按起爆器，然后赶紧闭起双眼用手捂住耳朵。但是，炸药并没有爆炸，镜头切换过来，一位英勇的女游击队长匍匐在地，已将电线剪断了。

　　这个情节后来成为经典，几乎我们每个小孩子都会学那个国民党士兵的滑稽丑态，先喊一声："炸坝——！"然后立刻闭紧两眼用双手捂住耳朵，再然后睁开眼，做出一个"没炸？！"的惊讶表情。那时每看完一部这类电影，我们都会兴奋很久，大家反复议论并模仿其中有趣的精彩镜头。关于"炸坝"这个情节，我们就模仿了很长时间，其中尤以吴滨模仿得最像，简直惟妙惟肖。吴滨的父亲是一个水利设计院的建筑工程师，据说是专门设计水坝的，因此他的模仿就比较权威，同时，他还是我们班的学生班长，所以大家也就很给他面子，每当他模仿完，大家立刻就会报以夸张的笑声。但是，华二傻却对吴滨的模仿不感兴趣。

　　华二傻感兴趣的，是电影中那个炸坝的情节。

　　华二傻是蹲班生，那时刚从三年级留到我们班来。据说他的学习成绩虽不太好，但还不至于沦落到留级的程度，而我们的班主任罗老师却说，一个人上小学一二年级正是为一生打基础的时候，丝毫马虎不得，所以，学校决定让华二沙同学留级是完全正确的。

华二沙，即是华二傻的学名。

罗老师说，他曾在一年级时教过他，所以对他的情况比较了解。

在吴滨为大家模仿炸坝情节时，华二傻站在一旁从来不笑。后来吴滨发现了这个问题，就有些不悦。吴滨问他为什么不笑。吴滨说："难道我学得不可笑吗？"

华二傻却若有所思，自言自语地说："电影里的这个情节……好像不对。"

吴滨一下笑了，说："电影不对，电影怎么会不对？"

华二傻说："那个起爆器，就是那个炸坝的起爆器，应该是一只电源开关，那个匪兵按了它没响，然后咱们的游击队才把电线剪断了，如果先按后剪，那炸药应该是会响的。"

吴滨听了一愣。显然，他没注意到这个细节。

但他立刻说："那个起爆器并不是什么电源开关，起爆器就是起爆器，当时我们的游击队已把炸药的雷管拔掉了，当然不会爆炸，这跟剪没剪断电线没有关系。"

华二傻说："不对，那个起爆器，就是一只电源开关。"吴滨说："不是，当然不是。"华二傻反驳说："如果不是，那从炸药上拉出电线还有什么用？而且，我们的游击队员前仆后继，冒着敌人的炮火去剪电线，还有什么意义呢？"

吴滨张张嘴，一下被问住了。

但是，吴滨仍坚持自己的观点，他说："不管怎样说，那只起爆器也不过是一只很普通的起爆器，跟什么电源开关没有任何关系！"

于是，吴滨和华二傻争论的焦点就集中到这只起爆器上来，也就是说，它究竟是不是一只电源开关。当时我们大家的观点很明确，自然都倾向于吴滨。但华二傻尽管很孤立，却仍然坚定地坚持自己的看法。他甚至自信地说，如果我们不信，可以去问罗老师。

但是那一次，罗老师也没支持华二傻的观点。

罗老师一边吸着烟，一边耐心地听完吴滨和华二傻的申诉，先"嗯"了一声，然后似笑非笑地对华二傻说："我们先来明确一个问题，你认

华二傻毫不犹豫地说："当然可以，电流当然可以引爆炸药。"罗老师点点头，又"嗯"了一声，说："好吧，就算电流可以引爆炸药，那么在那个时代，又是在那样偏远的农村，而且当时还是在一条拦河堤坝上，电又是从哪来的呢？"

罗老师说："不要忘记，那可是战场啊。"

罗老师又说："你以为，像在你家里点电灯或听电子管收音机一样方便吗？"

罗老师的话，立刻引得全班同学哄堂大笑。

罗老师是在一天放学前，在课堂上对华二傻说这番话的。

罗老师总喜欢在放学前，利用一点时间为我们讲一些课外的事，比如苏联的加加林少校是如何驾驶宇宙飞船飞向太空的，我国自行研制的万吨水压机是如何工作的；又比如我们英勇的中国人民解放军是如何将美帝的"U2型无人驾驶侦察机"击落的；等等。每到这时，罗老师就会站在高高的讲台上点燃一支烟，然后用一种学识渊博又才华横溢的腔调对我们侃侃而谈。我们的许多课外知识，也就是在这时这样从罗老师那里得来的。因此，那时每天放学前的十几分钟，也就总是我们最兴奋的时刻。

罗老师显然并不支持华二傻的观点。在那个临放学的下午，罗老师对这个关于起爆器的问题做出了最终也是最权威的结论，他将那只夹着香烟的手用力朝下一挥，然后很肯定地说："不可能，在战场上是不可能那样方便搞到电的，就是搞到了，也不可能引爆炸药！"

罗老师说到这里，又向全班同学问了一句："大家说说看，电流能引爆炸药吗？"

我们立刻异口同声地回答："不——能——！"

那时不仅我们，几乎所有小学生都习惯以这种腔调回答老师提出的问题，将声音拉得悠细悠长，听上去既乖巧又非常地整齐。当然，这种回答问题的方式让罗老师听了也很受用，世界上又有哪个老师不喜欢自己的学生崇拜自己，而且对自己所说的话坚信不移呢？每到这时，吴滨的声音尤为突出，他的嗓音极具穿透力，听上去尖细清纯，也就更显发自内心。

罗老师接着又问了我们一句："那个时代的农村有电吗？"

我们又尖声尖气地回答："没——有——！"

罗老师微笑着点了一下头，然后对华二傻说："对，没有。"

华二傻的学名叫华二沙。后来大家叫省事了，就叫他二傻。

二傻还曾有过一个哥哥，叫华大沙。据说他们的父亲是一个心灵手巧的技术工人，在"煤建公司"工作。我至今仍搞不清楚，这个"煤建公司"究竟是怎样一个企业的简称。"煤炭建筑公司"？"煤气建筑公司"？抑或"煤矿建筑机械制造公司"？似乎都有些不伦不类。总之，那应该是一个与煤炭以及大型机械有关的企业，二傻的父亲在那里是一个手艺精湛的维修工人，大家都亲切地叫他华师傅。那时波兰等东欧国家还是社会主义体制，我们国家经常要派一些专家和技术工人去那里支援建设，这有些像50年代的苏联援助我们中国。华师傅曾随一批技术工人被派去波兰的首都华沙，在一个机械制造厂工作了两年。据说他在那里表现很出色，精湛的技术和聪明才智也都得到了充分发挥。当时厂里有一台很贵重的机械设备，需要不停地上机油，波兰人一直想不出更好的办法，就只好派一名工人守在那里，手持一只油壶专职为机器加油。华师傅蹲在旁边观察几天，只搞了一个很简单的技术革新就将问题解决了，他用曲别针连成一条链子，然后安装到机器上，使它转动时在油槽里经过一下，这样就将机油带出来源源不断地自动滴到机器上。其实这个创意并没有什么新奇，很像我们中国农村的脚踏水车原理，但波兰人哪里见过，立刻都伸出拇指连连夸奖中国人聪明。后来华师傅又在那里搞出许多技术革新，临回国时，还被华沙总工会的劳动组织授予了"优秀工作者"的光荣称号。华师傅回国后为纪念这段光荣历史，有了孩子就取名叫"华沙"。

再后来有了华二沙，华沙才改名叫华大沙。

那时华大沙绰号叫华大傻，华二傻也就是这样来的。据说华大傻比华二傻还要聪明。华大傻不仅从他父亲华师傅那里继承了心灵手巧的秉性，知识面也极宽。他经常会脱口说出一些鲜为人知的事，使你搞不清楚他的那些知识究竟是从哪得来的。比如他在街上看着过往汽车，随便一指就能很准确地说出那辆车的发动机是多大排气量。这听起来简单，其实并非易事。那时这座城市的交通管理还与今天不同，许多在国外已跑够公里数甚至报废的汽车，不知通过什么途径弄到国内来就可以上路继续跑，所以，

马路上的汽车也就千奇百怪，不要说品牌，往往连生产国家也很难说清楚。罗老师在那时是华大傻的班主任。

罗老师决不相信，这个叫华大沙的学生竟比自己懂的事情还要多。

于是在一次去校外开运动会的路上，罗老师就故意当着许多老师和同学的面指着停靠在路边的一辆汽车问华大傻："这是什么车？"当时华大傻只看了一眼，随口就说这是马来西亚生产的"布尔奇"，也有翻译成"布学奇"的，然后，他又告诉罗老师，这是汽油和柴油两用车，所以，虽然装载量大，但装载吨位却很有限。

接着，他又准确地说出了这辆汽车发动机的排气量。

罗老师听了瞪起眼，张大嘴，刚要表示质疑，那两个正趴在地上修车的工人却立刻探出头来笑着说："吓，这小孩看着岁数不大，懂的事还不少，知道这是马来西亚的布学奇！"

华大傻还能清楚地指出路边电线杆上纵横交错的电线，哪一根是高压线，哪一根是360伏动力线，哪一根是320伏的高压汞灯照明线，哪一根是220伏民用线，哪一根是电话线，等等。那时的小学在二年级以后，还要开设一门"常识课"，这有些像今天初中的物理课，但涉及的知识面更宽一些，主要是讲生活中经常遇到的一些知识。自从罗老师负责讲这门课程，他与华大傻的关系就日益紧张起来。罗老师总想让华大傻当众出一次丑，因此在课堂上经常以突然袭击的方式将他叫起来，让他回答一些莫名其妙的问题。比如在一次常识课上，罗老师由连接用电器的"串联"和"并联"两种方式讲到大街上的照明线路，突然就将华大傻叫起来，问他："街上的路灯，一般采用的是串联还是并联？"

华大傻不假思索地回答："并联。"

罗老师认为终于捉到了机会，立刻"哈"的一声说："并联？"

罗老师眨眨眼问："你是说，并联？"

华大傻说："是并联。"

罗老师的脸上一下一下地笑着说："华大沙同学，亏你还是咱们学校有名的小科学家呢，你也太自信了，你在回答问题时怎么就不动一动脑筋呢？在那样长的街道上拉起路灯，就是直观地想也能想出来嘛，串联嘛，将路灯串成一串拉起来，怎么会是并联呢？"

罗老师这样说罢，又把脸转向全班同学："你们大家想想看，是不是串联？"

所有同学立刻拉起长声回答："是——！"

罗老师又问："是什么？"

全班同学答："串——联——！"

罗老师"嗯"了一声，满意地点点头。

华大傻始终看着罗老师，这时，他不慌不忙地说："如果是串联，路灯坏了一个怎么办？"

罗老师一时没明白他的意思，眨眨眼说："坏了一个，什么坏了一个？"

华大傻说："如果有一只灯泡憋掉了，怎么办？"

罗老师"嘁"地一笑说："憋了？憋了就再换一只新的么！"

华大傻说："可是，如果是串联，只要憋掉一只灯泡，所有的路灯就都不会亮了。"

罗老师眨眨眼，突然一下明白过来。

还有一次，罗老师在课堂上讲飞行器。罗老师告诉大家，所谓飞行器，不仅是指飞机，飞机只是诸多飞行器中之一种，根据飞行动力学理论，一切可以离开地面独立飞起来的人造机械装置，都可以称为飞行器。罗老师又为大家讲，飞行器能否飞起来的关键在于它的速度，光的速度是每秒30万千米，而声音的速度要远远慢于光速，一架飞行器，只要它的速度超过音速，就可以离开地面飞起来。罗老师讲到这里，突然又将华大沙叫起来。

罗老师说："华大沙同学，你来告诉我们，声音在空气中的速度是多少？"

当时大家都已听得一头雾水，没有人会想到，华大傻竟还能回答出这样的问题。但华大傻慢慢站起来，口齿很清楚地回答，声音在空气中的传播速度，是每秒340米。几乎所有的同学都惊呆了。接着，华大傻又说："飞机好像……不用超过音速……就能飞起来。"

罗老师立刻用教训的口吻给他讲解，能飞翔起来的物体，当然要达到一定速度！

罗老师这样说完，又向他做了一个手势，意思是让他坐下。

然后意味深长地说：“认真听讲吧，学无止境啊！”

华大傻却并没有坐下，他看着罗老师说：“现在……好像还没有一架民用飞机是超音速的。”接着，他又说：“飞机的飞行速度与音速的比值叫马赫指数，也叫M数，超音速是指M数大于1，民用飞机体积太大，如果超过音速，会在地面引起音爆，而且，超音速的阻力系数也比亚音速要大得多，亚音速是0.0021，超音速……好像是0.004，也就是说，飞机一旦超过音速空气阻力就会增加一倍，所以音速也叫音障，目前还无法超过。”

关于这件事，后来据华二傻说，他哥哥华大傻的这些知识是从一本叫《航空知识》的科普杂志上看来的，那时华大傻最爱看的就是这本杂志。当然，那时华大傻并不知道，60年代的法国航空公司还没拥有“协和式”客机，这种外形像一只大鸟而且后来频频闹出空难的超音速飞机还只在研制阶段，也就是说，当时在世界上还根本不存在超音速民用飞行器，因此，华大傻只能生吞活剥地将从航空杂志上看到的知识生搬硬套过来。但即使如此，也已令人大感意外，在那样一个科学与文化还相对落后的年代，一个刚上小学五年级的孩子竟然能说出如此一些知识，确属罕见。

罗老师显然也大感意外。在那一天的课堂上，他直盯盯地看着华大傻，好半天才说：“一个人学习，应该脚踏实地，应该循序渐进，不要还没学会走就先学跑，照这样下去是要摔大跟头的！”罗老师接着又说：“目前大家还在读小学，正是为今后打基础的时候，所以，不要去随便乱看一些无关紧要的课外书或杂志，那会把你们的脑子搞乱的！”

然后，罗老师又对华大傻说：“华大沙同学，我早已对你说过，现在就再一次警告你，你那个东西是搞不成的，也不可能搞成，无论什么样的发动机，其工作原理都是要以科学为依据的，而科学又是建立在文化基础之上。你现在还只是一个孩子，还只上小学五年级，如果你现在就能搞成那个东西除非是出现奇迹，你只是华大沙，不是瓦特，我的话你明白吗？”

罗老师又一字一顿地说：“你再这样一意孤行，弄不好会出大危险的！”

大家心里都明白，罗老师这样警告华大傻，是指他的“地排车”。

那时街上的小孩子正时兴玩一种“地排车”。

这种车的构造很粗糙，只是用两根木条和几块木板钉成一架木排子形状，底下再安装四个轴承当辘轳，玩的时候只要匍匐在上面，一只脚用力向后一蹬，"地排车"就可以在马路上飞快地跑起来。华大傻也制造了一架这种"地排车"，但他的确与众不同，看上去比别人的要大，也更为结实，而且四个辘轳没有使用轴承，而是从输电设备厂附近捡来的废瓷别子。这种瓷别子原本是安装到高压线塔上用来固定高压电线的，它的形状看上去很像车辘轳，而且由于是陶瓷制作的也非常耐磨。华大沙将它们装到车轴上，为了减震还在外面套上一层坚实的胶皮圈，又搞了一个简单的传动装置。而最为惹人注目的是，他还安装了一只简易的小型汽油发动机，用一只方形塑料桶当油箱，将其固定在"地排车"的表面，这样，他驾驶的时候只要将身体趴到车上，两手搂着汽油桶，轻轻一拽引擎的拉绳就可以将车发动起来，然后，这架"地排车"就会如同一只撒腿的兔子在马路上四处乱撞跑得疯快。这当然还称不上动力车，只能算是一种很简陋的动力装置，但这种动力装置一上路就显示出其新奇之处，同时也暴露出致命的弱点。它由于速度太快，控制起来就相对困难，尤其是转向和制动。而更危险的是，华大傻驾驭时是要趴在上面，倘若前方遇到什么障碍物，一旦转向和制动不及时就会一头撞上去，那后果是不堪设想的。华大沙一发现这个问题，立刻就对这架动力装置做了修改，在增强转向和制动功能的同时，还在车前安装了一只用充气橡胶制作的"A"形清障架。这种清障架的功能有些像蒸汽机火车头前面的那个清障装置，在行进过程中遇到一般的障碍物如果绕得不及时，可以将其挑出去，即使撞上较大的障碍物，也能起到一定的缓冲作用。

华大傻曾在一个晴朗的早晨驾驶着他这辆新颖独特的"地排车"来学校上学，当时在全校引起的轰动可想而知。那时我只有四五岁，还没上学，后来据亲眼见过的人说，在那个早晨，几乎全校同学连各年级的老师都被惊动了，大家围拢来挤得风雨不透，只在中间让出一条通道，就那样看着华大傻驾着他的"地排车"轰然驶过。

其实罗老师早就警告过华大傻，说他这样搞下去弄不好会出危险。

后来事实证明，罗老师的话并非危言耸听。

据说早在华大傻研制阶段，罗老师得知此事后，就曾与他有过一番

对话。

罗老师是在一天中午临放学前的十几分钟，在课堂上当着全班同学很认真地对华大傻讲这番话的。当时罗老师对大家说，现在街上的孩子都爱玩一种"地排车"，这很不安全，街上来往的车辆那样多，不仅影响交通，搞不好也会造成交通事故。

罗老师说："所以，希望大家不要去玩那种东西。"

应该说，罗老师这样叮嘱大家是很正常的，即使在今天，小学或中学的班主任老师仍会这样教育学生。但接着罗老师将话锋一转，就又说到另外一件事情。罗老师说："此外还有一件事，大家放学后最好待在家里，踏踏实实地复习功课，写一写家庭作业，写完了作业唱唱歌啊，想一想老师给你们讲过的事情啊，这都很好，千万不要胡思乱想，更不准去搞一些稀奇古怪的事情，这样弄不好会造成很严重的后果！"

罗老师说到这里，就将华大傻叫起来。

罗老师问："听说，你最近也在做那种'地排车'？"华大傻说："是。"罗老师又说："我还听说，你准备在'地排车'上安装发动机？"

华大傻又点点头，表示承认。

罗老师问："是……什么发动机？"

华大傻说："汽油发动机。"

罗老师立刻伸长脖颈，把头向前探出来："你是说……汽油发动机？"

华大傻说是，是汽油发动机。

罗老师又慢慢把头收回去，与此同时摇了一下，说："在'地排车'上安装汽油发动机？在那种破木板钉的'地排车'上怎么可能安装汽油发动机？真是笑话！"

罗老师说到这里，就又把头转向全班同学。

他问："大家知道汽油发动机的工作原理吗？"

全班同学立刻异口同声地回答："不——知——道——！"

罗老师说："好，等有时间，我来给大家讲一讲汽油发动机的工作原理！"然后，他又对华大傻说："一台真正的汽油发动机，是不可能随便安装到什么地方的，它由于转速很高，所以对传动装置有着极为严格的要求，这不是轻易就可以做到的，明白吗？"

罗老师这样说罢点了点头，又冲华大傻微微一笑说："好吧，你坐下吧。"

华大傻并没有坐下，也不说话，就那样眨着眼一下一下地看着罗老师。

罗老师问："你，还有什么事情吗？"

华大傻仍然不说话。

罗老师"嗯"一声说："我知道，你懂的事情很多，也很聪明，但聪明要用在正道上，比如课本上的内容啊，老师为你们讲过的知识啊，要记就记这些东西，不要总想些莫名其妙的事。"罗老师这样说着，将那只夹香烟的手用力一挥，以这个习惯性的动作得出结论说："今后不要再搞这种事了，你那台所谓的'动力地排车'是搞不成的，无论如何搞不成！"

罗老师断言，华大傻的"动力地排车"搞不成。

所以，在那个阳光灿烂的早晨，当华大傻驾驶着他制作的"地排车"来学校上学时，就令罗老师大为吃惊。当时罗老师站在许多老师和同学的中间，面孔像竹帘一样耷拉着，两只眼却用力睁大起来。但是，罗老师的脸上很快就又恢复了常态。罗老师回到班里并没提及此事，只是在那天临放学时，很严肃地向全班同学宣布了一条纪律，他对大家说："今后无论是谁，都不准去玩曾被老师宣布带有危险性的东西，否则不仅写检查，还要停课！"

罗老师这样说完又补了一句："还要请他的家长！"

罗老师在宣布这条纪律时，眼睛有意无意地朝华大傻那边瞥了一下，然后，就又将目光瞟向立在教室墙角的那架"动力地排车"。罗老师这话是什么含意，全班同学当然心知肚明。因此，当罗老师向大家问："同学们都听明白了吗？"

全班同学立刻齐声回答："听——明——白——啦——！"

那以后没过多久，华大傻果然就出事了。

华大傻出事是在一天傍晚。那时为学生上下学方便，我们学校门外的马路有一段较宽，很像一片开阔的空场。那天放学后，华大傻并没有马上

回家，而是仍然驾驶着他那架"动力地排车"在空场上跑来跑去。当时空场上很清静，华大傻一定是想试一试这架"动力地排车"的极限速度，所以就越开越快，发动机也随之发出震耳的声响。

也就在这时，意外发生了。

在我们学校附近有一家运输场，过去只是一个畜力运输社，里面养了许多骡马，后来随着城市发展牲畜都被淘汰掉，换了汽车，运输社也就更名为"东方红汽车运输场"。在那个出事的傍晚，"东方红汽车运输场"出去拉货的汽车陆续开回来，学校门前的那片空场也就渐渐繁忙起来。起初华大傻对身边开过的汽车并没有太在意，他的注意力全集中在他的"动力地排车"上。但就在这时，一辆南京产的"嘎斯"牌大型货运卡车突然朝他驶来。事后据目击者说，这辆"嘎斯车"开过来时速度也相当快，而且由于工作一天，大概驾车司机已有些疲劳，所以反应也就相对慢了一些。不过还有一个因素不容忽视，华大傻的那架"动力地排车"过低，他驾驶它时几乎是趴在地上，而"嘎斯车"的驾驶室又非常高，这就使匍匐在"地排车"上的华大傻很难进入司机视野。但尽管如此，应该说，那辆"嘎斯车"的司机反应还是相当及时，当他发现从斜刺里突然蹿到自己车前的华大傻，一脚就将刹车踩到底，车后拉出两道黑黑的轮胎印迹足有十几米远，制动片也随之发出一阵刺耳的尖叫。但是，这辆"嘎斯车"的行驶速度毕竟太快，而且华大傻的"动力地排车"又是从斜刺里冲过来的，这就有了一些迎头相撞的意味，因此无论是两辆车的速度还是冲力，也就大大增加。当时华大傻的反应速度比那辆"嘎斯车"的司机还要快，他连忙调整方向，使他的"动力地排车"转头朝另一个方向冲去。在此之前，华大傻已对转向装置做了改进，不仅更加灵活，也大大提高了转向的灵敏度，但这一来也就使这起事故变得更为严重。当时华大傻将转向手柄轻轻一推，他这架"动力地排车"立刻调转方向，与此同时巨大的离心力也使他无法再去顾及制动装置，于是，这架"动力地排车"就像发了疯似的在"嘎斯车"的两个车轮前一掠而过，然后划了一道角度很小的弧线就一头朝街边的马路牙子撞去。安装在车前的那个"A"字形缓冲装置在如此大的冲力下显然已失去作用，这架"动力地排车"撞到马路牙子上立刻发出响亮的一声，直到翻在路边，发动机仍还冒着蓝烟嗡嗡地转动，看上去就像一只正在狂奔的乌龟突然被掀翻过来，四只爪蹼仍然朝天一下一下地蹬动。

　　但令人感到奇怪的是，当那辆"嘎斯车"的司机和路边目击了整个过程的人们朝这边跑过来时，华大傻却不翼而飞。人们找遍四周，甚至连他有可能沿着惯性飞出去的最远距离都找遍了，却仍然没有找到踪影。后来两个交警闻讯赶到。就在这两个交警忙着用皮尺丈量出事现场时，突然发现了问题。那时的交警在春夏秋季还穿白色制服，其中一个交警正手拿皮尺撅在地上，突然就觉得有一滴温热的东西落到脖颈上，再看，又有一滴落到自己的衣袖上，竟是猩红颜色，猩红的一滴液体落到白色制服上，可以想象非常地刺眼，而且立刻绽放开来又慢慢洇进布丝，看上去就如同一朵盛开的梅花。这位交警已四十多岁，毕竟有些经验，他先是一惊，然后慢慢抬起头朝上望去，果然，就发现了倒挂在树上的华大傻。

　　华大傻倒挂在树枝上的样子很奇特，也非常骇人。他就像是一只栖息在树上的巨大蝙蝠，而且，浑身上下竟无一点外伤，只在鼻子和耳朵里流出几缕涓细的血水。

　　事后警方在调查事故原因时，对这辆肇事的"动力地排车"进行了仔细检查。这辆车的设计和具备的性能使他们大感惊讶，据一位对动力车研究颇深的老交警推测，这架看似不起眼的"动力地排车"一旦开动起来，可以达到的速度相当惊人，当然，它所具有的危险系数也就可想而知。警方分析，在出事时，一定是由于这辆"动力地排车"的行驶速度过快，所以当它一头撞向马路牙子时，驾驶它的华大傻也就随着一股巨大的前冲惯性像个鞍马运动员一样腾空而起，然后空中翻腾两周半，就那样倒挂在了树上。

　　那一次将华大傻从树上弄下来很费了一番周折，由于他那样摇摇欲坠地倒挂在树梢上，又不知死活，救援的警察也就不敢贸然动手，唯恐稍有闪失让他大头朝下地掉下来，那样即使没有撞死也会被活活摔死。后来警方在学校老师的帮助下终于还是没能将他弄下来，只好又求助于消防部门。消防队开来一辆紧急救险车，架起云梯，才将华大傻像一枚果实似的从树上摘下来。华大傻的浑身已软得像一团棉花，显然，没必要再送去医院。

　　这件事在学校引起不小的轰动。校方当即决定，借此事件加强对学

生的教育管理。罗老师也更加理直气壮，那时他最常说的一句话就是："我早说过，华大沙那样会出危险的，肯定会出危险，怎么样，他不听老师的话，到底出了危险！"后来在罗老师的一再要求下，学校还从交通管理部门借来当时拍摄出事现场的照片，搞了一次规模盛大的图片展，将华大傻那辆被撞得面目全非的"动力地排车"和他倒挂在树上的恐怖照片贴得满楼道都是。罗老师也在一次全校师生大会上，被学校安排做了一次很长的报告。罗老师在做那次报告时说到后来就已声泪俱下，他哽咽着告诉坐在台下的所有同学，一定要听老师的话，老师所说的话不会害大家的，从华大沙同学这次血的教训中可以得出一个结论，如果不听老师的话，只会是这样的结果，只有死路一条。

罗老师这样说着，又无比深情地向台下问了一句："大家说，应不应该听老师的话？"

当时坐在台下的所有同学立刻异口同声响亮地回答："应——该——！"

华二傻比他哥哥华大傻小六岁。

华二傻入学时，罗老师已送走那一届毕业班，又来一年级当班主任。

尽管那时罗老师还不知道，这个华二沙就是当初那个华大沙的弟弟，但他一接手这个班，立刻就对华二傻有些反感。罗老师一向有个习惯，每接手一个新班，都要搞一至两周班风教育，在立下规矩的同时，也在学生面前树立起老师的绝对威信。这时他训话的神情极其严厉，内容也极具知识性，还总要旁征博引大量古今中外的事例和掌故来作为自己讲话内容的佐证，同时，也会以先前他教过的某届某某学生作为例子，来说明如果不听老师话会产生的严重后果。那一次在班上，当罗老师又讲到这个问题时，就举出了华大傻当初被撞死那件事。当时罗老师并不知道华大沙的弟弟华二沙就坐在下面，同学们却知道，于是就都歪过头来，一边偷偷地看他一边哧哧地笑。起初华二傻的脸上并没有什么变化，但后来周围的同学越笑越起劲，他的脸色就开始涨红起来。

偏巧在这时，罗老师突然将华二傻叫起来。

罗老师这时已由华大傻被撞死那件事又讲到了艰苦朴素问题。罗老师说："艰苦朴素是什么？艰苦朴素就是新三年旧三年缝缝补补又三年，也就是说，艰苦朴素的关键在于废物利用，但是，如果我们搞不好，一些原本有用甚至用处很大的东西，也会变成废物，这是一个非常深刻的哲学问题，也是一个非常严重的浪费问题。"

罗老师说："所以，这个问题是不容忽视的。"

罗老师就是讲到这里突然将华二傻叫起来的。他对华二傻说："华二沙同学，听说你很聪明，还没上学就能在家里做出一些稀奇古怪的小东西，那么你来为我们举出一个例子，在咱们学校，什么东西曾经有用，而后来又变成废物了呢？"

华二傻眨着眼想了想，搞不懂罗老师提的这个问题究竟是什么意思。

其实罗老师在提出这个问题的同时已经明显提示他，他一边说话，两眼还朝窗外用力瞥一下，又瞥了一下。但华二傻依然愣呆呆地看着罗老师，一脸的不知所云。

罗老师"哈"的一声说："就在眼前嘛！你怎么看不见嘛！"华二傻还是一脸茫然。罗老师摇摇头说："看来，你的脑子也并不比别的同学聪明多少嘛！"

罗老师这样说着挥挥手，示意让华二傻坐下。

罗老师所指的，是堆在窗外院子里的一堆白蜡。据说早先学校附近的街道居委会曾组织起一伙家庭妇女搞了个绱鞋社，专门做一些"实纳帮""千层底"的灯芯绒布鞋，冬天也做各种棉鞋，搞得非常红火。后来随着销路越来越好，家庭妇女们的收入也越来越高，于是其他居委会也都纷纷效仿，一时街上到处都挂起"绱鞋合作社"或"绱鞋互助组"的招牌。这件事我还有一些印象，那时走在街上，常能看到围坐在树荫下的妇女，她们说笑着一边绱鞋一边聊天，街角的墙根里也到处晾晒着用糨糊打起的布来。这样一来，绱鞋用的蜡线也就成为紧俏商品，商店里一时很难买到。后来我们学校得知此事，就组织起学生搞课外加工，从工厂弄来一些废弃的白蜡，专门为一些大的绱鞋合作社加工蜡线。那大概是校办企业最原始的一种形态，操场上经常架起一口大锅，里面用熔化的蜡汁煮着一些细细的棉纱绳。但有一点可以肯定，当时学校搞这种课外加工绝非像今天为利益驱动，而仅仅是出于培养学生劳动观念的目的。再后来不知为什么，绱鞋社纷纷解散了，再没有人需要蜡线，于是那些白蜡也就丢弃在学校的院子里，渐渐被太阳晒得化成一团，又沾了许多泥土，成了一堆碍事

的废弃物。据说学校曾准备将这些白蜡当垃圾清除出去，但有关管理部门坚决不允许，说白蜡是易燃品，属特殊物质，根据国家管理规定不准随意丢弃。

于是，学校只好将这些东西就那样堆放在院子里。

罗老师在向华二傻提问时，显然是指这堆白蜡。

罗老师示意让华二傻坐下，然后对大家讲："比如那堆白蜡，它过去是用来浸棉纱绳的，棉纱绳被它浸透再绱鞋就可以更结实，也不怕泥水，同学们，它是不是很有用？"

大家立刻回答："是——！"

"但是，"罗老师说，"但是，现在我们不用它来浸棉纱绳了，它就那样堆在学校的院子里，风吹日晒渐渐成了一团烂土，它是不是就变成了一堆没用的废物？"

罗老师点点头，自问自答地说："它当然就变成一堆没用的废物。"

那堆白蜡就是这样引起华二傻注意的。

那天下午放学时，华二傻就不声不响地弄了一块白蜡放到书包里装回家去。华二傻回到家里，将这块白蜡放进一只铁盒，先在火炉上烤化，这样蜡里的泥土等杂质就都沉淀下去，而漂浮在上面的，只是一层洁白纯净的蜡汁。然后，他又弄来一根竹管，将它一劈两开，中间再夹进一根线绳。他先把这竹管放到清水里泡一下，就将化开的蜡汁轻轻倒进去，待蜡汁冷却下来，再将竹管轻轻掰开，这样，一根洁白的蜡烛就做成了。当天晚上，华二傻将他做的这根蜡烛点燃，然后两手捧着来到街上，那迷黄的火苗在他手心里跳跃着，他的脸上也随之弥散起一层淡淡的烛光。这根独特的蜡烛立刻引起小孩子们的极大兴趣，大家围住他问，这东西是怎样做出来的。有脑筋灵活的孩子立刻想到学校的那堆白蜡，顿时就明白过来。于是那段时间，街上的孩子们一时做蜡烛成风，每到夜晚，街上到处可以看到摇曳的烛光。那些手捧蜡烛的孩子一个个都走得很慢，而且唱起歌来悠细悠长。

这件事引起校方注意，是在一个冬天的早晨。

那时这座城市的电力还不发达，每星期固定在二、四两天停电。那是一个星期二的早晨，按学校规定，学生早上六点半要来上早自习课。冬天早晨的六点半天还没有亮，而那天又刚好是停电的日子，所以，各班学生就只好摸着黑坐在教室里，大家闭起眼来扯开喉咙唱歌。但就在这时，校长突然发现一年级的一间教室里灯火通明。

校长感到奇怪，就走过来推开教室的门。

教室里的情景立刻让校长惊呆了。

只见学生们坐在座位上，每个人的手里都捧着一支洁白的蜡烛，正伸长脖颈在轻轻地哼唱。那歌声，那弥漫在教室里的烛光，使人感觉就像走进一座高大的屋宇，隐隐的，似乎还能听到一缕呜呜的风琴声。

校方由此受到启发，立刻重新组织起全校同学大搞课外劳动，以那堆废弃的白蜡为原料，按照华二傻的制作方法一起动手灌制蜡烛。那时由于经常停电，每到晚上家家户户都需要蜡烛，商店里也就很难买到。所以，学校做出的这些蜡烛虽然粗糙一些，但供应到附近几家商店不仅深受居民欢迎，也为学校带来一笔可观的收入。

据说在此期间，罗老师曾跟华二傻谈过一次话。

罗老师是在一天下午，一边和大家一起灌制着蜡烛一边和华二傻谈话的。当时华二傻正在为同学们讲解，用来灌蜡烛的竹管之所以要先用清水浸泡一下，是为了让它不沾蜡汁，否则待蜡汁冷却后，就很难将它从竹管里掰出来。华二傻说，所以，竹管一定要用水泡透。这时，罗老师一边修整着一根蜡烛一边对华二傻说："华二沙同学，我问你一件事情。"

华二傻停下手，看着罗老师。

罗老师问："你认识华大沙吗？"

华二傻点点头，说认识。

"你跟他，什么关系？"

"他是，我哥哥。"

"嗯，"罗老师点点头，"难怪呢，华大沙，华二沙。"

罗老师这样说着就笑了，然后又说："我也是刚听说的，你过去，怎么没告诉我？"华二傻说："您也没问过我。"罗老师愣了一下，又点点头说："哦，对，我确实没问过你。"

罗老师这样说罢，忽然又问："你这种做蜡烛的方法，是从哪学来的？"华二傻说："是我……自己想出来的。"罗老师一下睁大眼，跟着又慢慢眯起来："你……自己想出来的？"华二傻老老实实地说："是，

是我自己想出来的，再过几天，我还想找一根粗点的竹管，在里面刻上花和喜字，描上金粉，这样就能做出雕花蜡烛了。"

罗老师听了这话，眯起的眼睛又一点一点睁大起来，而且越睁越圆。

然后，罗老师忽然又笑了，他和颜悦色地问："华二沙同学，既然你的脑子这样聪明，那我来问你，你的功课是怎么回事，为什么学习总跟不上呢？"

罗老师说："你还记得吗，你已经连续三次测验不及格了。"

华二傻的嘴动了动，慢慢低下头。

我至今仍搞不懂，那时华二傻的学习为什么总是落后。

其实罗老师一直想以留级或别的什么方式将华二傻从自己班里清除出去。罗老师教的学生个个学习成绩都很好，这在全校一向是有口碑的，他不想让华二傻影响全班的总成绩。而更重要的是，罗老师不喜欢华二傻，他一看见他就觉得别扭。

罗老师自己对这一点也毫不掩饰。罗老师曾公开在学校里说，他对这华氏两兄弟都没有什么好感。

但是，令罗老师没有想到的是，当他将那个班带到即将升入三年级时，他好容易说服校长和年级组的几位老师，决定让华二傻留在二年级蹲班一年，他自己却也没能跟去三年级，而是留在二年级又接手了我们这个班。而更让罗老师没有想到的是，华二傻由于留级，也来到我们班，也就是说，罗老师仍然还是华二傻的班主任老师。

罗老师自然很难接受这个现实。所以，当他接手我们班，正准备开始进行班风教育时，一眼看见华二傻竟也坐在下面，脸色顿时难看起来。

他把他叫起来问："你怎么……也来这个班了？"

华二傻当然说不出自己怎么会来这个班，他只是糊里糊涂地接到学校通知，说让他留级一年，然后就糊里糊涂地离开原来那个班，又糊里糊涂地来这个班报到了。

暑期开学以后那段时间，罗老师始终对华二傻没有好脸色，有时甚至在课堂上，当着全班同学的面就羞辱他。比如罗老师说："华二沙同学，你的作业怎么又没写好啊，你可要努力啊，不要忘记，你可是一个蹲班生呢！"再比如，罗老师说："华二沙同学，你究竟是怎么搞的，这次测验又没考好，你已经学过一年了你知道吗？难道还想再留级一年吗？"

罗老师似笑非笑地问："你是不是下决心要把这个教室坐穿啊？嗯——？！"

罗老师每次这样训斥华二傻，我们班里的同学就会在底下哧哧地低笑，这种笑自然是对罗老师挖苦的响应，同时也是向华二傻表示出的一种恶意。由此可见，当华二傻坚持认为，那部电影里国民党军队用来炸坝的起爆器是一只"电源开关"时，遭到同学们的讥笑和罗老师的断然否定也就不足为怪了。罗老师再一次向华二傻重申，电流是不可能引爆炸药的。

罗老师断然说："不可能！"

罗老师的理由和根据非常充分，罗老师说："且不说其他，在解放战争时期，又是在那样一个偏僻的深山里，而且还是在一个拦河大坝上，怎么会有电呢？"

罗老师咄咄逼人："从哪里接过来的电？发电厂又在哪里？"

华二傻嗫嗫地解释："那只起爆器接通的……是直流电。"

"直流电？"罗老师"喊"的一声说，"即使直流电也是一样，那样的荒郊野外哪里来的直流电？"

"电池。"华二傻说，"他们用的是电池。"

罗老师冷冷一笑，说："你是说，电池？"

罗老师这样质问华二傻，是在他的常识课上。当时校长和一些外校来听课的老师也都在场。罗老师在这次课上讲的是电力资源的开发与利用，但说来说去，不知怎么就又扯到了那部电影以及电影中用来炸坝的起爆器上。罗老师首先说明，有的同学认为电流可以引爆炸药，这是一种极其荒唐的想法，是根本不可能的！然后，罗老师就将华二傻叫起来，问他："这种电流可以引爆炸药的说法，你究竟是从哪里听来的？"

华二傻回答："我爸爸。"

华二傻说："是我爸爸告诉我的。"

"你爸爸？"

"我爸爸。"

罗老师微微笑了一下。罗老师的这个微笑非常有特点，所以，直到几十年后的今天，我每想起他这个微笑仍觉得记忆犹新，那是一种幽默的睿

智的居高临下又和蔼可亲的微笑，同时，似乎也暗含着一种不可言说的深意。当时罗老师这样微笑着，对华二傻说："既然你爸爸有那么多的知识，又可以教你，你还来学校上学干什么呢？"

罗老师和蔼地说："你完全可以在家里跟你爸爸学么。"

华二傻张张嘴，一时没说出话来。

罗老师又说："听说，你爸爸是个工人？"

华二傻点点头，说是。

"技术工人？"

华二傻又点点头。

"技术工人虽然没什么文化，但手也很巧啊！"

罗老师"哦"了一声："嗯，难怪呢。"

罗老师这样说罢点点头，又微笑了一下，说："好吧，你坐下吧，认真听讲。"

但是，华二傻并没有坐下，他就那样瞪着罗老师。

罗老师看看他问："你，还有什么问题吗？"

华二傻突然说："我问过我爸爸，我爸爸说，那电影里的起爆器，用的就是电池。"

罗老师没想到华二傻竟会表现出这样的态度，但他立刻就镇定下来，伸出一只手朝下按了按，意思是让华二傻坐下，然后，又不紧不慢地说："好吧，我们今天就来一说电池。"罗老师这样说着，就从讲台上拿起几节大小不等的电池。那时还没有极微小的袖珍型电器，所以也就没有7号电池，市面上能见到的除去"伏打电池"，就只有1号、2号、4号和5号四种。"伏打电池"一般分为6伏和9伏两种，而普通电池，无论哪一种型号都只有1.5伏。罗老师举着那几节电池说："大家看一看，这是几节很普通的电池，有一点要注意，每节电池的电压只有1.5伏。"罗老师说到这里，又特意强调："大家知道1.5伏电压是什么概念吗？它连一只手电筒都无法亮起来，连一台半导体收音机都无法响起来。"

罗老师说："想想看吧，它又怎么可能引爆几百公斤炸药呢？"

罗老师这样说罢，就又把脸转向华二傻，微笑着对他说："所以，只有一种可能，你那个在工厂里当技术工人的爸爸说的是不对的，除此之外，无法再有别的解释。"

罗老师这样说完，又向全班同学问，大家说说看："华二沙同学的爸爸说得对吗？"

我们全班同学立刻伸长脖颈齐声回答："不——对——！"

其中尤以吴滨的声音嘹亮，尖细中还透出一股清纯。

华二傻的脸上突然涨红起来。

他看着罗老师，一缕鼻涕慢慢从一边的鼻孔里流出来。

就从那一次，华二傻再来学校上学时，衣兜里就总装着一节1号电池。他曾告诉过我，这节电池是他省出早点钱从商店里买的，那时买一节1号电池要两角五分钱，而一碗豆腐脑是六分钱，豆浆三分，所以，华二傻说，他为了买这节电池几乎花掉三天的早点钱。

华二傻的衣兜里除去这节电池，还有两根电线，那时我并不知他拿这些东西要干什么，直到一天早晨，他在教室里再次惹出事来。在那个早晨，华二傻一走进教室刚好看到正在讲台上擦黑板的吴滨。华二傻就冲他叫了一声。吴滨回过头，一看是华二傻就笑了，说："二傻，你又要干什么？我现在已经不想再跟你说话了。"

华二傻慢慢从衣兜里掏出那节电池："你看，这是什么？"

吴滨瞥一眼说："电池么，有什么稀奇！"

华二傻不动声色，看着他说："这东西很厉害。"

吴滨一下哈哈大笑起来，说："厉害，有多厉害？"

华二傻说："反正，很厉害。"

吴滨撇一撇嘴说："罗老师已经说过了，它连一只手电筒都点不亮，连半导体收音机都响不起来，它还能有多厉害？"

华二傻就又从衣兜里掏出两根电线，将它们按到电池的两端，然后举到吴滨的眼前。

吴滨奇怪地问："你……要干什么？"

"你敢用舌头舔一舔它吗？"华二傻问。

吴滨又端详了一下这两根电线，眨眨眼，似乎有些犹豫。

华二傻说："你不是说它没有多厉害吗，它不是连一只手电筒都点不

这时已有很多同学围上来，大家在一旁怂恿说："舔！舔！有什么了不起？！"

吴滨毕竟是学生班长，白衬衣蓝裤子，留着小分头，头发的分印处还露出一道耀眼的白色头皮，与胸前的红领巾交相辉映。他看一眼身边的同学，脸上顿时涨红起来。

于是一咬牙说："舔就舔！"

他一边这样说，就将自己的舌头伸出来。

吴滨的舌头非常细嫩，柔软中还透出一缕鲜艳。华二傻手里的两根电线是塑料皮多股缠线，线头的塑料皮已被剥掉，裸露出里面纤细的铜丝。吴滨的舌头先是轻轻舔了一下，但由于紧张没有舔到，于是就又舔了一下，这一次舔到了，他的脸上突然一下变了颜色。

其实客观讲，1.5伏电压确实不算什么，而且是直流电，又只是一节电池，电流也就更微乎其微，事后我也曾试着舔过华二傻的那两根电线，只是有一些微酸。据华二傻说，人跟人的体质是不一样的，所以感觉也就不一样，有人觉得酸，也有人会觉得麻，总之，很微弱，并不足以使人有触电的感觉。但即使这样，也着实把吴滨吓了一跳，吴滨显然没有这样的思想准备，而且是过敏体质，只轻轻一舔，面孔立刻皱成一团，跟着就"哇"的一声大哭起来。

那一次华二傻遭到罗老师的严厉批评。

罗老师在课堂上问华二傻，为什么要这样捉弄同学。华二傻站在自己座位上，低着头不说话。他这种态度可以理解为低头认错，却也可理解为无声的对抗。这一来就越发激怒了罗老师。罗老师当即走过来，命令华二傻拿出书包，然后拎起来朝下一抖就将里面的书本文具全倒出来，就这样，又从他的书包里翻出一只小变压器和一堆很奇怪的小东西。罗老师将这些东西拿在手里，翻来覆去看了半天，也没认出这些东西究竟是干什么用的。

罗老师问华二傻："这些……是什么东西？"

"整流器。"

"整流器？"

"是……硒整流器。"

"干什么用的？"

"整流……交流电通过它，可以变成直流电。"

罗老师似乎明白了，但立刻又有些诧异，他一下一下地看着华二傻，好半天才说："这些东西……是你自己做的？"

"不是，"华二傻老老实实地说，"是……我哥哥当初留下的。"

罗老师"哦"了一声，看看他又问："你把这些东西带来学校，想干什么？"

华二傻慢慢抬起头，说："想给……同学们做实验。"

"做实验？做什么实验？"

"用它……可以把1.5伏的交流电……变成直流电。"

"和一节电池一样？"

"不，不一样。"

"1.5伏直流电，不是和一节电池一样的吗？"

"电流……不一样。"华二傻说。

"你还懂电流？"罗老师微微一笑，又说了一遍，"你还懂电流？"

然后，罗老师问："你为什么要让吴滨同学舔那个电池？"

"我想告诉他……1.5伏电……是什么样。"

罗老师点点头，说："好啊，好啊好啊，我早已听说了，你最近拿着那个电池和两根电线到处让同学舔，硬说会有触电的感觉。"罗老师这样说着，就将华二傻叫到讲台上去。

罗老师说："我来问你，你的这个变压器，是多少伏？"

华二傻说："1.5伏。"

罗老师轻蔑地一笑："只有1.5伏？"

但华二傻立刻又说："可是……它的电流比电池要大得多。"

罗老师并不再听华二傻说什么，他先让华二傻将整流器跟那只小变压器接到一起，然后又通到墙角的电源插座上。做完这一切，罗老师就对华二傻说："好吧，今天在这课堂上，我就让你也让大家看一看，这1.5伏的直流电究竟是什么样，由此也就可以证明出，它究竟能不能引爆几百公斤炸药。"罗老师这样说完，就将从整流器另一端引出的两根电线放到自己

嘴边，然后伸出舌头很轻松地舔了一下。

没有人会料到接下来发生的事。其实在罗老师将那两根电线放到嘴里时，华二傻已经不顾一切地扑上前去，他的目的显然是想阻止罗老师，但还是晚了一步，罗老师已将那两根电线放进了嘴里。这时，只听那两根电线在罗老师的舌头上发出"叭"的一声爆响，接着罗老师突然张大嘴，鼓起眼，做出一副非常夸张的表情，跟着整个人就仰身朝后"咕咚"一声摔在讲台上。这时那两根电线仍还牢牢地通向罗老师的嘴里，所以，他倒在地上两腿还在不停地抽搐，看上去就像是在发癫痫。还是华二傻眼快，一步窜过去用手拉开电线，罗老师的抽搐才渐渐停下来。当时班里已经全乱了，课也不要上了，大家都跑上讲台，就那样围着罗老师看。罗老师在地上躺了好一阵，喉咙里发出"哏儿"的一声，才终于缓过一口气。他慢慢坐起来，瞪着面前的华二傻，好半天没说出一句话。 这一次事后，罗老师原想将这起事件定性为恶作剧，至少是恶意捉弄老师，下决心一定要开除华二傻的学籍。但涉及这样严重的处分，学校自然要慎重，于是就对此事展开了调查。后经校方确认，倘若将此事说成"恶意"，的确有些牵强。首先，尽管罗老师坚持认为那只变压器经过整流的电压绝非1.5伏，而至少是在几十伏，也就是说，华二傻在当时是有意撒谎，而他这样撒谎的目的显然是想误导罗老师，为的是让他用舌头去舔，但学校找来那只肇事的变压器，经过学校的电工师傅用万用电表反复测量，确实是1.5伏，而且严格讲甚至还不到1.5伏；其次，罗老师在课堂上用舌头去舔电线，也并非受华二傻误导，换句话说让一个还不到十岁的孩子去误导一个成年人，或者说让学生去误导老师，这件事本身就值得怀疑；再次，校方经向当时在场的同学反复调查核实，就在罗老师要舔电线的那一刻，华二傻确曾扑上去阻止过他，但令人遗憾的是，晚了一步，所以才发生了后来这件本不该发生的事情。校方据此认定，即使华二沙犯有一定过错，其错误的性质也没有达到被开除的程度，但从另一个角度讲，校方又不得不考虑到罗老师的情绪。那段时间罗老师的情绪一直很激动，每说起此事就满面通红义愤填膺。所以，学校就只好做出对华二沙同学"记大过并停课写检查"的处分决定。

接下来的一段时间，华二傻就再没来学校上课。

我不知华二傻是否真向罗老师做了检查，只觉得他被停课以后，反而更加如鱼得水，每天不是闷在家里鼓捣一些小东西，就是跑到附近的铁路边去玩。那时他父亲工作的那个简称"煤建公司"的企业就在铁路边，旁边还有一个巨大的储煤场，里面到处堆放着山一样的煤块。每到下午放学，我常能看到华二傻从那个方向回来，他的眼里总是充满焦虑，而且隐隐的还有一些茫然。他逢人就说："电流真的能引爆炸药，真的！"

华二傻瞪着两眼向人说："电流肯定能引爆炸药！不骗你！"

那时我并不知道，华二傻经常去铁路边的那些煤山，其实是为了寻找雷管。

铁路边的煤山是小孩子们的乐园，那时我也常去玩，而且偶尔还能在煤山上捡到雷管。我一直搞不懂，在煤堆里怎么会有这种危险的东西！直到很多年后，我才明白，这种雷管是专门用来开山掘矿的，有时疏忽大意或管理不慎，就会让它混入煤堆。

华二傻就这样，终于在一天下午从煤山上捡回一支雷管。

那是一个春天的下午，嫩绿的柳枝在阳光里吐出无数的柳絮。华二傻一捡到那支雷管，立刻就不顾一切地跑来学校。当时刚刚下课，罗老师正夹着书本端着粉笔盒从教室里走出来。华二傻立刻扑上去对罗老师说，他已经找到证据了，现在，他完全可以证明。罗老师先被吓了一跳，定睛一看是华二傻，就轻轻叹了口气。

罗老师问："你可以证明什么？"

"炸药，电流可以引爆炸药！"华二傻瞪着眼说。

罗老师皱起眉看着他，摇摇头说："华二沙同学，你不要再整天胡思乱想了。"

"我没有胡思乱想！"

华二傻告诉罗老师，他没有胡思乱想。

你现在的任务，是在家里反省自己的错误。

罗老师提醒华二傻："反省好了，给老师写一份检查来。"

这时，华二傻的两眼已快瞪出泪来，他说真的，他真的可以证明这件事。

罗老师有些不耐烦了，又说了一句"我马上还要上课"，就头也不回地走了。

华二傻看看罗老师的背影，并没有马上回家，他又在学校门口游荡了一阵，一直等到放学。这时，就见吴滨和几个学生干部从学校里出来。华二傻上前一把拉住他们，说他有办法了，他可以证明给他们看。吴滨不知华二傻又要搞什么名堂，迟疑了一下，回头看看那几个学生干部。几个学生干部也都面面相觑。华二傻就又告诉他们，说他这一次有办法证明给他们看，电流的确可以引爆炸药。吴滨和那几个班干部一听，立刻也都来了兴趣。

吴滨问："你是说……你能让电流引爆炸药？"

华二傻说："能！"

吴滨先有些吃不准，但跟着就说："走，看看去！"

华二傻却站着没动，他对吴滨说："如果让你们看了，得在罗老师那里做证明。"

一个学生干部问："证明什么？"

华二傻说："证明……电流真能引爆炸药。"

吴滨说："没问题，当然没问题。"

吴滨这样说完，就和几个学生干部一起随华二傻直奔他家而去。那一次我没有去，所以，华二傻从煤山上捡来的那支雷管究竟是什么样，我也就并没有亲眼看见。当然，事后我的爸爸妈妈对我说："那天下午你也幸好没去啊！"

据吴滨后来回忆，当时的情形是这样的，他们几个人在那天下午来到华二傻的家，只见在床上已摆好电池、电线和一支雷管，看上去就如同罗老师准备在课堂上做实验，都已接好，而且井然有序地摆在那里。华二傻的妈妈也在煤建公司上班，是一个非常爱清洁的女人，她虽然每天要出去工作，家里却总是收拾得干净整洁。吴滨说，当时华二傻家的床上铺了一条雪白的床单，上面干净得一尘不染，看上去非常耀眼。华二傻一进屋立刻就趴到床上，然后，他回头对吴滨等几个人说："你们注意，当心不要崩着。"

吴滨和几个同学看了床上的东西既兴奋又感到新奇，于是也都小心地凑过来。

吴滨的见识毕竟有限，他指了指那些东西问："这是……什么？"

"雷管，"华二傻说，"用来引爆炸药的雷管。"

华二傻说罢又为他们讲解，说如果雷管爆炸，就可以引起炸药爆炸，现在他就要为这支雷管通电，为的是让大家看一看，电流究竟可不可以引爆雷管。但华二傻还是忽略了一个很严重的问题，他从煤山上捡来的这种雷管不是普通雷管，而是用来开矿崩石头的雷管，因此其威力也就非同寻常。当时华二傻这样说完，就将从电池上引出的两根导线连接到雷管上去。华二傻这样操作时，几乎是将雷管搂在怀里，所以他的位置也就应该离雷管最近，而吴滨等人都认为这大概如同燃放鞭炮，也就本能地又朝后退了一步。不过华二傻还算比较幸运，就在他为那支雷管接通电源的一瞬，刚好仰起脸来说："你们看好。"

吴滨等人点点头。

华二傻又说："如果它真的响了，你们可要为我做证明。"

吴滨等人又点点头。

华二傻说："你们看……"

他这样说着就将导线接到雷管上。然后，这支雷管果然就响了。

当时谁都没有料到，那支雷管一旦炸响竟然会有那样大的动静，它不是"叭"，也不是"轰"，而是"咣——！"的一声，只见电光一闪，华二傻家的床上立刻着起火来，跟着就塌陷下去一个足有洗脸盆大小的黑洞。但令人庆幸的是，雷管毕竟只是雷管，它的功能仅是用来引爆炸药，而如果没有炸药，其威力也就非常有限。

那天华二傻和吴滨等几个人被闻讯赶来的大人们送去医院，经医生检查，只有华二傻受了伤，吴滨等人除去受到一些惊吓竟然毫发无损。华二傻受伤的位置是在额头，更确切地说是在眉心，据医生分析，肯定是在爆炸的一瞬有一团金属碎片炸飞到他的额头，医生经过清洗伤口，为他将那些金属碎片一点一点小心地拔出来。但有一块由于嵌得太深，已结结实实地插在头骨上，医生只好作罢，然后就将那血肉模糊的伤口勉强缝合起来。

华二傻的伤口痊愈以后，留下的伤疤非常有特点，一眼看去透着鲜润的粉红色，如同在眉心绽放起一朵鲜艳的梅花，而那一片深嵌的金属碎片，也就宛若一簇梅蕊。很多年后，我曾在街上的人群中又见过一次这朵梅花。它一闪而过，却分明在那个已有些皱纹的额头上绽放着，如同一枚印记。

原载《收获》2004年第4期

　　这篇小说关注成长中的少年，确切地说是天赋异禀的少年。华氏兄弟就是那对在人群中明显与众不同的天才少年。他们从父亲那里遗传了对电子物理的天赋和兴趣，在电子技术上有着先天的聪颖和领悟力，他们的智识甚至超过了身为成年人的物理老师。

　　这样的天才少年在外人眼中是一个怎样的存在呢？在老师和学校眼中，他们是不安于学习的捣蛋分子，是应该写检查被教育的对象；在同学们心中，由于大家都坚持"老师总是正确"的"真理"，老师批评的对象就是错误的，华氏兄弟是被大家嘲弄的对象，被他们称为大傻和二傻。这就是当下教育环境下天才少年的悲剧命运。凡是没有完全契合教育体制规训和要求的都被视为异端分子，加以讨伐、批评、教育。只有整齐划一地站在教育体制的方阵之内才会被表扬，被鼓励。

　　华氏兄弟的命运是悲剧的，华大沙因为研制"动力地排车"丢掉了性命，华二沙为了证明电流可以引爆炸药也差点送命，在额头上留下了永远的疤痕，如果说他们为了科学实验而做出牺牲，流血受伤还可以解释为必要的付出，那么因为天赋异禀而被视为异端则透露出深深的悲哀。在我们的教育体制中，如何对待那些在某一方面的天才少年，如何引导他们最终成才的确是一个急需解决的难题。

（崔庆蕾）

马嘶岭血案/

/陈应松

我就要死了，脑壳瘪瘪的，像一个从石头缝里抠出来的红薯。头上现在我连摸也不敢摸，九财叔那一斧头下去我就这个样子了。当梨树坪的两个老倌子把我从河里拉起来时，说："这是个人吗？这还是个人吗？"可我还活着，我醒过来指着挑着担子往山上跑的九财叔说："他、他要抢我的东西！"我是指我们杀了七个人后抢来的财物，又给九财叔一个人抢走了。医生在给我撬起凹进去的颅骨时说："撬过来了反正还是得崩。"还有一个寡瘦的护士给我扎针时说："你还晓得怕疼，我的天，到时一枪下去，那么大的洞看你喊疼去。"我疼得天昏地暗，这不是报应吗？九财叔砸我，我砸了别人，别人都死了，我却活着。

就这么等死的时候，前天老婆水香捎来了儿子的照片，一张嫩生生的照片，背景是红的，是在镇照相馆刘瘸子那儿照的。儿子还在向我傻乎乎地笑着，咧着没齿的嘴巴，眼泡肿肿的，耳朵大大的，活脱脱一个水香，活脱脱一个我。

现在是深冬了，早上放风出去地上有凌。再有一个月我就要与这世界再见了。

今年秋天，九财叔来找我，让我跟他一起去当挑夫。我走的时候，水香肚子鼓鼓的，还没有生。九财叔睁着那只没眼皮的右眼睛，问我："一个月三百块，你去不去？"我当时想都没有想就答应了。一个月三百块呀，不少了！尽管是到很远很高的马嘶岭，但是为了水香，为了水香肚子里的儿子我也应该去。

我们两天以后才到了马嘶岭。

五十多岁、戴着眼镜、头发爬顶的祝队长拿出一个仪器来，说："到了，就是这儿。"另一个姓王的拿出一张地图，说："正是这儿。"又问九财叔："这是马嘶岭吗？"九财叔说不清。小王又问炊事员老麻，老麻也是我们当地人，他说这应该是马嘶岭，说他听打猎的讲过，马嘶岭到处是野葱野蒜。"这就是了。"他扯了一大把野葱，他说以后我们就有野葱吃了，特别好吃的。他掐着野葱的根须，一根根把它们分开，让那些人闻。小杜就接过去闻了，她是踏勘队唯一的女娃子。她说："好香，好香。"

我们就这么住下来了。他们住一块，我们住一块。我们住一块是三个人，炊事员老麻、九财叔和我。老麻后来嫌我们，住到厨房小棚里去了，在灶口柴窝里铺一床絮，比我们强多了。我一床被，九财叔一床絮，我们合伙用。他的絮又破又烂又薄，怎么也隔不断冰冷的地气，第二天我去割了几捆芭茅垫在下面，才略微暖和些。我们的棚子是塑料纸的，而祝队长他们是帆布的，还没有缝隙，完整的帐篷，像一个屋子，里面还有间隔，那女娃子小杜就睡在最里头。

刚开始我们知道他们是找矿的，第二天就得知他们是专来找金矿的，是为我们县找金矿的。也许就是那个该死的"金"字，这黄灿灿的让人想到荣华富贵的"金"字，就开始撩拨我们了，准确地说应该是撩拨九财叔了，撩拨他心中早已枯死的那个欲望了。本来他都老了，两条腿虽说能挑个百八十斤，但常也有蹒跚的样子了，眼睛也没什么神了，内心快坍熄了，只等哪一天一场大病，或是喝酒喝死，阎王爷安静地把他收去。

第二天就听到祝队长说："这就是我们的踏勘靶区了。"他指着马嘶岭和岭下的马嘶河谷，声音洋溢着一种轻松和喜悦，好像是来这里玩耍的。其实这里荒无人烟，崇山峻岭，巨大的河谷吞噬着天空，马嘶河和雾渡河在这儿汇合，流淌着的河水在秋天通体泛红，好像一头巨蟒吐出的芯子。我听见小杜那女娃子说："好美呀。"还拿着一个很小的相机咔嚓咔嚓地给他们拍着照片，也让人给她拍。小杜这女娃子长得像山里的洋芋果，圆圆叽叽的，个头也不高，爱笑，爱唱歌，我就暗自给她取了个洋芋果的诨名。那个身子单薄的小谭长得像根蛾眉豆，他的刀条脸和身子，不是蛾眉豆是什么。我听见他们说着那周围的岩石，祝队长指着河谷说："这就是开门金。"他比画说："河流骤然变宽了，流速减慢了，上游带来的泥沙、砾石、沙金都沉积于此了，看见了吧，开门金！"他说了几遍开门金，说过去这儿因为没有人烟也没被开采，可能有小量开采，因为这周围是土匪窝子，没人敢来，就算淘出了金子，也会被抢被杀的。

我的心那时有一种豁然开朗的感觉——开门金！我忽然对这些产生了兴趣，仿佛也成了他们中的一员，完全忘了我不过是他们的苦力和挑夫。祝队长是头儿，他总是站在中间，那几个人站在两旁，听他手拿着小锤敲打着岩石讲解，那个常在他手上的有数字跳闪的东西我也知道了它叫GPS，卫星定位。后来洋芋果小杜给我说它是用十二颗天上的卫星定位的，我们现在站在哪儿，经度多少，纬度多少，海拔多高，它一下就显示出来了。她说我们现在站的这个地方——马嘶岭——的海拔是三千四百零九米。我问她这个东西值多少钱，一头牛钱吧？她当即就笑起来，把我笑毛了。可我之所以敢问她，是那天大家喝了点酒后我在他们的怂恿下唱了几个山歌。她说我的山歌唱得好，当即就把我的山歌录下来了。我知道那是录音机，可没见过那么小那么薄的录音机。我还问过她关于剥夷面的事。她指着祝队长指过的河谷对岸，高耸入云的一扇巨大石壁，光秃秃的，我只能隐约知道"剥夷"是怎么回事。剥夷面上，经她的指点，我似乎看到了一条石英矿脉，因为在夕阳里那儿闪着耀眼的光斑，还有云母。她说在它的顶上，也就是台面上的塔状熔岩，很好看吧，是一种碳酸盐岩。她说他们去看过了，那儿曾有炼过硝盐的痕迹，地图上有个地名叫晒盐坡，估计是那儿。她说你们这地方保存了第四纪冰川地貌，也就是七八十万年前的，那刃脊、冰斗、冰蚀槽谷，还有漂砾。"你看，"她指指河谷中那些巨型的石块说，"那些石头原本不是在此的，是从别处搬运来的，谁有这么大的力量？就是冰川，冰川就是神仙，力大无比。你看那三角面，很清晰的冰川流动时削磨的痕迹，把巨石从远处搬来了。"

她轻描淡写地给我说着这些，我却觉得她的话撼人心魄。在那个晴朗无风的傍晚，无数玄燕和蝙蝠滑翔的河谷上空，我听到了冰川轰隆隆运动的声响，而当时的山冈是寂静的，旷古的寂静，这女娃子的话让我仿佛眼际滚过了七八十万年前那个壮观的场景。我真的佩服他们。这女娃子跟我跟水香一般年纪，可我没读多少书，初中没读满就辍了学。我爹是个"八

大脚"，八大脚就是抬死人的杠夫，他除了抬死人挣几双草鞋钱，没屁的本事。

这天晚上，西南方的山坡上突然射出了一道强光，有如电焊的弧光，一直刺入云天，把周围的山坡、沟坎都照得如同白昼。那边帐篷就有人惊醒了，问是谁在照。大家都起来了。忽然那强光变成了两个光点，一上一下。大家以为是野兽，五六只电筒一起射去，那光点一动不动，祝队长就叫大家操了家伙跑过去扑打，不见了影形，也没有什么野兽，遂回到帐篷。而这时那光点又只剩一个了，在帐篷顶不远的崖上直射我们。

"这莫不是鬼么？"九财叔说。方圆百里无一个人，无村庄和电线，这么强的光是从哪儿来的呢？又是什么东西所为？这个问题困扰着我们，祝队长宽大家的心说："你们不要怕，长期在野外生存，什么神秘的事儿都有。这个地方，听说怪事不少。"九财叔坚持说是野鬼，还说是什么独眼鬼，见了我们这些人稀奇。他说南山里有几丈高的红毛大野人，还有鬼市。"你们不知道鬼市吧？有一年来南山采药的一群人，晚上在老林里看到了一条小街，好不热闹，什么京广杂货都有，买货卖货人把衣裳都挤破。几个采药人也去买了些东西，有买鞋子的，有买衣裳的，便宜得不得了。第二天早晨一看，鞋子变成了草鞋，衣裳变成了棕叶，店家找给他们的钱全变成了冥钱，再去找那条街，哪儿找去，莽莽森林，除了树还是树，什么都没有。"做饭的老麻也附和道，他们隔壁村也有过怪树的，有棵叫水洞瓜的树，是千年老树，从来只结籽不开花的，只要六月开花，这年必山洪暴发，开花的时候，树心里面就传出叮叮哐哐的锣鼓声，天一放亮就没了。说有个小娃子去上面掏鸟窝，掏出了三双草鞋云云。事情越说越玄乎了，说得大家脸色发白，倒抽冷气。祝队长就严厉制止道："老官，老麻，你们不要在这儿瞎说了。老官，你要是信鬼，今晚你跟我捉一个来，如果捉不到，你就走人。"

一开始祝队长就不喜欢九财叔，九财叔本来就不是一个讨人喜欢的人，所以祝队长就想赶他走，这是九财叔恨祝队长的起因。另外，那个一听九财叔说话就从喉咙深处发出一种怪笑的姓王的博士也不喜欢九财叔。姓王的博士总是干干净净，头发方寸不乱，油水很厚的样子，不过他那个头好像是个大田螺。他说："别吓唬我们了，我们这些人都是久经沙场的，别看你们经常在山里转悠，但也比不上我们在野外生活的人。"

九财叔没有捉到鬼，踏勘队就响起一片嘲笑之声。我们跟在他们屁股后面，挑着一两百斤的东西随行。我们挑夫挺苦，一天十块钱，赚得很难。挑着一两百斤的东西，翻山越坎，过河上坡，他们徒步都困难，更何况我们这些挑夫。一头是他们刻槽取样的石头，剥离的石头，一大块一大块的，就往我们箩筐里丢。有时候，扁担上肩，腰却挺不起来，咬着牙，腰椎一节一节地压趴了，人站起来了，腿都在哆嗦。担子的另一头有石头也有一些贵重的东西，那个像夜壶一样的家伙是个水准仪。水准仪不止一台，有一台是日本的家伙。这些仪器常被分成几段拆卸后放进箱子里，再装入箩筐。祝队长虽然讨厌九财叔，可还是信任他的力气，认为让他多挑贵重的东西牢靠些。

两天后，祝队长和小谭去了一趟山外。为了防止野兽和坏人，他们上山来时配了一杆闪闪发亮的双筒猎枪，还给他们每人带来了一把跳刀。祝队长的绑腿里原来就插了一把美国猎刀，一尺多长。听他说，是一个外国同行送给他的。我慢慢才知道祝队长其实是去替他们领钱去的，还买烟买电池买扑克，给洋芋果小杜买来了许多糖果和女人用的东西。小杜把祝队长喊祝老师，小谭把他喊教授。听说祝队长是小杜的导师，小杜是他的研究生。小谭不是，他只是祝队长手下的一名工作人员，他下山是去给他在乡下读书的妹子寄学费去的。我听小杜问他："寄了么？"他说寄了。这是与钱有关的事。每当这时，九财叔的耳朵就支棱得很长，好像是与自己有关的。他晚上愤愤不平地告诉我说："他妈的他那娃子一个月就能赚两千多块钱。"他说的是瘦小的小谭，我们都知道他是个山里娃子，与我们的口音相近。我问："那祝队长是不是更多？"九财叔说："听说他有好几个金矿。"我说："他有金矿？"九财叔说："是人家的金矿，他会找金子，所以人家就拉他入伙，那金矿他还不占一份？这儿要是找到了金矿，他也会有一份。听说他光乌龟车就有两部，有一部现在停在县城里，是他自己从省里开来的。"我不知道九财叔是怎么知道的，你别看他平时闷声不响，瞪着一只永远也关闭不上的可怕的眼睛，可他知晓别人的事来，好像他长了好几个耳朵。

祝队长回来说到那怪光的事，说调查了，周围没有电焊的，山下的人说，南山山里是有一种奇怪的光，学大寨那会儿，山下一个村里有一块田

也发出过怪光，也是贼亮贼亮的，像探照灯。他说是否与我们踏勘的岩层有某种关系，比如是一种石英，反射了太阳光或者别的什么光，透明石英也就是水晶。离这里不远据说有几个水晶洞，而且可能还含磷。"在那个剥夷面上，你们看见没有，有许多水晶亮点，在早晨尤其清楚，已经可以断定，这是石英脉型的金矿。那边的剥夷面，花岗闪长岩与石英闪长岩的身边，与金矿最密切，所以，这是金矿给我们的强烈信息。"他转过头来对我跟九财叔说，"有了金矿，当地政府开始开采，你们这儿的经济就会有大发展，农民就会富起来，公路就会修通。这儿，说不定你们说的那个鬼市就真变成了现实哟。"他对九财叔说："你会顿顿有酒喝。"祝队长罕见地给他开了个玩笑。这种未来的憧憬把老麻说得一愣一愣的。老麻对我们说："祝队长是给我们做好事来了。"

晚上他的菜做得格外有味，野葱拌上了更多的香油和野花椒，加上祝队长与小谭提回来的两瓶酒，我们一人分了一杯。九财叔和老麻看到酒，眼睛就放光，他们眼里充满了对祝队长的感激。上山来的这几天，我、九财叔和老麻，跟他们六个踏勘队的人是分开吃的。我知道他们的饭比我们好，每顿都有肉，做的时候九财叔就闻到了香味。我想要是我们天天也能吃到他们城里人那样的饭，也就等于做上了城里人。

下山了，我那想做城里人的想法，让那一担沉沉的石头压得无影无踪。

我们要挑出他们取样的石头，到山下一个地方交给后勤分队，然后再挑回大米、面粉、菜、油盐。下山就是出山，得来去三四天。当你挑着那么沉重的石头走在无穷无尽的山道时，你的心里就像压着一块石头，脚上绑着两块石头。石头缠上了你，百多里的路，峡谷，险峰，乱石滚滚的高地，龇牙咧嘴的悬崖，全是石头。我们上山时还行，与九财叔下去，两担石头，两个无声的人，走在茫茫的石头上，走在深深的石缝里。从出生以来，哪儿挑过这么沉重的东西呀。九财叔一句也不吭，我在苦巴巴地想着家里待产的老婆水香，我想人与人的差别真是太大了，过去在家不觉得。原以为一月三百块的工钱，是抱金娃儿呢，而人家小杜、小谭、王博士他们一月就能轻松地拿好几千。我们村长听说一个月才拿一百五呢，人家还羡慕得要死。今年天干，庄稼没啥收成，羊也渴死了几只，收农特税的村长上了几次门，威胁我爹说："你不交税就不让你家媳妇生娃子。"八大脚的我爹是横了，叫嚣说："我倒要生生看，生下来你村长有种的把他掐死。"我挑了石头就能生娃子，我挑了石头就能给家里交税，还能给水香和娃儿买吃的穿的。就为这，我也要挑啊。

那天晚上，我累得开始屙血。

我给九财叔说我屙血了，九财叔不相信，到草丛里一看，九财叔叹着气，说屙两天就好了，人的力气都是压出来的。九财叔说："你知道祝队长有两辆乌龟车吗？"我问他是听谁说的，他说总有人给他讲。他躺在葛藤攀附的石头上，望着林子上面的天空，用石头敲着石壁，说："村里的吉普是村长三千块钱买回来的，那他的两辆乌龟车不要几万么？"我们那儿的人把小车都叫乌龟车，因为它们都像个骚乌龟。我没有搭理他，我在想水香肯定不知道这会儿我在荒郊野地屙着血，对着一担死石头无可奈何。她以为我是到外头寻快活见世面去了。没有我在身边，水香肯定是眼巴巴地望着念着我，被子里也空凉凉的。从她嫁过来，我还没离开过她，她也没离开过我。我揉着自己已经开始磨烂的肩膀，看着箩筐里的那些石头，想着想着，泪就出来了。九财叔吃惊地看着我，那只没有眼皮的眼睛像一颗苦桃一动不动，突然从他背着的垫絮里"哧啦"撕下一块棉絮，过来垫到我渗出血水的肩上，又抱出我箩筐里的一块石头，"哗啦"丢进了沟壑里。

我一见慌了神，喊："甩不得的，甩不得的。"我顾不了一切滑进深沟去捡那块石头，"这不能甩，这编了号的！"

我抱着石头爬上来，九财叔还是那么瞪着我。

"这是编了号的！"

九财叔什么都不知道，人家在石头上写了字，也在他们的图纸上记下来了，画了好多图。可九财叔什么都不懂。

我把矿石重新放进箩筐里。"这是矿样！"我对九财叔说。

"这不就是石头吗？"九财叔说。他没有文化，我跟他是说不清楚的，只当跟猪说。

"好，你屙血，屙！屙！"他恶狠狠地说。

他不理我，挑上石头一个人向前走了，我也只好又把石头上肩，扁担

在磨破的肩上"吱咯，吱咯，吱咯……"

我正在埋头一步一挨着，听见前面一阵响声，我猛然一抬头，看到九财叔握着扁担，站在那儿，一动不动。前面的箭竹丛里，蹿出来一群野猪，就在九财叔不远处！

"上树！"九财叔一声喊，我甩下担子就往最近的一棵树上爬。我还没有看见过那么多拖儿带女黑压压的野猪，我往上爬，踩断了一根枝丫，从树上掉下来，摔得屁股一阵锐疼。我看见九财叔非常紧张，可他又不能动，只能对峙在那儿。我这摔下来的一声，让野猪们警觉了，一个个竖起毛刺刺的耳朵，亮出尖尖的豁嘴和寒光闪闪的獠牙对着我们。我接着又往树上爬去。"叔，你上啊！"我拼了老命喊。这一喊，野猪们出击了，箭竹丛一阵哗哗的骚乱，滚滚黑浪就向我们卷来。

"你混蛋！"九财叔拉下我就朝陡坡下跳去，至少有三米高的陡坡，我落到地上，卡在一个石缝里，脑袋好像撞上了什么，一阵迷糊。野猪的吼叫声在岩上面，过了一会儿，我头脑清醒了，听见九财叔说："治安，治安，你在哪儿？"我说："叔，你在哪儿？"九财叔爬过来替我翻了个身，恶声恶气地说："让野猪把你吃得干干净净！"我摔得不轻，懒得跟他论理，他又吼着要我快抽出开山斧来。我从腰里抽出了开山斧，我们听到头顶上的野猪们急吼吼的，但并没往下面跳。我们贴在石头下，大气不敢出。"得亏没有血腥味。"九财叔说，他是指我们没有摔出血来，野猪没有对我们继续追击。我看九财叔，已摔得鼻青脸肿，那只没眼皮的眼睛里已经充血，红森森的，脸上手上都有深深的划痕。我知道自己也摔得不轻，浑身疼痛。天渐渐黑了，我们不敢上去，就着石崖，点燃了一堆火。这深山里的秋夜，寒气浸人，又冷又饿。九财叔说千万别动，野猪是很有头脑的。坐了一夜，第二天天亮后，见没什么动静了，我们手拿开山斧小心翼翼地爬上岩去，看到我昨天爬的那棵树，已经被野猪撞倒撕烂了，我们的箩筐也被掀翻，矿石、被子被践踏得脏乱不堪，沾满了臭熏熏的猪屎。我们收拾好石头，只好慌乱地逃出这个野猪出没的野猪坡。

这一趟，少了两块石头，是九财叔担子里的。他不知祝队长都标了记号，回来签收单上都记下了。估计是在野猪坡被猪拱翻后弄丢的。为此祝队长又狠狠批了九财叔一顿，并且宣布扣他两天的工钱。为这两块石头，九财叔这趟白挑了。九财叔言语不多，没有解释，只是瞪着那只没眼皮的眼睛看着祝队长。我给他们解释说我们遇到了野猪群，可能是野猪把我们的石头掀到山下了，我们还差一点没了命。可是办事认真的祝队长说这不是理由，这些矿样比生命还珍贵。

"你以为石头跟石头都是一样的？"姓王的博士歪着田螺头给祝队长帮腔。他们不相信我们的话，以为我们是故意丢弃的。

"你这么一丢，我们这么多人至少一天的劳动白费了。"洋芋果小杜笑着想缓解气氛。

事实上那天的气氛并没有缓解。那天晚上吃饭的时候，小谭还给了九财叔一杯酒，说是请他"代"了。九财叔把酒喝了，连谢也没谢人家，倒头就睡。

我怀疑那石头是他故意丢的，在半道上趁我没注意把它丢掉了，以减轻肩上的重量。

深秋的马嘶岭夜晚，寒风比白天凌厉千百倍，有时候飘下一点小雪，有时候飘下一阵细雨——雨是由浓雾而来的，滚滚的浓雾时常淹没我们。那些天，我听到的总是黑压压的野猪在奔跑和狂叫的声音，仿佛它们就在我们头顶，不断地来去，不断地聚散，没有停歇，让我噩梦不断。老麻听了我们的经历啧啧称奇，说："我不信，你惹了野猪没被吃掉，这说不过去嘛。熊比虎狠，猪又比熊狠，这谁都知晓，你们就损失了两块石头？哄鬼。"我说："钱就是用命换的嘛。"老麻就劝九财叔说："有命在，二十块钱就不算啥了，留得青山在，不怕没柴烧。说不定哪一天，你们在这山上能捡块狗头金回家呢。"

没有灯，我们坐在火堆旁，火堆是抵御这凶恶寒夜的一道温暖的屏障。用盐粉揉着一盆野葱的老麻来了兴致，说给我们讲一个狗头金的故事。

老麻那天说的是他们雾渡河上游上辈子人的事。他说马嘶河沿途是有金子的。他说的是旧社会。他说有个人捡了一坨金子，刚开始只觉得是块石头。他把话岔到九财叔丢矿石上去，说："你看起来是块石头，他们看起来里面就有金子，听说含金量还蛮高呢。"他说有这么个人，是到河滩刨地刨的一块石头，黄黄的，也没作金子想，捡回去丢到猪栏屋里了。晚

上起来拉尿，看到那块石头闪闪发光，就知道有内容了，找人一问，我的娘吔，是块狗头金，这么大——他比画有一个狗脑壳大——于是就到宜昌去，换了足足五百大洋。他揣着这么多叮哐乱响的洋钱，就想到窑子里去嫖一嫖。问好了，宜昌城有个最有名的婊子，长得闭月羞花沉鱼落雁掐得出水来，于是就寻去了。嫖过之后，两人互问籍贯姓名。那婊子一听，知道遇上了自己的亲生老子。为何呢，因这男的生了五六个妮子，后又生了一个妮子。这妮子长到六七岁时，家中无力抚养，便卖给了别人，哪知这妮子长大后误入妓院。虽然与父母姐妹分别时还小，互不认识了，但那妮子还记得自己的老家，记得亲娘老子的大名。于是在生父离开时，在他一双备用鞋里插了根针，针下附了一信。那男的离开后，到晚上在一客栈里洗脚换鞋，一穿发现鞋内有一根针，还扎了一张信笺，展开一看，上写："您是我的亲老子，做了不该做的事"，云云。这人读完后觉大事不好，赶去那妓院，一问，知自己的女儿因羞愧难当，已经投江自尽了。

讲过这故事后，老麻对我们说："你们天天跟他们一起出去挖，说不定走狗屎运，真挖出一坨金子，也有可能。运气来了，门板都挡不住。"九财叔苦笑了一声，沉默了。我给老麻解释说："你以为这石头是狗头金啵，听说最富的矿，一吨石头才能炼出几克来。"我用手指抓了一撮冷灰示意："就这么多。不过，也有的一吨石头里含一斤多金子的，但这少而又少。"九财叔横了我一眼道："你懂！"我拿出枕头下的一本书给他们看说："这里面全有。"他们就像看生人一样看着我，我便有点得意了："这是小杜借给我看的。"

的确是她借给我看的，是一本《金矿地球物理找矿》。我跟她出去有几天，我们是分两个组，我帮小杜他们挑东西。小杜给过我一种糖吃，不知啥糖，吃到口里一股煳锅巴味，我就问这是啥糖，她说叫巧克力。"一颗抵你们小卖部一斤水果糖的价。"她对我说。这么贵！怪不得包得这么精精巧巧的，我就把那红色的玻璃糖纸留住了。她之所以给我糖吃，是因为听了我唱歌。她有个小机器，里面放一张薄薄的闪亮的圆盘，然后就戴上耳机听，估计里头也是歌。

有一天她要我再唱，我就给她唱了"阳呀阳坡的姐，阴呀阴坡的郎"。我说："我再给你唱几首五句子吧。"我想了想就唱了一首："吃了中饭下河游，一对石磙顺水流，你要沉来沉到底，你要流来流到头，半路丢郎短阳寿。""很好听，"她说，"也很有意思。"我就又唱了一首："吃了中饭巴门站，泪水滴得千千万，可惜泪水捡不起，捡得起来用线穿，情哥来哒把他看。"她一个劲说好，我胆子就大了，就唱起邪一点的："吃了中饭下河耍，河下公鸭撵母鸭，公鸭撵得喳起个嘴，母鸭撵得叫喳喳，扁毛畜生也贪花。"小杜和大家都笑了。小杜用那小机子把我的歌都录下来了，她还边听边记下那词儿："为什么总是以'吃了中饭'开头？"是啊，这一问问得我也有点傻了，我说不知道。王博士却说："这还不简单，饱暖生淫欲，饥寒起盗心嘛。吃饱了饭没事干，就想那公鸭撵母鸭的事，听说这山里的女孩子是很开放的喔。"我说："也不见得吧。"我说可能是与我们这儿只吃两餐有关，我们这儿早上起来是不吃不喝的，洗了懒就出坡干活。洗懒就是洗脸，因为早晨起来人容易懒，吃了喝了更懒。干了一气活，太阳当顶了，才回家吃中饭。所以，人吃了饭，才有劲，才想唱歌做别的。因小杜喜欢听我的歌，我的胆子也大了，见到丢在她旁边的一本书，就拿起来翻。他们测量、刻槽、取石，我没事就看那本书，全是怎么找金矿的，后来她就借给了我。

在我得到那本书以后的几天里，山岭却是极安静和明朗的。白云们在天空如影随形，有时候，一股小风吹过，会带来一种强烈的野果成熟的气味，野柿子啦，五味子啦，鲜红的茶果啦，咧着大嘴傻笑的"八月炸"啦，还有吊在藤上快撑不住了的沉甸甸的猕猴桃啦。我钻进林子中去摘，我把五味子、"八月炸"给小杜，把酸不啦唧的猕猴桃给两个背测杆的杨工与龙工，把不软不硬的野柿子给王博士。他们吃着，不停地点头说："嗯，好吃。"我又给他们唱了一首："吃了中饭肚里嘈，要到后山摘仙桃，七尺竿竿打不到，脱了草鞋上树摇，摇得仙桃满地抛。"

那天小杜、王博士和小谭出去了，回来时每人都弄到了大大小小的水晶，就是那种透明得像玻璃和冰块的玩意儿。小杜还意外地弄到了一块红水晶。原来他们是去了一个水晶洞。那块通体透明红如胭脂的水晶让大伙啧啧称奇。可是祝队长却把他几个人熊了一顿，说他们是胡来，说我们要把一个完整的矿山留给县里。祝队长因为激动两腮都出现了红疹子，摘下眼镜朦胧着眼瞪他们说是搞破坏，当场就把小杜说哭了，大家也就不敢吭声，连晚上吃饭的时候也鸦雀无声。那块红水晶是否被祝队长没收了，

我不知道。

一般来说，每天天刚亮，祝队长的哨子就响起了："起床了，起床了！"大家惺惺忪忪地起来，不辨滋味地把稀饭裹着馍馍吞下肚去，然后灌水，拿上馍馍和腌野葱野蒜，摇摇晃晃地走了，到了傍晚我们就回到营地，几乎每天如此。这群人——祝队长他们，无论男的女的，就像我们村头磨苞谷的水磨子，不停地干活，爬坡下坎，下坎爬坡，写写画画，然后收了仪器，抱来石头丢进我们担子里让我们挑回来。

好天气并不是经常有的，没过几天，寒风就缠在岭上、河谷间不走了，黏黏的浓雾悄悄地泛上来，与寒风一起，搅得天昏地暗。但是即使能见度非常低，祝队长还是催促大家出去，他的要求是：赶在大雪封山之前完成此次踏勘。在雾里我们挑着仪器以及他们中午的饭食，甚至还有睡袋，还有我们的被子，往勘测点走去。等到中午难得的太阳出来的一会儿，赶紧工作。如果晚上回不来，走得太远了，就随便找一个岩洞住一晚。在那样的晚上好歹他们会给我们一张塑料布，但也不能抗拒石头上的砭骨冰凉，人像赤身裸体丢在冰窖里。他们虽然有睡袋（是鸭绒的），睡袋下又有油布，拉上了拉链就隔开了寒风，可我看见他们还是在睡袋里瑟瑟发抖。这些城里来的知识人，还真能吃苦呢，虽然抖，第二天一爬起来，又有了精神，又抖擞着活了，而且他们还啥病都不生。我却因受了风寒发起高烧来，浑身滚烫发热，还咳嗽。小杜小谭他们给了我几颗药吃，老麻还给我熬了些姜汤。我时冷时热地躺了一天，天一放亮，祝队长就进了我们棚子说："你们得挑粮食去了哦。"

挑粮食就意味着又要挑石头下山，听到这话，我骨头都软了，我看见九财叔的脸也阴沉了下来。可那是跑不脱的，堆在帐篷里的那些石头，迟早得要我们把它们挑下山去。我就说，那就走吧。我往箩筐里装着石头，杨工和龙工记着数，记着，然后将记了的纸装入一个信封，封上口，让我们带着一起送下山去。

我们正准备要走的时候，小谭突然说要跟我们一起出山，他说他请了个假。是不是又要给他上学的妹子寄钱呢？当时不知道，走到半道上，他才说是想下山打个电话。小谭穿着一双旧旅游鞋，披着油布（又防下雨又可垫着睡），背着旅行包。他说他母亲得了绝症，做了手术，家里欠了许多债。他说他早就不想在祝队长这儿干了，才两千块钱一个月，他早在深圳那边联系好了，一去就是八千的月薪。可祝队长留他，说不能缺少他，他是看祝队长的面子才留在他身边的，祝队长对他有知遇之恩。当他说深圳有八千块钱的月薪，着实让我有点吃惊，我们那儿也有人去深圳打工的，不就几百块钱一个月么？来去的车费一除，也就跟在宜昌打工差不多。我说起这，小谭就说："这就是知识值钱。"他说他们那儿也是穷山沟，他家有五姊妹。他问九财叔几个孩子，九财叔说三个女娃，老婆死了，还有个八十多岁的老母。他问我为何没读高中，我说没钱嘛。他说他母亲之所以得绝症，是因为卖血给他读书，他说他还有个姐姐，成绩很好，为了他，就辍学去打工了。九财叔在后面暗暗地对我说："别听他说得可可怜怜的，他是防我们呢。"我不解，九财叔就说："很明显么，我们两个，他一个。"可是我不信。回来的时候我见他眼睛红红的，看来电话是打通了，他说他母亲不行了，他抽着鼻子，说等这次踏勘完了就回家去，还不知能不能见上母亲。

好在来回都没有再碰到野猪，多了个人，胆也大些。我因为感冒，四肢无力，回来时挑着挑着就实在挑不动了。我挑着各四十斤的两袋面粉，一袋五十斤的米，加上蔬菜、肉鱼，足有两百斤。小谭说："看你这瘦小的个子还真能挑啊。"我说："哪是能挑，还不是为了一天十块钱。你们是知识值钱啊，我们这儿也有个说法叫'力大养一人，志大养千口'，而我连力也不大，唉。"我挑不动了，就让他们先走，反正有床被子，挑到哪儿睡到哪儿。九财叔说："不行，你一个人，碰上野猪和其他野牲口了怎么办？"我们出山的那天，在野猪坡的箭竹林里虽没遇见野猪，但看见过一头老熊，可能快冬眠了，躺在竹窝里没理我们。九财叔说："万一不行小谭你就先走，我跟他慢慢来，你反正知道的，跟祝队长说一声，小官他病没好，路上要耽搁一些。"小谭说："我倒也不怕，一个人走，我身上又没有钱，连手机都没有，就一块手表，还是电子表，十几块钱的。"这话是说给我们听的，意思是跟我们一样，穷鬼，让我们打消打劫他的念头，他已经暗示过无数次了。他说的也是实话，那么多人里，就他没手机，那些人都有手机，是他告诉我们的。他说手机是个寻常物，城里一人两三部也不稀奇，而且淘汰很快，年把就得换个新式的。小谭说还是大家一起走吧，安全些。他把我箩筐里的那袋米背上，这样我就轻了许多，但腿还是软的，又加上咳嗽，人一咳，就气喘，气一喘，心就慌，心一慌，

身子就飘，一步不稳，就歪下了沟坎去。

这一跤人没摔坏，爬起来，面粉袋子摔破了一个，白花花的面粉撒了一地。我很害怕，说："小谭，你得给我做证啊。"九财叔把我从沟里拉起来，又去收拾面粉。小谭说："这不是你们的错，面粉就算了，树叶石子的，收起来也没法吃。"

好在有小谭做证，我又是带病，祝队长没扣我的工钱。可到营地我就倒下了，有种快死的感觉。八大脚我爹说人死就是一口气，一口气上不来，人就死了，就归他抬上山了。如果就一口气的有无来证明一个人的死活，那死就是很轻松的事。为什么有的人临死前疼得清喊辣叫？为什么有人死时流着不断线的泪水？我认为我那一次体验到了死亡，在那个垭口，三两里地外的营地在向我招手，可是我再也挑不动了。"你真的不能挑了吗？"小谭问我。我说我挪不动了。他说时间还长啊。意思是你这个样子，不能跟我们干到头啊。我一想，又怕他们赶我走，不要我了，我就咬了牙，不让担子歇下来，一歇下来，担子就成了座山。我走，那两个筐子就像有两个魔鬼一前一后使劲扳着你的扁担，筐脚还时常绊着石头或者树枝、葛藤，脚下又是沟坎又是悬崖。每当筐脚碰一下，手抓住的绳子就会拧圈儿，人就晃悠，就像无常鬼来拽你的命让你进地狱。脚下没有弹性，扁担就没有弹性，就会东磕西绊，这是挑担的人都知道的。看着破了的面粉口袋，祝队长一言不发。小谭真的就为我说话了，我终于等到了一个主持正义的人，他说："你病得不轻。"我坐在地上，浑身汗泥，真的病得不轻了。祝队长挥挥手说："好吧，好吧，赶快吃药。"

祝队长没有扣罚我的工钱，这刺激了九财叔，他大着胆子去找祝队长说："能不能不扣我上次的二十块钱？"

"这次与上次无关。"祝队长说。

"可我上次什么也没撒呀！"

他在表功，他在把我做错的事与他作为对比。这让我十分恼怒，再怎么我们是一起来的，还是你的表侄，你这个表叔哪像个长辈？你的意思是不是说，该扣的要一起扣，一视同仁？他就是这个意思，九财叔。九财叔就这样让我看轻贱了他。

然而过了一天，又要我们下山。说是我们捎回的信上说，就这两天就有发电机了，是山上要的，要我们去挑上来。

祝队长催促我们，是因为头一天晚上那该死的怪光又出现了。我们的营地黑咕隆咚，那光白魤魤地出现，照过来，就像被坏人、被土匪团团围住似的，十来个人无路可逃了，末日来临了。

"大家拿上家伙！"

半夜就听见那边的帐篷里祝队长他们吼叫着。我们操起了开山斧——一般我们都是插在后腰的木叉子里的，山里的每个男人都这样，每天出门上山都要带上，可以砍葛藤荆棘树枝开路，可以对付野牲口，还可以对付歹人。我们拿着开山斧出去，老麻拿着一根棒子，就见一道白光从崖顶直射下来，令人睁不开眼睛。一声果断的枪响，那光倏忽消失了。祝队长提着枪，大家的电筒一起照着，手举刀棍跑过去，中弹的地方什么也没有，是一块石头，上面留着清晰的弹痕。姓王的博士接过枪去，又朝林子深处开了一枪，大喊道："有种的出来！"

"出来！出来！出来！"大家齐声喊。

没有东西出来。祝队长就说："赶快把发电机挑上来。"

九财叔要提条件了，因为他有气，所以他提出了条件。他说要把那管双筒猎枪给我们带着，因为野猪坡的野猪很厉害，人命关天。另外能不能少挑一点，下山后再叫两个挑夫来。没有一个条件能让那个古板的祝队长答应的。祝队长说枪不能带，队里只有一杆枪，要保护那些仪器，还有这么多人。他说："你们两个在山里钻惯了，多留个心眼没事的。"九财叔说："那要是有个三长两短呢？"祝队长火了，说："你们的开山斧是吃素的么？"可是，要是再碰上那群野猪，甭说是开山斧，就是枪也没用，野猪横了，一头猪顶三只虎两头熊。我和垂头丧气的九财叔就商量着怎么样躲过野猪坡，九财叔说反正这命要丢在马嘶岭了，回不去了。那怪光缠着我们不走，野猪又来撵我们，未必来这儿就是命？九财叔就对着山磕起了头，他拜了几拜，也没说话，站起来，从背后抽出开山斧，朝一棵红桦猛地砍去，"哗啦啦"，红桦上飞出了两只大鸟，哇哇地叫着消失在林子上空。我看见红桦淌出了乳白色的汁液。那大鸟凄厉的叫声萦绕在山冈上，久久在我们心上盘旋。

我们走了，九财叔好像攒着一把劲，匆匆走在前面。我心里好害怕，只得紧紧跟着。走了一气，九财叔在前面歇下来了，把扁担横在两筐上，坐在上面，敞着怀，吼着气。我们已经过了河谷，望不见营地了。九财

叔说："见了野猪别跑。"九财叔又说："光是冲他们来的，我算了算，我们熟，他们生，要害害他们，他们这么不讲道理，还是读书人，种田搓泥巴的就不是人么？"我也替九财叔说话："他们太要不得了，我们命都快丢了，他们还扣二十块钱。"九财叔恶狠狠地说："有独眼鬼干脆把他们都吃掉！不讲理！"在枯死的箭竹林里，光秃秃的风发出翻来覆去的沙沙声，好像也在恶咒，好像有无数的野牲口和野鬼来了，被九财叔召唤来了。"来一个敲他们一个！来一个敲他们一个！"我听他说。他一定是很恨了。忽然，我听见"哗"的一声，抬起头一看，九财叔把一箩筐石头全倒出来了。

"九财叔，你这是干什么！"

"嘿嘿，"九财叔干笑了，九财叔踢了箩筐一脚，那颗快蹦出来的眼珠子对着我，"我找狗头金。"

我跑过去，他在石头里扒拉着。

我赶快帮他把石头往箩筐里装。他说："你不要怕，你何必这么怕他们。"我说："我不是怕，我怕哪个，我是想平平安安回去，弄完了我们好回去，我去伺候月子。"九财叔说："二十块钱哪，你晓得，二十块钱！"他仰天长叹，我看见他那只不能闭合的眼里流出了浑浊的泪水。我的心里也沉重起来，我知道这二十块钱对他来说是个大数字；我知道他家徒四壁，三个女娃挤一床棉被，那棉被渔网似的；我知道他常年种洋芋刨洋芋用一把板锄一把挖锄，第三把锄都没有；我知道他家房里作牛栏，牛栏破了没瓦盖，另外也怕人把他家的牛偷走了，这可是他家最值钱的家当；我知道有一年他胸口烂了一个大洞，没钱去镇上买药，就让它这么烂，每天流出一碗脓水；我知道去年村长找他讨要拖欠的两块钱的特产税，他确实没有，村长急了，扇了自己一嘴巴，说："我他妈这么贱让人磨，我给你付了。"二十块钱对祝队长他们来说也许什么也不值，可对于九财叔来说，那可是十年的特产税啊。

我这么想着我也心酸得不行，可我又无能为力。

菩萨保佑，这一趟出山还顺。在山洞里待了一晚。我已经不屙血了，肩膀和脚上的血痂也慢慢好了。这次回来时我们挑着小发电机、汽油，小心翼翼地蹚河爬垭，翻山越岭，我们大多走兽道，兽道是野牲口们走的，野牲口爱走熟路，走多了，就有一条道。到了马嘶岭之后，晚上发电机一响，电灯亮了，营地就有了从未有过的生机。

不过这次回来后，有好几次，我就发现九财叔站在祝队长的身后，也不说话，也不动。他也站在我身后过，不动，把我吓一跳。他是不是想说那二十块钱的事？不得而知。祝队长爱坐下来抽一支烟，眯着眼望群山。祝队长似乎知道九财叔站在他身后，有时慢慢转过头来，看九财叔一眼，表情平静，这时候，九财叔就会走开。祝队长有时候也摆弄他的手机，按去按来的，因为这里没有信号。老麻说："上次那两个人给祝队长又带上来一个手机。"他伸出三个手指，表示有三个手机，"啧啧"了几下，说："有五十多个电话找祝队长，可找不到他，都是要他下山去。他说他不理会这些，在春节之前把这次踏勘搞完了再说。"老麻说："我们可能还得待一两个月。"我愕然了，说："那我媳妇就要生了。"老麻说："多一个月是一个月的工钱啊。"

老麻显然心安理得，可能为多待一些时日暗暗叫好。这老麻顶多是跟别人整零席的红案师傅，平时也没啥人找他，在这儿吃了喝了还拿工钱，又不挑又不扛，又不早出晚归又不吹风淋雨，他当然喜欢了。

好像要下雪的样子。半夜果然下起了雪子儿，然后就是雨，这场雨来势可凶猛，雨夹雪霰，打得我们的塑料布顶像要穿洞了一样。正迷糊间，雨水漫进了我们的帐篷。我是做梦梦见掉进了村里的那口深潭，腆着个大肚子的水香硬是不来救我，她就站在潭上面。我冷啊，醒来一看，我们已经泡在水里了，外面已经闹哄哄一片。

"快转移！快转移！"

许多电筒的光柱在那儿横来扫去。我们出去一看，崖上的雨水就像瀑布一样朝我们泻来，非常急遽。我们按指挥把东西挑往一个不远的小山洞，先到洞口的杨工和龙工说刚才洞里出来了一头野兽，但我们没有看见。他们说像羊，进去后里面果然有一些野牲口的粪便，根据我的经验，好像是灵鬃羊，个头挺大的那种。洞里本来就有水流出来，现在更大了，我们把他们认为贵重的东西搬进去。搬完东西，就生火烤衣裳。可烟雾出不去，熏得大家都受不住，特别是九财叔，那只不能闭的眼睛里就哗哗地淌泪，他后来干脆就出洞去了。他披着雨布，坐在洞口，那只眼睛亮晶晶

地看着远处我们被淹的营地。我们就睡在门口，其实是坐，裹着湿漉漉的被子，坐等天亮。

天亮后又因柴火全湿了，没有吃的，他们给了我们一人一块压缩饼干。九财叔说："这石头一样难啃啊。"老麻说："他们有凤尾鱼。"我已经看见了，是一种铁盒罐头。我们闻见了鱼香。

中午太阳出来了，我们抱被子翻晒，拉垫絮的时候，从絮里抖出一个红红的东西，我一看，是个女人的发卡。这是小杜的，小杜夹在前额上的，是其中的一个。小杜有两个，那两天我看见她只夹了一个，原来这一个到我们絮底下来了！那东西抖落出来后，九财叔就飞快地抢了过去，对我说："你小子别管。"他藏进了内衣口袋，把个破毛衣领拉得大大的，往胸里头塞。他露出宽大的烟牙，嘴巴就不由自主地缩到了耳根。那只可怜的右眼珠好像要跳出来，变成一颗落地的秋板栗，会发出"啪"的一声。这使我不再敢惊讶，装着没事的样子，继续晒着被子。不管怎么说，小杜的红发卡都是很漂亮的。小杜长得不漂亮，但不知怎么，夹上那两个红发卡在右前额的头发上后，就显得好洋气，头发还是黄的、染了的，黄发加红发卡，跟咱们山里人夹发卡又不一样，夹在不该夹的地方。

我明白九财叔是在暗中弥补他的那二十块钱，他要把它补回来。吃饭的时候他死胀，一碗一碗添。人家要四个馍他要五个六个。"我能吃，怎么的？"他说。若在家里，顶多一碗洋芋就解决了肚子，他是个铁骨朦，瘦，肚子并不大。他吃得直翻白眼，嗳气，打嗝，我都看不下去了。踏勘队的人已经看出了他是在闹情绪，他故意夸张地吃饭，是在与祝队长作对，是在表示他的抗议和愤怒。

就在我们遭水劫没几天，好消息传来了，祝队长他们在那剥夷面的西南，发现了一个厚度达三十多米、斜深达千米的富金矿，说还伴生有黄铁矿、铜、锌、铅等多种矿物。这是初步证实的结果。祝队长说，最保守估计，以后一年可以给县里带来几百万的财政收入。那天营地真的是一片欢呼。姓王的博士在回来之前还用红油漆在那儿的石壁上写下了"我来也"三个大字。祝队长余兴未尽地用望远镜望着河谷对面，望着小王写过字的地方，说："证明我当时的推测没错。"我记住了他们那天所说的"斜卧矿柱"。我没有用望远镜从远处看他们的发现，河谷总是雾霭蒙蒙。我在想象这个斜卧矿柱的巨大，它哪一天站起来，像一个有生命的东西站起来，站得比马嘶岭还高，浑身是金黄色，金灿灿的，该是一种什么气魄啊。

"关你××事！"九财叔对我说。他拍了我一下肩。他在我的傻傻的表情上看出了高兴——分享着踏勘队的喜悦。他忌恨地说："咱们后山的磷矿也说是国家的，给谁包了？给乡长的一个朋友包了，金子再多，会多给你二十块？！"

我说："这总归是好事呀。"

老麻说："老官的气还没顺。我说，矿是肯定给人包的，但承包款和税收是每年得给当地政府交的啊，祝队长说的财政收入，是指这个。"

九财叔讽刺他说："你是乡长的口气咧。"

老麻说："有一说一嘛。"

我说："我不管金矿银矿，他们早点结束了，我们就可以早点滚蛋了。"

我想的是这个，我真的想这个，想回家，想水香，想她那么沉甸甸的肚子。我只想水香生娃子时我在她身边，我拿了踏勘队的工钱，我就去县城给水香买一对那样的红发卡，穿了洞的小树叶一样的，也夹在水香右额的头发上。黄连垭的人都不知道这种夹法，也没有这么漂亮的发卡。九财叔的三个妮子虽然长得还不错，可一个发卡，看他给谁。我们水香脸型好，眼睛、嘴巴都比小杜好看，皮肤也比小杜好，又不戴眼镜，怎么看都舒服。别看山里人，山里人喝的水好，人就是灵醒。小杜的胸奶也不大，我看比野柿子大不了多少，早上不吃，大家笑她减肥。这么不肉气的妮子为什么还要减肥呢？我突然想到我买了红发卡，还要给水香买一条红牛仔裤，就像小杜身上的那条。可我想了想县城我见过的衣摊，似乎没有红牛仔裤，只怕是要到武汉城去买。红牛仔裤真是很亮，贴身贴肉，裹得屁股大腿怎么看怎么舒服。我真的有愧于水香，什么都没能给她买过，她跟上我了，吃没吃什么，穿没穿什么，在家里地里忙这忙那。去了集上，买这不敢，买那没钱，几个小票子捏出水来了，回来时，还捏着，还是没用，还对我说："不要买，街上净宰人，哪儿都贵！"

踏勘队遭了水劫后，许多图纸淋湿了，丢失了不少数据，祝队长为此闷闷不乐，说时间又耽误了，要加紧补数据。他的情绪影响了踏勘队。

踏勘队的人都木着脸干自己的事，一点儿笑声都没有。那一天他们去补数据，我们就在姓王的博士的指挥下，在营地加固帐篷，把帐篷四周的土堆堆高夯实，以防崖上的雨水再下浸。小王不让我们进他们的帐篷，这没什么。他守在帐篷的门口，看着我们挖土，挑土，培土。那天天气尚可，雾渐渐开了，他就搬出一个仪器来，许是没事，就摆弄那玩意儿，朝河谷和河谷对面看着。这小子一定是在观察祝队长他们。远处的森林浓如烟霞，依山势的爬高而呈现出陡峭的层次，树干白得耀眼，山壁黄得瘆人，天空云彩斑驳。我们的一双肉眼看到的就是如此。不知怎么，九财叔被那个仪器引诱了，他想看看让王博士入迷的东西究竟是什么。于是趁姓王的去山崖边解手时，跑过去瞄了那仪器一眼，他还没看清楚仪器里面的东西，身后就传来一声怒吼："干什么！"

又说："这个值几十万！"

九财叔腿一软，当时脸都白了。九财叔就赶忙跑到一边去了，几十万哪，九财叔还真没把它碰倒，碰坏了，他拿什么赔？

九财叔躲到了一边去挖土，锹怎么也插不进去，没力了，整个身子都软了。一种深深的委屈和愤恨从他的那只眼里射出来，像刀子一样，让人心尖发寒。到了晚上，他开始发烧，躺在床上，身子发着抖，还四肢抽筋，发出喊叫，像被鬼掐了喉咙一样。

他说："治安，快去喊我的魂回来。"他从头上扯了一把头发下来，让我用一张树叶包好，烧了，放进他装水的碗里，喝了，用一块石头刮着空碗。他把碗交给我，说："你就这么刮着到外面去，喊我的名字，要我回来。"他指示我往黑夜的深处走去，越远越好。我走着，喊着："官九财，回来啊，回来啊，官九财。"我在向深邃无边的黑暗走去，昏暗的星星，陌生的荒野，还有一些绿茵茵的野兽的眼睛……我喊着，浑身汗毛倒竖。我刮着碗，"吱啦吱啦，吱啦吱啦"，走了没一阵，我就丢下了碗，朝棚子里狂跑，大叫一声，与老麻撞了个满怀，顿时委地瘫了下去。

唤魂的事让老麻说出去了，祝队长气急败坏，说："好啊，你们在这儿装神弄鬼，这是什么地方？这不是你们的村子！"他拿我们没有办法，他那些东西要挑，他只能发发脾气。奇怪的是，九财叔的烧不吃药就慢慢退了，这作何解释，这是啥原因？

这以后，九财叔又盯上了王博士，只要姓王的背对着他，他就会不顾一切地站到姓王的后头，就那么站着，等姓王的回过头，他又没事似的走开。有一天，在踏勘休息时我看见姓王的拿着一个钱夹子大声追着九财叔质问："你看什么嘛！你看什么？！"王博士并不知道他吓掉了九财叔的魂，只当是他爱看个稀奇。祝队长就说："这老官，有病。"王博士晃动着他那个钱夹，意思是没什么钱。钱夹里夹有一张照片，与一个女的合影，两个人戴着那种方帽子，从上面还坠下黄缨络。听他们说那就是他的老婆。不过我心里清楚，九财叔不是想看稀奇或者好奇才站到他后面的，那是九财叔一种无声的示威。他恨，执拗的、单刀直入的愤恨。一个不能表达、无从表达、不敢表达的人，很快就将一般的成见变成了仇恨。这太正常了，可是，也许祝队长和王博士并没有察觉，这非常危险。为什么不让他表达出来呢？可怜的九财叔，沉默的九财叔。他这以后真的就像掉了魂似的，躲在一处抽烟，发呆，丢三落四，爱理不理，眼神恍惚。

我的印象也被搞坏了，我给九财叔唤了魂的，装神弄鬼也有我一份。我发现小杜都懒得理我了，他们瞧不起我们。那天晚上，当我把书拿去还给小杜时，经过他们的床铺，他们问我干什么，我说给小杜还书。他们要我丢在那儿，可我又想再借一本，我就说我亲手交给她。我进去时感到他们的目光像针扎在我的背上，让我变成了一个刺猬。那些目光是审视的，冷漠的，也是不屑一顾的。我那天知道不该闯入他们的帐篷，但我那天实在想再弄点东西看看，特别是关于"斜卧矿柱"的内容，书上肯定是会有的。我进去后看到洋芋果小杜在一个本子上记着什么，已经偎在她的睡袋里了。她见了我，像被火烫了一样往里缩，慌乱地"哦"了一声。我说我是来给你还书的。我再没敢说什么，便飞快地出来了。前面的火塘边，祝队长他们正在分烟说着话，看到我，就像看一个怪物。我本来想好了，出他们帐篷时说一句客套话"你们歇吧"，可出来根本轮不到我说，我是个很让人小瞧的乡里人。

外面一片漆黑，那天我真希望神奇的怪光出现，照着我，我就要向它走去，告诉它这里的一切，向它讲我心里的话。我什么也不会怕的。我在心里喊："光，光，你怎么还不来啊！"那像利剑一样骇人的光，刹那

间照彻了这深广黑暗的光，刺中了什么，还真是一种惊异呢。我真希望这儿多出现点怪事，冲冲这里的压抑，冲冲人心里黏稠的东西，让人振奋得发一下抖！我走进我们那塑料布吹得呼呼乱响的棚子，摸黑钻进被子，听见九财叔磨牙的声音多么响亮，就像在磨一把斧头。

其实，我知道踏勘队的人是对着九财叔来的。他们对九财叔有些警惕，他们就把我们一起防了。这些都让老麻无意中说出来了。有一天老麻弄了几个套子，套了一只经常出没在坡上的麂子，弄了一锅热气腾腾的麂子肉汤，结果祝队长不但不领情，还硬要把老麻赶走，说是"两个山字一垛，请出"。老麻好心办了坏事，祝队长从不吃野味的。老麻背着行李卷就只好走了，但是踏勘队其他人替老麻求情，因为做这么多人的饭是件大事，炊事员一走，工作就乱了。于是祝队长便去追赶老麻，把老麻从路上截了回来。老麻好像知道他们会来截他，在山道上紧走慢走哼着歌儿，见他们赶来，故意说："缺了我这个烂萝卜，还整不出酒席来？再请个好厨师，比如说老官，可以给你们做饭蒸馍呀。"姓王的博士就说："你就别假客套了，你明知道我们不放心那个老官。"

老麻重返营地拿起锅铲的那个晚上，在棚子里他对我们说："读书人认死理，犯牛倔。我在镇委会给镇长他们做饭，点着要吃野味，县里的干部下乡来了，也是说：'老麻，今天吃啥呀，有没有鲜一点的炉子（火锅）？'你看人家！山上的野牲口，不是吃的是干什么的？我们镇长最有能耐，为了把家鸡混成野鸡，他可以把鸡脖子抻到一尺多长，乍一看，就像野鸡了。上头来的人也不知道，放了一把花椒，以为就是野鸡，就说还是野鸡鲜。"老麻给我吹嘘说："我说不回来了，他们几个人拉脱了我的袖子。我说，衣裳拉坏了是有价的，他们就说，拉坏一件赔你两件。嗬咳！不是我说，你叔走，他们还巴不得呢。"

老麻得意了好几天，把姓王的说的话全透给了我。他还唱歌："远望姐儿穿身白，擦身过去不认得，鹞子翻身掐一把，桃红脸儿变了色，如今的姐儿挨不得。"他唱起歌来，拍手树就一阵乱响。他剁着砧板边剁边唱，我不能把那些话告诉九财叔，告诉了就会乱套，说不定九财叔会做出什么出格的事来。我只好也恨起了田螺头王博士来。九财叔他做了什么呢，不是你吓他，他会站在你后头？每天给你们担着担子，这么辛苦这么可怜，你们还提防着我们，发烧了叫个魂还不是没药吃，又没碍你们什么事。这老麻就他妈话多，你得意个什么呢？我要是告诉了九财叔，你那颗黄姜鼻子只怕要搬家。

九财叔不是不知道，其实九财叔是个非常有心的人，他肯定感觉到了，他在想着怎么扭转这个局势。

短暂的秋天就像一片浮云欻乃而过，马嘶岭白天的风跟夜里的风一样不分伯仲，凌厉凶猛了，落叶像波浪一样翻滚在山坡上，整个山岭笼罩在死灰色的烟幕中，密匝匝、枯蔫蔫的箭竹丛在北风的打压下发出荒凉如梦魇的声音，与河谷呼啸的风声一起遥遥呼应着，天空，山冈，森林都在哆嗦。而我们的营地好像要被彻底掀翻了，要掀下河谷去，落到乱石累累的地方，摔得粉身碎骨。

踏勘队的两支队伍合了起来，变天后他们的主要工作是圈定矿体的边界线，还要圈定"矿化富集地和蚀变带"。早晨起来，冒着风出去，走得很远很远。

好像要下雪的样子了，早晨起来，有厚厚的霜，到处一片白。雪没有下时，大雨呼呼地来了，来了还不走，还很绵很赖的，圈定的活儿圈不了啦。

大雨不急不躁，从河谷里腾起的浓雾霭时弥漫了山岭，所有的植物都在雨水中无奈地蔫耷着，高的，矮的，粗的，细的。森林一片昏暗，千万年的山崖和天空死气沉沉。两天之后，河谷的水满了，河道消失了，狂乱的水流在巨石间粗野地激荡着，把河岸推向角落，山与山之间的联系淹没在一片啸声中，远远地制造着深沉的恐怖。

在风雨的摇撼中踏勘队龟缩了三天，大家坐在火堆前不停地抽烟，去外面看雨势和水势，但情况如故。

接下来的就是，没有粮食了，没有菜了，要断顿了。

九财叔不等祝队长他们安排，就说要下山挑粮食去。

他们也不是傻瓜，这一河的滚滚河水，插翅也难飞过。祝队长看着九财叔，像不认识似的，说："你怎么过去？"九财叔就说是到四川那边去买米。"那，谁陪你们一起去呢？"九财叔说不要谁陪，他跟我俩去。祝队长说："把钱给你，你去买？"九财叔说："是啊。我们买，我们挑不我们买？"但是祝队长扬起的眉宇间有无数个问号。九财叔根本不知道祝

队长不想把钱交给他，九财叔还以为他们会笑眯眯地送我们上路呢，九财叔肯定在想他筹粮的高招，以为他们会感谢他，改变对他的看法。可是祝队长就是不同意，说不行。他一定是以为我们要偷懒，少挑一趟石头下山。到四川虽然远点，但可以不过河谷，可以马上弄到粮，路上还可以收一些老乡家的腊肉与鸡。这确是一个好点子，老麻破天荒地与九财叔站在了一起，但祝队长就是不松口。他说他想办法送我们过河谷。

那就过吧，看他们怎么让我们过。他们还是要我们带点钱下去，帮他们买香烟之类的东西。在祝队长进去拿钱的时候，九财叔突然出现在祝队长面前！九财叔看见了祝队长长期捆在腰间的一个大腰包，那里面的三部手机和四五千块钱全暴露在九财叔的眼底，那是踏勘队的所有经费。过了几天，九财叔就把他看到的告诉我了。当时祝队长想掩藏已来不及了，他把钱塞回腰包，可由于慌乱，怎么也塞不进去。他朝九财叔说："我没叫你，你进来干什么？"喝退了九财叔，祝队长又在帐篷里弄了半天，出来时他拿出来的不是钱，而是一封信。他把信裹了几层，用塑料纸包好了，对九财叔说："交给下面，他们会买齐的，买齐了你们带回。"他又说："快去快回，别把大伙饿死了。"

他们有雨靴，我们没有。九财叔的力士鞋还破了后跟，他用一根布条把鞋捆好，这样的鞋一上路就会湿透，这么寒冷的天气我们要穿两天的水鞋。好在，他们给了我们一个电筒，一个换过电池的三节电筒。他们几乎倾巢出动了，说是能把我们送过河谷，我和九财叔都知道，这是枉然。我们是当地人，我们还不知道这样的河谷在连阴大雨中是一个什么情况吗？到了河边，那真是无可奈何了。溯河而上，他们也绝望了，就开始砍树，他们说要临时搭成一个"桥"。树放下了，树扑倒在河里，眨眼间就无影无踪，被湍急的河水卷走了。接着他们又砍了一棵更长的树，又放倒河中，但是树一头扎进水中，离对岸还有好远。就算搭上了，谁敢往这样的"桥"上挑担过去？谁不想要命？

折腾了一整天，晚上一个个浑身泥水地回了营地，他们中的有些人就开始倒向九财叔了，可祝队长还是不表态。小谭自告奋勇地说："我陪他们一起去四川。"祝队长摇头不同意，就发动大家一起上山去挖野葱，采野菜野果。吃了两天野菜，大家意见大了，逼着祝队长来跟我们说"去四川吧"。

我们便怀揣着他们给的三百块钱，踏着采药人隐约走过的路，像两头野牲口没入了雨雾茫茫的无边荒岭。

又是一趟生死路。

那一天我们遇到了许多可怕的事儿。我们走进一个峡谷时，在一个凹进去的石崖边，遇到了一群躲雨的鬣羚，怕有百十只。鬣羚胆小，见了我们，就开始逃跑，只有一条窄窄的崖路，那些鬣羚朝我们跑来，我们贴着石壁给它们让路，九财叔那件破烂的棉衣还是给一只鬣羚角挂住了。我看见九财叔一下子飞了起来，箩筐也飞了起来。好在九财叔那衣服不经拉，"刺啦"撕了个大口子，重重地摔在了地上，后面的鬣羚从他身上跃过去，竟没伤着皮肉。九财叔叹他命大，骂着要拐下鬣羚的角来。"那倒是一味不错的中药呢。"他说。

我们想走进一个山洞中休息，生点火烤干衣服，黑黢黢的山洞里扑棱棱飞出了一大窝秃头老鹰。进得洞去，一股腥气，也没在意。生了火后，又有老鹰窥伺在洞口想往里钻，我们烤着衣服，火越烧越旺，九财叔突然指着我身后说："那、那是个什么？"我回过头去，妈哪，一副骨头架子朝我们走来！

我们爬起来挑上箩筐就跑，跑出山洞，跑了两里开外，跑得天有些开了，峡谷矮了，才停下来。

"那真是鬼么？"我问九财叔。

九财叔到底比我有山中经验，说："那不是鬼，是一副被鹰啄净了的骨头架子。"

九财叔说："不是冻饿死的就是被人害了。"他说："鹰子吃腐物，山里头什么事都会发生，没事谁愿意到山里头来呀。"我就问到四川还有多远，九财叔说他也不知道。我说："九财叔，那三百块钱，你给我一百五十块，让我回去吧。"九财叔听了痛骂我："命都快赔了，你就值这一百五？桩桩件件的，你就值一百五？！你这没出息的，这点钱打瞎你的眼睛！"我说："那总比被老鹰啄吃了强些。"九财叔就说："我要走，我给他抢完了走。"我说："你抢哪个？"他说："我总不能就这么走。"他就溜出了那话："光一百元的就有这么一扎。"他用指头示意。他说出了祝队长腰包的秘密。他说："你不想把它抢过来？为什

么他们那么有钱，而我们啥都没有？"我说："咱是农民，人家是大学搞研究的，不能比。"九财叔却说："咱受的苦比他们多，都是一样的人，不该这样啊。"我直笑九财叔愚笨，认死理。我知道他不懂，他没想过来。我说："人家的钱与我没有关系，我只想回家，水香要生了。"九财叔说："抢，我们抢他个净光。你不会不要钱吧？"我说："我要钱。我咋不要钱？"他说："那就抢。"我说："抢不来的，他们人多。"他忽然说他想了个好法子，看那边有没有老鼠药，把他们毒了再抢。我说："这是犯法的，抓到了咋办？"他说："你胆子咋这么小，麻雀胆也比你大呀。这里人不知鬼不觉的，这次不干以后就没机会干了。你到哪儿能碰到这么有钱的？"他还说那个值几十万的家伙，有好几个，不得了。其实那个家伙，王博士说的值几十万的那仪器，就值两三万块钱，是王博士吓唬我们的，唬我们这些乡下人的，如今进了监狱，我才知道。当时因为恨吧，在路上没事，就胡乱商量着怎么抢。我说还是不要抢的好，偷，偷了就走。九财叔说："你能飞走？他们一赶来，咱们就被抓住了。"他说："我想好了，就这么做。"我说："没有老鼠药呢？"他就不吭声了。过了一会儿，他回过头举起开山斧对我说："一不做二不休，杀，杀了抢。要得你安逸，就不得他安逸。"九财叔想横了，想窄了。我只是觉得他是开玩笑的，心里恨，才这么说，图个嘴巴快活。

不过那些钱确实让我有些兴奋，九财叔认真的撩拨让我在这荒岭寒雨中有些走神。二十块钱的不满已经演变成了抢劫更多钱财的企图，不，是决心。我感觉到我将要与这个九财叔大弄一笔了，可这是冒险，如果真能做得万无一失也未尝不可以干干。听打工回来的说，外面这年头都是撑死胆大的饿死胆小的。抢的，偷的，骗的，拐的，杀人的，海了，有几个抓住了？又一想，九财叔，哼，你胆大，你这个熊样子，你也什么都敢？我不信。在他动手的那一刻，我都没法相信他是那种敢出手杀人的人。

九财叔与我走在寒雨淋淋的山岭上，挑着湿漉漉的空箩筐。他胡子拉碴的，鼻子里喷出的团团热气变成水珠子，挂在他花白的胡茬上，那只不能关闭的阴冷的眼睛向远处看着，好像多有不甘似的，有一种念头燃烧在他眼睛深处。我好像重新认识了一个人，这个人不是那个死了老婆、家庭负担蛮重、蔫不啦唧、又脏又烂的九财叔，不是的，是另一个。大前年，九财叔老婆腹疼，一阵抽搐，还没等到抬去医院，就半道上死了。死了女人的家里还有什么好呢，三个妮子整天在那儿哭着，他八十多岁的老母亲还得给他们烧饭和喂猪。三个妮子是被他打着去山上放羊的，后来又打着她们去山里采药，去山里割猪草，去地里刨洋芋种苞谷。就这样，三个妮子越长越像人了，老婆坟上的草也越长越高了。九财叔就不爱理人了，瞪着眼看山，坐在地头打盹儿。后来他家里就放进了牛，牛就在房屋中拉屎，屋里就飘出了畜便的气味，被子越来越薄成了渔网，一直到两块钱的特产税也交不起了，让村长大骂他的祖宗十八代。三个小妮子又没读书，又无娘调教，村里的人都在想，这三个妮子咋办呢，送一两个去学校也好呀。村里人就说，如果这三个妮子长大了，九财叔的好日子就会来了。可惜的是，日子很慢，三个妮子还远没有到谈婚论嫁的年龄。因此，遭孽的还是九财叔，一个人扶犁，一个人还得背篓；一个人赶集担柴，一个人还得照秋收秋。脸也黄了，皮也松了，他多大的年纪呀，跟他同庚的八大脚我爹，见了都不敢喊他九财弟，恨不得喊叔。八大脚我爹对我说："九财，三个酒坛子是泥巴捏的，难出头啊。"

我们披着雨布坐在冰冷的石头上，九财叔说："腰酸。"他揉着两边的腰，我怀疑他是肾有问题了，他脸上浮肿，眼珠发黄。我扶着他找了个背风的石坎，想拾点柴生火，这个念头被吸一锅烟取代了。九财叔费劲地点燃烟锅，递过来要我吸。我就接过吸了几口，那种冲人的辣味差一点把我呛翻了。我咳嗽了一会儿，又犯起了迷糊，竟坐着睡着了。再醒来，天已经大亮，我浑身似乎都没了热气，脚已冰凉得失去了知觉，雾，雨，风，冷冷地包裹着我们。好在不一会儿我们闻见了柴烟，就知道有了人家。

我们见到的第一个人是个女人。这女人在家煮猪食，头脑不太清醒的样子，她回答我们这儿没有粮食和腊肉卖，她甚至说不出她是在四川还是在湖北。我们只好再继续走，可是，没走多远，就听见前面的九财叔一声尖叫，接着响起了枪声，九财叔中了安放在大蕨丛中的垫枪。

那垫枪先从箩筐穿过，再擦过他的小腿肚。只见九财叔一个前扑，箩筐就丢了，倒在地上喊："我中枪了！我中枪了！"

血从九财叔的裤腿里流了出来，他抱着腿左顾右盼，我一时也愣在那里不知如何是好。我听见他呻吟，就去找枪。九财叔大喊道："别动枪，

别动那枪！"

他自己的手里抓了一绺破茎松萝，水淋淋的，他搽着水，慢慢捋起裤子，把松萝往流血的地方按。肯定很疼，按得他歪了嘴，眼珠子凸得更厉害，眼里全是浑浊不清的念头和绝望。雨还在下，雨挂在他凄凉焦黄的脸上。我扶他拖着腿坐到扑过来的箩筐上，坐在一棵大树的背后，他才说："把那该死的垫枪给我取出来。"

我慢慢走进大蕨丛中，找到了绳子。我解开绳子，再找枪，是一杆只有铁管和木头枪托的很简单的土铳。这就是垫枪，它绑在一根树桩上，专杀游走的野牲口。我把枪递到九财叔手上，九财叔没细看那枪，他的心里好像还平静，他从头上解开宽宽的帕子，去缠伤口，他小心翼翼地缠着伤口，血还是往外渗。我问他究竟怎么样，他摇摇头。

就在这时，我们的面前出现了一个男人。这个男人问我们是干什么的，口音是四川的。九财叔见了他眼睛就绿了，知道是他的垫枪，九财叔看样子要爆发了，要跟他拼命了。可他的腿又负了伤，还加上没睡没吃，显然他在克制。他对那个男人说："这里是四川么？你的枪打着我了。"那人说："你们是干什么的？"我给他说："我们是探矿队的，是从马嘶岭过来的，是来买粮食的。"那人"噢"了一声，想走。九财叔喊住他："你卖点粮食给我们，我们用钱买。"他这么克制，是想用他的枪伤来换取那人卖给我们东西。那人想了片刻，就点头让我们跟他走。那人在前面走，走了一截，在前面转过头等我们，并不想帮我们一把手。

到了他的家里，也就是遇见那个女人的家里，这男人就很热情了，他解开九财叔缠伤的帕子，用熊油给九财叔抹了伤口，又用干净的布给九财叔包扎，并吩咐他老婆给我们一人炒了一大碗香喷喷的洋芋。我们已经看见了他堂屋里堆着的一大堆洋芋，个儿很小，估计是剁了给猪吃的，但卖给我们就能解决问题。

我们吃了洋芋，烤干了衣裳，就被安排到他的牛栏屋的楼上，那上面堆着柔软干爽的苞谷衣壳子，还盖着他给我们的一床被子，美美地睡了一觉。就在我们睡觉的当儿，那个人给我们准备了一担洋芋，只准备了一担，因为九财叔有伤，他的箩筐就空着了，担子里还有他们种的一些水菜，如茄子和芫荽。芫荽不多，只有一把。我们醒来后见到那担洋芋，九财叔又问他有肉吗。他说真要的话他可以杀一头羊给我们。我们说要，他就把一头山羊牵来了，一刀下去，羊就倒了，就剥皮，掏肚，把肚里的下水煮了一锅，让我跟九财叔吃了。九财叔看着那满满一担问他多少钱，要他说个价，他说："你们看着给吧。"九财叔想了想，说八十块钱。那人说随便吧，就给了他八十块钱。九财叔又问有没有"三步倒"，那人说："你们要'三步倒'干什么？"九财叔说山上老鼠太多。那人找了半天，出来说没有了，用完了。那人又给九财叔砍了根拐杖，问他碍不碍事。九财叔拄着拐杖走了几步，还行。交易完我一直想提醒九财叔，让那人打个收条，但九财叔似乎不给我机会，我以为他会记着这事的，因为祝队长交代过，但这事让九财叔忘了个一干二净。

回程的路上，我就问这事，九财叔不置可否，含糊其辞。问急了，九财叔就说："到时我们做个证就行了。"他对我说："我们讲一百二十块。"我说："为什么？"他说："你二十我二十。"他就先把二十块钱给了我，要我拿上。他不打条子是想黑踏勘队的钱，我说这干不得吧。他说天知地知你知我知。"老子把那二十块钱终于搞回来了。"九财叔的表情已经是一种很舒畅的表情，甚至把腿伤都忘了，虽然拄着拐杖，但走得比我还雄壮。他说："他们难不倒我，你做初一我做十五，老子也不是好惹的。"他在雨水和泥泞中瘸着腿兴奋地絮絮叨叨，带着凯旋的气势。二十块钱终于愈合了他心中那撕裂的巨壑般的伤口。九财叔骂那个人道："他妈的，这毬人，我还没找他付医药费呢。"他说："他为什么要杀羊给我们，还不是理亏了，送给我补枪伤的。"他要我估这一担的价，我摇摇头，估不好，他说怎么估至少也得一百五。

我们在半路上意外地碰到了老麻和小谭，他们等不及了，说大伙都饿着。老麻说话很不利索，原来他一边接我们一边沿途采野蘑菇，为试蘑菇有没有毒，把舌头试麻了，毒蘑菇是麻舌头的。

回到营地，听说九财叔绊上了垫枪，大家都来看他。洋芋果小杜还来给他治了伤，擦了药，用白纱布包扎了。但是九财叔的伤红肿了，他们说是感染了。九财叔吃了他们的药，晚上大家吃羊肉，吃洋芋，非常高兴。虽然没能吃上大米，但那些瘦小的洋芋果也是九财叔差一点用命换来的。看来他们对我们的印象就要好起来了，九财叔这条腿的血流得值。

但是事情总是莫名其妙地凑巧碰在一起，就在这天的晚上，发生了一桩意想不到的怪事。

我们回来后就雨如瓢泼，还响起了罕见的冬雷。我们正脱衣睡觉时，就听见王博士喊我们："你们都过来！"我和老麻披衣过去，不知道发生了什么事，他们的帐篷里没有光，熄灭了灯。有人打电筒，也被喝令关了，他们手上都攥着东西，有刀，有枪。等大家都安静下来，祝队长在黑暗中说：

"刚才听见了枪声。你们没听见吗？"

他问我们。我们就竖起耳朵来听。果然，有隐隐约约的枪声。后来枪声越来越大，好像在周围的山头，还能听见人的喊叫声，好像有一伙人！

"都听见了！我们怎么办？"姓王的博士说，声音有点颤。

接着又响起了一阵轰隆隆的冬雷声，还有风雨声，呜呜的，一阵一阵地扑向悬崖。加上河谷里澎湃愤怒、捶胸顿足的水声，还有那本已存在的马嘶声，尖声的、固执的马嘶，现在全来了，在我们吃掉了一只羊后全来了。

"你们真是买来的吗？"祝队长这时突然说出了这么一句。我忙说："是买来的。""带上重要的东西，赶快撤退！"祝队长端着枪说。

枪声东一阵，西一阵，是不是有人包围了我们？我们在密集的枪声里赶快带上东西，特别是仪器，他们包上重要的资料，往后山一条隐蔽的路而去，那儿通向一块高岩。上去有个一线天，易守难攻，一夫当关，万夫莫开。九财叔因枪伤和发烧，就留在了棚子里。我心里挺纳闷的，我们花钱买了东西，人家来找我们什么事啊，未必是打劫的？那时候我没时间想了，我给他们挑着东西，往上爬着。人没休息，又出怪事。来打劫就打劫吧，反正我们没啥。就在我们往上走时，枪声模糊起来。小谭说："这只怕是个误会。"我听见小杜说："这可能是个自然现象。"也许是杨工也许是龙工在黑暗中说："马嘶岭没马，为何能听见马叫？我看都是风声作怪。"王博士说："马嘶岭之所以叫马嘶岭，据当地的地方志说，是因为过去这山上有许多野马。"

争论不休时，祝队长一声吼说："都不许说话！"

我们选定了一线天的一个凹处，那儿背风，避雨。坐下来后，他们又忍不住继续说话了。有说是风声，有说是自然现象，说是一种什么磁铁矿现象，因为这一带过去打过不少仗，土匪火并，官府剿杀，恰好打仗时遇打雷下雨，把那些枪声喊声全录进去了，以后一打雷下雨，这声音就出现了。他们争论我们无权插嘴。不过我心中支持这种说法，这等于是替我跟九财叔解脱，不然就会让祝队长怀疑我们，以为我们是偷了别人的东西，让人追赶来了。不相信我们的还有王博士，他对那种说法反唇相讥道："老官中了枪也是磁铁矿现象？"

哦，我明白了，枪声加上九财叔腿上的枪伤，这一串起来，我们就完蛋了！难怪难怪！我们成了嫌疑人，这一趟是黄泥巴掉到裤裆里，不是屎也是屎了。我好一阵绝望，这些人咋就不信我们？这些人还是有文化的人呀，咋就跟乡清算队的横子们一样蛮不讲理呢？事情就问到为什么没让对方写个收条。这事我们有愧，这事都是九财叔的鬼点子。我就只好说我不知道，是九财叔办的。这事我不能多讲，免得两人讲的对不上。我只是说羊肯定是买的，我们要人家杀的，全部是一百二十块钱。

"我们可没有偷羊啊！"我喊道。

"或者，你们是不是跟山里的人说了这儿的事？说我们有钱，有物？"他们问，"你们暴露了我们。"

我对他们说："我们去四川什么也没说，我们只说我们是探矿队的，在马嘶岭探矿。"

"问题是，你们没有打收条。"他们说。再问收我们钱卖羊卖洋芋的那一家姓什么，我也回答不出，我们真没有问人家姓什么。在我们山里，吃过人家的饭不问人家姓名很正常。你走累了，一声大哥，一声大姐，就可以找人家借宿，吃饭，然后只记得"松树坡""柏子岩""赵家坪"这些地名，并不知这家姓甚名谁。

越问我越说不清，他们就越不信任我们。是偷的，抢的，哄骗来的，要追杀我们，老官已经负伤了，他是逃脱的，人家又追过来了……这些狐疑正在我们那里悄悄蔓延，我已经嗅到了那种气味。

我在恐惧中坐着，我希望出现一些有利于我们的结果。

下半夜还没有动静，他们要我去"侦察侦察"，我就下去了。我急急去棚子，九财叔躺在那里，发着高烧，眼睛瞪得贼圆贼圆，嘴里吐着火红的热气，脸颊像泼了一桶猪血。我给他额上渥了个冷毛巾，他醒过来恍恍惚惚地看着我，说："红薯都收不回来了……"

"你说家里的红薯吗？"我问。

"地里的……"

他记挂着他地里的红薯，肯定想着这么大的雨他三个妮子怎么去挖红薯。他问我："怎么人都不在了？"我说："你不知道？"我问他听见枪声和喊声没有，他摇摇头。他烧昏了，他肯定没听见，他可能梦见了家里还未挖的红薯地。我弄醒了他，我说："坏事了，你中了枪，周围又响起了枪声，没打收条的事他们又问得紧，是不是他们知道了那四十块钱的事？"我心里很害怕，就把二十块钱掏了出来，塞到九财叔手里。九财叔不接，说："到哪儿知道去？你这成不了大事的，你就死咬着一百二！"

天亮了，雨住了，几只猕猴在树上发出了呼唤太阳的安静喉叫。东边，有一晃而过的朝霞，只有浅浅一线，但很爽眼。视野渐渐地开阔起来，我等着踏勘队的回来。没有事的，他们没有事，我们也没有事，没有什么来打劫他们的人，全是雨天的怪现象，这马嘶岭就是这样奇怪，不过是虚惊一场。他们没有发现那四十块钱的事，发现不了的，一切随着白天和天晴的到来都会过去。他们会把这一切忘了。我这么祈祷着，祝队长他们果然回来了。

整整一天都平安无事，阳光亮得人晕晕醉醉的，风也温暖柔和起来。睡了一天，那些人神清气爽了，呼朋唤友，要打牌了，要唱歌了。哪来的侵扰我们生活的四川劫匪和捉拿我跟九财叔的农民啊，没有！我真高兴。

平安无事了。他们吃着我们的洋芋，也无话了。

他们继续在周围圈定矿体边界线。

那天傍晚我们回到营地时，却没见炊烟袅袅，厨房冷火无声。这就奇怪了。大家紧张地走进营地，去厨房一看，翻了天，老麻和九财叔双双躺在各自的铺上，两人头破血流，老麻最可怕，嘴张着，却掉了几颗牙齿。

他们两个打架了。九财叔先动的手，他为什么要动手，他肯定有他的道理。是在替老麻择菜时，老麻伤了九财叔的自尊。老麻像个领导喊九财叔过去择菜，他是想埋汰九财叔几句，因为那些茄子是些收尾的茄子，又有筋又有虫眼。老麻说："老官哪，你碰见了鬼市吧？"九财叔眼就直了。老麻又说："这像是鬼市上买回来的菜。"他显然不满意这些菜。九财叔就没好气地回了一句："我买的羊肉呢，你切的时候是不是变成了人肉？"老麻一听就打了个寒噤。这营地没人，就他们两个，老麻可能因为害怕而觉得要在气势上压倒对方，便说："老官你有什么资格凶啊，我说你碰见鬼市又不是我说出来的。""那是谁说的？"九财叔当时就浑身乱颤得不能自持，他又问："你说是谁说的！"他要问个所以然。他忽然就站起来揪住了老麻的衣领，唾着老麻的鼻子说："我跟你说，你不要仗势欺人，你跟老子一样，出苦力的，你能得到个什么？这些东西是我拿命换来的，用命换的，你知道吗？！"他可能越想越气，一拐杖扫过去，老麻就倒了。老麻作垂死挣扎，抓到锅铲就铲九财叔的头，九财叔脑袋一偏躲过了，一拐杖再横扫过去，打到了老麻的嘴。老麻哇地嚎了起来，他喊："让省里的领导来判你的刑！"

他把踏勘队的说成是省里的领导。最后"省里的领导"祝队长他们决定扣老麻三天工资，让九财叔挑上箩筐回家。

这是打架后的第二天早上。九财叔听了那个决定，眼珠子就要掉出来了，他的嘴唇嗫嚅着，想说话，说不出，后来终于哭嚎起来："为什么要我走？为什么要我走？！"

所有人都蒙了，看他哭。祝队长说："因为你打掉了人家的门牙，这儿不准打架，不是放牛场。因为是你先动的手，为了维护踏勘的正常秩序，经研究，只好让你下山了。"可九财叔不走，只是哭，哭得鼻涕都流了下来，埋着头，用一双锉子般的手揩着涕泪。他不接工钱，不签字，坐在那儿，好不伤心。

这事就僵了，也没人再说什么。可老麻急，老麻肿着牙床和腮帮，眼巴巴地要等着九财叔走。他没有等到那个激动人心的时刻，他看见九财叔还在这里，赖着不走。他不服啊，不解气啊，就用猛烈的剁刀声表示着他的态度。等人散了，九财叔偶然抬起头来，看一眼厨房，眼里全是刀子！

"叔，你怎么办？"我问他。

他没回答我。嘴巴在动着。后来我听清了，他在说："我给妮子筹几个学费……"

我听见了"学费"这两个字，我听得很清楚。他未必还想让三个妮子去读书？我后来突然想他真的会的，他多少天来都是这么想的。就冲着那一个红发卡，冲着那些手机和钱，冲着小他一辈的人对他的吼叫，他迟早会下决心把孩子们送到学校去的。

"你是说，让她们去上学？"我问。

他点点头。

看来他们真的想要他走了；我也不想待了，我更加思念我身怀六甲的水香，我拼命地想她。我就对九财叔说："算了吧，要走我们一起走。"可九财叔摇着头。这样僵持着怎么办呢。九财叔竟挑起箩筐跟踏勘队一起外出了！并没有要他去，再说他的腿还没有痊愈，走路还有点瘸。小谭就出来说："老官你不能做，你的腿挑不起。这样行不行，除了不少你的工钱，还补助一百块钱，你走吧。"这不少了，我想九财叔会同意的，可九财叔不表态，以沉默作答，这更坚定了他们要赶九财叔走的决心。我当时不知道，踏勘队一致认为九财叔是个危险人物，在这样的荒山野岭，必须提高警惕。种种印象加迹象表明，九财叔对踏勘队有威胁，并非是个善良之辈，这一次斗殴就是一个证明。

多难受啊，九财叔和大家。大家干着活，九财叔挑着空筐跟着他们。我把我挑的东西分给他挑，他感激地看着我。这一天非常难熬，非常漫长。

而老麻在营地整整一天都在盼着九财叔灰溜溜地回来，乖乖地卷起他的破铺盖滚蛋。老麻甚至用老虎钳子将九财叔的碗夹掉了一只角，并在那个缺碗里撒了一泡尿。老麻看着黄灿灿的尿，咧着嘴笑。到了夕阳西下时，九财叔也没一个人孤零零地出现在老麻面前，而是跟大家一起回的。老麻于是将那些烂了的、长了芽的小洋芋果都煮进了锅里。结果可想而知，那天晚上大家吃了这些毒洋芋后，一个个都拉起了肚子。

在拉肚子中大家把九财叔忘了，我和九财叔什么都没拉，肚子好好的，我们扛得住。老麻对他导演的这出戏很高兴："看你们都吃了些什么！"他说："我也没办法，就这些洋芋了。"老麻把责任推给了九财叔和我，煽动踏勘队对我们的仇恨。九财叔在晚饭吃洋芋的时候吃出了一股尿臊味，可是他没有说什么。即便是大家不停地拉肚子，也没把怨气撒到我们头上，至少没有公开撒到我们头上。老麻就开始索赔了。那天晚上，老麻高声在营地说："一百一颗！"

他要九财叔赔他的牙齿。若是一对一，老麻是不敢在九财叔面前这么嚣张的，九财叔那只右眼里透出的寒气，让人见了会不由自主打三个激灵，但老麻仗着祝队长们对他的暗地支持，有恃无恐。算算，我们来马嘶岭有二十一天了，也就二百一十块钱，九财叔扣掉二十，只有一百九十块钱，要按这个价赔老麻的两颗牙齿，九财叔还得倒贴十块钱。当九财叔听到他还得拿出十块钱来，他的脸一下子就垮了，他是多么无望。他张着嘴看着祝队长和在灯光尽头龇牙暗笑的老麻，除了乞求之外，看不出他要大肆行凶的念头。他的嘴巴两边稀黄的胡子和皱折成了一个大大的括号，宽大单薄的下巴就托着那个"括号"，十分地无奈。那只鼓起的眼睛现在只是一个浑浊的晶体，充满了惶然；另一只有些塌陷的眼睛眯缝着，满是意想不到的驯良。

九财叔走出来，他一定是很难办，他算了算，他走，工钱加上踏勘队补助一百，还有个两三百块，不走，赔了老麻的，能剩多少？但现在老麻又不让他走，要索赔——他走又不能走，留又不能留。

晚上的风很大，依然是北风，河谷的冬汛好像在作最后的挣扎，在宽阔无边的河床上扑腾着，整个山岭到处是它们的腥味。九财叔在吃着什么，我闻到了一股刺五加果的味道。九财叔摘了不少的刺五加，那种豌豆样大的黑果子。这两天因为他无法安眠，就吃这个。

"把他们杀了！"

这天晚上，九财叔作出了最后的决定。他狠狠地嚼着刺五加，开始看他的斧头。

"你，咋说？"他问我。

"我……我……"

"事情成了，我们就安逸了。"他说。

"你跟我搞。"他鼓着劲说。

"搞了，我们就过安逸日子了。"

"叔，你声音小点行么。"我说。

"不要怕的，跟我搞。"

我也觉得九财叔进退两难的时候他是会什么也不顾的。他的这个决心让那些财物如此逼近我们，好像就在手边，唾手可得。我在被子里，闭着眼睛，那些钱啊仪器啊就在我的头顶飘荡，还有红牛仔裤和发卡和小小的薄薄的录音机，还有好多手机。它们飘呀飘呀，它们穿行在蓝色的天空里，像一些鸟飞着，穿梭着……我看见水香穿着红牛仔裤，别着红发卡，站在马嘶岭河谷的对面向我喊着：

"回来啊治安,治安快回来!"

我的梦被惊醒了!我听见了真实的男人的喊声:"有东西!有东西!"

睁眼一看,营地亮如白昼,瞬间,又倏地进入了黑暗。怪光又出现了!这光总是在晴朗的晚上出现!有人敲起了脸盆搪瓷碗,并且放起了枪。马嘶岭是一片恐慌中的混乱。

"注意隐蔽,不要面对它!"有人喊。

光没有了。

"这东西把我们折磨得太苦了!"祝队长啐着,"怪事,他妈的!"

大家一字排开在门口,要死守我们的营地。老麻抱出了柴火,说:"点火吧?"

"点!"火就点起来了。因为没了汽油,已经有几天都没发电了。火点了起来,半干半湿的柴烧得啪啪乱响。

"是不是有什么东西把远处县城或镇上的灯光反射过来了?"有人说。

"别想那么多,把火加大些,烧!去砍树,砍棒子给我们!"祝队长敞着羽绒衣,哑着喉咙在那儿指挥。我就跟九财叔去坡上的灌木丛砍树了。大家打着电筒,有的举起箭竹做的火把。找准了树,一顿砍伐,一根根胳膊粗的树棒就到了大家手里,树枝就被他们抱去投进了火里。

在砍树时九财叔很兴奋,我听他说:"来了,来了好!都来都来!"我们砍了一会儿,回到棚子里,祝队长他们的帐篷里全是削砍木棒的声音,是在把木棒砍光滑。老麻一个人也在厨房里砍,还发出"嘿嘿"的虚张声势的声音。九财叔一头的汗,对我说:"机会来了,一定要搞!"

"咋搞啊?"我说。

"一斧头一个,你管那么多!"他说。

我说:"不能啊,叔,这是犯法的。"

"狗屁法,"他说,"跟我搞。"

"现在就动手么,叔?"我真的好怕。

"迟早的事,要趁他们分散,下狠手,让他们连'哼'都不能'哼'。"他咬牙切齿地说。

我松了一口气。他说的是白天趁他们在野外分散工作时下手。

他躺下来又说:"搞一次,用一辈子。"

九财叔呀,你害了我!我又想,跟着这种胆大的人,说不定真能一下子翻身呢。谁不想翻身啊,有这个机会,说不定是老天促成的。黄连垭的人没这个机会,我跟九财叔有这个机会,为什么不干呢?

"要是山下的人知道了来找他们呢?"我担心地问。

"我们早就走了,山下的人又不知道我们是哪里的。我估了估,马上要落大雪,大雪封山,进不来了,雪一埋,一直到来年的五月,野牲口都会把他们啃干净了。寻不到,还以为他们跌进河里淹死了……"

早晨,在水沟边洗脸时,眼睛充血的九财叔转过头来问我:"今年七月你家的羊渴死了几只?"我说三只。他"喔"了一声。"我两头种羊全渴死了。"九财叔说。他摸着包头的帕子,帕子上有斑斑血迹,那是头被老麻打破了流出的血。

我正准备走,他突然叫我:"你磨磨。"

他要我磨斧!昨晚所说的一切又在我头脑里响了起来。他还是要杀呀?我看看他,就蹲下身在水边磨起斧来。我在问我,我要杀人吗?今天的天气没有什么不同,气氛也没有什么两样。开山斧本来就很快,我无力地磨着,瞅瞅旁边的九财叔,他无事一样,好像很平静,没有什么恶念。

一切都跟往常一样,我庆幸一样。这天继续圈定矿界。

早晨的雾气很大,我们出去四面都没有路,到处烟雾腾腾,像着了山火一般,我们摸索着走路。九财叔跟上来了,他箩筐里的东西不知是谁装的。"带上了么?"他小声地问我,是指我的开山斧。开山斧本来就在身上,每天都插在腰间的。我感到他这天真要动手。我借故扯鞋跟,落在了后头。我忐忑地走着,雾越来越浓,有人在路上说着话,我什么也没听见。

到了工作地,雾还是很浓。我到处找九财叔,我希望见不到他,可还是看到了他。他袖着手,干坐着,抽着烟,烟锅在雾中忽闪忽闪。我们的浑身都被雾打湿了,雾里有很稠密的鸟叫。这天只要雾散,肯定是个焦晴焦晴的天气。我在想着我怎么办,我浑身不自在,心上巨石滚动的声音又响起了,"轰隆隆,轰隆隆"……好不容易熬到快中午的时候,突然有

人喊我，要我到祝队长那儿去一下。当时我就快昏厥过去了，我在想，完了，他们发现我们的计划了！我冒着冷汗，不由自主地摸着腰上的斧子，好在还有雾，喊我的龙工没有看到。到了祝队长那儿，祝队长若无其事地说："明天，你们挑石头下去，水退了。"我没说话。祝队长又说："老麻也去，他说他要补牙齿，他去补完牙齿，再挑东西回来。"我放心了，就说："行哪。"我又问："那……我表叔也下去吗？"祝队长说："下去，怎么不下去，你们三人一起下去。"当时他们做了决定，把九财叔交给山下后勤分队的处理，这比较安全些，他们带了信下去。可我不知道，我当时只是说："他们在路上打起来了咋办？"祝队长说："你们前后走嘛，不要一起走。"我说："三个人怎么走还是一条路，老麻也不情愿的。"祝队长就说："你劝劝他们嘛。"我说："劝不住的。"

九财叔正伸着颈子在坡上等着我，见我来了，他"哼"了一声，说："没用的，留与不留都没用了。"我给他说："他们要我们明日下山。"他却说："没用了。"我说老麻也要跟我们一起下山。他说："你别给我说这个，没用了。"我就骗他说："他们要你挑。"他从鼻子里"哼"了一声，削断了一根树枝，他用手试试开山斧的刃口，说："没用了。"他站起来，用斧头砍进一棵树，一棵糙皮松里，我看到新出的太阳正好照在了那把斧头上。

雾渐渐开了。九财叔的手指头有血珠子滚了出来。他放进嘴里去吮吸，我就开始吃早上带出来的煮洋芋，吃得冷揪揪的。九财叔也吃，木木地嚼着，从嘴角往外掉着洋芋渣儿。

雾全开了，这每天金贵的好时间他们就抓紧忙活起来。我正在搬仪器，就听见有人在树林里大声说："你干吗老跟着我？"是树林中的一个坎子下，而当时并没有人，我没看到人。但循声看去，坎子上却出现了九财叔。说话的好像是王博士，我没见到他的人。我正在找是不是王博士，总算看见了那个田螺头，黑油油的头发在白晃晃的芭茅里，像一只头朝下的鸭子的尾巴浮在水中。就在这时，只见一道寒光一闪，那黑油油的头发就不见了！我听见了什么东西倒地的声音，有点像鹞鹰拍击着翅膀的声响，估计是压下了一些树枝和草丛。

九财叔动手了！

九财叔已经冲到了我面前，握着开山斧，脸色惨白地说："搞！"

我的第一个反应是：王博士已经不在了！九财叔拽住我，他是在"告诉"我发生的事，指令我赶快行动。他拽着我向另一个地方跑，说："快！"

我的大脑无法反应过来，就已经被他拖下水了。事情来得太突然，已经出了人命，一条人命跟十条人命是一回事，必须赶快灭口。这容不得我多想，也容不下九财叔多想。就听见有人喊："小王，小王！"话音未落，斧头就落到了祝队长头上。只见祝队长头上有白花花的东西飞溅出来，眼镜弹到一棵树干上，手晃晃，就倒地上了。不知为什么，九财叔并没有再给他一斧头，而是挥舞起斧子在树丛中左右开弓乱砍一气，见什么砍什么。

"九财叔！"我喊。

九财叔转过头来，注视着我，他醒了神，丢下斧头就蹲下地去，拉祝队长腰上的那个腰包。没有声息了的祝队长这时候突然在草丛中动弹起来，一只手捂着头，一只手捂着包，不让拉。我看到祝队长睁开了血淋淋的眼睛，九财叔在地上摸起开山斧，祝队长用颤抖急迫的声音对九财叔说："你、你放了我，我给你一、一辆小汽车。"

九财叔大声问："在哪儿？"

祝队长气短，半天才说出："在……县城。"

因为祝队长捂包的手死死不松开，九财叔就与他争夺着，回头对我吼道："快来呀！"

我的开山斧已抽出来了，可我迟迟下不了手，我看看祝队长说："叔，他给你乌龟车啊！"

我的话让祝队长听到了，他睁开一双血淋淋的眼睛向我求救："你、你、你……"

"还不快动手！"

九财叔的一声断喝，让我手起斧落，我闭上眼睛就是一下，我听到祝队长在我的斧下一声惨嚎，就像年猪在刀下的惨嚎一样！我再一睁眼，祝队长的口里就冲出一块黑红色的血块来，并从嘴里发出"噗"的一声，脸突然变成紫茄色，头坚定地歪向了一边。

九财叔拉开了那个腰包，果然掉出来手机，他又抓钱，完全是钱，全都是一模一样的大钱。他要我解祝队长腰包的带子，我去解，解不开，他

就用斧头一斧割了，割开了，他把钱再塞进那个腰包。此刻祝队长已经三魂绵绵，七魄缥缥。九财叔抓上那个黑色的腰包，还抽出了祝队长绑腿里的那把美国猎刀，要我提上遗弃在草丛中的那个像夜壶一样的数字水准仪。我们又去搜王博士的口袋，搜出了手机，还有钱包。没有多少钱，有一张他经常看的照片，他与他老婆的照片，戴方形帽子的照片。

"咋办，叔？"我浑身哆哆嗦嗦地问。

九财叔把箩筐倒空，然后装那些搜来的东西，我也学着他把资料和石头倒出来，只装仪器。我们挑着担子往营地跑去时，就撞上了那四个人。离营地不远，在一个冈坡上，估计全在那儿。杨工和龙工这两个烟鬼都抽着烟在小声嘀咕并记录什么，都蹲着的。九财叔向我一招手，丢下箩筐就蹿过去了，照那两个人一人一斧，像敲岩羊的头。两个人手上的东西一撒手，就仰面倒地了，烟在草丛里还冒着烟。

这时可能让小谭听到了什么，他突然站起来，像一只受惊的兔子，伸起脖子朝我们这边看。他看到了什么？他看到了两个杀红了眼的人，两个农民，手上提着山里人特有的开山斧，他还看见了两个倒地的人。他拔腿就跑！洋芋果小杜还弓着背对着仪器看什么，她背对着我们，她耳朵里塞着耳机，她什么也没听到。小谭撒开脚丫子跑时也没喊什么，他跑错了方向，一堵石崖拦住了他的路。他想爬崖，却又转过身来往另一个方向跑，九财叔已经离他不远了，他就一头迎了上来，从绑腿里抽出一把跳刀："我跟你们拼了！"我听见他这么从喉咙里大吼道，声音是一种哭声，一种类似于哭泣的愤怒的声音，从牙齿缝里射出来的声音。我一转头忽然看到了一双好柔亮的眼睛，是小杜的眼睛！她带着诧异的眼睛！她一定看到了撂在坡上的倒在那儿的杨工和龙工。她一定惊诧，那些低矮的巴山冷杉的枝条把她看到的一切都割得零零碎碎。

"你死了！"

九财叔向我喊，高声骂我。他的声音也变了形。我转过身去看时，他已经与小谭扭打在一起了，我看见血花飞翔，就像有无数只红色的蜻蜓从风中溅了起来，一定有人中了刀！

九财叔完了，我就完了！我拼命向他们跑去，树枝一路抽打着我的脸，好像全是在与我作对，整座山，全在反抗！我被抽打着，脸上火辣辣的，眼睛都花了，我不顾一切地冲了过去。我看见了一只龇牙咧嘴的猴子，薄薄的刀条脸上全是汹涌的血水，现在已经扭曲得像棵秋扁豆了。

"你们这些土匪！"

他来夺我的斧，我不能让他夺我的斧，我的斧举得很高，只是没有砸下去。可九财叔不知出于什么原因，一把将小谭推到我怀里。他手上的跳刀就刺进了我胸口，我一阵尖锐的疼痛，本能地一让。听见了一声尖细的叫喊，是发生在那边的，九财叔的斧敲中了小杜。我看见小杜摇晃着抓住了一棵树，头发散开了，一眨眼，那头又埋在了九财叔的手上，好像是在咬他。

我这儿的事依然在发生，面前的小谭再一次用头向我撞来，我一个趔趄，后退一步，站稳了。他全身都在淌血，像一匹发了疯的野牲口。我看看胸前，棉衣破了个小口，没血出来。我听见九财叔在狂骂我，他用手挡着小杜，向我挥着开山斧，好像在示意要我用家伙。我又闭上眼睛，朝小谭的头上砍去。斧背砸瘪脑壳的声音真的很难听，短促、沉闷、哑声哑气，就像砸一个未成熟的葫芦。我干完了一件事，我握着开山斧站在山坡上，我看到小谭扑倒在地上，抱着一块大石头，好像要亲吻。这个山里娃子就这么完了。接着又响起了小杜的几声连续的尖叫，油嫩嫩的声音，后来就没有了，我知道小杜也完了。我最后看见九财叔直起了他的腰杆，在扬眉吐气，手上拿着一个红彤彤的东西，是一只发卡！

我抹了一把脸上憋出的汗，心尖又疼。我瘫坐在地上，看到旁边的小谭正怒目直视着我。他没有闭眼。我想把他的眼珠子挡住，我没有力量了，我只好自己闭上眼，泪水突然从紧闭的眼里往外咕噜噜冒出来。我怀疑冒出的是血，是从心里流出的血，又从眼里流出了。我不想证实。那一摊摊的血在我的眼前恣肆飞旋，我一阵恶心，胃里似有千百条蠕虫搅动，胃液顿时冲天而出。

我吐得一塌糊涂。我无力地抬起头，看到九财叔正在拉小杜红裤子前的拉链。

"别这样，叔！"

我冲过去就拽住了九财叔的手："叔，别这样！"我死死地拽着，我一掌就把九财叔推出了老远。九财叔在地上爬着，支棱起脑壳不解地望

了我一眼，他手上拿着许多东西，估计洗劫得差不多了。他恶毒地骂了我一句，就说："快！快！"他挑上了箩筐就跑。

我跟在他后头，我看到了前面不远的树丛间出现了一群红腹锦鸡，这些林中的舞女，发出一阵振聋发聩的聒叫："茶哥！茶哥！茶哥！"这时，天已经大晴，西坠的夕阳突然间挂在万山空阔的天边，苍山滚滚，晚霞滔滔，好像在洗浴那一轮夕阳！我回过头，马嘶岭上，那几个或蜷或卧的人，都在夕晖里透明无比，像一块块形状各异的红水晶，静静地搁在那儿，神奇瑰丽得让人不敢相信！

我被这壮观的景象惊呆了，我站在那儿，手拿着开山斧，脚下像生了根一样。我发现我另一只手在裤兜里紧紧攥着，好像捏着一个东西，拿出来一看，是一张玻璃糖纸。那时候我听见河谷的风吹过来一阵喧哗之声，好像一个窥视的人一样，那声音在山岭上曲曲折折地游动，又折回了河谷，在群山间回荡，就像一阵惊叫！我发现我的泪水像泉涌一样不可遏止，澎湃而下。

我在后头慢慢走到营地，九财叔正在往箩筐里装东西，他要我快装。老麻不在了，我四下寻找，在一个坡前看到了倒下的老麻。

"装啊！装啊！"九财叔喝令我。

"装，你要什么？装！"他说。他问我。他要给我分钱，还丢给我一把好跳刀。

我说："我不要钱，我不要刀，我只要那个录音机。那里面有我，有我唱的歌！"

他不听我的，硬是把一些乌七八糟的东西塞进我箩筐里。他教训我："你这个小杂种，你想跟老子过不去？"

我只好挑上他给我装的满满的一担。他还说："睡袋也是好的，他娘的，他们睡这么好的褥子。"

我们挑着东西，开始往河谷溯水而上。我发现九财叔从离开马嘶岭起就已经神经错乱了，他在前头急急挑着，不停地说："装啊，装啊，装啊……"

九财叔时不时回过头来骂一句："蛋毯！蛋毯！"不知道骂谁。他目空一切了，那杀人不眨眼的右眼环顾四周，真像一个独眼鬼。我陡然觉得那奇怪的白光就是从他的右眼里发出的！

我们在河谷转悠的第三天，天空乌云滚滚，九财叔突然甩下担子，纵身跳进河中。他飞快地划着水，在水中又拍又打，他真的疯了。好在他没被河水卷走，我喊着他，把他从河里拉上岸来，他浑身抖得不行；那天傍晚，我们又遇见了几头野猪，九财叔毫不惧怕，抽出开山斧就杀入野猪群，奇怪的是，那些凶猛的山中之王，那天被他砍得哇哇大叫，四散奔逃。九财叔砍跑了野猪，又在地上拔食野草。

确实没有吃的了，我只好跟着疯了的九财叔啃吃野草，吃蛐蛐菜、鹅儿肠、云雾草。我们在山里转悠了九天，衣衫褴褛，饥寒交迫。第九天的夜里，山里飘起了大雪，这一场大雪一下子就没了膝。九财叔不让我歇息，不让我们进山洞，那个大雪纷飞的晚上，我们不停地在森林里转圈，早晨到了梨树坪河边。白雪皑皑的黄连垭已经在望了！已经快走出森林了，快到家了！我给他说快到家了，我说："九财叔，那是黄连垭。"我指给他看。九财叔恍恍惚惚地看着远处的山冈，看看我，又看看自己挑着的担子，停了下来。我们坐下，他好像清醒了。他问我："我们是到哪儿去的？"我说："是回家呀。"他说："我们从哪儿来的？"我说："是马嘶岭啊。"他左看右看，说："我们杀了他们是吧？"我说："是的。"他说："这是他们的东西？"我说是的，我就拿出他给我的钱来说这是你分给我的。他问多少，我数数说三千多。

"三千多？"他说。

我说："还有这些东西。"我翻出藏在睡袋里的三个手机说："还有这个。"

他想起了什么，就去翻自己的箩筐，也翻出了手机和钱，还有那两个红发卡，还有一些仪器。他指着我的东西："都是我们两人对半平分的？"

我说："是啊，平分的。"

"我们杀了人，你也杀了人，我们都杀了人。你杀了几个？"

我忙说："我没杀人，我没有！"

他说："这些钱够你用了。水香生了么？"

我说："我不知道。"我说："他们不会沿我们的脚印找来么？"

"你看看哪有脚印？"他说。

我去看来路，雪真的掩盖了我们走来的脚印。森林里一片恍白，阳光在云中模模糊糊，好像天要晴了。

"你发财了。你没杀人却发财了。"

"我们一起干的！"我说。

"你是个无用的卵货。你这家伙。"九财叔说，"我肚子饿了，你能弄点吃的来么？"

到哪儿弄吃的去，前面梨树坪我记得是有个代销店的，在福利院门口。我说："前面能买到吃的了，快到家了。"

他说："我们商量这些仪器先藏哪儿？"

我说："随便吧，叔，先找个山洞藏着吧。"

他直直地看我，好半天，笑了，说："今年能过一个好年了。"

我说："我心不安实。"

九财叔就站起来，重新挑上了担子。走了几步，他忽然指着河里，对我说："看，水里是什么？"我放下担子就去河边，一阵狂风袭来，我的头上就落下了重东西——九财叔在背后冷不丁给了我一斧头，用的是斧背，就觉得脊椎一阵压榨，我的颅骨顿时瘪进去了，脚一失重，扑通一声，跌进冰冷的河里，就什么也不知道了。

我没想到九财叔会对我动手，他是想独吞那些财产——他清醒过后后悔了，那么些现钱，也不排除他彻底地想杀人灭口。我根本没防备。所有的经过就是这样——我被人救了起来。

九财叔被梨树坪的几十个村民围着搜山抓住了。那也保不了命，他和我一样得毙。我等待死期来临，等着当八大脚的爹来收他儿子的尸骨。

八大脚我爹怕是没想到，他会从这么远的县城抬回他的儿子。又一想，小谭得绝症的母亲假如还活着，她又未必想到会这么远从南山抬回她的儿子——这全乡第一个大学生，魂都丢在了南山的马嘶岭。

高墙外的那轮太阳照着铁窗，我无意间从兜里掏出了那张糖纸——这是唯一没被警察搜走的东西。我把糖纸放在眼前，对着那轮可爱的温暖的太阳，天空全变成了红色。我又想起那个让我惊讶的傍晚，我们离开马嘶岭的那个傍晚，那些红水晶一样的透明无声的死者。我的意识突然觉得，结局只能是这样的，他们最后只能在那儿——在那个时刻，安安稳稳地躺在那里，永远地躺在那里。

这是为什么呢？这种想法让我至死也弄不明白。

原载《人民文学》2004年第3期

点评

　　小说讲述了一支金矿勘探队在荒僻的马嘶岭探测金矿的经历。这支人员构成复杂的勘探队面临着两重困境，一是马嘶岭恶劣的自然条件，二是队伍内部不断张开扩大的矛盾。勘探队的悲剧结局再一次验证了一个残酷的事实，即人心的黑暗所带来的破坏力有时远超自然环境。

　　勘探队的人员构成层次分明又成分复杂，祝队长是这支队伍的核心，另外辅以年轻的技术人员小谭、小王、小杜等，伙夫老麻，挑夫九财叔和"我"，几个人分工明确，薪酬分配也十分清楚。但这个看似合理的人员机构隐藏着致命的问题，即收入差距巨大。原本九财叔和"我"对于收入都是比较满意的，但这仅仅是相对于我们的生活而言，一旦有了更高级的参照对象（祝队长以及一干技术人员），内心的平衡便被打破了。在九财叔与老麻的矛盾爆发之前，实际上平衡已经仅仅是一种表象了，仇恨在暗中滋长，遇到一点星火即会爆发。九财叔的杀人动机看起来源自他与老麻的打架事件，但杀人的动力早在他发现待遇的不平等之时便已埋下，最后的杀人行动不过是长时间聚集起来的能量的总爆发而已。

　　血案的发生凸显了人在面对财富时的贪欲，以及在这贪欲支配下非理性的冲动。马嘶岭的野兽和灾害天气阻挡不了这支勘探队的冒险，但人心的贪欲和离散最终酿出了惊天悲剧。

（崔庆蕾）

麦子的盖头/

/胡学文

1

那风确实很怪，先是沿着地面无声地奔走，之后突然转向，泼泼辣辣地卷过来。正在窖口拣土豆的麦子猛地打了个寒噤，脸一下紫白紫白的，鼻梁上那几粒雀斑几乎要跳起来。她下意识地拽了拽头巾，头巾才没飞走。

麦子关于风的记忆太深刻了，她就是在一个刮大风的日子遭暗算的。麦子患有严重的恐风症。难道又有什么事情要发生了吗？麦子惊恐地向四周望望。一辆马车在土路上咣叽咣当地颠着。麦子的目光被马车牵住了。车是破车，马却是好马。麦子盯的不是车，也不是马，而是车上的汉子。麦子的目光涩涩的，她想起了自己的男人。男人离家已半年多了，一点信儿也没有。

车在门口停下，汉子从车上跳下来，拍打着木栅门。

麦子的心嗖地惊了一下，汉子拍的是她家的院门。麦子愣怔片刻，丢了筐往坡底疾走。她想汉子肯定是走错门了。窖口与院门也就几十米远，麦子却觉得这段路突然伸长了许多。日光青得发黑，轻轻一触，便纷纷扬扬落到脚面。麦子不敢往男人身上想，可男人还是执拗地钻进她的脑壳里，怎么扯都扯不出来。麦子暗骂自己，真没出息，都三十岁的人了。麦子想让自己轻松起来。

麦子和汉子撞了个满怀。

麦子看到一张陌生的看不出年龄的脸。汉子目光生硬，像是眼窝里戳了几根铁棍，样子很冷酷。

麦子喘了一口，迎着铁棍问，你找谁？

汉子面无表情，这是马豆根家吗？

麦子点点头，反问，你是谁？麦子的眼里闪过警惕的神色。

汉子没有回答，却说，你是马豆根的女人吧？

麦子既没摇头，也没点头。汉子笑了一下，因为突然，那张脸烫了似的一缩。汉子说，我叫老于，是马豆根的朋友。麦子哦了一声，还是被不祥的预感罩住了。麦子问，他……在什么地方？麦子结巴起来，两条腿突然间就软了。老于又笑了笑，说，他在店里呢，也没大事，生了点儿小病，他想你，让你去。麦子想，男人肯定是病得不轻，不然也不会叫人来接她。男人不能倒下，他是家里的多半个天呢。麦子不再问老于什么，她的心已经乱了。

麦子匆匆收拾了一下，就要跟老于走。老于搓搓手，我一天都没吃饭了。麦子顿了一下，系起围裙，麻利地给老于做饭。这当儿，老于一边抽着烟，一边有一搭无一搭地打量着麦子。麦子没有抬头，她没看到老于眼里那种奇怪的神色。麦子不是那种漂亮女人，但麦子耐看，身材匀称，无论从哪个方向看，都容易使男人想入非非。

老于吃饭时，麦子竖着手在一旁站着。老于说路远着呢，让麦子也吃些。麦子摇摇头。老于不再理麦子，不紧不慢地吃着。麦子盯着老于，恨不得眼里长出一双手，替老于把饭扒拉进嘴里。看样子，老于确实是饿了，那些饭被他很不客气地吃了个精光。麦子长吁了一口气。老于说，家里有啥事，你再安顿一下。老于像是暗示麦子什么，但麦子没听出来，她的感觉已经变得迟钝了。麦子轻轻摇摇头，这个家没啥安顿的。

马车颠起来，秋风被甩到后面。

2

那天的风很大，屋顶上呜咽不绝。麦子坐在炕沿边纳鞋垫，鞋垫上的图案是一只开屏的孔雀，就剩一只眼睛没绣了，用不了十分钟就可以完成。可是，呼啸的风声使麦子莫名地慌起来，她的手有些不听使唤。这样的天，马豆根会不会回来？麦子盼他回来，又怕他老是往回跑，来回那么远的路，多费人呀。

马豆根在三十里外的煤矿干活，以前每周回来一次。可自从发生了那件事，他就每天回来了。那件事说大不大，说小也不小：村长在莜麦

地里抱了麦子。麦子又慌又急，挣脱了村长，跑出苝麦地。麦子记得碰见两个人，可当时她太紧张了，没看清是谁，或者说，没敢往人家身上看。她低下发烧的脸，急匆匆地走着。马豆根听到风言风语，回来套问麦子。马豆根也是半信半疑的，语气就没那么强硬。麦子坚决否认，还装出生气的样子，说给自个儿女人扣屎盆子的男人都是蠢货。马豆根不问了，但从此就每天往回跑。男人回来，麦子自然是欣喜的，哪个女人愿意独自待在家里？况且，村长不断地纠缠麦子。白天，麦子可以躲着走，要是村长黑夜扑进来，麦子真不知怎么办。但时间久了，麦子又觉得委屈，马豆根明摆着是不相信她。马豆根瘦小，干一天活，再骑三十里自行车，回到家脸都是紫的。每天回来，他都是先嗅着鼻子，四处瞅着，企图发现点儿蛛丝马迹。确信没问题了，方懒洋洋地松口气。马豆根这样不间断地往回跑，也遭人耻笑。笑的不只是马豆根，麦子也是被嘲笑的对象。在别人眼里，麦子是个不安分的骚货，一天不看着都不行。有一天，马豆根回来时被雨浇成了卤水豆腐，碰一碰就会烂掉似的。麦子给他熬了姜汤，给他盖了两个厚被子，他仍不住地哆嗦。麦子叫他变天就别回来了。马豆根沉下脸，哪有女人不让男人回家的？麦子就不说了。马豆根根本不在意麦子是不是受得了，呼呼睡了。麦子心有怨气，暗骂他不识好歹。可冷静想想，也不怪马豆根，村长老是那个死样子，马豆根肯定听说了。

马豆根不敢惹村长，麦子也不敢惹村长，村长毕竟没把她咋样。当然，她害怕村长是因为村长握着她的把柄。麦子结婚不久，一天一个人去镇上，回来的路上失了身。那天的风嗖嗖地响，麦子一点儿也没注意到那个家伙是怎么到身边的。她奋力挣扎，还是被拖进地里。麦子哭了半天，回村时脸上连泪渍都没留下。她没告诉任何人，决心让那耻辱烂在肚子里。两年后，那个家伙落入法网，他交代两年来在那条路上强奸过二十七位妇女。而真正报案的只有三位妇女。公安局长在接受县电视台采访时，说犯罪分子正是抓住妇女不敢声张的心理屡屡得手，令人欣慰的是罪犯落网后又有几名妇女站出来做证，他希望更多的受害者冲破世俗，出来做证，让罪犯得到应有的惩罚，并强调他们会采取严格的保密措施。麦子看完电视，冲动起来。她抹不掉那片伤痕，她想既然能保密，去做个证怕啥的？于是她悄悄去了派出所，可进门时她突然后悔了，还没等公安询问便跑出来。就是那一刻，她和村长撞了个正着。村长咦了一声，问麦子来这儿干啥。麦子慌慌地说不干啥，逃了。麦子隐隐有些后怕，怎么也没想到会碰见村长。第二天，村长在路上截住麦子，问她是不是去做证的。麦子佯说，没有呀，我做什么证？村长嘿嘿笑了，说麦子你别哄我，我看出来了，你吃过大亏。村长的眼睛果然厉害，麦子的心几乎不会跳了，她说村长你别瞎说，低着头走了。从此，村长就缠上了麦子，今儿说派出所找他了，让他说服麦子出来做证，明儿说要告诉马豆根。村长以此相要挟，他要干啥麦子岂能不明白？麦子恨透了村长，却又无可奈何。万一村长告诉马豆根……她不敢往下想，马豆根疑心重，就算她死不承认，以后的日子肯定是疙疙瘩瘩的。

麦子对付村长的办法就是和他周旋，既不惹恼他，又不让他得逞。

麦子听着风的尖叫，那段记忆便残忍地跳出来。麦子的心突然乱了，举着鞋垫，一针也没缝下去。

麦子听见拍门声，放下鞋垫走出去。刚开了一道缝，村长就挤进来，连着呸了好几口，这天，刮死人了。麦子撵不走他，便和他隔开距离，问他有啥事。村长说没事就不能来了？麦子说别人说闲话呢。村长嘿嘿笑，麦子你会装啊，这么多年马豆根也没看出点儿苗头？麦子打断他，村长说啥呢？我听不懂你的话。村长说，等我告诉马豆根，你就听懂了。麦子本来心烦，忍不住寒碜了村长几句。村长火了，冷笑着说，不给你点儿颜色，你就不知道马王爷几只眼。麦子意识到危险，忙又说软话。村长趁机抱住她。村长说麦子我想你想死了就这一次我保证以后绝不缠你我说话算数。麦子的反抗便缓下来，她实在是让村长缠怕了。如果村长不再缠她，马豆根就不会奔着命往回跑了。麦子心疼马豆根。结果，麦子的衣服被村长扒开了。

马豆根就在这个时候撞进来。

村长溜了。马豆根狠狠揍了麦子一顿。马豆根要去告发村长，后来村长找了个中间人说情，又送来五百块钱，马豆根便将告状的念头咽下去了。但他没饶过麦子，得空儿就审问麦子和村长从什么时候开始的，几次了。任麦子怎么解释，马豆根都不相信。他骑在她身上，瞪着僵灰色的眼睛，嚷，说呀，你倒是说不说？麦子没怨恨过马豆根，她一点儿都不怨恨他。马豆根打她，她咬牙撑着，心里把村长骂了一百遍。

可是，马豆根忽然不打她了。他说不想在煤矿干了，要去后草地贩

牛。贩牛这种活儿要体力也要脑子，马豆根哪一样也不沾边，但麦子没有反对，她知道反对也是白搭。麦子把家里所有的钱都拿出来，马豆根临走，麦子忍不住嘱咐了几句。马豆根黑着脸，不耐烦地唔了一声。

马豆根一走就再没回来。麦子方悟出马豆根贩牛只是个幌子，他是想躲开她。

麦子别无选择，她只有等下去，等马豆根把钱花完了，自然会回来的。没想到他病在了外面，是因为生病，他才这么久没回家的吗？坐在颠簸的马车上，麦子一厢情愿地想。

3

秋风嚓啦啦地卷过。

麦子先前是坐着的，后来就半仰在那儿。躺着要舒服一些，可面对一个陌生的男人，她觉得躺着样子太难看。直坐着，肩又酸痛酸痛的，于是她采取了这种半躺半仰的姿势。麦子的膀子缩着，有些轻微的哆嗦。

一直没说话的老于回过头，问，冷吗？

麦子说，不冷。老于盯着麦子看了一会儿，脱下褂子，丢在麦子身上。麦子说我不要，把褂子拽下来。老于没说话，又把褂子丢在麦子身上。麦子觉察到了来自褂子的力量，没再动。

土路上只有风声和车轱辘声。

转过一个坎儿，老于忽然问，你俩结婚几年了？

麦子像被这个问题难住了，半晌才说，几年？七八年了吧。

老于意外地看了麦子一眼。

老于问，他对你好吗？

麦子把头往高抬了抬，脸上掠过一丝警觉。静默了好一会儿，麦子反问，你问这个干啥？

老于说，没啥，没啥，随便问问。

麦子确信老于没别的意思，才说，他没打过我。说这话时，麦子感到脸颊火辣辣地疼。

她和村长被马豆根撞见以前，马豆根确实没打过她。

老于说哦。老于的声调很冷淡，是啊，马豆根打不打她，和别人有什么关系？

老于似乎觉得光是哦不太妥当，又补充道，路远着呢。

麦子问，一天到不了？

老于说，到不了。

麦子叹了口气。

老于说，你急也没用，再说，他不是什么大不了的病。

麦子说，这个家就指望他呢。

老于问，他每年挣很多钱？

麦子说，不多。

老于不再说话。麦子觉出老于是个沉默少言的人。老于目光生硬，可他的眼底却藏着一丝忧郁。麦子从自己的情绪中走出来，琢磨老于。

麦子问，你也去后草地贩牲口？

老于很敏感，他知道麦子想问什么，就说，是呀，我和马豆根挺合得来。

麦子问，嫂子她咋样？

老于说，死了。

老于说得很突然，语气中含着一丝粗暴。麦子一下不知说什么好，她觉得自己犯了个错误。麦子虽然看不到老于的表情，但能感觉到老于的脸阴下去了。

老于半天没听麦子说话，以为麦子睡着了。他回过头，却见麦子坐直了，正呆呆地望着遥远的天际。

当晚，老于和麦子住进一家车马大店。说是车马大店，其实只有两个客房，其中一间已住了人。两人简单吃了饭，老于把麦子送到客房，出去了。过了一会儿，老于进来，坐在麦子对面。麦子以为老于有事，便询问地望着他。老于说，早点歇着吧，明天还要赶路。麦子点点头，却不见老于走。老于说，没闲屋子了。麦子听出老于的意思，有些紧张。老于说，我没别的意思，出门在外，凑合吧。麦子没吱声，一丝愠怒却爬上脸颊。老于说，你睡吧，我睡门口就行。抱着被子出去了。麦子暗吐一口气，拉被子盖在身上。夜慢慢静下来，麦子却怎么也睡不着。麦子心里乱糟糟的，眼前一会儿是马豆根的面孔，一会儿是老于的面孔。后半夜，麦子跳

下地拉开门，老于脑朝后跌进来。老于跳起来，愣怔怔地望着麦子。麦子说，进屋睡吧。老于也没推让，将被子抱到床上。麦子一直警惕着，她知道老于没睡着。麦子和别的男人挤在一张炕上睡过，但那是马豆根在的时候，单独和陌生男人睡一张床的事还没经历过。

天蒙蒙亮，两人就上路了。老于说，这是抄近路，天黑就到了。麦子只记着是朝北走的，别的什么也记不清了，车辙道两旁一片荒凉的景象，扎得人眼疼，想打瞌睡。

起风了，一波一波的黄沙旋过。麦子想起那个刮风的日子，眼泪不知不觉地流下来。

老于回头和麦子说话，见麦子落泪，猛然吃了一惊。他将马勒住，问，怎么了？

麦子说，眼里进沙子了。

老于问，疼不疼？要不我给你看看？

麦子说，不疼，走吧。

老于说，有啥，你就说。

麦子说，我没事。

老于不再说话。

傍晚时分，马车走进一个稀稀拉拉的村庄，然后在一个院落前停下。干打垒院墙，土坯房。那匹马兴奋地打着响鼻。老于让麦子下车，麦子疑疑惑惑地问，马豆根不是在店里吗？老于说进屋吧，进屋就知道了。麦子拖着酸麻的腿走进院子，又走进屋子。

麦子打量了一下简陋的屋子，问，马豆根在哪儿？

老于站在门口，他的脸呈现出古铜色，很肃穆的样子。老于说，到了这个份儿上，该和你说实话了。

麦子一下紧张起来，她已经意识到自己被蒙了，紧盯着老于，大气都不出。

老于说，马豆根死了。

麦子突然被雷击了似的，身子猛一哆嗦。继而大叫，你胡说。嗓子似乎被撕裂了，那叫声特别刺耳。

老于说，我没骗你，他就埋在村后的山岗上。

麦子恨恨地骂，你这个骗子！然后狠狠朝老于撞去。老于猝不及防，被麦子撞倒。麦子想跑出屋子，老于发现了麦子的企图，一把将她拉住，粗暴地把她推搡到炕上。麦子叫着，骂着，撕着，咬着，然老于没放开她。一通歇斯底里的发泄后，麦子的力气用尽了，终于消停下来，只用仇恨的目光剜着老于。

老于说，我说的都是真的。

麦子冷笑，他都埋了，你还接我干啥？

老于说，马豆根让我照顾你。

麦子骂，鬼话！

老于说，你看我像坏人吗？他不说，我怎么知道你？

麦子说，马豆根的身体好好的，咋一下就死了？

老于叹口气，唉，我也说不准。

麦子不甘心，他得的啥病？

老于说，我不清楚，他只发高烧，怎么也退不下来。

麦子又叫起来，你骗我！

老于说，我是马豆根的朋友，怎么会骗你？

麦子猛地坐起来，你带我去他坟上，我要亲眼看看。

老于拦住她，今天不行，太晚了。

麦子犯犟，不，我偏要去。

老于推麦子，麦子猛地咬住老于的手腕。老于让麦子松口，麦子不松，老于狠狠推了麦子一下，麦子仰面摔在地上。

4

这一夜麦子基本没怎么睡，一会儿清醒一会儿糊涂的。马豆根虽然瘦弱，但她不相信他这么轻易地死去。就算他真死了，怎么会什么话也没留下，单单把她托付给一个陌生的男人？若说这一切是假的，老于怎么会跑那么远的路找她？麦子想不明白，可她拼命去想，脑袋几乎被撑破，一阵阵地涨痛。

天一亮，麦子就去喊老于。麦子住东屋，老于住西屋。麦子担心老于

半夜闯进来，她已经不相信他了。在这一点儿上，老于倒像是马豆根的朋友，他没来骚扰她。麦子头发乱着，眼窝红着，嗓子哑着，霜打了一样。老于问，怎么，一夜没睡？麦子冷冷地说，我要见马豆根。老于叹口气，说了句女人呢。麦子不知老于为什么感叹，再说了，老于的感叹关她什么事？

从村里出来，走了二里多路，到了一片满是乱石的山岗。老于指着一个土包，说那就是马豆根的坟。麦子望去，果然是一座新坟。麦子觉得自己的眼窝被掏空了，向前挪了几步，软软地倒在地上。麦子想哭，却怎么也哭不出来；想骂，连嘴唇都拉不开。她像一摊泥，一点点儿地向四周渗着，怎么也收拢不起来。

老于想把麦子拽起来，可麦子咋也站不住。老于说，死的死了，活的还要活，你别犯傻。后来，老于把麦子背在身上。麦子没有反抗，她的脑袋乱哄哄的，已支配不了身子。快到村口时，麦子说，放下我。老于没理她。麦子又说，放下我。麦子的声音把秋风搅得沙拉拉响。老于放下麦子，又怕麦子站不稳，顺手扶了她一下。麦子狠狠地甩开。老于跟在麦子后面，一直看着她走进小院。

麦子睡了两天。

第三天，麦子早早地起来了。麦子的精神恢复了些，脑袋也清醒了一些。躺在这里不行，麦子要回去。麦子出来，却见老于正拿着扫帚在院门口有一下没一下地扫着。明显是堵她的。麦子像是没看见，径直走过去。老于问，你去哪儿？麦子冷着脸说回家。老于说，马豆根让我照顾你。麦子冷冷地说，我不需要。老于挡在她前面，说，由不得你了。麦子退后一步，怎么，你要抢我？老于执拗地说，不是抢，是照顾。麦子冷笑道，就这么照顾？你是他什么狗朋友？老于说，只要你别出这个门，怎么都行。老于的声调粗暴、蛮横，没一点儿商量的余地。这时，一丝疑惑闪过麦子的脑子，老于不是马豆根的朋友，马豆根怎么会交这种朋友？麦子想冲过去，老于却一把将她抱起来，麦子乱抓乱咬乱骂，老于无动于衷，将她抱回屋子。老于把麦子扔在炕上，将门反锁住。麦子奋力拍打着门板，叫老于开门。门板是榆木的，已有些年头，很有些吃受不住的样子，咣咣地像要裂开。可直到麦子拍木了巴掌，用尽了力气，破木板依然歪歪扭扭地挺着。

麦子不再动了。看来，老于是铁了心要关她。麦子分析了自己的处境，想，来硬的是肯定不行了，不如先和老于周旋，等待时机逃走。麦子想不明白的是，马豆根怎么会把自己托付给这么一个家伙？

麦子喊老于开门，她说，我不走了，我有话问你。

老于打开门，凝视着麦子的眼睛，问，想通了？

麦子说，我问你句实话。

老于说，问吧，我从来不说假话。

麦子问，马豆根怎么认识你的？

老于说，我不是说过了吗？

麦子说，我问的是实话。

老于说，我没说假话。

麦子问，他到底得的什么病？

老于说，我不知道，知道他得的什么病，他就不会死了。

麦子又问，他为啥把我托付给你？

老于说，我是他的朋友嘛。

麦子突然就火了，声音提高了好几度，朋友哪有你这样的？！

老于说，你安心待着吧，我会好好照顾你的。

麦子说，别绕弯子了，你到底要把我怎样？

老于说，和我过。

麦子呸了一声，死了你的心吧，我才不呢。

老于说，你会同意的，这也是马豆根的意思。

麦子问，他当时咋说的？

老于说，让我照顾你嘛。

麦子冷笑一声，骂，你是个骗子，是个无赖。

老于说，只要你不走，怎么骂我都行。

麦子强忍着没让自己哭出来，冷声道，你走吧，让我想想。老于盯着麦子看了一会儿，转身走开。

晚上，麦子正懒懒地躺着，老于进来了。麦子闻到了酒味。刚才吃饭时，老于并没喝酒。肯定是在外面喝的。老于的脸有些红，他冲麦子笑笑，用灼热的目光狠狠地箍住麦子。麦子不由紧张起来，作为一个女人，她太知道老于这种目光意味着什么。麦子感到了危险，她坐起来，往后挪了挪。麦子想抓住件什么东西，可她的手抓了抓，什么也没摸到。

麦子说，你……你要干啥？老于说，你知道我要干啥。麦子的话音里带出了明显的恐慌，我要喊了。老于嘿嘿笑起来，喊吧，你就是喊破嗓子，也没人救你，你现在是我的女人。麦子退到墙角，再没地方可退了。老于移过来，将一张粗涩的脸触在麦子面前，嘴里喷着浓重的酒气和烟味。麦子觉得自己的身子正一点点儿沉下去，沉进一个黑暗的无底洞。老于试图亲麦子的脸，麦子举起双手蒙住了。老于便抓麦子的肩膀，往下扒麦子的衣服。麦子惊醒过来，开始反抗。麦子没有喊叫，老于也不说话，两人无声地动作着。先是在炕上翻腾，后来就滚到了地上。从炕上摔下去的时候，麦子是先摔下去的，可在落地的时候，老于用胳膊架了麦子一下，结果先落地的是老于。老于哎哟叫了一声，松开手，麦子趁机爬起来。麦子的褂子被撕开了，白白的胸一闪一露。麦子将胸掩了，冷冷地盯着老于。老于躺在地上，喘着粗气说，你咋这么有劲？我还没碰见过你这样的女人。麦子骂，畜生。老于说，要是畜生就好了，我早就把你……哼！麦子说，你是无赖。老于龇牙咧嘴站起来，四下瞅瞅，然后将丢在墙角的一根铁棍捡起来。他冲麦子晃了晃，轻轻一折，铁棍就弯了。老于说，你是我的女人，我下不去手。麦子吸了口冷气，她的胳膊无论如何没有铁棍硬。老于不再理麦子，看样子他要离开。

就在老于推门的时候，麦子喊住他。

老于回过头。

麦子问，这是怎么回事？

老于装不懂，什么怎么回事？

麦子说，你是个骗子。

老于说，我？……你说是就是吧，现在，你说什么也没用了，我不会害你，只让你和我过日子。

麦子说，我还想去马豆根的坟上看看。麦子的声音很平静，好像刚才什么事也没发生。

老于想了想，说，好吧，我陪你去。

麦子说，不，我一个人去。

5

一连数日，老于没来骚扰麦子，可越是这样，麦子越是不踏实。她不知道老于要用什么招数对付她。老于表面上粗鲁，实则是一个极有心计的男人。那天，麦子独自一人去了马豆根的坟上。麦子弄不清老于的话是真是假，她想亲自证实一下，一到那儿就不顾一切地挖起来。挖了两下，她忽然想，马豆根死了，她挖出来有什么用？若是马豆根没死，这不成挖别人的坟了？无论如何，老于是不放她走的。老于没有跟来，快逃！这样想着，麦子便绕过村庄，朝来的方向猛跑，是的，麦子要逃，她决不能困在这儿。麦子边跑边回头看，老于没有追来。也不过跑了两三里，麦子突然发现老于竖在路中央。老于抱着膀子，没有表情地望着她。麦子一下就泄气了，她软软地坐在地上，用袖子擦着汗。秋风中，麦子脸颊上跳跃着一抹霞光。老于脸上渐渐浮起一层清晰可见的温情。老于说回吧，麦子顺从地站起来。麦子不想让老于碰她。

晚上，麦子像往常那样没脱衣服就躺下了。麦子实在太疲惫了，躺下没几分钟，眼皮子就厚厚地拉不开了。梦里，麦子拼命地跑着，像一只野兔。可四周是茫茫的草原，根本望不见尽头。后来，麦子竟被浓重的烟雾包围，怎么也跑不出去。麦子想喊，却喊不出声。浓烟钻进麦子鼻孔，她咳嗽了两声，醒来。屋子里烟雾沉沉，老于正坐在炕沿上吸烟。老于眉头紧锁，心事重重的样子。麦子惊了一下，想坐起来，却发现自己的双手被反捆了，而她的衣服，不知什么时候已被老于扒光。麦子羞愤难忍，骂了一句，眼泪直流出来。老于心硬得很，看都不看麦子，只是吸烟的动作越发猛了。

麦子哭求道，大哥，放了我吧。

一支烟燃完了，老于又接了一支。灯光下，老于的脸青油油的，像是化了妆。

麦子说，大哥娶个好女人吧，我不合适你，我不会跟你一条心。

老于终于回头看了麦子一眼。老于说，我不在乎，只要你别离开。

麦子僵了一下，说，我死也不会同意。

老于叹口气，你是个好女人，可惜……

麦子央求不成，声音便硬起来，你松开我，你凭什么绑我？

老于说，一会儿我会放你的，我还让你离开这儿。

麦子在老于脸上探寻了一会儿，猜测着他的心思。

老于说，马豆根没死。

咚的一声，麦子的心响了一下。她睁大眼睛问，什么？……你说什么？她拼命拽着，眼球才没滚出来，可她的眼肌终因用力过度，弓一样拉弯了。

老于又说，马豆根没死。

麦子问，你说的是真的？他在哪里？快放开我！

老于说，我不知道他在哪里，他去哪里与我无关，和你说实话吧，马豆根把你输给我了。

麦子嚷，胡说！马豆根从来不赌钱。

老于苦苦一笑，我骗你马豆根死了，是想让你死心塌地和我过，没想到你这么固执，你不跟我，我骗你还有啥用？我琢磨了好几天，决定放了你，可……我不能白白地放你走，就算一夜，我也要当回你男人，你放心，我说话算数，明天肯定让你走。

麦子惊恐地叫了一声，不，这不可能。

老于说，你看了会伤心的。说着，老于从怀里掏出一个信封，从信封里抽出一块儿折叠的纸。老于展开，伸到麦子眼前。麦子的目光变直了，她认得马豆根的字，那确实是马豆根写的。纸上清清楚楚地写着马豆根欠老于壹万陆千块钱，愿将女人杨麦子抵押。纸下面还有马豆根血一样的红手印。

麦子感到一阵撕心裂肺的痛，眼一黑，昏了过去。

麦子醒过来时，发现自己身上盖着被子。老于依然在她面前坐着。麦子的脸寡白寡白的，冰镇了一样。麦子说，拿过来，我再看看。

老于把纸伸到麦子面前。麦子的目光坚硬起来，在白纸上扎满了一个个窟窿。

麦子问，到底是怎么回事？

老于说，他输红了眼。

麦子说，他去了哪儿？我要见他。

老于说，我真不知道，不过，那个家，他肯定是不回去了。

麦子问,你怎么知道?

老于说,他是这么跟我说的。

麦子问,他还说什么了?

老于摇摇头,又说,马豆根是条汉子,眼睛都不多眨一下。

麦子冷笑一声,像是对老于,又像是对马豆根。

老于说,其实想开了,男人和女人就那么回事。

麦子骂,你这个王八蛋。

老于垂下头,不理麦子。

麦子说,你现在就要吗?那就来吧,你说得对,男人和女人就那么回事。

老于坐着没动。

麦子催促道,来呀,你不就图这个吗?

老于说,算了算了,我给你松开吧。

麦子脸上擦过一丝古怪的表情,很坚决地说,老于,马豆根把我输给了你,我就是你的女人,就算你是一条狼,我也跟你,我不反悔。

老于怔住,很意外地看着麦子。

麦子说,我愿意做你的女人,可是现在你不能碰我,我给你做饭,给你缝衣服,不过你不能跟我睡一个屋。我要找马豆根,我要听他亲口说出来。找不见他,我不会做你的女人,你要硬来,我就碰死。我说到做到,麦子最后强调说。

老于说,我不知道他在哪儿。

麦子说,只要他活着,我就能把他挖出来。

老于说,好吧,等找见他,你就知道我没骗你。老于把麦子松开,说,好好睡一觉吧。

麦子独自出了一会儿神,然后套上衣服走出去。秋夜,已杀出彻骨的寒气,可麦子却感觉不到冷。麦子站在院子里,望着满天的繁星,与麦子过去看到的一模一样。那时候,麦子是马豆根的女人,现在,麦子是老于的女人。仅仅几天的工夫,麦子却觉得那是上辈子的事。麦子不知道马豆根这时候在干什么,老于说马豆根死了,麦子悲伤极了,现在想想还不

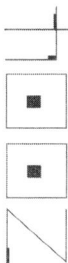

如他死了呢。马豆根死了，麦子还能想他，现在麦子连恨都恨不起来了。就算她有千般的错，他也不该把她作为赌注，她是他的女人，不是一件破褂子。这样一个男人，恨他有什么用？

6

老于的身影消逝后，麦子疯跑起来。脚底扑扑地响着，像是踩碎了一个个气泡。她怕他反悔，把她逮回去。他以为她还会回来？做他的鬼梦去吧。麦子没骗过人，可为了逃出老于的手心，她不得不编出理由。麦子找马豆根不是为了往他脸上吐痰的，她想让马豆根跟她回去。起初，麦子确实挺恨马豆根。输掉女人的事麦子只听老年人说过，哪想这种事会落到自己头上。可很快，麦子就不恨他了，还有些想他。马豆根死要面子，他一定是绝望了，不然，干不出这种事。

望见小镇灰白的影子，麦子才慢下来。衣服被汗洇透，紧紧裹在身上。老于没骗她，小镇果然没多远。麦子回头望望，无际的荒滩，没有一个人影。老于没有追上来。这个老于倒是好骗，无论能不能找见马豆根，她也不会回到这个鬼地方。

麦子在小镇等了一个多小时，终于有一辆破旧的中巴车驶过来。车主问麦子去哪儿，麦子反问你们到哪儿，车主说到白水县，麦子说我就到白水县。擦着车主的身子挤进去。一车硬辣辣的目光戳在身上，麦子很不舒服。这个地方缺水，人的目光也缺水，荆皮一样。只有地名例外，个个水汪汪的，啥细水镇、白水县，笑死人了。让麦子待在这么一个地方，会把她渴死的。中巴车熄了火，发动时显得十分吃力，就像一头半死不活的猪，哼一声，停停，再哼一声。车上的人司空见惯，一脸的淡漠。麦子不耐烦了，低低地骂了句这破车。没想到让车主听见了，他说就这玩意，坐不坐随你。麦子不敢吭声了，她怕这个厚嘴唇的车主把她撵下去。大约十几分钟后，中巴终于慢腾腾地启动了。

第二天中午，麦子就到了家。一进屋，先从怀里掏出马豆根写给老于的契约，几下子撕碎，嫌不解恨，又将纸片捡起来，划火柴点着。其实，就算老于追来，他也奈何不了她了。他总不敢把她抢了去。那个老于真是死笨，纸条是麦子偷的。麦子长长地舒了口气，几天来，还是第一次露出笑脸。有惊无险，麦子就当是出了趟远门。

麦子有些累，可因了这机智的胜利，疲乏没有停留太多，吃点东西便下地了。

还有二分萝卜没起，土豆也在地里堆着。麦子相信马豆根会回来的。她要等他回来。

傍晚，麦子前脚进屋，村长后脚就跟进来了。自从发生了那件事，村长没再纠缠麦子，可每次见着麦子，他都要冲麦子挤挤眼，仿佛两人之间有什么秘密。麦子不再怵他了，她板着冷冰冰的脸，看都不看他。村长说，出门来，麦子？我来好几趟了。麦子恨恨地说，你来干啥？村长说，收提留，就差你们一家了。村长办公差总是理直气壮的。麦子说，等马豆根回来就交，我没钱。村长说，我给了马豆根钱，那件事早就扯平了，你不能拽出马豆根压我，你以为他离开你是我的过？这狗日的早就想离开了，正愁没个借口呢。麦子的脸弥漫上一层紫色，你别损他。村长冷冷一笑，我损他？他躲着不回家，是在市里享福呢。麦子说，你胡说。村长说，信不信由你，有人亲眼在市里看见他，他身边还有个女人，细皮嫩肉的，没准还是个城里人。麦子说，这不可能，他去了后草地。村长说，后草地那地方他能待住？那是骗你呢，这么个男人，你还拿他当宝儿。麦子的声音陡地提高了，关你什么事？滚出去！村长说，好，好，不关我的事，你把提留交了，我立马就走。麦子说，你找马豆根要吧，我没钱。村长说，我去哪儿找马豆根？……要不，我先给你垫上？麦子说，垫吧，你给全村人都垫上才好呢。村长嗤地一笑，他们？我只给你垫。村长往前凑了凑，试图搂住麦子。麦子往旁边一跳，咬牙骂，你咋这么没脸？村长僵了僵，声音就冷了许多，还没人这么说过我呢，过去的事一笔勾销，我早就不欠你了，给你三天时间，到时候不交，别怪我不客气。

村长一走，麦子顿时抽了筋骨一样，软软地靠在那儿。她不是被村长吓住了，而是被村长带来的消息击中了。马豆根果真在市里吗？他在市里干什么？他真的不要她了？

麦子想了一夜，决定去找马豆根。如果马豆根在市里，就一定能找见他。这时，麦子方觉得村长带给她的也不是一个坏消息，村长以为她会伤心，哼，她才不呢。

第二天，麦子揣着卖土豆的钱，悄悄走了。她想起村长说的三天期限，止不住地乐。

麦子脸上荡漾着春风，仿佛马豆根和她约好了，他会在市里迎接她。

下了火车，站在车站广场，麦子脸上的春风被刮得干干净净。广场上的人像蚂蚁一样窜来窜去，麦子的眼睛被晃晕了。麦子是第一次到大城市，她没想到这里有这么多人。马豆根在这个城市就是草地上的一株草，她不知去哪儿找他，就那么茫然地站着。这时，不断有人问她住店不，吃饭不，麦子摇着头，走进候车室。

麦子在火车站蹲了一夜，一大早便沿着大街走，看见工地，麦子就走过，打听马豆根的下落。麦子想，马豆根只会在这样的地方干活，把这个城市的工地跑遍，不信找不见他。麦子转了一整天，跑了三个工地，没有马豆根的任何消息。话说多了，加上着急，嗓子都快冒烟了。

麦子找了一个星期，一无所获。那天，麦子走到市郊，从一处工地出来，天已经暗下来。麦子想找个小店住下，绕了一圈也没找着。她看见一栋刚刚建好的楼房，想到那儿凑合一宿。楼房被隔离板围着，麦子转了半天才找见个豁口钻进去。一个长着蒜头鼻的男人问麦子找谁。麦子一说，蒜头鼻就笑了，他仔细打量了麦子几眼，说这儿四处透风，不能住人。麦子说我不怕。蒜头鼻指了指旁边的简易棚，说，他们刚搬走，你去那儿凑合一夜吧。麦子十分感激地点点头。

简易棚里乱糟糟的，床板还没拆走。蒜头鼻给麦子抱来一床脏兮兮的被褥。麦子没资格挑剔，脏被子总比没有强。麦子实在太累了，往那儿一栽就迷糊了。

麦子觉出动静，蒜头鼻已站到她面前。麦子紧张地问，你干啥？蒜头鼻嘿嘿笑着，抓住麦子。麦子醒过神儿，惊恐地往后缩着。蒜头鼻把麦子逼到墙角，捏住麦子的乳房。麦子一阵痉挛，顺着墙蹲下去。蒜头鼻弯下腰，伸手解麦子的衣扣。麦子惊叫一声，跳开。蒜头鼻趔趄了一下，马上站稳了。麦子的力气早已耗尽，哪是蒜头鼻的对手，最终被那家伙扑倒在床上。麦子的脑袋嗡嗡响着，耳边全是凛冽的风声，那可怕的记忆再次浮现出来，她知道自己完了。

麦子想起了老于，她在这个时候没想马豆根，竟想的是老于。老于也曾撕破过她的衣服，现在她才明白，老于那是让着她。

蒜头鼻快得逞时，麦子忽然大喊，你等等。蒜头鼻愣住。麦子急促地说，你别动我，我给你钱。蒜头鼻咧嘴笑了，给我钱，你有多少钱？麦子摸索着掏出一张五十元的票子。蒜头鼻接过去，来回弹了几下，打着咯说，就这么点儿？麦子的眼睛蓄满了泪水，央求蒜头鼻放了她。蒜头鼻说，那就都拿出来吧。麦子下意识地抱紧了胳膊。蒜头鼻冷笑一声，掰开麦子的手，将她身上的钱一股脑搜了去。

7

冬日的一天，老于去村后的山岗看虎子。这几天，老于烦得要命，嘴边的疮像蘑菇一样疯长，几乎把嘴吃掉。虎子走了以后，老于常常莫名其妙地烦躁。虎子是老于心爱的猎犬。老于曾骗麦子说那是马豆根的坟，为此还懊悔了好几天。马豆根算啥，怎么可以和虎子比？这是对虎子的侮辱。可是，老于实在是想让麦子留下来，不是被迫的，而是死心塌地的。老于没想到麦子对马豆根痴情得要死。这天底下的女人，真是说不清楚。

老于曾有过一个女人。那个叫婉儿的女人是旗杆镇铁匠的闺女。那时，老于常去铁匠那儿买刀。铁匠是位打铁好手，能打出各种形状的刀。老于从铁匠手里低价买来，然后出售给骡马贩子、皮毛贩子、盐茶贩子。贩子们喜欢老于的刀，也喜欢老于这个人。老于常给他们带路。婉儿是铁匠的独生女，长得不像北方人，脸白白净净的，嘴唇鲜艳欲滴。老于第一次见婉儿就被她迷住了，往铁匠那儿跑的次数频繁起来。买了刀，老于不急着走，而是磨磨蹭蹭地帮铁匠干活。作为回报，铁匠常留老于吃饭，有时也留老于过夜。一来二去，老于和婉儿有了意思。由于铁匠很少让婉儿离开他身边，老于和婉儿没有进一步的发展。

一天晚上，铁匠和老于喝酒时回忆起往事。因为高兴，喝多了。睡下不久，铁匠就打起了呼噜。老于兴奋而紧张，他拉着婉儿往外走，可没等迈出门槛，两人就走不动了。有了第一次，一切顺当起来。他们尝到了甜头，所以总是想方设法哄铁匠多喝点儿酒。等铁匠发现，婉儿的肚子已经大了。铁匠让婉儿跟了老于。孩子生下没多久就夭折了，可是老于和婉儿都没有过多的伤痛。老于和婉儿年轻气盛，两人没日没夜地创造欢乐、创造生命，只是婉儿的肚子再也没有鼓起来。那时，老于在后草地已有些名气，贩子们都知道老于。老于人缘好，讲义气，常把贩子领回家。直到有一天，婉儿和一个骡马贩子私奔。

婉儿走后，老丁再没有找过其他女人，他和虎子相依为命。老于一直

等着婉儿回来，可是许多年过去了，婉儿再也没露面。老于由希望而失望，于是迁怒于贩子。老于不相信贩子了，不再给他们带路，他整日泡在旗杆围子的大店里，和过往的贩子赌博。老于把赌博作为报复的手段，并发誓要从贩子手里赢回一个女人。老于和马豆根就是在赌场上认识的。在老于的印象中，马豆根不言不语，一副腼腆相，老于并不想打马豆根的主意。可是马豆根输掉本钱后，突然提出要把女人押上。老于知道马豆根输昏了头，劝他下次再来，但马豆根执意要押。让老于更为惊异的是，马豆根把女人输掉，竟然长长地吐了口气。老于的感觉是马豆根对自家的女人厌倦透了。那一定是个引不起男人兴趣的女人。可老于一见麦子就喜欢上她了。

冬天快过去了，麦子没有回来，老于对麦子的归来没抱任何希望。他知道这个女人和他玩把戏，但他放走了她。老于不想强迫一个自己喜欢的女人。

老于久久地站在虎子坟前，他的身影像一棵枯干的树。

一个人爬上山岗，在老于身后站定，咳嗽了一声。老于转过身，目光呆了一下，站在他面前的是乔金牙。去过旗杆围子的人都知道乔金牙的大名。乔金牙嘿嘿笑着，露出一嘴假牙，问老于是不是想媳妇了。老于说，我说呢眼皮子直跳，这不就碰见鬼了？哦，你来干吗？乔金牙说，老于，咱说正经话，你要不要女人？乔金牙就是靠贩女人发财的。老于的目光阴阴地拧着乔金牙，没说话。乔金牙说，我弄回两个，在满子家呢，你去相一相。老于说，不要。丢下乔金牙往山下走。乔金牙喊，等等我。他追上来，咬在老于身后。乔金牙说他弄来的女人货真价实，奶子肥、屁股大、干活、使唤、生孩子都是好手，又恭维说全村的光棍就老于识货。老于猛地顿住，恶狠狠地说，你他妈滚远点儿，我——不——要。

老于走进自家小院，咣地将门摔了。老于知道乔金牙没跟来，这是摔给他自己听的。乔金牙的话刺痛了他。老于没有女人，可老于从不把自己看成是光棍。光棍是和无能画等号的。乔金牙的话提醒了他，在外人眼里，他老于不是光棍又是什么？

老于躺了一会儿，脑子里全是女人。乔金牙的话一下一下撞击着他。老于骂了一句，猛地坐起来，觉得该去满子家看看。他不会从乔金牙手里买女人。乔金牙是什么东西，他经手的女人能有好的？老于只是去看看，解解闷而已。

满子女人在院里喂鸡，看见老于便惊惊乍乍地叫起来，是于哥呀，随后又神神秘秘地说，两人都还没主呢。圆鼓鼓的胸脯几乎蹭到老于膀子上。一股鸡粪味窜进鼻孔，老于烦躁地哦了一声。满子女人在身后说，在西屋呢。这娘们嘴贱，难怪满子老是揍她。老于脑里闪过婉儿的影子，他从没打过婉儿，可是婉儿还是跑了。满子成天揍女人，女人却像胶粘在了满子身上。

屋子里已有三四个青年光棍。乔金牙靠在椅子上，正夸自己的"货"：看中了，别搞价，钱是什么？钱是王八蛋，没了再去赚。一个光棍说，关键是咱没王八蛋呀。乔金牙说，妈的，没诚意，别来这儿起哄。抬头看见老于，乔金牙眼睛一亮，说识货的来了。老于扫了一眼，问，人呢？乔金牙起身打开西屋的门，老于探进头。地上蹲着两个女人，一个脸皮子光亮些，另一个低着头，老于没看清她的脸，可是老于的心还是动了一下。

老于死死盯着低头的女人，几乎不敢出气。

乔金牙喊，抬起头来。

女人没有抬头，将头沉得更低了。乔金牙骂了一句，走过去，扯住女人的头发，将她的头拎起来。

老于哆嗦了一下，喊，麦子？！

麦子伸直了目光，盯住老于，竟是一脸的迷茫。老于说，是我呀，麦子。麦子的眼泪一下就出来了，你是老于？这是真的？老于抱住麦子，是真的，走，跟我回家。

一直呆愣的乔金牙醒悟过来，问，怎么回事？没等老于说话，麦子扑上去，咬住了乔金牙的胳膊。乔金牙咧着嘴大叫，想推开麦子，可膀子被老于抓着。乔金牙动弹不得，脸扭得猪肚子似的。

老于说，行了，行了。麦子抬起头，愤怒地瞪着乔金牙。

老于说，咱们回吧。

乔金牙扭着脸问，怎么回事，老于？

老于说，你再不识相，我就把你的牙敲掉。

老于的样子很凶，乔金牙捂着胳膊不吱声了。这时，一直蜷缩在墙角的女人喊，姐！

麦子猛地甩回头。女人说，姐，你不能丢下我。麦子说，起来，跟我

回家。

乔金牙这下急了，喊，不行！

麦子骂，你这个骗子，就等好吧，哪天得让狼撕了你！

乔金牙说，老于，你不能砸了我的饭碗子呀。

老于看看麦子，想说什么。麦子看出来了，咬着牙骂乔金牙，你这个遭雷劈的畜生！

乔金牙堵住门口，叫，老于，咱可别坏了规矩。

老于看看被麦子拽着的女人，又看看乔金牙。麦子说，老于，我俩是一块儿的。

麦子的声音像是碎裂的玻璃，狠狠地扎了老于一下。老于的身体陡地硬了，冲乔金牙说，走开！

乔金牙没动。

老于吼，滚开！

乔金牙刚张开嘴，老于猛地扯住他的衣领。乔金牙忙挤出一丝干巴巴的笑，算了算了，为一个半个女人，不值嘛。老于领着麦子和那个白脸女人离开。

麦子和白脸女人跟在老于身后。麦子像是做了一场梦，她没了路费，想找个活干，糊里糊涂跟着乔金牙上了车，然后就到了这儿。白脸女人紧紧抓着麦子的胳膊，几天前，她和麦子还不认识呢。

一进门，麦子的腿就软了。老于把麦子抱到炕上，麦子竟有些羞涩，盯着老于的眼睛说，我以为见不到你了。

8

老于烧了一锅水，掩门出去了。听老于走远，麦子冲白脸女人笑笑，跳起来将门锁牢。

麦子和白脸女人将衣服脱了，开始洗澡。白脸女人告诉麦子，她叫陆梅，是出来打工的，没想到让人骗了。陆梅动情地说，多亏了姐夫，要不我这辈子就完了。麦子说，你歇两天，让他送你回去。

老于回来时，麦子和陆梅已收拾利索了。老于的脸色很不好看，麦子和陆梅都看出来了。陆梅说，姐夫再晚去一会儿，我俩恐怕就让人买走了。老于谁也不看，闷声说，天不早了，睡吧。陆梅忙站起来，说，我去西屋。麦子一把拽住陆梅，咱俩睡一屋。陆梅一脸尴尬，那怎么行？麦子说，有啥不行的？陆梅低着头不敢看老于。老于无言退了出去。

尽管连日颠簸劳累，麦子和陆梅都没有睡意。两人都知道对方没睡着，再次翻身时，麦子小声问，想家了？陆梅说，我是怕姐夫怪我呢。麦子沉默了半晌，说，睡吧，别管他。陆梅问，你离家多长时间了？麦子说，几个月了。陆梅问，你不想？麦子说，不……想。陆梅以为麦子害羞，劝，姐，我心里不安呢，咱都是过来人，你过去吧。麦子替陆梅掖了掖被子，别胡说了，好好睡吧。

第二日，陆梅说什么也要走。麦子没有硬挽留，让老于去送。老于稍稍迟疑了一下，但什么也没说。麦子嘱咐老于一定要把陆梅送到家里。老于走出几步，又折回来，小声说，晚上把门插好。麦子说，你放心，我不跑。老于生气地说，我没拴你的腿。

老于走后，麦子本来可以离开的，但她没走。她没找到马豆根，绕了半天，又绕回老于手里，也许这是定数。但麦子不相信命。麦子没有离开，是因为她没和老于道别。况且，麦子也累了，她想歇一歇。麦子里里外外把家收拾了一番，然后拆洗被褥。干这些活时，麦子又找到了家的感觉。院里有口压水井，麦子压水时，一个男人走进来。男人光着头，穿一件很脏的皮袄，贼眉鼠眼的。麦子觉得男人面熟，很快想起昨天她和陆梅就是关在他家的，男人还在她屁股上摸了一把。男人嬉皮笑脸地问，压水呢？麦子没理他，而是夸张地甩着胳膊。男人问，老于不在？麦子依然没理他。男人似乎并不需要麦子回答，又问，老于去哪儿了？麦子冷冷地说不知道。男人说，嫂子火气挺大呀，咱们还是一家人呢，于哥能耐够大的，什么时候把你弄到手的？水桶满了，麦子沉着脸提回去，砰地摔了门。

晚上，麦子早早躺下了。可是，她像是得了健忘症，一进屋就想不起门是否关上了，连着出去了好几次，确信门栓插牢了，才放心。躺在那儿，麦子盘算老于到了什么地方，不知不觉间，她开始惦念老于了。

院里传来重物触地的声音，麦子一下就听出来了。她爬起来，悄悄撩

开窗帘一角，不由吸了口冷气，两个黑影正轻手轻脚地逼过来。麦子的身子老半天都麻木着，直到黑影逼近窗前了，她才醒悟，这两个人是冲着她来的，他们肯定知道老于不在家。麦子往后挪了挪，从锅沿边摸见菜刀。麦子的心嗵嗵跳着，她想好了，黑影若是进来她就豁出去了。黑影站了一会儿，轻轻地往开弄窗户。麦子突然想，自己根本不是黑影的对手。麦子灵机一动，喊了声谁。尔后又大声说，快起，外面有人。院里响起急促的脚步声。麦子撩开窗帘瞧时，那两个黑影已跃出墙头。麦子不敢大意，她麻利地穿好衣服，握着刀，一直坐到天亮。

三天后，老于风尘仆仆地回来了。麦子一边听老于说经过，一边打了盆水，让老于洗脸。然后麦子把水端到脚下，要给老于洗脚，老于说什么也不洗。麦子小声说，我是你女人，怕啥？老于顺从地把脚伸进盆里。麦子轻轻地搓着，可是她渐渐地觉得什么地方不对劲，猛一抬头，和老于火辣辣的目光撞在一起。麦子的脸倏地红了，她想躲开，可老于猛地踢翻脸盆，将她揽在怀里。老于的力气很大，麦子觉得自己的骨头被他勒碎了。老于在麦子的脸上嗅着，麦子闻到了一股马样的味道。麦子想挣扎，却怎么也使不上劲，僵直的身子慢慢软下来。老于腾出一只手，解麦子的扣子。麦子闭着眼，浑身抖个不停。她在心里反复念叨，我是他女人，我是他女人。可就在老于攥住她丰满的乳房时，她尖叫一声，从老于怀里挣脱。

老于显然没防住，一只手还在空中停着。麦子一边系扣子一边解释，我有点儿难受。老于没说话，摸出烟点了一支。麦子蹲下去，轻轻地擦拭着老于的脚，眼泪无声地淌下来。

老于瞅着麦子说，我也没把你咋样嘛，哭啥？

麦子说，对不起。

老于说，算了，说这些有啥用呢？

麦子知道老于不爱听，老于需要的是一个女人。

9

麦子每天不歇着，该拆的拆了，该洗的洗了，该缝的也缝了。除了不和老于在一个炕上睡，麦子哪一点儿都是一个贤惠的妻子。老于没再强迫麦子，麦子对他又敬重了几分。麦子干活时，老于就坐在一旁和她说话，目光暖暖地淌到她身上。麦子有些不自在，又不忍给老于难堪，心里总是慌慌的。麦子觉出这个男人是喜欢她的，可麦子仍无法接受做他女人这一事实。就算他救了她，她也不能。老于挺怪，与麦子接触过的男人不一样，他似乎要用耐心俘获麦子。麦子不住地给自己打气，千万别动心，千万！可每当夜深人静，麦子孤零零地躺在那儿，老于的目光总是在她脑里跳跃。

老于屋里再找不出活干了，麦子又想离开了。麦子想不出理由，上次的理由已不能再用。麦子烦躁不安，院里站一会儿，屋里站一会儿，出出进进，像是丢了什么东西。老于的目光里渐渐显出了异样，后来，他问麦子是不是想离开。麦子点点头，她觉得底气不足，故意放大声音，是，我想家。老于问，还要找马豆根？麦子点头。老于说，你不是想听马豆根说那句话的，你还想着马豆根，还想和他一块儿过，是不是？麦子故意伤他的心，是，我就是不想跟你。老于将脸扭开，好一会儿，老于很伤感地说，我想象不出来，马豆根怎么会把你这样的女人输掉。麦子说，他肯定中了你的套子。老于笑笑，没想到你这么想，噢，你打算去哪儿找他？你看这样好不好？你先留下来，等有了马豆根的信儿你再走，我说话算数，肯定让你走。麦子说，马豆根的信儿会自个儿掉出来吗？老于说，我帮你打听。麦子说，不，我要自己去找他。老于迟疑了一下，说，你想走就走吧，要是找不见他，你还回来，好不好？老于的态度让麦子意外，对这么个要求，麦子就不忍拒绝了，她说，好。

老于给麦子拿了些钱，麦子本来不想要，可想到自己身无分文，就收下了。她说，你不怕我骗了你？老于淡淡一笑，没有回答。临走，麦子说，这钱，我会还的。

麦子仍然是先回家，尽管马豆根不会回来，可麦子一定要回去看看。麦子住了一夜，第二天就去了市里。这一次，麦子警惕多了，不肯再随便找个地方睡觉了，她也不怕再被别人骗。可是几天后，麦子病倒在小旅店。浑身无力，脑袋涨痛，说话都有些困难。麦子托店主买了些药，过去有个头疼脑热，吃几片药就好了。谁料吃了药，一觉醒来，反而更重了。身上没有一个部位不疼，连抬胳膊的劲儿都没了。店主让她去医院，麦子翻了翻，她的钱已花得差不多了。店主问麦子家里还有什么人，他帮她打个电话。麦子摇摇头，马豆根没有消息，她能找谁？麦子也想过老于，但

她不想再麻烦老于了，说到底，她和老于没一点儿关系。到最后，她的钱花光了，却还是起不了身，店主让她离开，不然就往收容所送她。麦子只好让店主给老于拍个电报，那地方不通电话。

老于很快赶来了。他带麦子到医院输了几天液，没啥大病，可麦子差点丢了命。老于说麦子这个样儿不能留在城里，让她回家养一段。麦子同意了，她的精神像是被耗尽了，看上去软绵绵的。

麦子跟着老于回了家。老于不让麦子下地，一日三餐侍候着她。老于杀掉了仅有的几只鸡，麦子天天有鸡汤喝。麦子过意不去，让老于也喝，老于说他身子骨好，喝了浪费。麦子休养期间，老于依然用暖暖的目光包裹着她。麦子担心老于提出什么要求，可到了晚上，老于便独自去了西屋。麦子先还插门，后来就不插了。夜里，麦子竖着耳朵听外面的动静，她的心情很复杂，害怕声音，却又期待着声音。但没有，一直没有。

麦子的脸被老于喂得红润起来。麦子寻找马豆根的念头没那么强烈了，但她还是要走的。麦子不想这么快就离开，那样对老于太绝情了。

一天晚上，老于起身去西屋时，麦子叫住他。老于问麦子有什么事。麦子说，今儿你别去那边睡了。老于怔住了，他当然明白麦子的意思，他早就等着这一天了。老于发怔，是不明白麦子为什么这样，他看着她，想把目光插进她心里。

麦子表面平静，其实内心紧张极了，她咬着牙，还是控制不住哆嗦。

老于伏过来时，麦子突然恐惧地坐起来，同时重重推了老于一下。老于尴尬地僵着。麦子的心一下软了，忙解释，我不是故意的……又躺下去。老于粗重的喘息一点点逼近，麦子猛地感觉到尖锐的刺痛，怎么会这样？她拼命忍着，还是叫出了声。

10

麦子在东坡的洼地种了一片豌豆。为种这片豌豆，麦子和老于还发生过争执。老于从不种地，他的口粮都是从坝上换的。当地土质差，根本不适宜种庄稼。可麦子不听，执意要种。老于说你需要多少豌豆，我给你弄来。麦子不要，就要自己种。麦子的许多行为在老于看来都是不可思议的。麦子头天种，第二天就从院里挑了水浇。垧旱，不浇水豌豆是不会发芽的。从家里到东坡两三里的路程，麦子来回得一个多小时。老于要帮麦子挑，麦子不让。老于让麦子等等，早晚要下雨的。麦子开老于玩笑，等啥呀，老天爷又不是你家亲戚。

老于出去了。麦子捶着酸胀的腰，注视着老于的渐行渐远的背影。老于的背影像马豆根，麦子想怎么会呢，她晃了晃头，想看得清晰一些。可马豆根已经远去了，麦子的眼前飘着一抹淡淡的雾。

麦子把第七担水挑到地头，一群麻雀飞过来，叽叽喳喳地嚷着。麦子说，口渴就喝吧，叫啥呀。麦子放下担子，坐在一旁。一只麻雀鬼鬼祟祟地窜过来，跳上桶沿。见麦子没有反应，那群麻雀呼啦一下全过来了。麦子瞧着麻雀的顽皮相，无声地笑了。

在麦子的意识深处，她已经不忍再离开老于了，可死乞白赖地待着，算怎么回事啊？她总得有个事儿做，有个待下去的理由，于是不顾老于反对，种下这片豌豆。再者，麦子勤快惯了，整天无所事事地闲着，还真享不了这份清福。

一天中午，麦子挑了水正要出门，却见门口站着一个衣衫褴褛的汉子。麦子以为是要饭的，放下担子要进屋取食物。汉子叫了声麦子，麦子愣了愣，突然一阵晕眩，晃了晃，终是没有摔倒。

竟然是马豆根。

如果不是马豆根喊她，她绝对认不出他。麦子惊喜、慌乱，伴着阵阵心痛。她想摸摸马豆根的脸，马豆根绕着弯儿往屋里走，有啥饭，饿死了。麦子手忙脚乱地热了饭，她想趁马豆根吃饭的时候和他说说话，他在什么地方躲着？怎么把自己弄成了这个鬼样子？……麦子有太多的话要问明白。可马豆根只顾低着头狼吞虎咽，麦子的目光便从他乱草样的头发上滑落下去。她渐渐冷静了，深藏在心底的怨恨慢慢浮上来。马豆根竟然有脸来找她！

一大堆饭被马豆根风卷残云般装进肚里。他终于抬起头，看了麦子一眼。意识到麦子的冷漠，尴尬地问，你还好吧？

麦子没好气地说，好呀，谢谢你把我输给老于，他懂得心疼人。

马豆根愧疚地说，我也是昏了头。

麦子冷笑，骗谁呢？咋不把自个儿押上？

马豆根争辩，我一个大男人，谁要我？我本来想过些日子就把你赎回去，可干啥赔啥，我……没脸见你呀。

麦子讥讽，现在有脸了？她的气已消了大半，但没说自己去找他的事。

马豆根说，我不能把你扔在这儿。

麦子说，别说好听的了，我是你输给人家的。

马豆根说，你都和他过一年多了……我错了，我不是东西，以后我对你好好的，啊？

麦子轻轻叹了口气。她心里已拿定了主意，和马豆根回去。

麦子吃不准老于会不会放她走。老于是许诺过有了马豆根的信儿就放她，可毕竟此一时彼一时。不管老于是啥态度，麦子是不会被他拦住的。

老于是黄昏时分回来的。看见马豆根，老于的脸上卷过意外和惊愕，不过很快就调整好了。老于热情地打招呼，豆根兄弟来了？马豆根没应声。麦子本来做好了和老于交锋的准备，现在却不知从何谈起，她心里突然酸酸的。老于看着桌上的菜，责备麦子，怎么不弄点肉？返身出去提回来一块儿干肉，让麦子煮。麦子说吃过了。老于说晚上吃嘛，又找出一瓶酒。一切准备妥当，老于说，我再去买点菜。转身出去了。麦子想留住他，可张不开口。

老于没回来。一直没回来。麦子便和马豆根睡下了。麦子心里空落落的，像是孤身走在旷野上，辨不清方向。马豆根猴急猴急的，恨不得一下将麦子吞了。麦子把自己卷在被子里，你不是累了吗？别折腾了。马豆根不听。麦子说，这是别人家，你还有那份心？马豆根一下沮丧起来，挤在麦子身边，一口一口地叹气。过了一会儿，又翻身起来，而且比先前强硬了许多。麦子生气了，你不是躲我吗？这么长时间你都躲着，这么一会儿就忍不住了？马豆根说，你还真把自个儿当他女人了？麦子恨恨地说，我就是他女人，是你不要我的。

麦子以为马豆根会负气离开，孰料他扭过身，没一会儿就扯起了呼噜。麦子想，他确实累坏了，有啥事，明天再说吧。

麦子心乱如麻，一夜无眠。

第二天一整天，老于也没露面。麦子出去找了一大圈，没见着他的影儿。麦子不知老于是什么意思，马豆根一来他咋就躲了呢？马豆根提醒麦子，老于是不是挽什么套子，他想趁老于不在带麦子离开。麦子想了想，终是没跟马豆根走，她要等老于回来。

第三天，老于依然没回来，像是彻底消失了。

几乎是突然之间，麦子明白了老于"失踪"的缘由。他不拦她，他是让她离开的。他不露面，是为了避免尴尬。他是替麦子着想。老于和麦子生活了不长时间，但他处处维护麦子，尽最大可能满足麦子。一时间，麦子对自己产生了怀疑，离开老于，是不是犯了一个致命的错误？

麦子最终和马豆根离开了。

两人一路无语，快到小镇时，马豆根回头看看，忽然诡秘地笑起来。麦子问他怎么了，马豆根说回去再告诉你。麦子瞪他一眼，你别又耍什么鬼吧？马豆根从怀里掏出一个钱夹子，在麦子眼前晃了晃。麦子觉得这个钱夹子眼熟，想了想，是老于的。那次老于给她路费，就是从这个钱夹子里拿的。麦子突然紧张起来，厉声问，从哪儿弄的？马豆根说，厉害啥？你猜！麦子说，快说，从哪儿弄的？马豆根说，从他衣柜里翻出来的。麦子大叫，马豆根！马豆根见麦子的脸都红了，问，怎么了？麦子说，你可真够有出息，都会偷了。马豆根怪怪地说，他捣鬼赢我的钱，还偷了我的女人，拿他个钱夹子算啥？我以为里头怎么也得装个万儿八千的，操！才几百块钱。麦子冷冷地说，送回去！马豆根觉出麦子确实动气了，说，你没发烧吧。麦子提高了声音，送回去！见马豆根不动，麦子劈手抢过钱夹子，转身离去。

马豆根嚷，你给我站住！

麦子停住，回过头，看着气急败坏的马豆根。

马豆根说，你要去见他，就不要再来见我！

麦子再次转身，大步走开。

荒野上，麦子娇小的身子很快缩成一个点……

原载《青年文学》2004年第8期

在乡村文学的叙事传统中，乡村女性作为阶层和性别两个层面的弱势者，往往会成为被损害者与被污辱的对象。《麦子的盖头》就是对这样的底层乡村女性的书写。

小说集中展现了主人公麦子在苦难生活中的坚韧与倔强，对原则的坚守。但在这样的坚守之下，主人公的个体权利意识是缺乏的。小说将主人公塑造成为一个道德个体，而非权利个体，麦子在小说中并没有一种清晰的权利边界意识。在被强暴后，麦子因为羞怯不敢去派出所报案；面对村长的调戏与侮辱，她也不敢进行有效的反抗；对马豆根将她卖给老于一事，她也并未深究。这些都反映了麦子自我权利意识的缺失，羞怯、隐忍与妥协仍是她在乡村场域中的行事方法和态度。这种个体权利意识的缺失，与她生活的场域有很大关系。乡村中，传统道德仍是统治性符码之一，对于女性而言尤甚，麦子不得不以之作为自己的行事准则。而乡村男性之间遵循的则是丛林法则。小说对这种丛林法则和传统道德交织的乡村场域进行了深入的书写。老于就因道德而华丽转身为一个正面形象。但麦子这样的弱势者是否依凭道德就可以成为场域复杂角力中的胜者，是值得怀疑的。

（崔庆蕾）

小女人 /

/ 叶 弥

星期五。早晨。

　　昨晚刮了一夜的急风，没有下雨。早晨开始起，风缓了，风里头飘着雨丝，雨丝比风更长。于是，昨夜里落在地上的树叶就沾满了雨水。此情此景，就如一个悲伤了一夜的妇人，到了早晨，身上还没来得及收拾，显出一片狼藉。凤毛推着自行车从家里出来，给一只蝴蝶撞着了脸。这是一只灰白的蝴蝶，翅膀被雨水打湿了，狼狈而慌乱，急着找一个地方晾干它的翅膀。它撞了凤毛一下，觉得大难临头，这一下它更加惊慌失措，采取了一个不恰当的行动：快速地无目的地扇动翅膀。它上升，斜斜地战栗着上升。幸运的是，它没有撞到混凝土浇筑的墙体，而是撞到了一扇还算干净的玻璃窗。它看到了玻璃窗上的光亮，就觉得它的归宿应该在玻璃窗里面，拼命地用身体拍击玻璃，像一只小手一样，"咚"地一下，"咚"地一下……玻璃上留下一片模糊的蝶粉，像哈出来的热气。

　　这是凤毛一大早从家里出来时看到的景观。她不是个多愁善感的女人，但她不缺乏女人的自恋情绪。她看见这只蝴蝶，联想到一样东西：她自己的嘴唇，镜子里的嘴唇，没有上口红的嘴唇，失血的焦虑的嘴唇。嘴唇会营养不良吗？当然会。蝴蝶的翅膀也会营养不良。嘴唇会颤抖着说不出话，蝴蝶的翅膀就像凤毛镜子里的嘴唇，失血、焦虑、无法诉说。凤毛放下车子，走过去把蝴蝶从窗上摘下来，拢在手心里，放到楼梯下面干燥通风的地方，对着蝴蝶叹了一口气，显出自嘲的样子，说："啊呀！你这么固执，这么无能，这么孤单，肯定像我一样，是个女的。"

　　她的神情是矫情的。从来没有机会这样放松地矫情，所以她是愉

快的。

一年来，凤毛感到生活中存在一个严重问题：她无法再在生活中寻找乐趣。她告诉自己说，等等看，也许会有乐趣出现在面前。她的乐趣包括：到银行里去存一点钱，下馆子或自己做一顿清淡可口的晚餐，到商场去给自己或女儿菲菲买一件衣服，和自己的男人睡觉。

婚是她自己要离的，她在协议离婚书上是这么说的：夫妻生活不和谐。她的丈夫叫姜有根，姜有根有些怀疑地问她："我们不和谐吗？"她理直气壮地反驳："我们算得上和谐吗？"姜有根想了半天，老老实实地回答她的问题："是算不上。"办理离婚手续的工作人员是个四十来岁的女人，一看这个理由，就深表同情地说："唉，什么事都好商量，就是这个事没法商量。我知道。"姜有根和凤毛是一个厂的，离了婚以后，姜有根的脑子突然拐过弯来，他盘算着：和谐当然就是和谐，但是，算不上和谐并不就是不和谐。算不上和谐是和谐与不和谐之间的中间状态，大家都是这么过的，凤毛为什么不像大家一样呢？他找到凤毛的立织车间，对着凤毛叫嚷："凤毛，你到底想干什么？我不打你不骂你，只要你给我一个答复，你到底想干什么？"凤毛支起眼睛看了他半天，才懒洋洋地说了一句："想干什么？我也不知道。"

她当然知道，只是不说。不说的部分原因是不容易表述。这世上的事并不是什么都能轻而易举地表述的，譬如你找得着的一条路，但你不知道这条路的名字。

后来，凤毛真的后悔了。她离婚不到半年就遇到下岗的事，下岗让她对离婚产生后悔情绪：她没有男人可以诉苦，更没有男人分担她日常的生活开销。一个小街小巷里的女人，为把自己的生活过得舒缓而有节奏，这两样东西都是必不可少的。姜有根在厂里碰到她时，云里雾里地说："唉，好强的女人命都苦啊！"凤毛简洁地说："我认命。"她斩钉截铁地护卫了内心的种种企求，那里是她自己的，柔软、阴暗，容易失控、容易崩塌，需要用强悍的外表掩护。此刻，凤毛叹完蝴蝶的命运，急急忙忙地骑着自行车到一家新开张的超市去。朋友介绍她到那里去做营业员，一个月五百块人民币。五百块钱对于她来说不是小数目，除了可以支付她一个月的水费、电费、煤气费、电话费外，还可以支付她和菲菲大半个月的菜金。

她骑着车子经过一条小马路，那里有一条她熟悉的巷子。算不上刻骨铭心，但绝对是了如指掌。看到它，往日的气息扑面而来，芜杂又慌乱，令人不快。气息蔓延之处，腐肉蚀骨。所以，我们的凤毛气都喘不匀了，她放慢了车速，以哀悼者的目光打量昔日做法事的道场。这一打量，凡间就出了问题。她看见姜有根和一个女人同撑着一把伞从巷子里出来了，他们睡眼惺忪，又掩不住地快活。这点小雨算什么？小雨里正好大大方方地搂在一起，做一些琐碎的但意义重大的事。譬如一起去喝豆浆。

他们就在凤毛的车子前面抢先过了马路。他们不怕凤毛的自行车，他们知道这是一个女人。至于这个女人的外貌体型，他们没有兴趣打量一眼。有一瞬间，伞碰着了凤毛，凤毛看见他们的嘴巴在动。奇怪的是，她全神贯注地伸长了耳朵，却听不见他们嘴巴里发出一点声音。他们走了之后，被伞碰着的肩膀着火一样疼痛起来。

反正，今天这个下雨的日子不是个吉祥的日子。凤毛找到超市的部门经理，那经理再把她带到总经理处。总经理告诉她，很抱歉，她们暂时不需要她了，等需要人手的时候再通知她。

这种事情她经历得很多，今天她特别沮丧，因为下雨，因为看见前夫搂了一个女人。其实这两件事并不是不寻常的事件，因为在时间的序列中紧挨着发生，所以她特别沮丧。她穿着雨披，在超市边上的栏杆上坐下，失神地打量潮湿的地面，心中隐隐约约地又是伤心又是害怕。或者伤心和害怕原本就是一回事。她坐了有五分钟的光景，站起来找她的自行车。她放自行车的地方已空了。她继续找，以放自行车的地方为轴心，向外一圈一圈地扩展着找。还是没找到。终于，她接受了一个事实：她的自行车被偷了。她只好安慰自己说："啊，还有比我更差的人。我至少没有穷到去偷盗。"

其实，穷和偷盗之间并没有必然的联系。凤毛这么想，那是她已经下坠到一个地方了。不经意地，她就下坠到这个地方了。这个地方有一个显著特征：不必为区分是非去操心。有些事情的两个方面，没有是与非的关系，只是非与非的关系。在正常情况下，坠落是生活延续的主要方式。

没有了自行车，凤毛只好坐公交车回去。下了雨，公交车猛然拥挤起来。她不是坐车族，不熟悉公交车上的种种手段。结果，下车的时候，她

被人推了一下，一脚踏空，把腰扭伤了。这回是真痛。

到医院去是不行的，起码得花掉百把块钱吧？从公交车上下来，她强忍着疼痛上了一趟菜场，买好今晚和明后两天的菜。她吃得不多，女儿菲菲吃得也不多，她们的胃口都像鸟儿那么小。她买了一棵白菜，一斤鸡蛋，一斤豆腐，一斤咸菜，四块钱肉丝。就这点东西，十元钱左右，母女两个人能吃三四天。

她住在四楼。现在，她躺在床上了，腰部贴了膏药。只要轻轻一动，腰间的某个部位就狠狠地疼。她维持着一个姿势过了有半个小时左右，预感到腰会继续疼痛下去，就撑起头给母亲家里打了个电话，让母亲到学校里把菲菲接回去两天。她还要强地告诉母亲，家里买了很多菜，明天她就送些菜过去。母亲说："你留着自己吃吧。"凤毛本能地偏开话筒一些，她从来就没有习惯母亲说话的生硬口气。母亲是犟的，显山露水地犟。她也是犟的，不露声色地犟，这是她做人里的一样长项，许多事，就在不露声色里水到渠成了。

窗外的天色渐渐黑下来，黑到某种成色，再也不朝下黑去了。夜空是青灰色的，雨在青灰色的夜里紧一阵慢一阵。将是一个漫长的雨夜。凤毛睡了一觉，醒来后感到寂寞难耐，就给前夫挂了一个电话。电话没人接听，姜有根和那个女人还有那把伞在哪里呢？她放下电话，腰又火辣辣地疼起来。寂寞和疼痛一起攻袭她，她咬住被子的一角抽噎起来。眼泪像熔浆一样烫，流过的地方很快干了。

现在的情况是：她很忙，心中很焦虑，她的生活充满了危机。即便是这样，只要一有空，她就开始寂寞。男人对她而言有很多种用途，是她脆弱的生命中不可或缺的。但是现在，离婚一年来，还没有任何男人走进她的生活。她敞开大门，没有人走进来。这合理吗？

后来，有人敲门。来的人是三楼的柴丽娟。

凤毛住四楼，柴丽娟住三楼。柴丽娟的男人是一个香港人，听说在香港也有一个老婆。按他的行为推断，他的正式婚姻有点问题。他做生意，在内地到处跑，也许在内地的什么地方还养着像柴丽娟这样的女人，他为她们买房子，然后把她们装进去。他颇像个养蜂人，只是他经常不在蜂巢边上。他到哪里去了？他做的是什么生意？诸如此类的问题，柴丽娟从来不去探索。甚至她是不是个被抛弃的女人，她也从不去设想。这不是个问题，问题在于，她每个月都收到他的一大笔赡养费。有了这一大笔赡养费，柴丽娟就有资格成天闲得发慌，无事可干。她从大门的猫眼里看见凤毛歪歪扭扭地走上去，晚上又没见她开灯，女人对待同性，时不时地会有一些真切的关心，于是她就来关心她了。

凤毛恰好需要关心。她开了门。看见柴丽娟，心里就鄙夷地想，原来是她？香港人包的二奶。她感到自己不再虚弱，因为相比而言，她的生活中存在着理直气壮的因素。柴丽娟从门外走进来，她显得比凤毛的生活还理直气壮。"哎哟。"她先叫唤了一声，笑嘻嘻的，是良家妇女的笑，"快到床上去躺着。没吃晚饭是不是？我来给你做。"于是凤毛转了一个位置想，二奶也是人，她过得比我好呢，她不用到处找工作受人白眼。

以前她看不起柴丽娟，她认为一个女人不靠自己的劳动而享受裕足是可耻的。今天晚上，就在刚才，她为原谅柴丽娟找到了理由。这种寂寞的雨天，加上疼痛，谁都会软弱的。

这两个从来不热络的女人在这个雨夜里格外亲热，说了很多话，互相理解到对方最本质的地方。这种谈话是有益的。柴丽娟认为凤毛最缺的不是钱和工作，最缺的是可依靠的男人。有了可依靠的男人，就有了钱，工作就显得不是太重要了。她给凤毛提供了几个可供选择的男人，凤毛选了一个：五十岁的中学语文教师，离异无子，住三室一厅。

柴丽娟说这人是她的一个远房亲戚，性情温顺，很懂礼貌，从不乱花钱，可惜是个秃头。凤毛犹豫了一下，随即抿着嘴笑了一声，说："人家还要不要我呢？"

这件事情就在语言中交流成功，千难万难的事情，竟然就这么轻飘飘地谈成了。两个女人都很兴奋，接下来的事情看上去会顺利解决的。

凤毛今年刚三十岁，离婚一年，在一年当中她又失业了，她这种女人是无人问津的。不过她总是安慰自己说，面包会有的，男人会有的，一切都会有的。心诚则灵，她不信自己什么都得不到。

果然，柴丽娟给她介绍了一个教师。剩下的那些青灰色的夜她过得很踏实，做了一个关于选购宝石的梦。和谁在一起选购，选什么样的宝石，她忘记了。这不影响她满腔的踏实。其实说穿了她还什么都没有得到呢，这就是女人，捞着一根稻草也当成是凤冠霞帔。

早上起来，她觉得腰已经好了。她撩起睡衣，站在镜子面前打量自己的腰，那儿有些赘肉，但总的说来还是可看的。她慢慢地抬起一条腿放在椅子上，这腿也是匀称的，可看的。她慢慢地放下腿，对着镜子一笑，有点笑靥如花的意思，嘴唇上也有了血色。镜子里这个想找男人的女人还是说得过去的。

今天是星期六，女儿不在家，不必为女儿忙碌。她穿着睡衣，蓬乱着头发，久久地站在西窗前瞭望。这是个晴朗的日子，天空蔚蓝，棉絮似的白云在天空里不紧不慢地飘，阳光是一年中最纯正的金色，它重重地落在每一个地方，看上去它很光滑，光滑得像黄铜一样。桂花还在香着，太阳一出来，它的悠长的香味就变成了暖香，散漫而没有节制。西窗下面来来往往的人很多，各式各样的人走动着，不经意地流露出每一种细小的生活习惯。她看的不是这些人，她对来来往往的人没有兴趣，她看的是不远处的那座著名园林，这座园林名叫秀园。秀园，像一个女人的名字。

晚六点，凤毛和胡老师在秀园门口见了面。胡老师手上拿了一把扇子，他果真是个秃头，但是凤毛觉得他气宇轩昂，没有头发反而给他增加了几分干练。他们互相看了一眼，然后又互相用力地看了第二眼，站在那儿不说话。柴丽娟见此情景，就去买了门票让两个人进园子。

园子里的一个地方，张灯结彩，穿着旗袍的演员坐在椅子上唱着曲子。这是深秋了，夜里的风有点凉。满天星斗，灯光也明亮，演员卖力地唱着，弹着弦子或琵琶，虫子到处乱撞，奇怪的是这一切并没有让园林热闹起来，反而让它显出秋末的悲凉。

凤毛跟在秃头教师后面，心里有点浮萍般的漂泊。教师看台上的人，她看教师的背影。教师的头上一根头发也没有，却不戴假发，说明他是个自信的人。他的脖子和光脑袋连成一体，粗硕有力，具有某种威慑力。总而言之，他是凤毛愿意接受的男人。于是，她趁着台上换演员，对秃头教师说："胡老师，我们到那边坐吧。"她的态度很积极，也很坚决，秃头胡老师就跟着她到"那边"坐去了。

"那边"是一座紫藤架，两个人坐在紫藤下面的石凳上，保持一段距离，朝着同一个方向，隔了一条河听对面的舞台上唱曲子。听了片刻，胡老师从口袋里拿出一张一百元面额的钞票，对凤毛说："凤小姐，刚才柴小姐替我们付了门票，你还给她吧。她生活得也不容易。"凤毛说:"我来还吧。"胡老师不吭声,把钱放在凤毛的膝盖上,然后打开手上的扇子。他放钱的时候略微在凤毛的膝盖上用了一点力气,好像是试验一下凤毛的膝盖有没有弹性。仅此而已,马上又把手收回了,专心致志地听戏。凤毛想,都说现在的教师有钱,教师真是有钱了。教师有钱是件好事,因为他们为人师表,不敢张扬。她默默地把钱收起来。秃头教师开始跟着河对面的演员唱歌了,这是一首他熟悉的曲子,他唱得有板有眼,丝丝入扣。他一边小声唱着,一边收起扇子,用扇骨在凤毛的膝盖上敲了一下,站起来走了。凤毛跟着他出了园门,又鬼使神差地跟着他上了一辆出租车。在出租车上,他们没有任何亲昵的举动。出租车停下,秃头教师的曲子还没唱到底。他付了钱,走进一扇门里,开始上楼梯,一边还唱着。爬到六楼,他的歌声还是一点不乱。他是个健壮的男人。然后他就开了自己的门,打开灯,去换拖鞋,任凭凤毛惊惶地打量着这个陌生的屋子。凤毛想起那只走不进屋子的蝴蝶,蝴蝶现在破门而入了。

她看着秃头教师拉下窗帘,有情调地打开落地台灯,在机器里面放了一张评弹唱片,调整到最合适的音量。然后,他就忙着去洗澡。他忙得热火朝天,完全不顾凤毛在干些什么。事实上凤毛什么也没干,她在沙发上坐下,双手环抱身体,打量屋子。她还没有适应四周的环境。她觉得这个单身男人挺卫生的,也很有情调,是个会安排生活的人,这种男人让女人放心。

一会儿,秃头教师出来了,他披着浴衣,撩起浴衣的一角擦着头发上的水,露出赤裸的腿和阴部。他这样随便,凤毛有些吃惊,就站起来了。他问:"想走了?"凤毛不知道自己想不想走,她觉得走了可惜不走也可惜。正这样思索着,她的腿已经替她作出决定,在沙发上重新坐下了。她是被动的,也是情愿的。秃头教师挨着她坐下,说:"好,好,你这样就好了。走了多可惜?我们还没有做事呢。你是喜欢听我说话还是喜欢我不说?"凤毛不说话,胡老师自言自语地说:"那我就不说话了。其实我不想说话。"他掀起凤毛的裙子,脱掉凤毛的短裤,把凤毛的两条腿用力地推到凤毛的头上方。这时候,凤毛提出了要求:"不行,你还没亲过

我呢。"胡老师放下她的腿，一脸错愕。他拒绝道："我不喜欢这样。"他略作思考，又怀疑地说："你是个少见的女人，一般的女人在这时候不会提这种要求。"凤毛好奇地问："哪种女人不提这种要求？"胡老师随随便便地回答："就是那种女人。"凤毛懂得"那种"女人是什么样的女人。凤毛很失望，没想到胡老师对女人一视同仁。

凤毛想起以往曾经有过的接吻：平等互爱的吻，缠绵细致的吻，渗入灵魂深处的感动，让她升腾到一个清灵世界，让她入迷地喜欢爱与被爱……她对胡老师说："女人和男人不一样的。"胡老师说："当然不一样，一样的话，我怎么会和你这样呢？"他看着凤毛的眼睛，希望凤毛做一个妥协，但凤毛避开了他的眼睛。是的，她从离婚以来，尽管生活很糟糕，但只要有可能，她就会做男欢女爱的梦，她的梦里有相当部分的接吻的内容，这部分内容对她来说很重要，因为它既隐秘又快乐，相当于一个女孩子躲在暗处觊觎老祖母晒在天井里的古董。

秃头胡老师拿下搭在沙发上的浴衣，穿起来，坐在凤毛的腿边调整呼吸。他意识到，进入这个女人会是一件麻烦的事。问题是，他厌恶大动感情地和一个女人接吻，这是一件无聊的事。绝大多数的男人，二十岁时还会接吻，三十岁开始反感，四十岁开始抗拒，五十岁就彻底不愿与女人接吻了。

胡老师考虑了一下，觉得凤毛还是个不错的女人，看上去很懂道理，在男人面前也愿意被动。于是他伸出手，虚虚地搁在凤毛的大腿上，看上去像要进行一番抚摸的样子，手慢慢地朝上游走，忽然之间，迅雷不及掩耳，他拉下凤毛的裙子，把她的大腿盖住了。这个动作快速得有点可笑，它直白地表示出教师内心的恐慌和放弃的不情愿。凤毛暗自一笑，原谅了秃头胡老师。今天这件事到此为止是最好的。

凤毛走了之后，胡老师来到电话边，几次伸手，最后还是决定给柴丽娟打个电话。他在电话里是这么说的："她多大年纪了，还这么让人麻烦？"

凤毛回来的时候是夜里十一点钟。柴丽娟独自待在阳台上，手里拿着一把鹅毛扇驱赶秋天飞来飞去的小虫。阳台上有几盆花，也许正是这些花招来小虫子。正有些恼着，看见凤毛从新村大门走进来了。凤毛的走姿是紧张的，脸上也有一股暧昧之色。柴丽娟回到屋里去，打开楼梯上的指明灯，弓起身体，从猫眼里朝外瞄着，像一头可爱的猫咪。凤毛走到一楼时就注意到了三楼的灯光，她上到三楼，挨近门边，用指头不满意地戳戳猫眼。柴丽娟朝后一让，仿佛真的给凤毛戳中了眼睛。她打开门走出去，跟随凤毛到四楼的屋子，自作主张地说："菲菲不在家吧？我今天睡你这里，我们好好说说心里话。"

尔后，凤毛和柴丽娟一人一头地睡在了床铺上，开始了一场不成功的谈话。

当然，首先是谈胡老师。柴丽娟问话："哎，怎么样？"凤毛翻了一个身，背对着柴丽娟，这并不是表示她不愿意畅所欲言，而是无言地告诉柴丽娟，出现问题了。柴丽娟欠起身，说："人家刚才给我打电话，说你很麻烦。我不知道你们怎么了。"凤毛闭眼假寐片刻，才说："刚才我到他家里去了。"柴丽娟坐起来拍拍凤毛的屁股，亲热地说："你做得对，喜欢的人马上把他抓紧，一上了床他就逃不了啦，男人过不了女人这一关……快说结果。"凤毛停顿了一会儿，慢悠悠地说："我不知道。"柴丽娟躺下去，惋惜地传达经验："有时候，机会一过就不再来了。这个人虽然没头发，年龄也比你大多了，但他有钱有房，身体也健康，失去他很可惜。你要现实一点。"凤毛说："我从小，我妈就说我是枇杷叶子，今天是这一面，明天是那一面，两面的样子不相同。"柴丽娟说："那你为什么要这样？"凤毛说："不知道。"这回，她是真的不知道。昨天她还很现实，今天又不现实了。不幸的是，今天和昨天一样坚决。柴丽娟换了一样问凤毛："你几岁了？""为什么问这个？""你是三十岁的女人了，三十岁的女人不能要求男人有多称心如意，三十岁的女人能抓到什么就是什么。"凤毛不置可否："哦。"柴丽娟说："你又想马儿跑得好又想马儿不吃草，什么地方有这样的好事？"凤毛还是不置可否："哦。"两个人一时冷了场。柴丽娟掀起被子，说："我走了。我回去睡了。"凤毛一把揪住柴丽娟的睡裤，说："别走。我们说点别的吧。"柴丽娟微笑着，又躺下去。她本不想走，她有一肚皮的辉煌奋斗史要倾诉呢。

下面，是柴丽娟的奋斗史。

从前，有个女人，长着一张粉嫩的讨人喜欢的圆脸。二十五岁时，她嫁了一个老实的丈夫，住在四十多平米的小屋子里。三年后，她还是住在那屋子里。于是，她在小屋子里想，生活不能这么过的。她辞了工作，拿

出所有的存款，跟着一个男人跑到俄罗斯倒腾货物。她刚强果敢。她有赚有赔。最困难的时候，把自己还卖了一回，当时她已经饿了两顿了。那是个外国人，圆胖的脸，两只手像熊掌。说实话，他对她很客气，先是让她吃饱了，还制造了一点小情调，最后出了大价钱，并感谢她的配合，很划算的一件事。

凤毛嘀咕道："罪过，罪过。"

我在家里也和丈夫上床睡觉，他能给我什么？我感觉不到愉快，一个女人，与其与丈夫毫无意义地睡觉，还不如让睡觉变得有用一些。

柴丽娟说这番话时，显得十分坚决，她轻易地为曾经有过的堕落找到了意义。这意义代表了一种力量，却是不正当的力量。凤毛暗暗叫好，但是后来她担心起来了，觉得自己会像柴丽娟一样，柴丽娟的话实在蛊惑人心。她想象了一下：两个三十来岁的女人，一头一个躺在床上，没有梦想，不能骄纵，辛酸地谈着出卖自己的事。凤毛下了床，拿起柴丽娟放在梳妆台上的钥匙，把柴丽娟连人带衣服拽起来，推着搡着，把她推出门。柴丽娟大叫："你干什么？你有神经病吧？深更半夜的。"凤毛说："是，我有神经病。"继续把她朝楼下推，推到门口，打开门，把柴丽娟搡进门里，"乒"地一声关上门，在外面用钥匙锁成保险状态，才解气地扬长而去。柴丽娟还在里面叫："你发神经病吧？"凤毛不理她。

三十岁的凤毛，一朵花还在开放。这世上脑子正常的女人都知道，花容月貌须有好心情维持。女人好心情的条件是：拥有一个好男人，拥有一笔维持日常开销的存款。三十岁的凤毛，早上起来照镜子的时候，总是忍不住地焦虑：本来手上还有一些生活的乐趣，譬如吃好晚饭后一家三口出去散步，拿工资的那天往卡上打进去一点钱。自从离婚以后，这一点点乐趣都没有了，而且看不出目前有什么改善的迹象。有时候，她暗暗地骂姜有根："死东西，叫你离婚你就离了？"姜有根很怕她，她叫他做什么就做什么。

姜有根在厂里搞宣传工作，凤毛是车间里的技术能手。姜有根的头发总是梳得锃亮，皮鞋上一尘不染。凤毛即使在大冬天，也要穿着裙子上班。姜有根的西装全是凤毛做主买的，凤毛所有的裙子全是姜有根熨烫整齐的。他们看上去很般配，般配的夫妻往往会离婚。

两个人的婚姻说散就散了，凤毛除外，所有的人，包括姜有根一时不能适应。

姜有根离了婚以后还常常来车间里找她，有时候悄悄地抱抱她，有时候把唾沫吐到她脸上。凤毛并不生气，姜有根不是个坏男人，他只是无能，脑子也不算好使。这种状况一直到凤毛被厂里"精简"掉才结束，这个消息是姜有根最先告诉她的，他倒是一本正经的样子，不像幸灾乐祸。

唉，精简精简，从字面上可以这么理解：去芜存精，去粗存细。一筐含金的细沙，必须筛去沙子。一块猪肉，要剔出的是肥肉。谁扮演沙子和肥肉呢？当然是沙子和肥肉。

凤毛记得是梅雨季节，外面下着绵绵细雨，空气里湿答答的，到处都有滴水声，各式各样的花在阴暗的梅雨季节里鳞次而开，长长短短的香味在雨中悄然弥漫。忽然就在什么地方，一朵什么花儿浸透了雨水，不堪沉重，"笃"地掉落在地。此情此景，说不出的忧愁。为"精简"这事，凤毛早就惶惑、忧愁过了。今天她有种特别的想法，觉得一定要抓住一点什么，她快被这单调而强悍的忧愁埋葬掉了。她向姜有根张开湿润的睫毛，睁大眼睛，她的瞳孔收缩得异常地小，小而有神，十分迷人。

姜有根不太镇静地问她："你想干什么？"

她说："今天晚上……你来吧。菲菲想你呢。"

姜有根犹豫着："好吧……你还没找到男人吗？"

过一会儿，他又说："不，不行，这样像在开玩笑，以后吧。"

凤毛遭到姜有根拒绝以后，并不生气。脆弱的情绪一晃而过，第二天她就不想与前夫睡觉了。隔了几天，姜有根在车间门口等她，上来搭讪："怎么样，还需要我替你消火吗？"她说："不要了。谢谢你。以后再说吧。"

姜有根很了解她，他说得对，她决定离婚是个危险的举动。事实上也是如此，她要的并没有得到，还存在着另一种危险：可能会今不如昔。

凤毛的长相是说得过去的，她生着小小的骨骼，肌肉略丰，但因为骨骼是小小的，所以这丰满在她那儿就是骨肉停匀。她的行动和说话都是不紧不慢的，稳妥而有味，衬映得这个人像玉一样温润。与之配套，她生着一张小小的白果脸，眉眼干干净净，一张清水白果脸。她自认为不是大美女，但在任何美女面前也不会自惭。这种心理让她心气高了一些，有时

行动便不免骄纵，口气偶尔也会尖刻。她给自己指定的生活是中等偏下的生活，中等偏下的生活就是一套一百平方左右的房子，稳定的家庭生活，有一辆或两辆摩托车，夫妻两个人的月平均实际收入是两千块左右，女儿在好一点的学校里读书，一家三口有能力上上小馆子，可存一点钱，可买一点漂亮的有品位的衣服。具备了以上种种，生活就有了乐趣。

这是凤毛的打算——一年以前的打算。这也是个充满矛盾的想法，因为正像她所说的，她是一张两面颜色不同的枇杷叶子。

她感到内心的信念所存不多了，这种信念的慢慢消逝与容貌渐损一样让她害怕。是的，有很长时间了，她站在镜子前，就感到害怕。镜子里的她和镜子外的她都让她害怕，她发现自己的脆弱越来越不可消除。

这一天早晨，她又站在镜子面前了。"这一天"，就是她到园林里相亲的第二天，星期天。镜子一向是女人最亲密无间的朋友和死敌。女人与镜子结下了不解之缘，她们对待同性的态度也如对待镜子。凤毛站在镜子面前打量自己那张清水白果脸，感觉它黄了，皱了，脱水了。她重重地叹了一口气，声音很响，屋里有回声，回声撞到镜子上，镜子上又吐出来"嗡嗡"的回声。她看看镜子，一错眼，镜子就在那时候突然皱了一下，她吓了一跳，捂住脸半天不敢动弹。

稍后，她梳妆打扮，假装将要做一些很重要的事。她在屋子里游荡着，无所事事。她想不出要干些什么，这让她恐慌。她又穷又年轻，竟然没有事情干了。忽然想起一个人，姜有根，她马上打过去一个电话。她问："你在干什么？"这其实不是一句问话。姜有根在那头气息可闻，暧昧不清地问："你是谁？"凤毛眼前出现一张睡眼惺忪的脸，她有些急迫地说："我是凤毛。前天早上我在路上看到你了。"姜有根说："你有毛病吧？你离了婚的日子不是很好过吗？还来找我干什么？"不容分说地挂上了电话。凤毛看着"嘟嘟"空响的话筒干笑了一声，心中急速地虚构一下前夫床上的风景，心里涌上复杂的滋味。姜有根至少过得还是不错的，比她的境况好多了，他没有下岗，还有了女人，他们这时候还赖在床上。他再也不可能想和她睡觉了。

一受刺激，她想起今天要干的事还不少：

一、放柴丽娟出来，向她讨要胡老师的电话。

二、给胡老师打电话，看看两个人之间除了上床，还能不能干些别的事，就是说，还能不能发展下去。

三、如果她和胡老师能干些别的事，则必定先要到母亲家里去一趟。菲菲从星期五下午就在母亲家里，她必定要去听一听母亲的唠叨。

下到三楼，开了柴丽娟的屋门。屋子里是黑暗的，窗帘紧闭。凤毛先去拉开所有的窗帘，然后坐到柴丽娟的床边，把钥匙和胡老师还的一百块钱放在她的床头柜上。

"什么时候了？"柴丽娟从被窝里探出睡得毛毛的头，说，"咦，你打扮得这样干什么？还涂了口红？"凤毛垂着眼睛说："你把胡老师家里的电话号码告诉我，我还是想和他联系一下。"柴丽娟赶快从被窝里坐起来，夸奖凤毛："哎哟，你真像我，不屈不挠的。"凤毛转过头去不看她："还不屈不挠呢，自己怎么当了香港人的二奶？"柴丽娟眼睛一亮："你想听？晚上早点回来，我讲给你听。"凤毛说："不想。我不想听你的堕落史。"柴丽娟叹了一口气，拎起电话，嘴里嘀咕："算了。还是我给你打吧……你别去丢这个人。"

柴丽娟开始打电话："喂，大学问家。你在干什么？你在做家务。做什么？告诉我嘛……拣菜？你怎么干这个？凤毛等一会儿过来，你都交给她干好了……别客气，我们也不想求你什么，反正她有空。她是我派去帮你忙的，谁让我是你的表妹呢？好了好了，你不接受我的帮助，我要生气的。"说完她就挂了电话。凤毛在她的脸上亲了一下，低低地说："好厚的脸皮！"柴丽娟说："你要多多磨炼自己，让脸皮越来越厚。喂，你要走了？今天晚上别让菲菲回来，我讲爱情故事给你听，好浪漫的。你知道吧？现代浪漫的爱情纯粹就是体力问题。体力好情绪才好，情绪好才能感受到浪漫的情调。"这一次，凤毛真心地赞美她："你懂得真多，与你比起来，我就是一个傻×！"

过后不久的另一时，凤毛坐在了母亲家里，在桌子上帮母亲包馄饨。母亲头上梳了一个髻，髻上插一朵金黄的小野菊。她端坐在凳子上，脸上没有表情，两只手稳当地配合着包馄饨。但凤毛还是能感觉到母亲内心的

烦躁和一触即发的怒气。母亲年青时是个娴静的女人，不知不觉地变成一个又犟又爱唠叨的女人，近年来，更是进了一步，学会了羞辱自己和咒骂别人。自尊心很强的样子，却建立在毁灭自尊心的基础上。她是个奇怪的女人。

果然，母亲开始发话："隔壁弄堂里的小王夫妻两个，离了婚。小王搬走，小王老婆带着儿子住在这里。小王的情况我不清楚，可是小王老婆的情况我是知道的，她找了一个又一个的男人，带回家来睡觉，男人都补贴她生活费，还给她做家务——她跟做鸡的有什么区别？最奇怪的是小王，外面转了一圈又回来了。两个人也没办复婚手续，就这样住着。小王看见我们说，他也是没有办法。小王老婆看见我们也说，她也是没办法。你说这是什么样的世道人心？滑稽不滑稽？以前的人没有这样的，再穷再苦也是要体面的。就说你妈我，你妈我不是一个好东西。虽然我不是一个好东西，但是我也从来不屈服。妈四十二岁那年的冬天，早上五点，失去了你爸……我也一个人硬挺着过来了。不接受男人的施舍，少享点福罢了。要说现在的人，真是与我们那时候不同，以前的人，到人家家里去喝茶，走之前要把茶杯朝桌子中间推一推。以前的人听评弹的时候，从来不敢大声说话，吃宴席的时候，也不能大声喧哗的……你怎么不说话？"

凤毛说："我只听你说小王小王，耳朵里灌满了小王。"

"那你说。"

"我不说，我喉咙有点哑。"

"你感冒了？吃点药。"

"没有感冒。我不过是夜里和三楼的柴丽娟多说了话，早上起来喉咙口就窸窸窣窣地疼。"

"柴丽娟？就是那个香港人包的二奶？她是个精神空虚的女人，又无聊又俗气。你知道吧，这种女人就是鸡。"

"她给我介绍了一个对象。"

"她介绍出来的没有好货，你别上当。"

"我这种条件，只要有人介绍，就要去看。不然的话，也只能去当鸡——当鸡也卖不出价。"

母亲提高了声音，说："毛毛，你要坚强一点。"

凤毛扔掉手里的一只馄饨，几乎叫喊起来："我不想坚强。"她拿了自己的手提包，感觉到手在颤抖，她放低了声音说："我坚强不了……我走了。"

母亲站起来担心地问她："你到哪里去？"

"我到柴丽娟介绍的那个人家里去。"

"你不要去看……好吧，你实在想去就去吧。那个人条件怎么样？"

"那人比我大一岁，一头浓发，身高马大，一个月的收入有四千块，还肯养我和菲菲。有一大群女人争着嫁他，女老板、电影演员、大家闺秀，我是最差的一个。"凤毛说完就走。

母亲在她身后激烈地叫喊起来："你和我怄气有什么意思？你总是和我怄气，啊？"

凤毛神魂未定地到了胡老师的家里，坐在那只沙发上，喝了一杯又一杯的水。她眼神发亮，面色潮红，有点让胡老师想入非非。胡老师仅仅是想入非非，并没有付诸行动，想起昨晚的一幕，他有点怕凤毛。

凤毛也在怕胡老师。凤毛一看胡老师的神色心里就有数了，这一次，她心里咬定主意不妥协，这是能不能产生感情的关键。没有感情的男女在一起是不幸福的，这就像一加一等于二那样清楚。她喝到第三杯水，抬起眼一瞧，胡老师已经拿着一根牙签在剔牙了。她站起来说："我来给你拖地板吧。"胡老师也站起来说："那好，那好。我付你劳务费。一次三十块。"凤毛笑着说："太多了吧？人家劳动一次是十块或者十五块。"胡老师说："不多不多。你这样的身份付得再多也不多。"凤毛的鼻子略略酸了一下。然后，她愉快地去找抹布、拖把、"碧丽珠"、"洁厕精"等。胡老师已经吃过饭了，她不好意思提吃饭的事。她饿着肚皮足足做了整个下午，才把胡老师的三室一厅收拾干净。这期间，胡老师听着评弹，一边听一边在沙发上小憩。五点过后他就去热中午吃剩下的菜，然后他招呼凤毛一起来吃。他吃着饭，若有所思地对自己一个字一个字地说："明——天——要——上——班——了。"说完他拿眼睛瞄准了凤毛。

凤毛想，算了，他如果还想要我的话，我就依顺了吧，别管那么多了。刚这样想，心里又出来了另一个声音：不行不行，我不能马马虎虎。

胡老师先吃好饭，他到里屋去忙一番，出来时面目一新：白T恤，米

色长裤，一双白球鞋。他的心情显得好极了，走到凤毛的背后，两只手轻轻地搂着凤毛的两肩，拿着架势说："凤小姐，请你陪我到秀园去听评弹好吗？"凤毛回过头，脆生生地答应："好啊！"声音如此之脆，把她自己都吓了一跳。胡老师接下来的举动令她十分失望，胡老师从裤兜里挖出钱包，从里面掏出三张十元面额的人民币，说："这是你今天的工钱，以后你每个星期六或者星期天到我这里来打扫卫生。你拿着吧，没有什么不好意思的，这是劳动所得，干净钱。"凤毛想，如果她执意不要的话，胡老师会有想法的，会认为她别有所图而中止和她往来。

她接过三十块钱，心里不高兴，嘴里称了谢，洗了碗，和胡老师双双走出门，来到大街上。旁边有个男人，她感觉良好。风清爽可爱，所有的人也清爽可爱。感觉良好的事还有：胡老师把她拉到"的士"后座上一起坐下，还对她说："凤小姐，我喜欢评弹。你喜欢吗？"凤毛说："不是太喜欢。"胡老师闭上眼睛，把头靠在后座上，说："我喜欢评弹，喜欢干净，喜欢漂亮小姐，还喜欢吃红烧肉……我不喜欢白居易的诗，不喜欢外来民工，外来民工把这个城市的整体文化修养降低了……凤小姐，我也不喜欢柴丽娟，这一点我不得不告诉你，因为我还想和你继续结交下去。"凤毛听了他那么多的不喜欢，慌得赶忙表态："我也刚刚和她交往，我也不是和她太好。"她心里一动，暗想，我真是个不要脸的女人啊！

秀园，明朝后期建筑，据说是一名富商为其表妹所造。表妹叫"秀"。秀表妹住进园里仅一天，就在园子中间的莲花塘里溺死了。她溺死的这天，富商正派人将婚庆大典用的礼单送给她过目。秀死后，事情的真相才渐渐显露出来：她有意中人，是个穷秀才。这件事除了她的丫鬟，几乎没人知道。秀不说，因为她知道不可能。就在她住进园子里的当天晚上，秀才从墙上爬了过来。丫鬟说，他们两个人藏在秀的闺房里，一直说着话，不知说了些什么。后来，房门开了，秀挽着秀才的手，把他大大方方地从正门送了出去。秀死后的某一天，秀才的尸体也从荷花塘里浮出来了。门房一个劲地对天发誓，说他看门很严的，哪怕是苍蝇，他也从来放母的进去。那秀才一定是翻墙头进去寻死的。

秀的寡母盼星星盼月亮，盼着女儿过上好日子，她想不通那秀才凭什么拆散一件好事，她也想不通女儿怎么会喜欢那个秀才。秀才性情古怪，说话尖刻，全世界都像欠着他的。她想不通的事情大家也想不通，后来，文人把这件事编成曲目在秀园里唱，富商和秀的寡母成了面目可憎的杀人犯，更让人想不通。

秀园里死了一对鸳鸯，怨气就重，有许多传说。凤毛和胡老师到了园子里，戏台搭好，演员还没到。两个人坐在河边的紫藤架下，面前的河就是昔日的莲花塘，河水依旧，莲花不再。夕阳已下，落霞还在西边的天空上徘徊。"落霞落霞"——这是从太阳那里掉落下来的云霞。落霞转瞬就燃烧完毕，剩下满天空的黄昏。黄昏就是昏黄，昏黄的光线柔和地垂在黑夜的额前。黑夜快降临了，风里有点凉丝丝的，是从黑夜紧闭的大门里放出来的。

凤毛和胡老师这一次挨得很近，胡老师还是拿着他那把扇子，一下一下地轻摇慢晃，给他自己扇脖子里的汗。凤毛从小就住在这一带，以前住的是平房、大杂院。后来大杂院拆除了，造了高楼，作为老居民她又回迁了。她开始对胡老师讲她从小听来的关于秀园的故事：秀园的夜里，经常会有奇怪的事情发生，红灯笼自己在空中走动，鸭子会突然从荷花塘的水底下冒出来……有人看见，一只癞蛤蟆被一根细红线牵着满地跳……

胡老师沉静地说："我是个无神论者。"

凤毛便低下头，不好意思再说下去。在胡老师面前，她连抱怨都不敢，她害怕胡老师不讲理由便弃她而去。这和她对待姜有根是一样的。

胡老师等着戏开场，凤毛再一次陷入无所事事的境地。她回过头去想刚才自己说的那些传说，心里不觉艾怨起来，这艾怨是不牢靠的，像风一样抓不住。她转头去理会园子里的花花草草。秋末的花草，全都疯长，看似旺盛，却没有春天的鲜润，遍身笼罩着灰败的气息。可以预测到一场秋雨来临后，它们会呈现怎样的狼藉。她放弃了花草，又去看别处：这些屋子，这些花径，在夜深人静的时候，会不会响起轻轻的脚步声？凤毛的眼睛随着心恍惚了一下，她看见石榴在秋天里熟了，垂得很低，像爱情中的人，沉思而谦虚，恍惚而敏感。石榴树下有一丛金黄色的小菊花，开在绿草中间，明亮得像一种假象。那边还有一株丹桂，开着熟鱼子一样的花，在这座清雅的园子里显得格外地"荤"。

凤毛的心里霎时充满了忧愁一样的渴望。

荷花塘对面，戏子在舞台上开始唱。凤毛把手朝胡老师那边探过去，

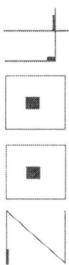

坚决得绝望。她的脑子里有片刻是真空状态，她不知道把手伸到胡老师的什么地方了。但她知道胡老师把她的手捏住了。胡老师在犹豫，终于他拉起凤毛的手，说："你家近。我们到你家去吧。"

凤毛尽量让自己显得有经验，他们是走回去的。凤毛一路上用手安抚着胡老师，让他感觉到这一次的男女之欢是舒服的。他们悄悄上了四楼，进了门，不打二话，胡老师就把凤毛推倒在沙发上。这只沙发比胡老师家里的小，但也足够一对男女使用了。然后他慢悠悠地收起纸扇子，放在桌子上。做好这件事后，他才开始脱自己的裤子。程序和第一次一点不差：胡老师掀起凤毛的裙子，脱掉凤毛的底裤，把凤毛的两条腿用力地压向头前方。凤毛的心里喊叫着："亲我！亲我！"她闭上眼睛，准备什么也不想。正在这时，电话铃刺耳地响起来。电话就在沙发边的小茶几上，凤毛赶紧拎起电话。

"喂，谁呀？"她惊惶地问。

"凤毛啊！"是柴丽娟，"你回家了？我打了你好几个电话没人接。我上来吧。"

"不，不。不要。"凤毛赶紧拒绝。这时候，胡老师放下了凤毛的腿，直起了身体，眼睛看着他搭在沙发上的裤子。

柴丽娟还在那头说："你怎么了？不舒服？我有一件事要告诉你。不过，你先告诉我，你和胡老师下午搞得怎么样了？有没有进展？"

凤毛期期艾艾地说："还可以……马马虎虎罢。"

"你听好了。我有一个同学，就在我们地段派出所里，姓董，也许你见过他。他今天给我打个电话，说派出所旁边，有家卖烟酒杂货的小店，店主生了重病，想把小店租给别人开。小董问我要不要租下来，我一想就想到了你，就替你答应了。租金很便宜的，离家也近，就在秀园的西边。你从东向西走，过秀园，看见第一家烟杂小店，就是它了。"

胡老师的眼睛从自己的裤子上转过来，俯身观赏凤毛的大腿。凤毛放心了一些，她不想放弃胡老师，也不想放弃柴丽娟说的那家小店。

"好姐姐，你长话短说吧。"她不耐烦地催促柴丽娟。

"我都替你想好了。你要租小店，必定要一笔启动资金，不多，最多一万吧。你不是说搞定了老胡吗？我知道他有钱，你去问他借，他不会拒绝你的。"

"好的。我知道了。"

凤毛放下电话。胡老师欣赏了凤毛洁净的大腿，突然变得兴致勃勃，他把凤毛的腿再次压向正前方，还关心地问："谁给你打电话啊？"此时，凤毛的脑子里完全被那家小店占据了，她利令智昏地对胡老师说："胡老师，我想跟你借一万块钱。我会很快还你的。"

胡老师的反应非常之快，他放下凤毛的腿，就去拿自己的裤子。他把自己穿戴好，打开扇子，坐在凤毛的腿边给自己的脖子扇风。他对凤毛说："在这种时候，你向我提出借钱是不道德的。"

凤毛在沙发上穿上裤头，拉下裙子，光着脚在地上四处找鞋子。她觉得胡老师说得对，她完全像个不道德的女人。她的眼泪掉在地上，清晰地"吧嗒"一声。

凤毛把胡老师送出新村的大门。在大门口，她向胡老师道歉："胡老师，真对不起。今天借钱的事你就忘了吧。"胡老师说："没关系没关系，你也别放在心上。你别送了，我还要到秀园去，那里要唱到十点钟呢。凤小姐，再见。谢谢你今天陪我看戏。"

凤毛看着他的背影，有一件事她百思不得其解：她为什么不痛痛快快地叫胡老师滚开？为什么还要像个颇有学问颇有肚量的人一样，送他到楼下，客气地道再见？

夜里，凤毛做了一个梦：

一个洁净的下雪的日子，凤毛躺在床上，满心里喜欢，因为她的身后躺着胡老师。胡老师的手规规矩矩地搂着她的腰，嘴里呼出温暖而湿濡的气息，像玻璃上迷蒙的水汽。凤毛感觉到胡老师的气息喷在她的后背上，后背一阵一阵地温暖。窗帘没有关上，窗户就像一张豪华的屏幕，两个人在屏幕上观赏外面的雪景。此情此景，一派安详纯洁。男女之情，在这时候不多也不少，是女人需要的。

只是雪下得有点奇怪。雪下得很谨慎，一团一团，沉重的分量，在空中连绵着朝下坠落。它在窗户的一半处，分成两种动态：上面一半，雪缓慢地飘落，漫天的大雪花缠绵温存地充塞了空间，像有什么喜事快要到来

了；窗户下面一半，雪急速地向下坠落，快得令人心悸，它的速度让人感觉到下面是一个无穷无尽的深渊——一个充满危险的深渊。

凤毛看着这两种景象，一会儿喜一会儿愁，心里忙得不可开交。她喜欢窗户上半部分的喜景，虽说是虚妄的，但能让她感到目前的生活是安全的，有保障的。

凤毛醒了过来，雪景不见了，她对着空荡荡的窗户发出一声假假的笑声。这不是个纯粹的性梦，是一个巧妙掩盖了需求真相的梦，它的完美之处在于：性和金钱被好运气不露痕迹地撮合了。可惜这是假的。

今天是星期一，这两天凤毛忙坏了：星期五她到超市去找工作，星期六她去相亲，星期天她到胡老师家里去干活并赚了三十块钱。菲菲还在母亲家里，她不放心，她要在菲菲上幼儿园之前去看看她。

她先给柴丽娟打了一个电话。柴丽娟在电话里说："你烦死了，这两天我每天一大早就被你吵醒。"凤毛说："姐姐，我是有重要的事找你商量。那家店我想承包下来，钱你先替我垫着，利息照算。你不要拒绝我，我是个没本事的女人。"柴丽娟叹了一口气，说："好吧。我知道你这么早找我绝没有好事。不过，亲兄弟明算账，利息照银行的算，你一分钱不能少我。"凤毛心中略感轻松。

到母亲家，母亲看见她，说："你怎么又来了？菲菲已经上幼儿园了。"

她知道母亲上菜场的时候就把菲菲送走了，她一声不埋怨，连忙又朝幼儿园里赶去。时间太早，整个幼儿园里静悄悄的，凤毛的乖乖女孩儿一个人坐在小小班的教室里玩积木，她决定不进去打扰了。

凤毛走出幼儿园，看见一个刚刚发育的女孩子，手里拎了一只食品塑料袋，塑料袋里装着生煎馒头。这女孩子穿一件布睡裙，洗得又旧又软，像质地很沉的丝绸。她疾步而走，睡裙里面的两只小乳房还无法戴胸罩，硬挺挺地凸现在睡裙上。凤毛心里一酸：她的菲菲需要她花多少心血才能到这个时候？

她一瞬间差点崩溃。

接下来，她按照柴丽娟说的方向，去找那家烟杂店。她从西边的大马路上走进巷子里去，先是看见派出所，再看见烟杂店。小店关了门，门板上方歪歪扭扭地用红漆写着：勤奋烟杂店。红漆已褪色，更显得这家小店冷冷落落的。烟杂店过去，不远处就是秀园。秀园的门前大院里，一东一西，相对开着两个过路的圆形边门。东边的门套着西边的门，像一模一样的两个月亮。穿过两个边门，再向东边的巷子里走，走不远，穿过巷子，就是凤毛住的新村。

凤毛在派出所、小店和秀园之间来回走了几趟。以后，这条路就是她每天的必经之路。她不能走别的路，走别的途径，要绕很远的路。

她这样来回地走了好几趟，以便确定这路上没有危害她的东西。当她再次走过派出所门口时，引起了一个民警的注意，这民警骑着他的摩托，刚到单位。他把摩托车推进院子里，回过来，职业性地从头到脚打量凤毛，不客气地问她："你找人吗？"凤毛突然想起柴丽娟讲过，她的同学在这家派出所里，姓董。她问这个对她好奇的民警，派出所里是不是有一个姓董的警察。那人说，他就是，董长根。董长根说完又进院子里去了，他看到他的摩托车在漏油。

凤毛看见董长根就忘了胡老师，所以胡老师将从我们这里暂时销声匿迹。董长根和姜有根，两个人的名字里面都有一个"根"字，此根不是彼根，人家是什么人？趾高气扬，说着行话，腰里藏着小手枪。身上的气息是汽油混合着油墨。

凤毛的脸自作主张地红了。她不敢有所表示。

她隔着院子的栅栏和董长根平静地唠家常："柴丽娟说你是她的同学。"董长根蹲在地上头都不抬："哦，是的。这么说来，你是想承包烟纸店了？这里生意还是有的做的，首先我，香烟全在这家小店里买。"

董长根举起两只脏手走出院子，对凤毛说："裤子左边口袋里。"凤毛伸手到他左边的裤袋里掏出一串钥匙。董长根命令她："跟我来。"到烟纸店门口，又命令她："开门。"门打开，是一个短而窄的过道，仅容一人侧身通过。过道底侧着一个小口子，从那小口子里面进去，是一间十平方大小的房间，用货柜一隔为二，后面放着一只小桌子，小桌子上摆着碗筷之类的东西，角落里放着一只痰盂，还有一个水龙头和水池子。前面就是做生意的门面。

董长根在水池里洗了手，领着凤毛到店面上去察看。

这董长根是派出所的副所长，店主发病的那天晚上，正好是他值夜班。店主是个老单身汉，巧了，就姓单。单身汉老单家里只有一个七十岁的妈和一只老猫。董长根把老单送到医院里，挂号、拿药、拍片、送急诊

病房，大大忙碌了一阵。他与老单原本不熟，因为买烟的缘故，成了老熟人。生了重病需要休养的老单把店铺的钥匙交给他，说不靠爹不靠娘，请共产党给他找一个店铺承包人。

董长根说完了必要的交代，就专注地看着凤毛。这个女人干净、谦虚、坦然，一看就是规矩人家出来的。这个城市有许多像她这样的女人，生活困难，规矩，心里有一些打算。他朝凤毛笑一笑，凤毛不知道他为什么笑，也向他笑了一笑。和气生财，她是懂的。

董长根问："你中午吃什么？"

"炒素、青菜和蛤蜊汤。"凤毛说。

"那我到你这里来吃吧。"董长根说。又说，"不行，被别人看见了，以为我和你勾搭上了。"

听了这句话，凤毛就不说话了，她不是个粗放的女人。

"你前夫和你还有往来吗？"董长根问，"不是好奇，只是随便问问。"

"没有往来。"

"真可惜。你多会烧菜啊。我那位只会做炒鸡蛋。"

以上一席对话是在凤毛和董长根之间进行的，他们刚认识了两天，已经熟悉到能这样说话了，可见他们是投缘的。星期一，凤毛去看了店铺，星期三早上八点钟，她就去做买卖了。下岗后，她给人家看守过五金商店，对买卖这一行并不陌生。移接交手续办得很快，押金、半年的房租、库存商品的盘点、进货渠道的安排，有董长根在里面斡旋，凤毛觉得少了不少麻烦。

但麻烦还是有的。星期三，也就是凤毛工作的第一天，晚上八点刚过，天上飘着雨丝，凤毛看看巷子里渐无人迹，就落下门板准备回去。菲菲在柴丽娟那里玩，她要早点回去把她领回来。

她在店里略略收拾一下，拎起手袋，关上店门就走了。巷子里从东到西亮着几盏昏黄的灯，灯光里纷乱地飞着小虫一样的雨丝，雨丝带着闪烁的光芒，像另一种狂乱的灯光。她一出门，就看见秀园那两扇笔直的开在路中间的门洞。从东边的门看到西边的门，两扇门之间就是秀园的大院子，里面黑黝黝静悄悄的，让人想入非非。

现在起风了，风刮过巷子两边的墙头，把粉墙里面的树摇得呼啸不止。小雨中的风有些凉，隐隐约约让人感到冬天的气味。凤毛慢慢走近秀园边，她从两扇门洞望出去，看到对面的巷子里杳无人迹，一盏路灯亮在那里的第二扇门外，黄着脸不怀好意地引诱她走过院子，这院子在夜里就变成了诡谲的深渊，深渊里头有着历代的孤魂，秀和她的秀才就浮在众孤魂之上。

凤毛回过头看看，身后的巷子里也杳无人迹。只有一株不知名的植物长在粉墙的砖缝里，开着黄花，在风里活了似的拼命摇摆。她一咬牙，走进门里面，刚想继续前进，她的心莫名地狂跳，脚也不听指挥地连连后退。退出门外，定定神，再一咬牙，冲了进去。她勉强让自己睁开眼睛看看四周，其实这园子里的景物都是她熟悉的：南边的四棵花树，北边的铆钉大门；大门外守着两头石狮子，一雌一雄；雌的手里抱着一头小狮子，雄的手里玩一只圆球。这里丝毫没有怪异的东西，丝毫没有威胁她的东西，她还是万分害怕，忍不住"啊"的一声惊叫，回身就跑。向西跑出小巷子，走到灯火辉煌的大马路上，她的心情才渐渐平复下来。

这天她走了一段很长的路才到家，到家里快十点了。柴丽娟不满意地对她说："你做的是白天生意，一过吃晚饭的时候就不会有什么生意了，你以后还是早点回来吧。我是你用的保姆吗？"凤毛一手抱了菲菲，一手摸摸柴丽娟的脸蛋，感觉到她的脸上火烫一样，就说："你吃了火药啦？"柴丽娟"哼"了一声，说："今天我给他打电话，我叫他来，他不肯。难道说我靠电话就能过日子吗？我迟早要找个姘头。"凤毛安慰她说："算了，你怎么想不开了？你还有个男人呢。我还没有呢。"柴丽娟气呼呼地说："我是二奶。"凤毛说："管它是二奶还是三奶，我还想找个人把我包掉呢……"柴丽娟说："你开玩笑吗？这条路不好走。我这样本事的女人还过得有气无力的，你就更不用谈了。"凤毛说："你告诉我哪条路好走？你看我吧，不会有什么好下场。"柴丽娟吃惊地朝凤毛瞪大眼睛："你怎么这样说话？不怕老天爷遣雷打你？凤毛，人受到打击时要挺起腰杆，像我这样，看……"

凤毛抱着菲菲上楼，淡淡地扔下一句话："我挺不起腰杆。"

柴丽娟"哧哧"地笑起来。

这是凤毛碰到的第一个麻烦。她不是个胆小的女人，想不通自己为什么对秀园的大院子感到莫名的害怕。这是一个无法对人言说的麻烦——她认为是一个女人的麻烦。女人的麻烦很多，包括月经、长头发、高跟鞋、菜场、妒忌、胆怯等等。

夜里，情绪紧张的凤毛又做开了梦。

她在秀园里，站在绣楼上。陈旧不堪的绣楼，是秀曾经梳妆过的地方——不会超过三次，夜里住进去时一次，第二天早上一次，投水前一次。投水前她肯定会做一次，这就是长发的麻烦。屈原屈大夫也是长发，他投水前不会梳理头发，他满腔悲愤化作惊心动魄的吟哦。绣楼上的窗子挂着薄如蝉翼的竹帘——这是个象征，因为从这竹帘里望出去是一览无遗的，却比什么都不挂更含有某种意味。从绣楼上看下去，大门外是青石板的巷子，大门是关着的。她听见大门外有人呼唤她的名字："凤毛，凤毛。"一个陌生的声音。

她去开门。开门的时候，她走过一段非常复杂的路。走过的路计有：青石板路、鹅卵石路、土路、碎石子路；她走过的桥计有：拱桥、曲桥、直板桥、廊桥；她看见的屋子计有：正厅、轿厅、卧室、闺房、偏房、书屋、饭厅、米仓；她看见的花草树木数不胜数：柳树、桂树、银杏、石榴、桃树、蜡梅、芍药、紫藤、竹、兰花、书带草……都是一些具有妖娆姿态的树木花草，是可入诗入画的。

她终于走到大门边，门开了，她首先看见是一个静悄悄的略略透光的夜，昏黄的路灯亮在那儿，不怀好意地觑着脸。她把目光移到呼唤她的那个人脸上，她看见了谁？她看见了另一个凤毛。

她大吃一惊，赶快往回跑。董长根坐在她曾经坐过的那架紫藤架下面，呆乎乎地看着面前的河塘。她看见了救星，忙不迭地喊着董长根说："救命。外面的我在找我。"董长根站起来说："我去把她赶走。"

凤毛做完这个梦就醒了，浑身吓得汗淋淋的。她不知道董长根要把谁"赶走"。也就是说，那个将被赶走的"她"到底是谁？她想起小时候，有一个邻居阿姨会详梦。她也是个特别奇怪的人，她只给女人详梦，人家说她给男人详梦就不准。譬如说有一个男人和一个女人做了同一个梦：在什么地方大便或者小便。她对那个男人和女人都这样说："不出三天，你要破一点小财。"三天中间，女人必定失财，男人却好好的。这个会详梦的女人很不幸，她的儿子溺水而亡，丈夫怪她是克死儿子的命，无论如何跟她离婚了。她到晚年时，经常到小菜场去捡菜皮吃，一边捡一边对自己说："世界上的菜，最好吃的是菜皮。"这里，谁家女人埋怨丈夫让自己受穷，别人就对她说："世上的菜，最好吃的是菜皮。"意思是叫她知足。

凤毛试着给自己详梦。在这个过程中，她有些厌烦自己，没有足够的理由，就是厌烦自己。头晕、恶心、腹胀、眼花，既像妊娠又像醉酒。

那为什么梦见董长根呢？她再三拷问自己，她对董长根有没有什么非分之想？拷问结束，回答：有。

星期四，凤毛上班的第二天。一大早，董长根不知从什么地方冒了出来，戴着一副墨镜，倚在柜台上，眼睛在墨镜后面直勾勾地打量凤毛。凤毛说："我昨天下午没看见你。"他说："我带人执行任务去了——区局里的任务。你昨天晚上什么时候打烊的？""八点半吧。""有没有坏人跟踪？""谁来跟踪我？我这种人，一没钱二没色。""谁说的？你是个漂亮女人。漂亮女人就是最大的资本。""我不相信你说的话……你不要和我说话了。""不行，我一定要缠着你。"

这是凤毛认识董长根的第四天。他们认识了两天就肆无忌惮地说一些话了。

有一点凤毛是清楚的：董长根对她有"意思"，为此她感到高兴。同时她又很奇怪，董长根喜欢对她说一些意味深长的话，除此之外，他显得非常谨慎。看来，他更愿意用语言引逗凤毛。

董长根和胡老师不同，他不是容易被女人惊吓的男人，他对女人有一种指挥权，这种指挥权来自他身上淡淡的烟草味，来自他身上隐约的汽油味，还来自职业所形成的肃杀之气。他做事和说话都是不急不躁的，仿佛成竹在胸，对这个世界已经掌握了许多。

凤毛对他持观望态度，她认为自己还是个具有"道德"的女人，虽然胡老师曾经在这方面否定过她。如果董长根直截了当地勾引她，那她会毫不犹豫地对他说："我不是那种女人。"但接下来怎么办呢？接下来一切听天由命吧！如果董长根穷追到底，她决不想当一个意志坚决的女人。

董长根并不想考验凤毛的意志。凤毛不知道，他对待女人的态度从来如此，不逾规，只是调笑。如果你不情愿，他就马上正儿八经地对你，也不会记恨你。凤毛更不知道，这一阶层的男人大都采用了这种态度，他们基本上是功成名就，家庭事业双丰收。但他们心中有一块地方是焦虑和空虚的，经常性地需要用柔软的东西抚慰一下，调情或调笑是一剂最有效的强心针。这剂强心针还有一个好处：绝不会带来危险，譬如抚摸一下猫的毛皮，有谁见过抚摸猫咪带来危险吗？

董长根还在问："你有一个女儿叫菲菲吧？你回去这么晚，放在谁家里？"凤毛说："放在柴丽娟家里。"董长根说："给我拿一包烟……柴丽娟这个人心地是不坏的，但你最好不要和她搞在一起。"凤毛想，为什么男人们对柴丽娟表面上都是客客气气的，背地里却不允许他们的女人和她往来？凤毛说："我知道了。"董长根再一次意味深长地看看凤毛，对凤毛的顺从表示高兴。他抽出一根香烟，叼在嘴角上，这个无意中的姿势突然深深打动了凤毛，于是凤毛讲："我昨夜里做梦梦见你了。"董长根已经朝所里走去了，他们说了许多话了，调情该结束了。所以他头都不回地说："梦里头我没对你干什么吧？"凤毛听出来这并不是一句问话，不需要回答。她定下神来仔细回想董长根的言行举止，觉得他有点不可琢磨起来——男人和女人一样也有不可捉摸的地方。

但在董长根那一边，事情就是明朗的。他一本正经地抽着烟回到所里，这个地段是一个太平的地段，除了居民的自行车经常被外来民工偷窃外，一年到头，地段上不大有恶性事件发生。只是最近，区里搞大规模的拆迁，工地上常有外地民工打架斗殴小偷小摸的事发生。当然他也有忙的时候，那是区局常有任务派下来。区局的一把手常说："董长根呢？叫董长根过来。这家伙！"每次任务他总是完成得很好，从不拖泥带水。他坐下来，眼睛落在玻璃板下面，他的老婆和儿子正互相搂着头颈冲着他笑哩。他在这儿忘了凤毛，他有他的工作和家庭，凤毛不过是一个渴望受他保护的小女人，在他的生活中，他不止一次地碰到过这样的女人——都是些好女人，他和她们之间从来就没有发生过不可收拾的事情，一男一女调调情是无伤大雅的。

到中午，董长根走出派出所的院子。这时候，他又想起凤毛了。他站在大门口朝凤毛的小店望去，看见一个身材矮小的男人两只手撑在柜台上，不停地要凤毛把柜子里的东西拿给他选择。柜台是低低的，空间又小，凤毛每次拿东西的时候总要弯着身体，头偏向一方，这是个委屈的受难的姿势，让她显得紧张而局促。她的清水白果脸再也不干净了，脸上面红一块白一块，额头上水汽氤氲，像被酷夏的太阳晒了半天。

那个矮小的男人嘴里说着话，两只手撑着柜台，两只脚也不闲着，不停地在地上动来动去，很激动的样子。董长根看在眼里，不动声色地走过去，一把揪住那个男人的领子，那男人回过头，一看是个警察，二话不说，挣脱董长根的手就向秀园方向跑走了。

"是个外地民工，也许是个'踩点'的小偷，这两天你要当心一点。"董长根关照她，很真切。

凤毛说："我不怕他，他比我矮呢，看上去一米六还不到。胳膊也没有我粗。"

董长根说："这种体型犯罪的不在少数。"

"你也不喜欢外地人？"凤毛想起胡老师曾经对她说过，他不喜欢柴丽娟，不喜欢白居易的诗，不喜欢外来民工。

"不能一概而论。"董长根回答。这个回答很称凤毛的心，因为凤毛总是认为自己比外来民工好不了多少，基本上也是属于劳苦大众一类人。她喜欢董长根的宽宏大量。女人喜欢男人宽宏大量。

她问："你午饭吃好了没有？"

董长根已经低头钻进屋子里了，他把桌子上的菜一样一样放到鼻子边上嗅，嘴里说："啊，好香！好香！"却一直站着，并没有打算坐下来。

凤毛敦促他："你坐下来吃了再走。"

董长根说："不行，这是违反纪律的。"他说着就朝外面走，凤毛跟在他后面，想不出挽留他的法子。两个人在窄小的过道里一前一后地走，靠得很近，引得凤毛起了贪婪之心，她目不转睛地打量前面那个高大敦实的肉体，突然涌起一个冲动：这个男人是属于她的，他会给她提供所有的一切。所以，为了这个，她一定要亲近他。

她从后面伸出手，拦腰抱住了董长根。

董长根愣在原地不动，嘴里说："哎呀，你这个人胆子好大哟！"他用手轻轻地拍打凤毛的手背，客气地、理性地，所以，凤毛的手只好落了

下去。

凤毛有些着急，说："你到底对我怎么样嘛？"

董长根不说话，留了长长的一段空白给自己和凤毛，然后他感觉良好地说："凤毛，我要你怎样就怎样。"

凤毛问："怎样？"

董长根说："不要怎样，和以前一样。你想想，我们能怎样？"

凤毛想，董长根的话是对的，也是错的。她现在只能认为他是对的。她把董长根送出门外。昨天夜里下了雨，今天的空气里一股湿润的气息。凤毛眯起眼睛，目送董长根朝巷子西面的大马路上走去，她看看空空的天和空空的巷子，心就像在某些夜里一样，寂寞得无以言说。

她回到小店里，饭菜原封未动地摆在那里，她斜着眼睛瞥了它们一眼，一点食欲也没有，坐在那里，不知道心里该想些什么。所幸的是，秀园里来了一支旅行团，一些游客向她的小店奔过来，买烟或饮料。她顿时手忙脚乱，把刚才的事抛到了脑后。

下午，凤毛看到柴丽娟从派出所的大门里走出来，董长根送着她，两个人说说笑笑，一起朝凤毛的小店走过来，看上去一副郎才女貌的样子，凤毛心里又是一荡：最令人心疼的就是这类男人，和每一个漂亮女人都能郎才女貌。董长根来到小店，拿了一包烟就走了，对凤毛笑着说："刚才忘记拿香烟了。我心情一激动，就会丢三落四。"凤毛知道他在影射什么，脸红了。

柴丽娟看看董长根的背影，再看看凤毛的脸色，开玩笑地把脸凑近凤毛的脸，仔细地观察凤毛的眼睫毛，她还用手去碰碰凤毛的眼睫毛，说："从来没见过你的眼睫毛这么漂亮，又油又亮。一个女人，身上什么地方突然漂亮起来，肯定身边有情况了。我那时候，漂亮起来的是嘴唇，红得像化过了妆——其实没化妆。"

凤毛讥讽她说："你那时候……什么时候？碰到香港人的时候？"她不理会柴丽娟，从柜台里取出一面鸭蛋镜，照照自己的脸，又放下了。这两天她手上忙着，心里也忙着，脸上灰灰的，嘴唇是淡红的，清水洗过一样。她不禁叹一口气。

"我是个骚女人，这么忙，还在惦念男人。"她凑近柴丽娟的耳朵告诉她，用的也是开玩笑的口气，但她说的是真话。

柴丽娟安慰她："这很正常。"然后，她退后一点，以便观察凤毛的神情，她说："董长根家里有老婆有儿子，夫妻关系很好，他老婆也是我的同学。有一次，一个女人告诉他老婆，说董长根老在外面调戏女人。他老婆说，我们董长根，工作忙，神经紧张，不过是借此放松放松。我不原谅他谁原谅他？"

凤毛避重就轻地回答："我不过是寂寞。"

柴丽娟说："真是这样倒好了。你今天这样想，明天又那样想了。今天要物质，明天又要精神了。凤毛，你这个人很难弄的，你比我复杂多了。我的生活很简单，我厌烦自己去辛苦赚钱，就靠一个男人养着。我对男人要的不多，就是钱。"

凤毛说："女人对男人，要钱的时候痛苦，还是要精神的时候痛苦？"

柴丽娟说："当然是要钱的时候痛苦。女人得到男人的钱时，同时也得到了精神。所以在男人那儿，钱等于精神，精神不等于钱。男人乐于给精神，不乐于给钱。但也有例外，譬如我，什么都有了，就是缺少床上的温暖。"

凤毛说："真是恬不知耻。"

柴丽娟捶了凤毛几下，不服地叫嚷道："你骂了我多少了？以后不许这样骂我，听见没有？"凤毛说："好了，以后不骂你了。下午你给我去接一下菲菲……明天就不用你去了。明天是星期五，我叫我妈去接她回家。"

柴丽娟临走时，真心诚意地对凤毛说："凤毛，其实我很佩服你的。你下岗的工资是多少？二百四。扣掉养老保险才多少？你这样还在不停地梦想。女人都爱做梦，你这样坚定的不多。"

凤毛说："你不如骂我吧！"

柴丽娟走了之后，凤毛接到一个电话，是胡老师打来的，她很吃惊，不知道胡老师为什么给她打电话。胡老师说没有别的事，只是想请她后天星期六的晚上一起到秀园听评弹。他听柴丽娟说，凤毛就在秀园边上开小店。凤毛不解地说："我以为你再不想和我往来了。"当然这也是一句问话。胡老师说："凤小姐，我怎么会那样想？你身上有一种特质吸引了

我，那就是你的独立和坚强。我崇敬这一点，我希望你不要嫌弃我，答应我。"凤毛说："我靠小店养家活口。"胡老师慌忙说："不要马上拒绝我！我们可以晚点去，我等你打烊。好不好？你考虑考虑再回答我好不好？"凤毛说："好的，我考虑考虑再回答你。胡老师，谢谢你，还想着我。"胡老师说："不客气不客气，不必客气。但愿你不要认为我很无聊。我这个人寂寞是有点的，无聊是没有的……我真的很寂寞，凤小姐。"

凤毛挂上电话，长长地叹了一口气，这一口气叹完了她觉得心中很舒畅。然后她乐观地想，不管怎么说，这是个好兆头。从今以后，生活也许会好起来。怎么个好法？不知道。不知道的事太多了，可以不必计较不知道。

这是星期四。上星期五晚上，柴丽娟给凤毛介绍了胡老师，这事情一晃过去了快一个星期。这一个星期中，凤毛生活的重心是小店的营运，董长根也算是她的生活重心。她一开始并不敢存奢望，只是胡乱想想，胡乱做做春梦而已——拿董长根做梦总比拿胡老师做梦好。

今天，与往日不同。胡老师来过电话后，凤毛突然想起今天晚上董长根值夜班，这是他对她说的，也许含有深意，也许只是顺口言道。这都没有关系，重要的是：凤毛已经感到内心有一种力量升起来了，坚决、强悍、疯狂，就像她的离婚阶段，中了魔似的，只剩下一点点理智与外界脆弱地联系着，联系着的也就是日常生活中不可删除的皮毛。现在她又进入了这种状态。今晚董长根值夜班，她在盘算着，晚到什么时候打烊才好？太早不行，派出所里有闲人。太晚了也不行，太显山露水，毕竟董长根对她只是嘴巴上调调情。那么，秋天的夜晚，什么时候会安静到就如两个人的世界？

很快到了晚上，下午五点，秀园关门了。秀园一关门，巷子里萧条起来，小店就少有人光顾。今天没下雨，到了傍晚，天开始阴沉下来，满天的灰云，把星星全遮掩了。凤毛记得今天是农历十六，月亮最圆的日子。如果天上没有灰云，那会有怎样一轮明月？明月之夜，该会有怎样的浪漫心情？凤毛又想，就是没有明月，女人的心情也该是浪漫的。就是没有好容貌好条件，女人也该是浪漫的。女人只要能吃饱穿暖，心情就该浪漫起来。

凤毛大大咧咧地这么想着，关了店门。这时候是晚上九点钟，她听见小店后面的一间屋子里传出老式报时钟的"当当"声。她知道是九点，不用数，不用看。

这时候去最好。早了有尘土之气，晚了有诡谲之气。秋夜的九点，清洁、神秘。

她朝巷子的西面走，她想，如果回家也向西边走多好？她就不用过秀园了，还能路过派出所。可惜的是，她必须向东走。

就到派出所了，看见栅栏里面的灯光，凤毛的心没有来由地一疼，这一停顿让她的思维略为清晰了一些，她手扶栅栏，苦思片刻，终于做出决定，不进去了。

她仿佛坚决地走向巷子的东边，走近秀园。这一次她比昨天更胆怯，甚至不能跨进门里一步。她在边门边徘徊，理智在秀园的边门处彻底崩塌，她对着那个空荡荡的黑暗所在差点大叫起来。她回转身，神经质地深一脚浅一脚地奔向派出所，奔向她的董长根。

今晚董长根值夜班。所有的夜班都是寂寞的，董长根也不例外，打上几个电话后，他就有一搭没一搭地翻看一本卷宗。屋子是他熟悉得不能再熟悉的屋子，屋子里每一种细微的气息他都熟悉，每一样摆设都经年不变。屋子就像他的老婆，与他息息相关，熟悉得让人有些厌倦，却让人无比依赖。

凤毛来敲门。她神情里有些粗野，与往常不太一样。董长根忽略了这一点，凤毛突然出现在他面前，他很高兴。他拿出藏起来的好茶叶，给凤毛沏了一小杯茶，放在她的面前。茶香弥漫了一屋子，这是凤毛的感觉。她端起杯子，眼睛在杯子上面炯炯有神地盯着董长根。从出现到现在，她还是绷紧着粗野的神情。她告诉董长根，她非常害怕在夜里走过秀园前面的大院子。董长根不能理解她的害怕，他不确定地低低地笑了一声，说凤毛可能小时候听多了鬼故事，或者她是患上了广场恐惧症，最好的办法是喝一点酒压压惊。

于是董长根又从文件柜的最下层掏出半瓶黄酒，给两只玻璃杯平均倒上，一杯给自己，一杯给凤毛。他是想发生点什么吗？不，他不想发生点什么。他如此大胆，只是自信能控制凤毛。他碰着了凤毛的手，凤毛的手冰凉，这让董长根的心多情起来，他差一点就要去捏捏那冰凉的手。不过

他及时地咳嗽了一声，抑制住自己的欲望。

凤毛心绪不宁，迟迟不碰那杯黄酒。今天夜里，这个时候，因为有走投无路的感觉，所以她十分十分地渴望着。

看她迟迟不说话，董长根主动对她说："真的害怕啊？那我送送你吧。"其实他不想送的，他怕一送就送个没完没了。但他又想把凤毛送走，她不说话，不喝酒，让人不快。

凤毛抬起眼睛，她抬起眼睛的时候让别人感到她的睫毛是非常沉重的："我是想来看看你。"她说。她内心无法掩饰的紧张，使他也紧张起来。他决定和她说一些严肃的话。"你是个值得尊敬的人，坚强，勇敢，吃苦耐劳。我说得对不对？"他说。

凤毛睁大眼睛说："不对。"

董长根笑了一笑，凤毛跟着也笑了一笑，这使气氛更紧张了。这紧张的气氛像一把尖刀一样，逼迫着凤毛走到语言的悬崖边上。于是凤毛说了以下这些话：

> 不对，我一点也不勇敢。我告诉你一件事，我离婚以后，厂技术科科长想勾搭我，他总是打电话打到我车间来，他工作是清闲的，所以每天给我打一个。他在电话里给我说什么呢？他总是在说："我想你，我想你。你的身体把我迷住了，我一定要把你搞到手，我们上床睡觉吧，你不知道我床上功夫多么好……你看，我硬起来了，不信的话，你过来看看……"

董长根热血冲到脸上，他开始兴奋，很配合地问凤毛："那你一定很害怕是不是？"凤毛说："是，我只是一个小女人，我害怕的东西很多。"董长根说："从此以后你不要害怕了，有我呢。"凤毛说："从来没有男人对我有过许诺，你是第一个。"董长根听了这句话，马上愣了。在本质上他是个好人，他不想让这场游戏进行下去了，他负不起如此重的责任，他有家庭。他叹了一口气，喝光自己杯子里的黄酒，问凤毛："你喝不喝？"凤毛摇摇头，董长根一口又把凤毛杯子里的黄酒喝完了。然后他站起来，他一站起来，凤毛就知道接下来的夜晚不是他俩共同的夜晚了，而是互不相干的。就是说，今夜已经结束了。

凤毛心里哭喊着，她的声音没人听得到。人生最大的悲剧发生于床笫之间。你的床笫或他的床笫，上了床的或没上床的。

他们从办公室里走出来，默然地走在小巷子里。董长根伸手摸摸脖子说："好像飘雨丝了。"凤毛说："啊，是在飘雨丝了。那你不要送了。"董长根站下来，说："好吧，我就站在这里看着你过去。"

他拍拍凤毛的肩，让凤毛走过去。于是凤毛在董长根的注视下走过了秀园，走到秀园那边的巷子里去了。她转过身朝董长根挥挥手，董长根也朝她挥挥手。董长根放下手，不悦地想：一个生活很糟糕的女人！他不喜欢和生活很糟糕的女人打交道，这种女人一旦出现在他的生活里，将带给他无穷无尽的负担。

再说凤毛，她一走到董长根看不见的地方就倚到了墙上，大病初愈一样浑身乏力。现在她清醒了一些。今晚她是失望的，但办公室里显而易见的暧昧气息让她还存着一点希望，使她鼓起勇气不去否定刚才的行为。她想：滚他妈的道德！

一阵风带着雨丝猛刮过来，路灯好像晃荡了一下。她抬眼四下里一瞥，打了一个冷战。路上一个人都没有，秀园在西北方向伫立着。凤毛抓紧她的包，"踢踢踏踏"地小跑起来。

凤毛凌乱的脚步声引起了一个男人的注意。于是我们转到另一个与凤毛有关的场景。

这个男人最近一阶段总在这里晃悠，就是那个到凤毛小店里寻衅又被董长根赶跑的男人。他从很远的一个地方来到这里，在离秀园不远的一个工地上干些杂活。他是个被人欺负的可怜虫，究其原因，一是因为他不善讲话，二是因为他身高不满一米六。工地上常有老工和新工打赌，赌他到底有没有一米六，赌五块钱或一个巴掌。一逢到这种时候，他总是嘴里嘀咕着："我怎么没有一米六？回去问你妈，我到底多长她知道。"一头说，一头就跑。别人把他抓兔子一样抓起来，摁在地上，用皮尺从头到脚地测量，没有一回量到过一米六的高度。但是他总不服，赌咒发誓地说他有一米六，这世上所有的皮尺都不准。

他的外号几乎是信手拈来的——一米六。

　　一米六的脆弱是工地上的笑柄，没有一个男人会这样脆弱：他不敢做梦，任何梦都不敢做。如果有一夜做了梦的话，他早晨起来必定磨刀。刀整夜整夜地放在他的枕头底下，做一梦磨一回，做两次梦磨两回……你想想看这把刀有多快！有一次，工头从他的枕头底下拿出这把刀，对他说："一米六，你要这把快刀干什么用？你也配用这么快的刀？我看你不如揪根树枝磨磨。你这样的人，不是我看不起你，给你配个好女人你也玩不起来。"

　　工地上干活的人都是一米六的家乡人，家乡人的亲戚基本上也是一米六的家乡人，这个城市里有许多一米六的家乡人，他们或在工地上干活，或在饭馆里、工厂里、菜市场干活。女人都老实，男人们都不怎么安分。一离开土地，女人们就管不住男人啦。男人们嫖妓、滥赌、偷盗。这三样中，尤以偷窃最盛。他们偷自行车、摩托车、阴沟的盖子，有时还会进入人家的屋子里偷东西。如果被别人发现，他们就大模大样地说："哎呀，走错门了。"他们对受害者不具有人身危险，他们不是专业扒手，不在公交车上或商场里挖人家的口袋，他们也不像少数人，在大街上抢女人的包。他们偷东西有点业余爱好的意思，有点调剂生活的意思，更有一层意思：这是勇气的证明。偷一辆自行车，大致等同于部落里的勇士割下敌人的一根手指，偷一辆摩托车等同于割下敌人的脑袋。

　　一米六从来没有偷过任何东西，他所有的家乡人都知道：一米六不是不想偷，他是不敢偷。一个连做梦都害怕的男人，他敢偷东西？

　　一米六知道家乡人对他的鄙视，他决定先偷一辆自行车再说。那天他在一家超市门口打开一辆自行车锁，骑到马路对面时回头一望，看见一个年轻的女人站在失去自行车的地方发呆，他觉得事情变得有趣起来。他把自行车放到一条小弄堂里，然后他就坐在超市门口看那个女人来来回回地找寻，他很欣赏这个女人脸上受伤害的表情。人在遗失东西的时候是脆弱的，这个女人也是这样，她脸上的脆弱打动了一米六，他第一次觉得有人比他更弱。他坐在那儿一直到那个女人离开，他才站起来，大摇大摆地走到马路对面的小巷子里去拿自行车，这件事给一米六一个经验，那就是，只要想做一件事，就会轻而易举地做成。

　　一米六高高兴兴地把自行车骑回工地，他碰见的第一个工人问他："一米六，车子哪来的？"他回答："借的。"所有偷来的自行车都是"借"的。那个工人就走近来打量一米六的自行车，最后下结论："这种自行车也值得借？"另外一个工人说："算了，他能借什么样的车？"

一米六在偷这辆自行车前，曾花了一些时间察看地形，还花了一些时间观察骑车人的表情，他发现所有人都不是好惹的，直到那个被他偷了自行车的年轻女人出现。应该说，这个女人看上去也是不好惹的。问题是，一米六与她冥冥之中有着千丝万缕的联系，他看得见这个女人的脆弱。这个女人长着一张清水样的白果脸，五官都是清清爽爽干干净净的。她走进超市的时候，一米六就看见她有点心神不宁，她站在人行道上，把手放在胸口上，大大地喘了几口气才走进去。等到她出来，一发现自行车没有了，那张白脸立刻灰了，连嘴唇都灰了。然后她就拼命地找，一只手捂住嘴，好像无法接受事实的样子。这时候，一米六已经从马路对面过来，坐在超市的门旁，贪婪地欣赏这个女人的一举一动。他头一次尝到猎人的滋味，虽然是一个小小的胜利，但他已经极大地满足了。这一天，下着淅淅沥沥的小雨，一米六的家乡没有这种淅淅沥沥的绵长的小雨，他从来没有在这种小雨中思考过，观察过。腻人的小雨并没有妨碍一米六的嗅觉，他嗅到这个女人有一刻内心十分沮丧，沮丧到几乎丧失了信心。一米六回来以后一直回味那个女人到达极致的沮丧，他信心十足地想：哼，女人啊！这就是女人。女人就是这种样子。

一米六偷自行车的壮举很快便被他的家乡人忘得一干二净，他又是原先那个被人嘲弄的一米六了，于是一米六又开始游荡在大街小巷。有一天，他走过秀园，看见了那个勤奋烟杂店，同时他也认出了那个女人。一米六欣喜若狂，他终于找到一件有价值的事做了。

这个城市真小，要不就是凤毛活该倒霉。

不管怎么说，凤毛这时候紧张地在小巷子里小跑起来。这一带的小巷子有个特点，巷子里几乎没有一扇门，全是高高的围墙，围墙之间狭窄得仅容两个人通过。凤毛一路跑，一路耳听四周的动静。突然她听见背后响起脚步声，轻而快，就像是她鞋子的回声。她不敢回头张望，生怕一回头就看见一张狰狞的脸。她心慌着，所幸脚是快的。飞快地出了小巷地带，看见新村的万家灯火，感动得眼泪都掉下来了。她朝后面抗议地一回头，看见一个矮小的身影站在老房子的阴影下面。她觉得有点认识这个人。

这个人正是一米六，他在夜里又游荡出来了。他是这个城市里真正的孤魂野鬼。正要路过秀园的时候，他看见一个女人在前面慌慌张张地跑。他喜欢看见别人的恐惧，他想知道这个女人害怕什么。于是他也跟随着女人跑起来了，他惊喜地看到女人更害怕了。他一路用脚步声吓唬着女人，出了巷子他就不追。那女人回过头，他认出是开小店的女人，也是被他偷走自行车的女人。一米六站在巷口不动了。后来，他慢慢地蹲下来，看着凤毛消失的地方，他感到身体像腾云驾雾一样。

再说凤毛，她气喘吁吁地跑到三楼，敲敲柴丽娟的门。门开了，菲菲和柴丽娟同时出现在门边。凤毛一把抱起菲菲，心有余悸地说："吓死我了，有人跟踪我。"柴丽娟马上躲到门后说："谁谁？在哪里？"看见柴丽娟这么紧张，凤毛反而安定了。她说："没事的……甩掉了。你看你，还到俄罗斯跑单帮呢，就这个样子？"菲菲面对面地抱住凤毛的脖子，娇声娇气地耍赖："我要住在这里。"凤毛说："不许。"菲菲扭动两条腿想挣脱凤毛的手，凤毛恼了，腾出一只手在菲菲的屁股上搂了两下，菲菲梗着细脖子，瞪起眼睛，满脸愤怒。凤毛又在她的屁股上搂了一下，说："小小年纪，就这么犟？长大了看你跟谁犟去？"柴丽娟上来扶住凤毛的两肩，对凤毛说："你今天不大对劲，我不放你走了。你们两个人今天都住在我这里。来，快进来吧。"

菲菲进了梦乡。凤毛搂着女儿，看她的脸上升起了两团粉红的云，嘴唇也在酣睡中变得艳红。她目不转睛地看着，看得入了迷，这样可爱的色彩只能在菲菲睡眠中才看得到。她是个营养不良的孩子，醒来后，满面的红润会慢慢地消退掉，嘴唇也会恢复到原有的淡红。

柴丽娟在床的那头幽幽地咕哝："你有个孩子呢，我还没有呢。"凤毛没好气地顶了她一句："谁让你不生的？"柴丽娟沉默了，然后说："你今晚火气好大哦！告诉我，谁让你生这么大的火？"凤毛叹了一口气说："唉，天气不好，心情不好，生意不好……"柴丽娟把声音放低一点说："你这个人不安分。一个女人，该做人家老婆的就做老婆，该做人家二奶的就做二奶，要求不要高，踏踏实实地过日子。"凤毛说："你真是这样想的吗？我看你未必这样想得通。"柴丽娟摇摇手，说："我认定了一件事就不变了。你是个白骨精，会变来变去。"凤毛说："我还算年轻。女人到了四十岁就走下坡路了。我还有十年的时间，就是不安分，也只是十年。"柴丽娟说:"行了!你是什么人?我也不安分过的,现在不是安分了?"凤毛说:"其实,我要求并不高,算不上不安分。"柴丽娟说:"菲菲的爸爸有什么不好?上菜市场买小菜,拿了钱全交给你,还给你搓洗短裤。我看你不如复婚吧。"凤毛说:"人家有对象了……挺漂亮的一个人。那天我在路上看到他们了,下着小雨,两个人撑着一把伞,搂得紧紧的。"

柴丽娟想起当初被她扔掉的丈夫,淌起了眼泪。她淌眼泪的原因是她前夫到现在还是一个人,她给他钱,找他睡觉,他自尊心很强的样子,说:"我不认识你。"柴丽娟红着眼睛,动静很大地下床,到卫生间去处理脸面。再回到床上的时候,她出其不意地说:"董长根今天找你了吗?"凤毛不说话,她就自言自语地说:"看来我没猜错。"

轮到凤毛下床了,她也上卫生间。她把卫生间的门轻轻关上,手抚梳妆台的大理石台面,在镜子前面垂下头来。她的心一个劲地抽搐,带来一阵又一阵的酸楚。她以为这抽搐永远不会停止了。

过了一会儿,她从卫生间里出来,对柴丽娟说:"晚上打烊过后,我到董长根办公室里去了。他值班。"上了床,她继续说下去:"我说了一些不该说的话……"柴丽娟打断她,说:"你不要总是责怪自己。你只是没有经验,多玩几回就成熟手了。"凤毛躺下来,说:"他会怎么想我?"柴丽娟说:"他会想吗?他一到家里就把你忘干净了。男女的事,谁先忘了,谁就得胜。你也别太在乎,你是一副福相呢,有后福。你看你的脸,颧骨一点点大,简直看不出来,这就是福相。你看我,颧骨这么高,注定要守空房。"

说完这句话后,两个女人再也不想说话了,今天的谈话空落落的,世界真大,什么样的豪言壮语都会失踪,何况两个女人的感叹!她们一声连一声地无聊地叹气,不知什么时候都睡着了。夜晚,关了灯以后,屋子里并不会完全安静下来,墙壁上还有白天和灯光留下来的残余的荧光,各式各样的家具也会释放出白天接受的响声。总而言之,女人不安静,世界不安静。这两个女人在鬼魅的轻响里睡着,睡在枕头上,自己更像一只大枕头,拙而性感。

翌日清晨，凤毛带着菲菲先起来梳洗。她一边给菲菲扎小辫一边哄话："给我们菲菲扎好漂亮的小辫子。菲菲好漂亮哦！菲菲长成一个大美人。菲菲嫁给一个百万富翁……"她从镜子里看见对面墙上挂的日历还是昨天的，一回手，就把日历撕了。今天是星期五。

柴丽娟躺在床上叫："凤毛，夜里回来当心点。包里不要放钞票。你应该买辆自行车了，走路的女人容易出事。"

凤毛把菲菲送到幼儿园，给母亲打了个电话，让她下午到幼儿园去接菲菲。母亲照例要在电话里埋怨两句："现在的女人真是不知道怎么做女人，我那时候一个人就拖大了你们几个……也不显得如何慌忙。"

她现在这么啰唆，倒是显得很慌忙。她一辈子自以为好强，其实也是个小女人。是个怨气冲冲的小女人。她让世界听到的音量总是最高的。

凤毛把店铺门打开。老天爷阴沉着脸，灰暗的云层里头透不出一点让人欣喜的光辉。凤毛仰头看看天，想，明天会是好天吧。我和天打个赌，明天若是出太阳的话，我的日子就会一天比一天好过。若不会出太阳，我的日子就不会好过起来——反正也不怎么好过。

正这样胡思乱想着，一辆摩托车咆哮而来，在小店门口戛然而止。这么气派，正是董长根。他从车子上下来，再从口袋里掏出墨镜戴上，很夸张地，这是他一向的做派。凤毛拿了一块抹布擦柜台，头不抬地问他："还是要那种烟吗？"她忽然觉得疲惫，想打哈欠，就掩住嘴巴打了一个哈欠。董长根不说话，从小边门里钻了进来，站在凤毛身后，关切地问："要不要进货了？"凤毛回答："不需要，生意不怎么好。"董长根迟疑了一下，说："你总是这样不行的。这样吧，我让老单退还你两个月的租金，你到别处去做。"凤毛不说话。董长根一眼不眨地看着她，显得多情地说："你这个人，该说的不说……你是不是想说，找不到工作。唉，谁让我碰上你这么个人，我来替你找找看吧。"董长根的语气中带着故作的欣快，他是想让凤毛高兴起来。凤毛心情淡淡的，低了头说："谢谢你，我总是麻烦你。我不想到别处去找工作了，到处都是一样的。"董长根有些失望，在凤毛身后转啊转的，转了一阵，向凤毛要了两包烟，走到外面，回过身，对凤毛说："再给我拿两包。今晚我替小刘值班，这小子一大早打电话请假，他老婆给他生了个儿子……今晚我值班。"

凤毛看着董长根，董长根也看着凤毛。凤毛想，他告诉我这个消息干什么呢？他到底想干什么？董长根也在想，我告诉她这个消息干什么呢？我又不想和她干什么。

两个人同时把眼睛看了别处，愣了一会儿，时间若有深意地"哐哐"而过，响得令人发聩。一时混沌，一时又清明起来，两个人再次相看一眼，风平浪止的，好像什么都没有了。

董长根开着摩托车走了，凤毛伤感起来，有理由又没理由的伤感。只是伤感，无可遏制的伤感，无边无际的伤感，小到针尖一样的伤感，微痛的伤感，肢解的伤感，伤感到不能呼吸，伤感到新生……凤毛无可奈何地苦笑了一声，她有理由苦笑：人，都是寂寞的！寂寞时候的脆弱多数不可信。

凤毛打起精神，把注意力放到小店里。她得微笑，对顾客，要真诚地满足现状地微笑。

今天是星期五，明天和后天是休假的日子。休假的时候，凤毛的小店会忙碌起来，胡老师的约会还在。

一天很快就过去了，今天一整天凤毛都是忙碌的。晚上九点半，她把店门关了。走到巷子里，前面是秀园，后面是董长根值班的派出所。秀园黑黝黝的像个无底深渊，派出所里有明静温暖的灯光。秀园让她害怕，派出所里的灯光更让她害怕。两者之间，她更愿意选择秀园。就是说，她想回家，她的灵魂深处选择回家。

她无比勇敢，轻快地向秀园的边门里跨出脚步。她跨进去了，即使在黑暗里，她还能分辨出里面的东西：南边的四棵花树，北边的铆钉大门；门边守着两头石狮子，一头雌一头雄；雄的玩圆球，雌的抱一头小狮子。她记得花树中有一棵是柿树，阳历五月份会开绿色的花，花瓣是绿的，花蕊是白的，像一个清清白白的大姑娘。还有一棵是石榴，也是五月份开花，橘红的石榴花形态如女人的裙子，风一吹，千百条石榴裙迎风舞动，要把男人一网打尽的模样，与柿子花恰成对比。她小的时候，还经常看见院墙上站着野鸽子，小小的头，走动的时候头颈柔媚地一伸一缩，脆弱，阔绰，骄气。

凤毛做梦一样走出秀园。且慢，她很快又要回来了。

她刚走到秀园东边的小巷子，背后就顶上了一把刀，她手脚一阵冰凉，脊背上一阵刺痛。她碰上打劫了。穷人碰到打劫是浪漫的，打劫让你恍惚觉得有许多钱。但穷女人是个例外，因为女人是可以附着在货币上流通的。

凤毛知道打劫她的人一定是昨天跟踪她的那个矮个男人。

一米六为了今夜打劫凤毛精心准备了一番。洗了一个澡，在身上拍了一点痱子粉，穿上干净衣服，带上那把他放在枕头底下壮胆的快刀。最后，他穿上了一双增高跑鞋。这双跑鞋里面足足垫高了五公分，他第一次穿上这双鞋子出来的时候，遭到大家一阵猛笑，吓得他从此不敢穿上脚。所以，这双鞋子是他第二次穿在脚上，还是崭新的。昨天夜里他跟踪凤毛回来，就决定要穿这双增高鞋。为什么呢？因为他细腻地发现，他只要穿上这双鞋子，两个人就基本上一样高了。他认为自己在气势上已经压倒了凤毛，那么在身高上也不能输给她。他在夜色的掩护下走出工地，感觉良好，温文尔雅，像个旧时代的绅士，而且，他的内心活动从未有过地丰富。他看见两个骑车的孩子在一条四岔路口告别，他们说："再见，小鸟！"一米六认为这句话太好了，他不停地大着舌头念叨这句话：

"再见，小鸟。"

他慢悠悠地在夜色里逛到秀园附近，找个地方半藏着，脸上带着等人的神情。他一点也没去想今晚的打劫会不会失败，甚至没想过应该提防些什么人。勇气高涨的一米六在秀园旁边的小巷子里劫持了凤毛，他成功了，他没遭到女人的抵抗。他把刀子更用力地抵住女人的背，命令她回到秀园前面的大院子里去，那里面一盏灯也没有，是附近最黑暗的地方。

他们来到铆钉的大门前，在狮子后面站下来，靠得很近，像一对需要交流的恋人。一米六问："钱呢？"凤毛把包递给他。一米六拉开拉链，手伸进去摸摸，说："才这么点？你店里有没有了？"凤毛说："全在这里了。今天的钱全在这里了。"一米六想了一想说："你带我店里去看看。"凤毛说："那边有派出所。"一米六回答："我不怕。我跑得快。"一米六说了这句老实话以后，不由自主地低头看看脚。他上过小学，在小学里是长跑冠军，每次比赛他总是光着脚丫子，怕把鞋子跑坏了。但是今天他穿着这么厚的鞋子，肯定跑不快。如果要跑得快，必定要把鞋子脱下来拿在手上，那样的话是很不方便的。

一米六打消了到小店去的念头，那里离派出所太近了，那地方也不够黑暗。

他拿了包，刀子还抵在凤毛的身上——是抵在凤毛的肚子上，凤毛倚靠在狮子背后，奴隶一样，几乎是仰面朝着一米六。一米六突然发现今天穿了厚底鞋是多么英明，穿了厚底鞋以后，他比凤毛还略高一点。用目前这个姿势性交的话，是最恰到好处的。

他朝凤毛挪了挪，试探地靠近她。凤毛叫了一声，他做了个反常的举动：把包放到凤毛身上。凤毛没去接，皮包从凤毛的身上"扑"的一声掉到地上，声音来得突然，两个人同时吓了一跳。黑暗里经常会发生这种情况：两个人躲在暗地里想干些什么，突然地上掉下来什么东西，把两个人同时吓了一跳。

皮包掉下来的声音还引起了一个中年男人的注意。他路过这个阴森森的地方，原本就想快点走过，突然听见石狮子后面一声鬼响，忍不住停下自行车，把头颈伸长了朝石狮子这里凝望。他只是尽力地伸长头颈想远远地看出一点什么，满足一点好奇心，并不想朝发出响声的地方挪动一步。片刻之后，他觉得已经对隐藏着的危险没有兴趣了，飞快地骑上自行车跑了。

凤毛清清楚楚地听见自行车来了又去了，她喉咙发干，一只手求救似的紧紧攀住石狮子。一米六撩起凤毛的薄毛短裙，短裙到了腰里又掉下来。这么一个小小的来回，凤毛的白短裤像一道光似的在一米六的眼前一晃。一米六停住手不动了，凤毛的白短裤似乎对他构成了某种威胁。他有限地思考过后，觉得应该对白短裤和善一些，于是他把手伸进凤毛的短裙里，放在凤毛的胯部，犹豫地抚摸着质地柔软的棉布短裤。

凤毛浑身打战。从这件事一开始，她就丧失了反抗能力。她被人带进了一个与世隔绝的黑暗之地，这里的时间似乎特别漫长，漫长到令人倦怠，令人可以无视外在的恐惧。一米六战战兢兢地抚摸她的胯部，他的手温透过短裤传达到她的肌肤，并蔓延到她的心中。在这里，他与她一起共有这方黑暗和恐惧，也似乎一同享受着抵御黑暗的快感。凤毛慢慢地睁大眼睛，打量面前这个劫持她的男人，她的心中出现一种奇特的感受：温情——类似于爱情的温情脉脉。一米六的刀子还抵在她的肚子上，但是她

知道一米六此刻是脆弱的，似乎有某种空间存在，使得凤毛转而控制一米六，凌驾于他之上——类似于爱情中的控制和被控制。

凤毛抓住一米六放在她胯部的手，把它移到耻骨处。对她来说，这并不是用龌龊来了结龌龊，而是期望保持那种类似于爱情的感受。她闭上眼睛，不想看见什么。这个举动是多余的，一米六的脸影影绰绰，根本看不清楚。你把他想成胡老师也好，想成董长根也好，想成心目中的英雄心目中的王子，都可以。

一念之差，凤毛马上就后悔了，那只手一到了她的耻骨处就晕头转向，它开始撕扯她的短裤。短裤扯下来以后，它又粗暴地按住她的胸，把她死死地按在石狮子背上。不等凤毛完全感受到后背的疼痛，那只手又移到了她的头颈里，卡住了她的喉咙。凤毛用尽全力弓起一条腿准备踢人，没想到被对方先踢了两脚，这两脚够狠的，使她一时不能动弹。她感到男人热乎乎的身体开始进攻她，侵占她。她快窒息了，她想喊，喊什么呢？胡老师，董长根……不，她喊不出他们的名字，他们不能给她增加力量。她的手绝望地摸到了一样东西，是什么？是一头小狮子。原来，她是仰躺在那头母狮子背上。她摸到了小狮子圆滚滚的身体，想起了菲菲圆滚滚的身体，拼力一声大喊："啊……啊！"她成功地喊出来了，震天一声。一米六方寸大乱，落荒而逃。

这园子又恢复了平静。凤毛仰靠在母狮子背上，对它充满感激之心。她手脚麻木，不停地喘粗气，无法平静下来。风一阵一阵地刮，抑扬顿挫地，浓浓淡淡地，似乎要刮到时间的尽头。头顶上面，是秀园的屋檐，屋檐上面，是暗灰色的天空，天空板结得就如一块无法开掘的土地。

刚才那一声喊，没有惊动任何人。董长根就在不远处值班，这一声喊也没有惊动他。

凤毛开始整理自己，衣服、包、脱落的一只皮鞋。她摸摸头颈里的一条黄金的细链不见了，就蹲下来到处摸索。她现在已经不害怕什么了，秀园和它夜晚的黑暗不会给她增加脆弱。她的手在地上摸索，眼睛好奇地到处张望。她发现这里的黑暗是浅浅的，像黑色乔其纱，是半透明的。

她终于摸到了项链，项链脱了扣襻，有两处地方扭坏了。至此，凤毛才想到刚才的一幕多么惊心动魄，她浑身的伤忽然痛了，到处都痛，她委屈得想哭出来。

她把项链放进包里，离开了秀园。她走得很慢，没有回头看一眼。

这件事就这样结束了。

到了家，凤毛把自己泡在浴缸里。浴缸里的水一直浸到她的喉咙口，她的身体变成一个小小的球，在水里漂啊漂啊。她把头仰靠在浴缸边上，睡着了。她又做梦了，她梦见她在浴缸里洗澡，一只硕大的灰白色的蝴蝶张开翅膀贴在天花板上，她的头顶上方。蝴蝶的翅膀是湿的，它努力着，不让翅膀垂下来。风在屋外吹着，把浴室里的玻璃吹得变了形，似乎马上它就要破窗而入。一只蝴蝶和一个女人，焦灼的无助的这一刻……

凤毛醒了，蝴蝶和风都不见了。她轻轻地擦干净身体，她的身体在灯光下闪烁着细碎的丝绸一样的光泽，它是无辜的。若干年前，凤毛在公交车上被人从后面掀起了裙子。有一次她被人偷看了洗澡，还有一次她坐在电影院的座椅上，邻座的邻座那儿伸出来一只毛茸茸的手，放到她的屁股底下。清少纳言的《枕草子》第一二八章"羞愧的事"，一开首就说：

羞愧的事：

男人的灵魂深处……

灵魂深处都有值得羞愧的事，不过是男人对于这个世界更具有想象力，所以羞愧的事就多了。这是我们好心的推测。再朝深刻的地方想去，如果女人的想象力比男人更丰富，那么女人也可以干一些伟大的事，譬如发动战争，或者强奸。

凤毛洗完澡出来，坐在那儿。这下她觉得不再头轻脚重了，她从头到脚都均衡着，散发着不正常的活力。她的身体呐喊着，要为她的精神申冤。

她打了一个电话给柴丽娟，电话响了很长时间，说明柴丽娟是被她从睡眠里叫醒的。柴丽娟显得不情愿。"这么晚了还要出去？你太过分了吧？"她抗议，"你要到哪里去？好莱坞？巴黎？你一个人去好了。我非得去？"她从凤毛的口气中感觉到不安。"好的，我马上起来。"她想，老天，又发生了什么？

凤毛不过是特别想看看菲菲，一个人走在路上有点害怕，所以让柴丽

娟陪着。柴丽娟说："我建议你不要去打扰她们。我们可以找个地方喝点酒。"凤毛说："我想看她。"

结果也没有看成，凤毛在窗户外边哭了几声，拉着柴丽娟走了。她歇斯底里的样子，让柴丽娟害怕。柴丽娟想回去，凤毛不肯，凤毛想喝酒。柴丽娟就把凤毛带到一家熟悉的小饭店，叫开门，半掩胸怀的老板娘身上还带着床铺的味道。老板娘去睡了，凤毛自己拿了两只酒杯倒上黄酒，看了柴丽娟一眼，说："今天晚上不会出事的。"

这句话的潜台词就是：今天晚上会出事的。凤毛的情绪左冲右突，只是她自己不太知道。她只知道现在睡不成，需要用什么东西消磨时间。这种状态下，她刚喝了一茶杯的黄酒就醉了。

接下来的事大致是这样：

凤毛大嚷着要找胡老师，一定要找，谁都别想拦住。那么凤毛看见胡老师以后做了些什么呢？她愣了好一会儿，伸手向胡老师讨一万块钱。不，不是讨，是借。她听见胡老师说："什么钱不钱的，灌多了。"她劈脸唾了胡老师一口，痛斥他是个小人，小人是没有性别的。所以胡老师简直不是个男人。

见过了胡老师，凤毛叫嚷着要见董长根。她还记着他今天是值班。柴丽娟跟在她后面，一个劲地央求："凤毛，凤毛。不要去找男人，我借钱给你。"凤毛不听，熟门熟路地摸到派出所门口，捶门，把董长根叫出来了。还没来得及说话，凤毛一口唾到他脸上。凤毛今天真是豪情满怀。然后她哭了。

柴丽娟架着她朝家里走。柴丽娟夸奖她："好样的。你这样做就简单了。我不喜欢那么复杂，我喜欢你这么简单。一简单，事情就容易了。"

到明天，凤毛一觉醒过来，发现是躺在柴丽娟的床上。她浑身松懈，脑袋麻木，有些虚无。柴丽娟在厨房里弄出做饭的声音，隔壁人家传过来贝多芬的《命运交响曲》，传到虚弱的凤毛这儿，倒像是背景音乐了。

柴丽娟出现在房门口。

凤毛有气无力地问："昨天我怎么了？"

柴丽娟说："昨天你好可爱呵！"

需要说明的是，昨天晚上，董长根确实是被凤毛唾了一口，但胡老师的脸还是好好的。凤毛把一口唾沫唾到一个陌生人脸上时，胡老师正在被窝里张着嘴巴打呼噜。

所以我们不难猜测，凤毛和胡老师今后会怎样。只要凤毛想安定，胡老师会给她提供安定的机会。床笫间会不会再次发生悲剧，我们不清楚，但看凤毛会不会适时满足，会不会简单一些。

胡老师的约会还在那儿，就在今晚，秀园。

原载《钟山》2004年第1期

点评

很显然，小说聚焦女人的情感世界，确切地说，是三十岁女人的情感状态。两位女性主角凤毛和柴丽娟所呈现的是两种风格的内容，一种性质的答案。

凤毛和柴丽娟都经历了婚姻的聚和离，凤毛有些任性地结束了与姜有根的婚姻，待到后悔时却已无回头路可走；柴丽娟也曾在离婚后有"回头"的念头，但懒惰的性格让她义无反顾地走向"二奶"的人生道路。她们在离婚后面临同样的人生窘境，一是缺乏经济来源，二是情感上寂寞空虚。柴丽娟选择解决前者的问题，凤毛更迫切想解决的是后者的问题。所以她在胡老师、董长根面前主动逢迎，除了他们能提供经济来源，更重要的是他们同时还能提供她所需要的情感内容。但胡老师的自视甚高和董长根传统守旧的秉性决定了他们都很难满足凤毛的期待。小说结尾处虽然敞开了故事开放性的可能，但并不意味着一定会有光明的结局。

叶弥所谓的"小女人"显然更多指称的是女人对于情感的细腻感触和丰富多样的渴求。从本质上来说，凤毛和柴丽娟都具有这种的性格属性，属于"小女人"的概念范畴，但是一旦在情感之中掺杂进现实的因素，这种"小女人"就很容易方寸大乱，情感的需求最终被现实的需求所压抑和压制，凤毛和柴丽娟的人生之路都证明了这一规律。

（崔庆蕾）

一树槐香

孙惠芬

1

　　黄昏时分，小馆里没有客人，只有二妹子和苍蝇。这个时候的二妹子，往往是手握苍蝇拍儿，坐在那儿静静地看着苍蝇在她眼前飞舞。它们喜欢沾有油腥味的桌面，然而并不在那里长久停留，它们喜欢桌面的唯一标志是不时地飞走，再不时地返回，就像外出干活的民工不时地出走又不时地返回。它们飞走时，是孤独的，有的，向上，飞向了玻璃，飞向了天棚，飞向了天棚上的灯罩；有的，则平飞，从一张桌子飞向另一张桌子，落到另一张桌子的酱油瓶上。只有这时，只有眼见着苍蝇落到酱油瓶上，二妹子才舞一下手中的拍子，也仅仅是舞一下而已。更多的时候，二妹子都只是静静地看。看它们从哪里起飞，又在哪里落下。看它们翅膀的颜色是如何的不同，腿脚又如何的灵活麻利。当然看着看着，总能看到这样的情景，一只苍蝇在半空飞舞时，还是独自，可是当返回圆桌桌面，会突然的变成一对。它们变成一对，往往是一只扎在另一只的背上，长时间地舞动着翅膀和腿，发出嗡嗡的声音。仿佛常在她耳边回响的拖拉机的声音。每当这时，二妹子会突然站起，离开凳子，握苍蝇拍的手闪电般地舞了起来，随之，屋子里回荡起比风短促的嗖嗖的声音。

　　二妹子的苍蝇拍在空中一阵狂轰乱舞时，不是对着某一只苍蝇，而是毫无目标，而是东一下西一下，使那些刚才还悠闲自得的家伙，不得不顺着小馆珠子门帘的缝隙仓皇逃窜。

　　这是每天晚上都要重复的局面。二妹子先是静静地看苍蝇飞舞，之后把目光盯到一对苍蝇上，之后在听到一对苍蝇在耳边拖拉机一样嗡叫时，神经病发作般毫不留情地追赶苍蝇，之后，不无沮丧地关门上锁，转到后厨，喊正在玩棋子的外甥睡觉，最后，对着被自己追赶得无处逃窜，从餐厅逃进睡屋里的一只苍蝇发呆。

在二妹子看来，她就是这只被她追赶得无处逃窜的苍蝇。只不过追赶她的不是人，而是隐在身后看不见摸不着的命运。只不过那命运的蝇拍在风中划过时，留下的声音并不短促，而是天塌地旋般的一声巨响。当街上有人喊"他嫂子不好啦，他哥翻车被车打死啦——"，她的耳鼓一下子就炸开了，随之，是长时间的、无休无止的耳鸣。

如果只是耳鸣，也许还好办，难办的是，埋了丈夫之后，她的耳朵里回响的全是拖拉机的声音。她的丈夫开拖拉机，常年在老黑山的石矿拉矿石。那声音突突突的，似近又远，似远又近。那声音每在耳边响起，都如一把钩子钩住她的魂，使她动不动就一个人跑到了大街，在那里痴呆呆地朝远处张望。奇怪的是，在屋子里，她明明听到有一辆拖拉机正从远处开过来，可是出了大街，那声音又朝远处去了，越去越远。望不到拖拉机，失魂落魄回转身子，往院子走，身后的屋子一瞬间就长出荒草，使她再也不愿迈近一步。

从海边的婆家回到歇马山庄，只不过是一个失了魂的乡村女人毫无目的的游走，她的世界就两个地方，一个是婆家，一个是娘家。一个在眼前，一个在身后。三年前，她坐着130从歇马山庄嫁到海边，那歇马山庄的家就永远成了她的身后。虽然身后的娘家父母早就不在了，只有哥哥嫂子。可是当眼前的屋子长满荒草，她只有转身，返回身后。对一个乡村女人来说，生活永远都是这样的，院子是大街的后方，屋子是院子的后方，娘家是婆家的后方。然而，二妹子即使做一百次梦，也不会梦到这样的结果：这个在她生活中早就变成后方的地方，会在三年之后的某一个时辰，再次成为她的眼前。她的哥哥在听了她一席诉说之后，一分钟都没停，就说："那就回来吧，在三岔路口开个小馆，保证天天都能看到拖拉机。"

她的哥哥是歇马山庄村长，他当村长三年来，村上许多吃吃喝喝的钱都花在了镇边的小馆，要是自家有个小馆，实在是再方便不过。

于是，一对被拍死一只、只剩下另一只的苍蝇，在另一个日光分外温暖的正午，拎着一包衣服回来了，回到这个离歇马山庄只有二里路的三岔路口。

在早，在海边的家里，也是忙碌，鸡呀鸭呀猪呀，还有地里的庄稼，可是在早的忙碌全是自己在忙，和外人没有关系。和外人没有关系，你怎么忙都觉得是自在的、踏实的。现在不同了，现在一打开门，你就觉得用不了多久肯定会有人来，你要买菜买肉买鱼，你要在锅底蓄着炭火，不时地吹一吹，你要打扮得利索一些，头发梳得光一些。关键是，你时时刻刻都要动脑筋算计，赚了几块钱，又赚了几块钱，二妹子最不愿意过算计的日子，算计使她感到紧张、不自在。当然，恰是这紧张和不自在，让二妹子暂时忘掉了拖拉机，忘掉了丈夫。实际上，小馆开业后有很长一段时间，二妹子都不再留心三岔路口的拖拉机了。可是，有一天的紧张做比较，当夜晚来临，小馆突然寂静下来，身心自在下来，她会像一个翻在悬崖里的汽车，轱辘不可遏制地在半空旋转，让她有种被悬空的眩晕。

二妹子的身体像车轱辘一样空转的时候，往往自觉不自觉就看到了一个面孔，那面孔在最初的夜晚，并不清晰，仿佛丈夫死后响在耳边的拖拉机声，你不看时，觉得它就在眼前，可你一旦细看，又什么都看不见。然而这个夜晚，在我们故事开始的这个夜晚，他的面孔不知怎么就变得清晰起来，血肉模糊得清晰，鼻梁骨深深地塌进去，脸腮气球样肿起来，嘴唇上淤着厚厚的血块。那血肉模糊的面孔，就像夜的使者，天一黑，就飘进小馆，跟在苍蝇后边，到处乱飞。当她疯了一样追散苍蝇，躲回自己睡屋，它居然随那飞进来的苍蝇一道，跟了进来。

于是，像掉进悬崖又栽进了水里，二妹子的脸和枕头，包括她的身体，一瞬间就在湿漉漉的水里漂了起来，使她不知道自己身在何处，使她误把自己的哭声当成了白天油漆路上拖拉机的声音，突突突的。

2

后半夜，她一点点平静了下来，仿佛一块石头沉到最底，再也无处可沉了，仿佛一条鱼游到江边，再不回头便无路可走了，她游回来，静静地看着天棚，直到天亮。

然而，谁都难以想象，当这样的夜晚宣告结束，当远处地平线上的日光爬过大地，射进小馆的窗玻璃，另一个二妹子居然如初升的太阳一样，湿漉漉地升起在小馆里。

说湿漉漉，是说她一早起来就洗了头，她从不早上洗头，她换上了一件暗蓝色对襟小褂，这是一件新衣裳，一看就知道一次也没有穿过，布纹上的棉丝，刚抽出的麦叶一样毛茸茸的。她在哭肿的眼泡上抹了粉，并在脸腮上抹了一层遮盖霜，尤其她换了一条豆绿色的围裙，它实心实意卡在她的腰间，现出她挺拔的腰身，使她看上去如同一棵堤坝上的新柳。

二妹子从小馆里升起来，这是一个令人喜悦的时刻，当然喜悦的，也只是那个给她打工的外甥，也只是她的哥哥，外人根本不知道。那个外甥其实是她嫂子的外甥，在穷山沟里上不起学，才十六岁就出来找活，来到小馆后一直就像只怕猫的耗子，小眼睛滴溜溜地躲着她；而她的村长哥哥，对她苦抽抽的一张脸早就有想法了，买卖不能这么做，和气生财。而这个早上，她一直是笑着的，她笑着叫醒外甥，让他生火烧水，打扫门前的草屑塑料袋儿，然后，笑着迎来哥哥——她的哥哥每天早上都过来，一个监工的工头一样，这里看看，那里看看，然后，她端着瓷钵站到油漆路旁，笑盈盈在那等待卖豆腐的马车和卖猪肉的手扶拖拉机。

在这个湿漉漉的早上，二妹子从小馆里升起来，但并没有像以往那样等待在小馆里。她买了该买的青菜、豆腐、肉，封了生好的火，装了暖壶里的水，揭了围裙，到后厨里跟外甥说了句什么，就顺着辟在门口的土道，向西走去。

向西走去，这对二妹子，无论如何意义都是重大的，这条土道通着的西边，是歇马山庄，是她娘家的村子，那里住着她的婚前女友，住着她的嫂子。虽然与小馆只有两里地之遥，虽然站在小馆门口，朝西一望，落雀一样的房屋、草垛就尽收眼底了，可是二妹子自从住进小馆，还一次也没有回去过。那天哥哥把她从海边接回来，直接把她送到小馆，仿佛她与村庄毫无关系。

哥哥的做法，无疑有些霸道了，是对村庄的霸道，也是对嫂子的霸道，同时，更是对二妹子的霸道。依二妹子的想法，她一个结了婚的姑娘又从外面回来，说什么也要到村子里报个到，即使不跟大多数人报到，至少该跟于水荣报个到，于水荣是她婚前的朋友，每一次回来，她都要去

看看她；即使没有工夫跟外人报到，跟嫂子报个到实在是常理常情，没有嫂子的支持，哥哥再有本事，接她回来，也是办不到的。

二妹子穿着新锃锃的衣服从东边走来，一下子就吸引了村里人的目光，尤其是女人们的目光。她们纷纷从院子里探出头，葵花向阳似的，随二妹子的款款走来转动着脑袋。村里人盼二妹子盼得已经没有耐心了，有好几次，几个女人找到于水荣，说："咱去看看吧，毕竟人家死了男人"，这毕竟里边，有着另外一层含义，是说她哥霸道，咱不能跟她哥一样。当然，她们指的霸道里边，也不是指的哥哥没把二妹子先送回家这件事，而是指占公家的地开饭馆儿，这件事是有民愤的。因为情绪比较复杂，于水荣当时就否定了："人家是住在小馆里又不是住在家里，万一以为咱是去下馆子呢？"

女人盼着看一眼二妹子，主要是想亲眼看看死了男人的二妹子到底是什么样子。二妹子和男人的故事，在村子女人那里，差不多被嚼烂了，嚼到后来都有些变味了。二妹子和男人的故事，根本算不上什么故事，只不过是男人对她太好了，好到了不被乡下人们理解的地步，比如为了娇贵老婆，他不惜放下男人的架子，又喂猪又蹲灶坑烧火，还亲手洗衣裳；为了娇贵老婆，他放弃祖祖辈辈渔民出海的大事，买个拖拉机在附近的老黑山拉矿石。当然男人对她更重要的好还不是这些，而是不大能说出口的类似身体里边的好。这世界就是这样，越是说不出口的事越是传得快，当然还是二妹子自己先出来说的，说她男人和她结婚都三年了，从没改过一个习惯，只要从大街回来，不管她在哪，第一件事肯定是凑到她跟前，猴子一样把手伸到她的胸脯里，要是正赶上在灶坑做饭，他一定哈腰去蹭她的脸，一遍又一遍。二妹子说，每一次他用脸蹭她，她都感到身子在动，那种五月槐树被摇晃起来的动，随着自上而下的动，她觉得槐花一样的香气瞬间就流遍了全身。

这句话二妹子当于水荣的面说出来，于水荣一下子就哭了："天底下的好男人怎么就叫你摊上了，俺那死鬼，一年一年不回来，到了年底，又跟人到火车站扛粮包去了，俺等于活守寡。"

这句话被一个传一个地传出来，女人们眼前突然就涌出一团迷雾，使她们看对方的眼神变得恍惚。脸，哪一个女人没有脸，可是她们从来没有被男人蹭过，从来没有闻到过槐花的香气。她们的男人一年一年不在家，她们的男人即使在家，也从来没有蹭过她们的脸。然而沉默一会儿，突然就有人嘘出一口气，之后，狠狠地骂道："贱！"

一个在二妹子看来无比幸福的故事，被女人们口口相传讲着时，无疑就有了故事的宿命，歇马山庄的女人们没一个不认为这是犯贱！女人的脸有什么好蹭的？男人整天干活，那脸粗咧咧脏兮兮，蹭起来多难受！再说啦，两口家好到这地步，不是有点犯贱？！

二妹子的命运让她们不幸言中，这使二妹子的故事很长一段时间无人再讲，好像是她们伤害了二妹子，好像是她们在背地里制造了车祸。她的哥哥占公家的地开小馆，她们本是一肚子意见的，可是当听说二妹子回来了，脸成天不开晴，她们唯一的念头就是到小馆里看一看，安慰安慰她。当然，在这种想法里边，不能不说还夹杂一点别的东西：好奇。

现在，二妹子居然自己回来了，脸上还挂着笑。女人们一个个从院子里走出来，也和二妹子一样挂着笑。不过她们在端详二妹子时，鼻子下意识地一阵阵吸气，因为她们没有忘记二妹子身体里曾经装过槐花的香气。香气自然是吸不到的，她们反倒吸到了一股油烟味，二妹子虽然换了一身新衣裳，但还是沾了小馆里的油烟味，这让女人们感到某种可怜和心疼。你想想，她曾经被男人宠到那种程度，如今一个人在油烟里熏烤，不是太可怜！

可怜最能拉近人与人之间的距离——有香气的女人与没有香气的女人之间的距离。二妹子几乎是被大家簇拥着送到嫂子面前的。

二妹子瘦了，确实瘦得让人可怜，下颏尖得恍如一只瓢把，眼窝边尽管抹了一层粉，但因为陷了下去，还是能够看到那一圈乌青，尤其她笑时，脸腮上有两道弯弓一样的褶子，就和嫂子从镜子里见到的自己脸上的褶子一样。在见到二妹子最初的一瞬，嫂子心里头真是有一种说不出的疼，那疼是疼二妹子，又是疼自个儿。她和二妹子之间从来都没有过这种联系，因为她们俩的命实在是太不一样了，一个，被男人宠得蹭一下脸身体里都能冒香气，一个，被男人烦得从没正眼看过她的脸，不正眼看不要紧，哪样伺候不好还要挨骂；一个，从来不用操心，男人死了，又有哥哥宠她，给她开小馆，而另一个，眼看着自己的男人把钱拿给小姑子开小馆，帮着跑前跑后，买锅碗瓢盆收拾卫生，结果小馆落成，坚决不让她

靠前。现在，两个命运不一样的女人在嫂子眼里有些一样了，脸上都有了弯弓一样的褶子。这让嫂子眼圈有些放红，她不但眼圈放红，还伸手拉过二妹子的手，说："都是你哥太霸道了，他不让俺去。"

二妹子说："俺早就想回来，可是俺心情老是……老是不好。"

二妹子回来看嫂子，不想提到心情，只想说说感谢的话。她不想说心情，不是怕自己伤心，她经历了夜里的沉底，不会再沉了，正因为她感觉到自己不会再沉了，才要回来看看嫂子。她不想提到心情，是一说心情就要说起自个儿男人，而嫂子最不爱听的，就是她跟男人之间如何如何好。有一回她回娘家，话赶话说到她脚上的鞋，嫂子问："你那鞋边怎么城里人似的，白净净的？"二妹子说："还不是他给俺擦的。"结果，话音刚落，嫂子立即转身。那一上午，嫂子没跟她说一句话。可是，二妹子不知道，现在的她和过去的她是不一样的，现在的她男人死了，死了男人就等于塌了天，她的天都塌了她有什么不能说的？！她连天都塌了，说什么都只能让人可怜让人心疼！她甚至应该趴在嫂子肩头大哭一场。

那个上午，尽管二妹子没有趴在嫂子肩头大哭一场，但是她们说了很多体己的话，这是她们姑嫂八年来从没有过的。八年前，嫂子也是一个娇气的女子，在歇马山庄小学当代课老师，可是因为她的爹妈在一件衣裳上偏向她，骂了她的姐姐，她的姐姐服毒自杀，她的名声从此就坏了，都说她要尖儿。嫂子是要强的，为了改变自己要尖儿的名声，她不惜从一个富有的人家嫁到儿女一大帮、炕上还有一个瘫婆婆的刘家，这些年来，一边教学，一边屎呀尿呀地伺候婆婆，因为伺候婆婆她经常晚来早走，最后连学都教不成了。她人虽被学校打发回家，她的名声却真的好了。她的名声好了，可是随之，她的手骨节粗大肿胀起来，她的嗓音粗糙沙哑起来，她的身材鸭子一样走起路来践达践达的，使男人除了在黑灯瞎火的时候偶尔拨弄一下，白天根本看都不愿看。三年前，二妹子在家时娇气得不得了，家里的活儿一样也担不起来，下田、做饭、喂猪，全在嫂子身上，给母亲洗点脏衣服也要戴胶皮手套，手脚养得又白又细不说，成天就讲穿衣打扮。谁都以为，她也会和她嫂子一样，只要结了婚，就会变成一个老妈子，就身上哪哪都得粗糙起来，可是哪里知道，人家居然遇到了一个打心眼稀罕她的男人，那男人不但没让把她皮肤变粗，把她的心都养细了，细到能体会自己是一棵槐树。可是命运这东西就是有着这样奇妙的力量，它把两个从一开始就不一样的女人弄到了一样，弄到了现在这样：一个，虽有男人，却从来不看她一眼，从来不知道一棵槐树被摇晃是什么滋味；一个，虽被摇晃过，摇出了一身的香气，可是，那香气只能靠回想。

让命运之手弄到一样不幸的两个女人，在这个上午，居然说着说着，说到一个相当深的地方，说到了二妹子的身体里。这是嫂子一直想问却一直没有勇气问的问题。她过去没有勇气，主要是不想承认自己命不好，现在，有二妹子做伴，她已经不怕承认了，因为她的命和二妹子比，还算好的，二妹子一再说："嫂子，俺夜里想一想，打心眼儿羡慕你，有一个完全的家，一个女人有个完全的家，是最大的福分，别的都是白扯。"

二妹子真心地羡慕嫂子，这太难得了，她从来都没有羡慕过嫂子。她们的谈话，如同在嫂子脚前垫了一块结实的石头，让她尽可以大胆往前走。有二妹子的羡慕在那引路，嫂子知道，她不管怎么走，在她们的言语中，她的生活都是结实的。不像以往，满怀好意把二妹子迎回来，话儿说着说着不知不觉就翻到虚空里去，就觉得自个儿简直是个倒霉蛋儿。

嫂子说："二妹，你说他姑夫活着那会儿，大白天进门就去蹭你的脸，是真的？"

二妹子愣了一下，随后难为情地笑笑，见嫂子眼光里蓄满了特别的渴望，就抿了一下嘴，说："是，他就爱那样。"

嫂子说："他那样你觉得好受？"嫂子的目光依然是特别的渴望。

二妹子说："当然好受，和做那样事一样好受，俺觉得整个身子都在动。"

嫂子说："你做那样事觉得好受？"

二妹子不假思索："当然好受，你难道不？"二妹子没想到自己会反问，这让她立即有些紧张。不过，没一会儿，二妹子就看到了嫂子干巴巴的眼睛里，有了羡慕的神情，是在她面前从没流露过的羡慕的神情。不但如此，她还满怀真诚地说："俺真羡慕你，俺一辈子也没有尝到女人的滋味，你那死鬼哥哥就像推土机，不上身拉倒，一上身就突突突的，从不管俺死活。"

3

新的日子就这样开始了，二妹子再也不去想男人了，再也不去想自己的命有多么不好了，她尝过做女人的滋味，又是那样好受的滋味，她实在没有什么不知足的！

这是以心换心的结果，也是以不幸换不幸的结果。后来几个晚上，二妹子还和嫂子一起，串了于水荣家、宁木匠家。她们串门的唯一话题还是有关身体，当然都是嫂子挑起的话头，已经快六十岁的宁木匠家的，听了二妹子的讲述，居然眼泪汪汪抓住二妹子的手，说："俺家那死鬼从来就没摸过俺。"那样子恨不能把二妹子当成她家的死鬼，让她摸一下。

在经历了风门一次又一次响动之后，小馆门前通向歇马山庄的道不再是道，而是风口，二妹子只要看到它，都能感到温乎乎的风正贴着地面向小馆吹来。女人们只要上镇赶集，都要跟二妹子打声招呼，目光贴心贴肺的亲切。

当然，二妹子不会知道，在她感受着从歇马山庄吹来的暖风的时候，这三岔路口的小馆带给村里女人是什么样的感受。太阳出来了，是从小馆里升出来的，月亮出来了，也是从小馆里升出来的，因为从歇马山庄的角度看，小馆在东边，和太阳月亮同出一处。而在过去，她们是根本不往东看的，即使看，也不觉得小馆跟她们有什么关系。现在，小馆跟她们有了关系，是那种扯筋连骨的关系，比如一看到小馆，就想到二妹子，一想到二妹子，就想到她的不幸，一想到她的不幸，自然就想到自个儿的不幸。有这不幸连着，小馆自然就像太阳和月亮一样，明晃晃地照耀着她们。太阳和月亮照耀她们，冷与暖你自己体会。于水荣有一天来到小馆，不无感激地跟二妹子说："真奇怪，俺一望到小馆，就不觉得屈，在早，俺就觉得屈。"

在三岔路口，突突突的拖拉机声不绝于耳，可是二妹子再也不一趟趟往外跑了，不但不跑，且听了像没听到一样，毫无反应。因为有一村子的爱惜，二妹子真正告别了她那缠绵的过去，她那因缠绵而悲苦的过去，二妹子最可喜的变化，是对小馆有了经营意识。一粒种子一旦落入土地，生长是它不能抗拒的选择。二妹子把自己打扮成一个赶集的女人，到镇边的小馆挨家取经，她的主动是过去无法想象的。二妹子取回的最重要的经，是在一个小锅里又炖菜又烀饼子，菜炖在锅底，饼子贴在锅边，叫"一锅出"，这个经里最精髓的地方，是贴在锅边的饼子有一半是浸在菜里的，沾了鲜味和油香。这个经里另一个精髓的地方，是量大，价格又便宜，适合这一带饭量出奇大的卡车司机。

这个经取到之后，二妹子也像镇边小馆那样，用块木板写到外面。一锅出，价格 5 元。看到二妹子有了积极的态度，有一天，她的哥哥领来一帮客人，是村干部和镇上的干部，这使二妹子多少有些发慌。急得一身热汗，胸前和后背湿了一片。关键是她把鱼炖煳了，弄出一屋烟火味。

在二妹子心里，比她大五岁的哥哥有着这样的位置，他的眼神是父亲的，不管她做出什么出格的事，他都容忍，默许。五岁那年，二妹子为了给自己缝毽子，把哥哥心爱的狗皮帽子铰了，结果，愤怒的不是哥哥，而是母亲。母亲疯了一样拿着笤帚到处揲。父亲一直偏向女孩，为了不让母亲得逞，瞅母亲不注意时，把她藏到萝卜窖子里，让她在菜窖里待了两天。在这两天里，哥哥小猫一样躲过母亲的目光，给她送饭。他的笑是母亲的，虽然极少见到，见到也是仅仅从牙缝里流出那么一丁点，火星星一样，可他不笑便罢，一笑，就让你觉得光芒四射。然而就像百合花的花期，因为它过于短暂、仓促，反而让你久久不忘。当两天过后哥哥牵着她的手从菜窖走出，气得半死的母亲突然咧嘴笑了，那笑，让二妹子每每想起，都大冷天见了火一样浑身发暖。当然，在二妹子那里，哥哥对她的疼爱超过了父亲也超过了母亲，是父亲母亲谁都不能替代的，在她趴在菜窖子的两天里，她吃每一顿饭，哥哥都在边上吞口水，他的肚子都哗哗响，她问："哥，这是什么声音？"他说："不知道，是地下水吧。"出来之后，她才知道，哥哥是故意把他那份饭端到外面吃才得以蒙混过关的。

因为有地下水在悄悄渗透，在母亲瘫痪之后那些年月，二妹子做好了饭，第一碗总是先盛给哥哥。如今，又有机会给哥哥做饭了，二妹子竟然慌乱地弄出一屋烟火味。

不过，她的哥哥一直平静地坐在那里，偶尔闪出一星笑，似乎在暗示二妹子没关系。她的哥哥对嫂子从来不会这样，如果做煳饭的是她的嫂子，他会立即瞪眼，然后摔掉筷子，破门而去。这是标准的北方乡下男人的风格，老婆不过是挖进筐里的菜，谁进了他的筐，谁就得罪了他。

不过，二妹子的哥哥，在第一次往小馆领人这一天的笑，确实跟以往

是不一样的，因为，他看到了他的想法在一步步实现：公款在自家小馆消费。这是他开小馆初衷中最要害的部分。

临走，他签了一字单据之后，跟二妹子说："好好弄，俺常来。"

接下来的日子，二妹子开始制定菜谱，这是镇边那些小馆都有的，也是开业之后哥哥一再向她提醒过的。熘豆腐、木耳炒肉、一锅出、猪肚炒白菜、炸黄花、酱焖鱿鱼，在她再也不觉得自己有多么不幸的日子里，在她仿佛又回到为姑娘的从前的日子里，那菜谱里写进的每一种菜的料，都恍如槐花一样挂在了她的眼前，让她闻出一缕缕从小馆外面、从更辽远的世界飘过来的香气，而不再是身体里的香气。

实际上，在二妹子一心一意琢磨生意上的事情的时候，她早已经忘记了身体为何物。就像她对拖拉机的声音已经毫无反应一样。尽管偶尔的，有村里的女人们赶集时招呼她一嗓子，或嫂子没事到小馆门口站一站，热腾腾的眼神让她还能想起曾经谈起过的话题，但也仅仅是想起而已。关于身体里的体会，早就飞离了她的身体。

实际上，季节也早已飞离了五月，就像一只手早已飞离了二妹子身体一样，三岔路口的槐花被入夏的雨水打落，碎成一地花瓣，苍蝇翅膀似的呛在泥土里。在这个以槐花的碎落开始的夏天里，二妹子之所以能够闻到槐香，是因为她看到那落入泥土的花瓣正在一阵阵雨水的浇淋中腐烂、消失，变成了无数只苍蝇。它们在小馆的门口升飞、滑落、撞来撞去，越是到了黄昏时分，越是要在热烘烘的窗外欢聚一堂。

小馆东边，有一条从歇马镇伸过来、直通到岫岩城的油漆路，小馆前边，有一条朝歇马山庄劈过去、通向歇马山庄西边的几个村庄的土路，一天当中，除了那些骑自行车到远处倒腾烟草的生意人偶尔停一下，除了那些永远在途中的大卡车司机或拖拉机手偶尔停一下，这一带的农民，极少有进小馆。零星的十几个客人，分散在漫长的十几个小时的夏日的白昼，寂静和沉闷，自然成了二妹子小馆驱逐不去的苍蝇。

早先，刚开业时，小馆也寂静，可那时因为二妹子一直对路上的拖拉机留心，那拖拉机又总是来来往往此起彼伏，寂静和沉闷也就被突突突的轰隆声覆盖。而现在，这声音居然被二妹子心中的另一种东西覆盖了，那另一种东西，是一个正常的经营者必不可缺的东西：渴望来客。

在二妹子的小馆正式开业一个多月之后，渴望来客这种心理，使二妹子越来越体会到了寂静和沉闷，因为这坐落在旱地里的小馆，来客实在是太少太少。

应该说，一个正常的经营者对客人的渴望，在二妹子那里是得来不易的。它经历了这样的过程，一程程地沉到悲苦的尽头，然后升起来，气球一样升起来，然后回到现有的生活里，用自己的不幸，找回来自娘家、来自后方的温暖，然后，用娘家人的不幸，比如嫂子、于水荣、宁木匠家的，填平自己的不幸，使她能够真正从身体里告别过去，然后，然后就是现在这样，如一个贪嘴的老鹰，成天睁大了眼睛，抻着脖子站在小馆门口，朝远处的油漆路上张望……一天一天，直到黄昏时分，蚊子和苍蝇们在热烘烘的窗外欢聚一堂。

小敏的到来，就在这样的黄昏时分，好像那聚在门口的苍蝇，正是为了迎接这远道而来的不速之客。一个大卡车在三岔路口停下来，车门打开后，下来了两个人，一个是司机，一个是小敏。小敏在跟司机往小馆走时，看不出与这一带乡下女子有什么不同，她的头发甚至有些乱蓬蓬的，苞米地才钻出来一样。不同，是进门之后才显出来的，她说一口好听的普通话，她一坐下，就主人似的，要过菜谱点菜，说由她请客。二妹子虽没见过什么世面，大方大气的女人她也并不觉得意外，让她意外的是，她点完菜，就自己进了后厨，向二妹子要过炒勺，说："姐，来，我来给你爆三样。"弄得二妹子长时间不知所措。

这是一个热气腾腾的晚上，整个小馆都因为小敏的加入而显得富有生气，她熟练地操作在炉灶上，做了爆三样、肚丝青椒、豆瓣鲫鱼汤、黄瓜拌粉丝，之后端起最后一盘菜大声冲外屋喊："来啦——"，清脆的声音恍如雨天滴在瓦楞上的雨水，一路倾泻而下，震得小馆屋檐下的地面嘣嘣作响。

当然，真正让二妹子觉得热气腾腾的还不是这些，是她热辣辣的眼神，是她火一样烤人的笑脸，在吃饭的时候，她居然说服了一向怕见人的山沟里的外甥，让他和二妹子一道坐在他们中间，这让二妹子有一种回到

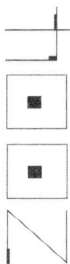

她原来那个家一样的温暖。听得出，小敏和卡车司机是在路上认识的，她搭了他的车，所以，她要请他吃饭。可是，因为有她热情的牵动，那司机居然也家里人一样和二妹子碰杯。

好久了，自搬到小馆以来，二妹子的外甥从没这么开心过，他告诉小敏他叫王树生，是杨树沟王家屯的王，弄得小敏和司机一阵大笑，因为他们根本不知道杨树沟的王家屯是什么地方。作为交换，小敏告诉王树生，她叫吕小敏，是黑龙江兆丰县的吕，弄得二妹子和王树生也开怀大笑。

世界上没有不散的筵席，尤其黑龙江兆丰县的吕和辽南王家屯的王的筵席。因为是小馆里少有的欢乐，这筵席散得尤其觉得快，当吕小敏要和二妹子结账时，无论是二妹子还是王树生，目光都瞬时黯淡下来，如同吊在棚上的电灯突然低了一百度。然而，奇迹，就在这一瞬间发生了，吕小敏呼啦啦和司机离开小馆，却没有上车，她看司机上了车，随后在下边砰一声关上车门，而司机，好像早就同吕小敏说好了似的，门一关，轰隆隆就起动了。

虽然留恋晚饭时分小馆的气氛，可是吕小敏没走，二妹子和王树生都愣在了那里。他们你看看我，我看看你，这时，只听吕小敏说："姐，俺给你当厨师，不，服务员也行，咱可不可以试试？"

就像有人突然给二妹子送来一样礼物，她喜欢，但要还是不要，她需要好好想一想。这个礼物摆在二妹子面前，其实已经由不得她想了，因为朝前望，大卡车已经走远了，往后看，一晚上的快乐仍然像雾气一样弥漫在身后的小馆里，二妹子几乎不假思索，就抓住吕小敏，说："太好啦，你给俺当厨师！"

4

如果说娘家人对二妹子的接纳，使她开小馆有了热情，那么吕小敏的到来，更使二妹子对寡居的生活有了热情，这实在是一个重要的收获。那天晚上，睡在一铺炕上，她们一谈谈到后半夜，吕小敏告诉她，她也没有男人，她十九岁就结了婚，生下两个孩子之后，她做生意的男人甩掉她跑了，跑到哪里，不知道，据说是看上了一个倒木材的佳木斯女子。为了养活两个孩子，她不得不把孩子放到乡下娘家，一路南下找工作。

和二妹子一样，这也是一个不幸的女人，公理公道说，一个女人被男人甩了，心里的滋味不会比男人死了好受多少，可是吕小敏的样子，实在看不出有什么不开心，她一晚上一直重复的一句话是："姐，想开了，千万别跟自个儿过不去。"

这句话意味着什么，在二妹子看来并不重要，重要的是二妹子有了一个伴儿，有了一个助手。一个不受宠的女人，往往都是那些能干又聪明的女人，她们不知道是因为太能干太聪明了，才不需要男人宠她，还是因为男人不宠她，才变得格外能干和聪明，反正，和二妹子比，吕小敏真是太能干了，手脚麻利不说，待人接物周到细致，滴水不漏。

为了配合二妹子的收获，村长哥哥第二天下午就领来一伙人，说是镇工商所的。她的哥哥是在早上"查岗"时看到吕小敏的，对木已成舟的事实，哥哥不但没有表示反对，反而用惊异的目光看着二妹子，意味深长地说："行呵，老板娘决策得不错嘛！"

苍蝇在黄昏时分，于小馆门外欢聚一堂的时候，小馆里边的人们，也终于能够像苍蝇一样欢聚一堂了，这是二妹子做梦也没有想到过的。这些欢聚一堂的人，与苍蝇们最大的不同是，他们欢聚是有中心的。比如那些工商所的人，目光紧紧盯着吕小敏，她苍蝇一样在屋子里飞来飞去时，笑也是长了翅膀的，人在后厨，你在饭厅里就能听见，如果她人在你的对面，那么她的笑往往要穿过你的头顶，震荡在整个屋宇，使喝酒的人们恨不能拖住她的笑，不让她的笑溜走，让她的笑跟她的人一起陪着喝酒。到后来，她真的被他们拖住了，灌了她整整一大杯，她一点不恼，也丝毫不见醉意。

人与苍蝇另一个不同则是，苍蝇们欢聚往往要在黄昏时分，要有许多苍蝇，人却不是。不管小馆里有一个客人还是两个客人，不管一天里是上午还是下午，只要有人来，吕小敏无一例外都要弄出欢聚的气氛。比如一个赶马车的车老板，日头底下晒蔫了，进门来一直打不起精神，吕小敏见状，冲对方打一个飞眼儿，之后脆生生地说："老哥，妹子一看你就知道家里就有一个漂亮老婆。要不怎么看见妹子就抽着脸呢？"对方情不自禁地就笑开来，不但笑开来，还粗声大嗓地说："嗨，别提俺老婆多漂亮啦，脸上的雀斑比墙上的苍蝇屎还多。"屋子于是一阵哄堂大笑。

　　其实，对于二妹子，最重要的收获不是在有客的时候，而是在没客的时候。一没客，吕小敏就在二妹子身上动开脑筋："姐，你头发丝真好，就是发型老式了。""姐，你腿这么长，要是穿超短裙，肯定棒。""姐，你嘴唇这么厚，不用画口红，只描一描唇线，就保你性感。"

　　二妹子好浪，却一直是孤独的浪，除了他的男人，她很少得到人们的赞扬和批评，为此，她在海边的家里镶了五面镜子，东屋、西屋、堂屋、厦屋，包括街门口的墙壁上。她只要在院子里走动，就随时随地都能看到自己，就可以随时随地地作着自我表扬和自我批评。现在，虽然死了男人让她无心打扮，可是吕小敏的出现，还是让她觉得快活，那种遇到知己的快活。

　　通过几天相处，二妹子隐隐感到，某种气息正在她们中间发生作用，使她们在不断地相互吸引，严格说，是吕小敏吸引二妹子，而不是二妹子吸引吕小敏。她们太像了！都讲究穿戴，在乎外表，都在乎自己的穿戴和外表带给男人的反应，只不过二妹子过去只在乎一个男人的反应。或许，正因为这一点，才使二妹子的性格不如吕小敏那样开朗大方。虽然二妹子不像吕小敏那样开朗大方，但这丝毫不意味她不想那样做。比如，在那个有镇工商所的人来的那个下午，被男人们喊过来喊过去，拖着她让她陪他们喝酒，二妹子内心里其实一直是羡慕的，就像她羡慕嫂子身边有个哥哥一样。

　　因为吸引，二妹子在不自觉地向吕小敏靠近，这是一种可想而知的局面，她烫了头。后来她才知道，吕小敏刚来那天乱蓬蓬的头发，其实是一种很时髦的发型，每一根发丝都是烫过的，烫过了，再一根根拉直。二妹子也买了一条超短裙，在歇马镇的集市上走了好几个来回才买到的。这超短裙的好处在于，它看上去腿露得大，露出了某些重要的部位，其实你在外面什么也看不见，反而显得个子高、苗条。二妹子也开始画唇线，早先，二妹子一直以为一画就会血淋淋的，其实根本不是，吕小敏在她的唇上唇下各画一条浅浅的线，不但不血淋淋，反倒突出了嘴唇的颜色。

　　因为有了伴，因为被吸引，一段时间以来，二妹子彻底忘了身后的歇马山庄，忘了娘家嫂子。就像进入夏季的人们总难记起是哪一个时辰让她们脱掉了长袖衣裳，露出白花花的胳膊一样。那是一个分外烤人的午后，穿了超短裙和坎袖衫的二妹子突然要回一趟娘家。二妹子想回娘家，并不是想起好长时间没回娘家，而是那一天，一个开轿车的司机拎了一兜蟹子来小馆煮，饭后剩下两只，让二妹子想起嫂子。

关于小馆里新来的女人，关于超短裙和钢丝头，村子里的议论早就像黄昏时分的苍蝇一样纷纷扬扬了。这一点二妹子是应该想到的，可是，她不但没有想到，甚至忽视了至关重要的一点，村里女人们赶集，再也不来小馆了。这至关重要的一点，是她在往家走的路上想起的，因为当她过了山岗，进了歇马山庄屯街，她发现街上的女人们纷纷缩回脖子，正在大街晒草的于水荣，分明是看到了自己，却装没看到，一扭头回了院子。

二妹子无法知道她对于水荣的伤害有多大，她是她的朋友，她的男人为了挣钱供孩子上学年都不回来过，可是她从外面招服务员却想不到自己。得知消息那天，于水荣眼里一瞬间涌满了水雾，再也不敢在人群里待着。自二妹子从海边回来，不管抬头低头，她总能想起二妹子，总能想起她三年前那张脸。那张脸被哗啦啦的苞米叶子托在秋天的野地里，因为羞红，就像一个红苹果。那时她们还没结婚，她们刚从婆家过节回来，凑到一块讲各自的秘密，各自第一次跟男人接触的秘密。那是八月十五刚过，于水荣的男人就在本村，不好意思讲，就逼二妹子讲，二妹子不讲，两个人就在苞米地里厮打起来。其实她们不讲，绝不是不愿意讲，而是她们心里头的秘密太多了，千头万绪，密密麻麻包了一层又一层，不知该从哪里打开。最后，于水荣拽住了二妹子头发，让她疼，她才不得不憋红了脸，说："他，他蹭俺脸了。"这句话，在二妹子死了男人之后，她什么时候想起，什么时候就止不住眼泪，她太知道她那"蹭"里的深意，为此，她在条筐里，一天一天为二妹子攒鹅蛋，因为她看见她的脸再也不是苹果，而像晒干的地瓜干，黄焦焦的。

可是……

当然，伤害最大的还是嫂子，嫂子受伤害，不是因为二妹子招别人而不招她——她是官太太，不可能去当帮工；也不是因为二妹子招人没告诉她——有她霸道的男人在前边挡着，决定什么，自然没她的事儿。嫂子受伤害，主要伤在二妹子的钢丝头和超短裙上，有人把眼睛看到的二妹子向

她描述时，她挺直的腰杆一程程就佝偻下来了。自二妹子回来之后，嫂子的感觉从没像那些日子那么好过，二妹子眼气她羡慕她，她再也不像从前那样自卑了，再也不去在乎男人是否回来晚，不在乎男人是否愿意搭理她了，她甚至走起道来腰杆都觉得比原来直了。二妹子在这么短的时间里烫了钢丝头穿了超短裙，这让她想起了二妹子身体里的香气。关键是，她的男人不理她，她的男人晚上不回来，都因为外边的小馆里有二妹子招的那种女人，她早就听别人说过，在歇马镇边的小馆里，到处都有外来的鸡。

二妹子拎着蟹子从屯街上走进院子时，嫂子正在院子里晒衣裳。嫂子没有迎出去，也没说一句"回来啦"，眼睛滚珠似的从二妹子头上滚到脚底。再从脚底滚到头上，然后，转过身，向屋子走去。在迈开第一步的时候，她踢碎了堆积在院子里的一堆干鸡粪。

嫂子眼珠子在自己身上滚动，二妹子觉得很不舒服，好像扒光了她的衣裳。不过，二妹子还是跟在后边进了屋，并温和地说："嫂，给你和哥送两个飞蟹。"这是二妹子惯有的作风，也是乡村做小姑子的在嫂子面前惯有的作风，忍让。

嫂子没接二妹子的话，在二妹子坐到炕沿时，眼珠再一次从半空移到二妹子身上，仿佛只扒光衣裳是不够的，还有撕开她的肉，因为她的目光在扫到二妹子的大腿时，不动了。不动，却不是直视，而是斜视。

嫂子说："寡妇门前是非多你知道吗？"

二妹子看着炕沿，没有吱声。

嫂子说："全村人都盯着小馆你知道吗？"

二妹子还是没有吱声。

嫂子说，嫂子的声音越说越大："你哥把你弄回来开饭馆是让你看拖拉机你忘了吗？你刚死了男人就这么打扮起来你不怕别人笑话？你让你哥你嫂面子往哪搁？"

嫂子的话，一开始，还像藏在深巢里的一只只鸟，呼啦啦地飞出来，带起了一阵冷飕飕的风，到后来，一经说到哥嫂的面子，就不再是鸟了，而是连珠炮，因为她的音调愈发变得尖锐，她所说的事情愈发变得可怕："开窑子不能开到家门口啊！咱再怎么也不能让别人戳咱脊梁骨啊！"

嫂子的话带给二妹子的反应，一点也不亚于当初听到丈夫翻车的喊声，耳朵在一瞬间就轰鸣开来，画了唇线的嘴唇也筛沙子似的发抖。关键是，嫂子在炮轰她时，说出了一个有鼻子有眼儿的证据：有人亲眼看见吕小敏后半夜从停在道边的卡车车斗里出来。嫂子说到这里，竟哭了，一再说："开窑子也不能开到家门口！这是让人戳脊梁骨！"

从歇马山庄往回走的路上，二妹子恨不能把自己的头发剃光拔净，恨不能上谁家要条裤子，把超短裙换下来，她觉得身后有无数双眼睛，正箭一样朝她射来。它们射向的，本是她的头，她的腿，她却觉得它们穿过了她的头和腿，直逼她的脊梁和心窝，以至使她走起路来一倾一倾的，被风吹动的稻苗一样。

5

这是一个什么样的夜晚呵，二妹子很早就关了小馆的屋门上炕睡觉。因为只有这样，脱下超短裙才显得正常，只有这样，她那一头乱蓬蓬的头发才不显得多么招摇。

不管二妹子怎么掩饰，她的反常吕小敏都是可以看出来的，她离开小馆时一脸的喜气，满面的春风，走出老远了还回过头来冲吕小敏笑，可回来后，不但不笑，脸阴得很沉，几乎就没怎么说话。不过，吕小敏该怎样还怎样，热腾腾地接待了傍晚时分来小馆里的两拨客人，之后长时间地对着镜子，用一只镊子拔出遍布在眉骨上的多余的眉毛，再之后，跟王树生玩棋子，直到九点钟，上炕睡觉。

二妹子早早躺下，却毫无睡意，小馆里一点点声音她都能听到。苍蝇的声音，王树生的声音，电冰箱吱吱啦啦的声音。当然，听得最清晰的，还是吕小敏的声音。她的声音隔着墙壁传过来，温吞吞的，并不明亮，但此时，在二妹子听来却宽敞又明亮，就像秋天的早上刚打开窗户时飞进来的蝉鸣。

在二妹子从歇马山庄回来的晚上，吕小敏的声音，充斥在油烟还没散尽的气体里，拥有房子一样的体积，使二妹子感到压迫、压抑。这气体，看上去跟歇马山庄有关，跟嫂子有关，是二妹子从嫂子那里带回来的，其实，从吕小敏刚来那天，那气体就尾随在小馆的屋里屋外了，比如她在

和她、卡车司机以及王树生其乐融融地唠嗑的时候，在工商所的人们和她的哥哥争抢着拉吕小敏的手，让她陪他们喝酒的时候，在她灵活的眼神和笑声在小馆里无遮拦地飞来飞去的时候，那样一股气体就出现了。她的张扬，她的风骚，不仔细看，你根本看不出来，它藏在她的热情里，让你投去羡慕的目光之后，往往要深深地叹气。其实那股气体，就包裹在她的羡慕里，尾随在她的叹息里，只是她根本不知道而已。

现在，二妹子知道了，因为她已经感到压迫了——吕小敏的声音从门缝里溜进来，从往昔的记忆中溜进来，让她感到了压迫。可是那到底是一股什么样的气体呢？她为什么早先不觉得而直到现在才觉得呢？嫂子的话再一次在耳边响起："你往家弄也不能弄一个鸡呀，开窗子也不能开到家门口呀？！"

虽被一股明昧不清的气体压迫，二妹子却一直是仰躺着一动不动，直到吕小敏进屋之后。在吕小敏进屋时，二妹子还勉强地同她笑了一下，如同一个熟人在海边相遇。二妹子在海边拣海菜的时候，常常会遇到村子里的熟人。那个在二妹子看来混浊的、明昧不清的夜晚，她仿佛一只从海滩摆渡到深海里的船，一瞬间变成了身后海滩的局外人，可以清冷地站在海滩之外，审视着身后海滩上的一切。

二妹子局外人似的审视着吕小敏，自然是大有收获的，这收获，不是吕小敏在那个晚上真的干了嫂子向二妹子描述的那样的事，不是，而是另一种东西，是吕小敏身上的香气。那香气在她躺到她身边时，从她那褪下来的乳罩上流出，从她那拥挤的胸脯里流出，刚揭开蒸锅的热气一样，扑鼻而来。这香气让二妹子想起她久违了的槐花的香气。但与那香气明显不同。吕小敏身上的香气有一股刺鼻的瓶装花露水的味道，这味道让二妹子心里发堵，让她觉得从胸口到嗓眼儿胀乎乎的，好似塞了乱麻。

当然，重要的收获还是在第二天晚上获得的，但是可以肯定地说，如果没有第一天晚上的收获，就不会有第二天晚上的收获，至少二妹子不会有耐心闭着眼睛等到十二点以后。十二点以后，小馆门外响起了轻微的刹车声，随着，吕小敏从床上轻轻爬起来，穿上衣裳，蹑手蹑脚走出去。她轻轻地，开了睡屋的门，又开了小馆的风门。谁在呼唤她出去，她去了哪里，二妹子不知道。她一直躺着，并没有像想象中那样跟出去。但确凿的事实是，吕小敏出去了，离开小馆有半小时之久，之后又蹑手蹑脚返回，之后带着一身湿漉漉的香气躺到炕上。在她躺下十几分钟之后，门外响起了车发动的声音。那声音不是大卡车也不是拖拉机，更不是摩托车，而是轿车。因为它发动时，是那么轻微，风掠地面一样。

那个晚上，二妹子一夜没睡，吕小敏的身体仿佛一团火球，烤着她烧着她，让她躺也不是，坐也不是，有好几次，她都想穿上衣裳，到客厅或者到外面去。

那天晚上，如果二妹子真的去了客厅或外面，也许后来的事情不会发生。远离了吕小敏的身体，关于身体的想象总归要少一些。可她一直平躺在吕小敏旁边。她不但闻到了她身上花露水的香味，她还闻到了一种说不清楚的味道，那味道虽说不清，但让她闻后，愈发心乱，以至于使她整个一个晚上都躁动不安。

正是一个晚上的躁动不安，使歇马山庄女人们期待的事情，或者说嫂子期待的事情，在这个夜晚刚刚过去就发生了。

当时，吕小敏正在镜前耐心地化妆，挂在唇线上和眼线上的妩媚露珠似的，一闪一闪，看着妖艳照人的吕小敏，二妹子说话的音调有些劈岔，一棵树被闷雷劈了岔一样，声音很难听："吕小敏，你，你走吧。"说罢，拍到桌上五十块钱。

吕小敏没有停止动作，似乎一点都不意外，似乎她这么认真地化妆，就是为了离开这里。吕小敏什么也没说，慢慢地把妆化完，然后，收拾自己的东西。不过，吕小敏的伤感还是显而易见的，因为她的脸突然灰下来，仿佛有一朵乌云正笼罩在那里。不过，她拎包往外走时，还是笑着往餐桌上放了一个纸条，之后跟二妹子说："姐，这是我的手机号，什么时候需要我，给我打个电话。"

二妹子也笑了，是那种居高临下的笑，仿佛在说："哼，俺怎么会再需要你！"

吕小敏的背影消失在早霞的光辉里，当然是王树生眼里的光辉，他怅然若失地站在门前。

打发吕小敏，二妹子最想做的事就是收起超短裙，扎起蓬乱的头发，在镜子前端详一下自己。其实，她一早起来就换了原来的衣裳，把头发也

扎起来了，只不过没来得及照镜子而已。她不放心自己是否又回到了从前的样子，这对她好像特别重要。在她照镜子时，她的哥哥来了，她的哥哥像往常那样，没什么目的地在屋子里转，在他转过一圈后，二妹子还是告诉他一早决定的事。她的哥哥愣了一下，之后皱了皱眉，眉心顿时堆出不快，但他什么也没说，又转了出去。

小馆顿时又恢复了原来的样子，吕小敏没来时的样子，寂静、冷清。因为有热闹的时光做着比较，一下子清静下来，二妹子还真的有些不能适应，那情形就像坐在一辆速度飞快的卡车上，突然遇到刹车，晃得一溜前倾。外甥王树生问她要不要泡木耳时，二妹子居然愣愣地瞪着他，好长时间回不过神儿。

寂静的日子，清冷的日子，就这样开始了，确实是没有充足的准备，就像吕小敏刚来时她没有充足的准备。然而同是没有准备，过去和现在是不大一样的，过去的没有准备，是二妹子对到来的一切全然不知，并因此让她感到新奇；现在的没有准备，是二妹子对到来的寂静太熟悉了，她因为熟悉这寂静而感到恐惧。在吕小敏走后的那个早上，二妹子不设防地感到一种恐惧，一种往昔的什么又会再现的恐惧。为此，二妹子即使没客来，也绝不坐下，她努力使自己陷入忙乱，比如帮王树生切菜，擦桌子扫地。

实际上，那往昔就在她身边，在餐桌旁，在后厨里，在小馆屋檐下。在餐桌旁，是一跳一跳的身影，在后厨里，是一颤一颤的笑声，在小馆屋檐下，是闪闪发光的笑脸。当然，最最重要的，还是她超短裙下面扭来扭去的大腿。在这猝不及防的寂静里，那条淡灰色的超短裙煽动出一股股热气，使二妹子不时地摆一摆长长的裤腿，释放着那里的燥热。

吕小敏的气息在小馆里驱之不散的时候，二妹子恍如飞动在半空中的苍蝇，一会儿门里一会儿门外，就像她刚来小馆，一听拖拉机声就门里门外来回跑动一样。追随拖拉机的跑动，其目的她是清楚的，是想丈夫。而如今的跑动，除了跑动，她看不到目的，她不知道自己究竟在想什么。

因为看不到目的，在吕小敏走后的第一个黄昏，二妹子进入了这样一种状态，小馆开业伊始的状态，手握一只苍蝇拍，痴呆呆地坐在凳子上。因为跑动了一天，太累了，坐下来时一摊泥一样，给人下沉感。二妹子痴呆呆看着苍蝇，看着它们飞起又落下。它们中有的，喜欢沾有油腥的桌面，不时地飞走再不时地返回，就像小馆的客人们不时地进来又不时地离开一样。而有的，却一直待在天棚上，它们在那里，从东北角飞到西南角，再从西南角飞到东北角，它们不管飞到哪里，就是不下来，它们不下来，看上去并不是不屑于与贪恋油腥味的苍蝇为伍，而是因为什么迫不得已的想法，因为它们不时地，总要回过头来往下看。当然还有一部分，既不在桌面，也不在天棚，而只贴在窗户的玻璃上，它们是被外面的光线吸引了，长久匍匐在那里，不回头也不转头。当然，匍匐在玻璃上的苍蝇，大都是一对儿，是一个趴在另一个的身上，它们发出嗡嗡的声音，激动不安地抖动着翅膀，似乎有一种难以抗拒的力量控制了它们的身体，使它们不得不贴着玻璃的表面，直升机似的一点点上升，盘旋，盘旋，上升。

看到了这样的情景，二妹子并没像以往惯有的那样，腾地站起来，抖动手中的苍蝇拍，在屋子里一阵狂轰乱舞。二妹子只是静静地看着，一动不动地看着，直到黑夜降临。

然而，在这个开除了吕小敏的夜晚，在这个一对对苍蝇在玻璃上激动不安地抖动着翅膀的夜晚，随之而来的，却不是一张血肉模糊的脸，而是一张闪闪发光的笑脸，而是吕小敏的身体。

吕小敏的身体浮现在她眼前，是赤裸而光洁的，脱去了超短裙，褪掉了乳罩，屋子里顿时散发着瓶装花露水的香气，二妹子甚至看到了她身体被某种东西控制之后的激动不安，如餐厅玻璃上那激动不安的苍蝇。是这时，另一个男人的脸出现了，那个男人，不是黑夜里控制吕小敏身体的那个男人，而是二妹子的丈夫。二妹子是在想象那个控制吕小敏身体的那个男人时，想到了她的丈夫的。而在此刻想到她的丈夫，他已经不再是那个被车碾得血肉模糊的人了，而完全是干净的、完整的，不但脸是干净的完整，身体也是干净的完整的，有着某种能够控制女人的力量的。

这是二妹子丈夫死后从没有过的情景。

当二妹子看到自己健康的丈夫在向自己走近，充斥整个屋子的瓶装花露水的香气顿时消散了，变成了槐花的香气。因为她看到，她的丈夫正一程程挨近了她，他的手正一点点伸进了她的胸脯，之后又将脸紧紧压下来。于是，一棵树被震天动地地摇晃起来，香气正从脸下的嘴唇边，胸脯深处，小腹下边往外流，令她的屋子芳香四溢。

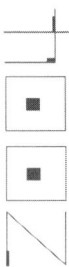

早已告别了身体的二妹子又回到了身体，这是二妹子无论如何都不能想到的局面。曾几何时，她一遍遍向嫂子、向歇马山庄的女人们讲身体里的事，讲得一点感觉都没有了。现在，那感觉又回来了，回到了她的身体，是水一样流动着香气的身体。她其实已经完全彻底地沉浮在深水里了，身下的浪潮一涌一涌，身上的浪潮一颠一颠，那浪潮本是涌在她的后背，颠在她的胸前，却不知怎么就撞进了她的骨缝，渗进了她的肌理，因为当她在深水里沉浮到后半夜，她发现她的下体确有一泓泉水在汩汩直流。

6

就像某一天，她沉进水底再也无处可沉，最后又湿漉漉地升起在小馆里一样，而今，二妹子再一次湿漉漉地升起在三岔路口的小馆里。只不过从前的沉浮，是心情的沉浮，如今的沉浮，是身体的沉浮；从前的沉浮，其实是沉，如今的沉浮，其实是浮。只不过以前的湿漉漉，是头发的湿漉漉，如今的湿漉漉，是整个人的湿漉漉而已。

经历了一夜水中身体的沉浮，二妹子从里到外，都是湿漉漉散发着气息的样子。她依然穿着那身长袖衣裤，依然扎起烫过的头发，依然不化妆不描唇，只抹一层淡淡的粉底，可是她的脸腮和嘴唇都是潮红的，包括脖子，脖子下的颈窝，包括那又细又小的手。那天早上，二妹子在大道上堵小贩买菜时，两只手轻轻地揉在一起，它们不时地变幻着，一只手从另一只手中湿漉漉地脱颖而出，仿佛它们是一只只让人心疼的鸥鸟。当第一个客人来到小馆，二妹子居然像吕小敏一样，连人带声一起迎了出去，"大哥里边请——"声音的响脆犹如铜铃。尤其重要的是，当被招呼进来的卡车司机摘下遮阳帽，脱了外衣，露出英俊的脸膛和宽厚的肩膀，二妹子的眼睛里，居然生出一汪水一样活泛的光，那光在里面一闪一闪时，她走路的姿势都不一样了，跟吕小敏似的，不由自主就扭扭扎扎了。

这是一个非同凡响的日子，在这样的日子里，二妹子一段时间以来麻木的身体彻底苏醒了。说彻底，是说只要有男人来，她都感到她的身体沐浴在男人的目光里，那男人，其实也不是男人，是她的丈夫，她把所有男人都当成了她的丈夫。她的丈夫看她，是一看就见了底的，是一看，就非得动手动脚让她心动如水、骨缝流香的。说起来，小馆里的来客，没有一个跟她动手动脚，但这一点儿也不影响她的心动如水、骨缝流香，因为她一直有着那样的想象，喜欢她身体的男人又回来了。

喜欢她身体的男人，实在不是个了不起的男人，他小个子小身板小眼睛，黑黢黢的脸色，附着一些粗粗的毛孔，永远像从窑洞里才熏出来一样。人瘦，手和脚却大得出奇，站在海边出海的那些男人群里，怎么说他都是最不起眼的一个。他甚至有些懦弱，从不敢大声说话，相对象时，因为他眼神总躲着二妹子，她一直不答应媒人。如果不是因为哥哥娶了嫂子，她留在家里碍事，如果不是因为媒人天天跟着她，她是坚决不会嫁他的。可是，结婚之后二妹子才知道，有一种男人，看上去不像男人，没有男子气，可是关起门来，是真正的男人。他迷恋女人的身体就像农民迷恋庄稼地。没有男人不迷恋女人身体，可他的迷恋里边，有一种本能的怜惜，寸土寸金的怜惜，无处不到的怜惜。他从来都不直奔主题，他粗咧毛糙的脸蹭你，你的脸会有触电的感觉。他的手掌宽大肥盈，手指却瘦削细长，他的手在你身体上抚动时，柔软又细致，让你觉得你是他手下的一块面一汪水，在他的精心弹弄下，你不得不从里到外地细致起来，不得不从头到脚地松软起来蓬勃起来。关键是，因为他的弹弄，你觉得这一天一天跟他重复的事，是世界上最大、最最重要的事，就像农民种地是一年中最最重要的事一样。而你，会因此觉得，自己是一个真正的人，真正的女人。

二妹子一直以为，所有的男人都和她的男人一样，所有的女人也都和她一样，后来才知道，根本不是那么回事。那些半年半年出海的男人告诉她，他跟他们不一样，他们不可能因为怜惜女人身体而放弃出海，弄个拖拉机突突突地拉石头。后来，那些出海男人的女人告诉她，她跟她们也不一样，她们在许多时候，都是她们男人身下的一个物，她们用你时不管三七二十一，而只要用完，再就不理你，就像她的哥哥对她的嫂子。

在这非同凡响的日子里，二妹子还真的见到了她的嫂子，是她亲自登门的。这是小馆开业以来嫂子的第一次登门。就像二妹子上次回家，不知道嫂子窝了一肚子气一样，这做嫂子的也根本不知道，在这样的日子里，二妹子身体里有一汪水在汩汩流动。嫂子走进小馆，似乎有些不好意思，

下垂的眼角没来由地抖了又抖，但很快，就稳住了，上面就弯出了一丝笑，是深藏着某种得意的笑。她上前握住了二妹子的手，说："咱改了就好，改了就是好样的。咱不能让人戳咱脊梁骨。"

嫂子的意思，二妹子迷过路，做过错事儿；嫂子的意思，她迷路了，如今又回来了，她做错了事，如今又改正了。是这样吗？二妹子下意识从嫂子手中抽出手，像那天吕小敏走后，愣愣地打量着小馆的寂静一样打量着嫂子。

嫂子自顾啰里啰唆，泥沙俱下，什么寡妇门前是非多，什么绝不能让于水荣来小馆干，到后来，她居然又讲到了脊梁骨，仿佛二妹子小馆，只要开一天，就是耸在歇马山庄眼里的脊梁骨，说得二妹子不得不瞪大了眼睛。

不过，不管二妹子眼睛瞪得多大，嫂子的话都是苍蝇在嗡嗡嘤嘤，二妹子没听进一丝一毫。因为后来，小馆里来了一个客人，那客人是倒卖大葱的葱贩子，他一进门就吵吵饿死了，要二妹子赶紧弄饭。二妹子所有的葱都在他那买的，是熟人，她一边做饭一边大声地跟熟人搭话，嫂子不得不找机会溜出门去。

这是二妹子自己都难以想象的事情，只要有客来，她就满心欢喜，要是听到三岔路口有大卡车停下来，或拖拉机自行车什么的停下来，或者，是那些和她有菜肉交易的男人，她就会觉得他们是奔自己的身体来的，就像她男人活着时每天都直奔她的身体一样。这是一份极其奇妙的体会，她的整个身体都是开放的，向外偾张的，兴高采烈的。为了释放这份开放的、偾张的兴高采烈，她的腰身会不由自主地扭来扭去，像被摇晃的槐树一样。有一回，一个脸上有着疤痕的过路司机手被铁板划破，进小馆找她包扎，她的手指触到了对方的手，她的眼前居然闪现了丈夫的手，他的手和丈夫的手那么像，手掌宽大，手指却瘦长，眼前闪现丈夫的手，她的下体不由得一阵痉挛，随后，她感到整个身体都颤动起来，就是这时，在小屋里，她抱住了卡车司机，她把他的手送到她的体内，之后引导他，让他摇晃她。

他显然没有丰足的经验，手在被她送到她的下体的时候，脸忽地涨红，接着，喘不过气来。有一瞬间，他给她的感觉是拒绝，他的身体在往后退，一块贴在树干上的泥巴要离开树干一样往后裂，但仅仅是瞬间，很快，那泥巴接受了某种引力，往前倾去，这时，泥巴和树紧紧箍在了一起，并以排山倒海之势向身后的土炕倒去。

司机什么时间离开小屋，怎样离开小屋，二妹子全然不知，她只是长时间沉浸在身体里，仿佛有一团火球滚过了皮肤，滚过了她的小腹，燃烧了她的骨缝。它滚动的时间，一点也不因其气势的强大而短暂，它在二妹子体内滚动的时间是那么长久，以至当它最后成为一堆黑黢黢的灰烬时，外甥王树生在门外已经等不及，为新来的客人猛敲她的屋门。

新来的客人不是别人，而是于水荣。于水荣真的抱来了一筐鹅蛋，当二妹子整理好衣服，从小屋里出来，于水荣已经坐在客厅的凳子上了。

于水荣见二妹子从屋子里出来，赶紧站起，亮着粗哑的嗓音："妹子，给你补补身子。看你瘦的。"

如果说以前于水荣攒鹅蛋是为了二妹子，那么现在便是为了于水荣自己了，因为她在这句话后面，还跟了句："你需要人手跟俺说一声。"

二妹子毫无反应，她看着于水荣的眼神，像不认识她一样。她愣愣的表情，仿佛在说你是谁呢，你来干什么呢，俺为什么要补身子呢？

事实上，当二妹子身体里有了巨大的惊天动地的摇晃，她觉得除了身体，身外的一切都远离了她，与她没有关系，什么嫂子，什么于水荣！那天下午，二妹子跟于水荣在小馆里坐了很久，她们面对面坐着，她们彼此看着，她觉得有很多话要说，却支支吾吾地说不出一句。

就像一棵野地里的庄稼一点点长出地面，二妹子长出了她的地面，远离了她的土地。这样的变化预示着什么暂且不说，要说的是，在她看来，真正需要补一补的是于水荣而不是她！她是结实的、肥润的，吸足了水分。当和卡车司机有了惊天动地的一场，再站在镜前，不管怎么看，她都觉得自己是结实的、肥润的，就像野地里一天天壮大鲜艳起来的庄稼。

这是夏季里一个干旱日子延伸出来的又一个干旱的日子，三岔路口的油漆路面上蒸发出浩如烟海的水雾，这样的日子，连苍蝇都没了兴致，一个个停落在小馆门前的下水道边，懒懒地伸展着翅膀；而从南边开过来和从北边开过去的车，也分外地少，即使偶尔开来一辆，也并不停下来，似乎贪恋走动时的风。这个日子，因为太热，二妹子换上了那条脱下很久的超短裙，以及那件纱料的坎袖衫。她换上它们，绝对是因为热的缘故，而非某种意义上的反抗，实际上，在经过了身体的苏醒之后，她的一切都

是自然而然的。她除了等待，就是盼望。等待有客人来，盼望有客人手被钢板划出血。倒是换上这身衣裳时，吕小敏的身影在二妹子眼前闪现了一下，如同云缝里突然闪出日头的光芒。于是她从穿衣镜和墙面的缝隙里抽出一张纸，展开，在心里念了一遍上面的号码，1399867××××，不过二妹子没打电话，她念完，合上纸，又坐回小馆门口，远远地打量着路面上蒸腾的水雾。

这是一个相对安静的下午，所谓安静，是说没有人让二妹子热情洋溢，也没有人让二妹子槐香四溢，但是，这绝不意味着二妹子在承受孤独，绝不！因为在这灼热的等待和盼望中，一个奇怪的念头从蒸腾的水雾中升了起来，就像那水雾在油漆路的远处脱离地面升了起来。那念头踩着路边的树，在树枝上一跳一跳，最终跳到二妹子脑门时，让二妹子不由自主地悸动了一下。

受一个念头的驱使，二妹子从小馆门口来到睡屋，之后在装衣裳的箱子里随意翻找，之后，拎着她找到的东西又坐回了小馆门口。

在这三岔路口相对安静的下午，二妹子在等待和盼望中，一针一线做着针线活，往一条淡粉色的内裤上绣花，她没有绣花针和撑子，只用一般的缝衣服针，只用左手的食指和四指撑着。她绣的是槐花，那槐花开在内裤的腰部，不是一朵，而是无数朵。那槐花开在内裤的腰部，不是一条内裤，而是无数条内裤，因为在接下来的日子里，只要一闲起来，二妹子就开始绣花，似乎这是她用来打发等待和盼望时光的最好办法。

实际上，在二妹子男人活着的时候，她穿的所有内裤都绣了槐花，只是他死后，她一遭烧掉了它们。实际上，在二妹子一针一线绣着的时候，等待和盼望已经不属于她，或者说，因为过于用心，她早已忘了等待和盼望。她一心只想着往内里、往深处打扮自己的身体。在她的身体里，有一个储藏着一汪槐花香气的地方，她日夜默不作声地绽放着、盛开着，她一次又一次地鼓动二妹子的双手，让它为她点缀，为她张扬，为她绽放和盛开。

内裤上的槐花给二妹子带来了什么，只有二妹子自己知道。当把绣有槐花的内裤穿在身上，她觉得她的胯部随意扭动一下，都要散发出热辣辣的气息，就像吕小敏曾经释放在小馆里的热辣辣的气息。是在这时，二妹子才知道，吕小敏初来小馆时洋溢在脸上的火辣辣的热情，原来根源在哪里。也是这时，二妹子才明白，为什么她一来，就让她羡慕，就让她觉得熟悉。

带着一身热辣辣的气息，几天之后，二妹子接待了一批镇上的客人。

那客人自然是哥哥领来的，是镇土地办和税务所的。自吕小敏走后，她的哥哥还是第一次往小馆领客，她的哥哥一进门就把二妹子叫到一边，告诉她要热情些。二妹子听罢，微微一笑，那样子好像他哥哥的担心根本没有必要。

那个晚上，二妹子的表现确实大大超出了哥哥的想象，她不但嬉笑欢声的，还一个一个陪大家喝酒，曾经蜡黄的小脸在酒的作用下粉红盈盈。一个叫李丙刚的税务所的所长，一直纠缠二妹子，要搂着她的脖子和她喝交杯酒。因为有哥哥在场，二妹子迟疑着，有些不好意思，后来，做哥哥的看出妹妹的意思，借机上了厕所。这时，二妹子把一只手搭在李丙刚的肩上，另一只手端着酒杯，眼对着李丙刚的眼。那李丙刚，膀大腰圆，肚子腆在腰带外面，一张国字脸灌了鸡血一样紫红紫红，眼神色眯眯直勾勾的。但二妹子没有丝毫怯意，不但迎了上去，还爬了进去，就像一只蚂蚁看到洞穴，不知不觉就爬了进去。就像她端在手中的酒，一个咕噜，就喝了下去。当她把手中的酒喝了下去，在座的男人一阵热烈鼓掌，然后是震荡屋宇的哄堂大笑。

那天晚上，二妹子做了一个梦，她梦见了她死去了的男人，他从她海边那个家的院门口走进来，紧紧地搂住她，他在搂住她时，还是她的男人，小个子小眼睛，黑黑又瘦瘦，可是不一会儿，就变成了李丙刚，他变成李丙刚，看不到脸，只能闻到嘴里热烘烘的酒味，那酒味猪槽里的剩猪食似的，臭烘烘辣乎乎的，刺鼻，以至把二妹子从梦中熏醒。

从梦中醒来，二妹子才知道，原来是自己喝多了，她的胃里，正有一股辣乎乎的东西在往上返，她于是赶紧爬起，跌跌撞撞跑出睡屋，跑出小馆，一顿铺天盖地的呕吐。

吐过之后，喝一口水，回到屋子，二妹子再也睡不着了。二妹子看着漆黑的天棚，回忆着那个梦，那个梦中自己的男人，那个梦中的李丙刚。他们似很近，又似很远，他们在你不用心想时，都很近，好像就在眼前，可是你一用心想，他们就走远了，无影无踪了。当他们无影无踪，二妹子看见了另一个人的身影，那个脸上有着疤痕的卡车司机。

实际上，几天来，她在门口一直等待的，不是别人，正是这个卡车司机。他，是她男人死后沾过她身体的唯一的男人，在这间屋子里，在她的积极调动下，他把她当成了一棵槐树，他扯骨带筋地摇晃过她，留给了她刻骨铭心的回忆。事实上，在那个等待的下午，正是他，鼓动了二妹子往身体里打扮，往内裤上绣花，只不过他一时间被她的耐心遮掩了而已。

想起卡车司机，二妹子自然又沉浮在深水里了，是身上一颠一颠，身下一涌一涌的深水，是与卡车司机一道游荡起伏的深水，在那样的深水里沉浮，二妹子又是一夜没睡。

7

因为等待，二妹子在后来的日子里开始化妆了，都是吕小敏曾经教过的那种，脸腮要涂上淡淡的口红，唇边要画上浅浅的唇线，如果把二妹子的身体比作一张白纸，那么里边内裤上的图画画满了，自然要画到身外，就像水满则溢。当然也是无客的时候无事可做的缘故。有一天，二妹子还上镇上染了头发，是深棕色的，上边飘了几缕苞米绒一样的浅黄；还买了一条珍珠项链，据说是假的，但戴到脖子上效果很好，一直垂向她的胸前，衬得她整个人都闪闪发光。她买来最满意的东西还是一个提花胸罩，那胸罩是黑红两色，黑的地儿，红的花儿，花儿活灵活现地镶嵌在边缘上，跟她内裤里的花形成了搭配，这使她回小馆换上以后，好长时间不愿套上外衣，使她在穿了外衣的等待中，有意无意的，就朝自己胸口扫一眼。

二妹子的打扮，二妹子毫不掩饰地从身体里往外流淌的渴望，散发了一种什么样的信息，引导着她的命运朝一个什么样的方向去。她不知道。

一个黄昏，一个过路司机吃过饭，要结账时，格外给出五十元钱，随后跟出句："来吧，上车。"

二妹子当时愣住了，不明白他什么意思，但很快，她就明白了他的意思，因为她看到，他看她的眼光是轻佻的，急于发泄什么的轻佻。二妹子感到有一个硬东西在心里硌了一下，接着，她把五十块钱递过去，摇摇头，什么也没说转回了后厨。

这个夜晚似乎过得有些不快，那不快不是来自轻佻的目光，而是来自五十块钱。五十块钱，让二妹子想起嫂子的话："窑子铺开到家门口了。"她不是开窑子铺的，这是一定的，可是想起这样的话，或多或少抑制了二妹子身体里某种正常的渴望，比如她在镜子前看到自己耸得挺高的胸脯时，不知道自己是谁，不知道自己这么袒胸露腿的，要干什么。

或许，正是这种迷失，才铸成了后来的事情，就像一个人在一个荒无人烟的山岗上迷了路，随便遇到一个什么人都可以被他领走。后来，快九点钟的时候，小馆里来了一个人，镇税务所的李丙刚。李丙刚好像在外面喝了酒，敲开小馆的门，满嘴的酒气。他一进门就大呼小叫："二妹子，你李哥来了，二妹子，你李哥来了。"好像他与二妹子有什么约定。

二妹子回应他："李所长你好呵！"

谁知，二妹子刚刚迎上前，李丙刚就用他汗淋淋的胳膊从后边搂住她，之后把她抵到墙上，小声说："哥知道，你早就想哥了，哥知道，哥那天就知道。"

二妹子没有动，二妹子不动，不是怕弄出声音惊动了外甥王树生，不是，王树生吃过饭就去了歇马山庄了，屋子里只有二妹子。她是觉得这个男人很好，没有跟她谈钱。不跟她谈钱，这让她对他有些感激。她在李丙刚肉乎乎的胸脯贴到她的背上时，感到了来自体内不能抗拒的需求，那需求在她体内盛开好多天了，就像那盛开在内裤上和胸罩上的花朵一样。二妹子听任李丙刚抚弄，他的手甲壳虫似的，从她的后背爬进来，毛毛草草就爬向了她的前胸，他的手毛毛草草爬向她的前胸，他的嘴喷出了热烘烘的气流，使她的脖子一阵阵发痒。到后来，当他的手从她的胸脯滑向她的小腹，二妹子突然变被动为主动，就像那天对待那个卡车司机那样。她紧紧钩住男人的脖子，然后将男人往屋子里引。来到睡屋之后，他把她掠倒到炕上，一件件扯掉了衣服。然而，当她身子被一个石碌子一样的东西压住，她没有感到那种惊天动地的摇晃。本来，她感到自己是一条鱼，被封在厚厚的冰层下面，她已经看到有一个镐头从冰层上刨了下来，冰层却丝毫不为所动，那本是尖硬的镐头，可不知为什么突然弯曲了，软了，扭转了方向，使她在隐隐看到了某种希望之后，突然大失所望。当李丙刚从她的身上下来，她的身体像一条冻僵的鱼一样，直僵僵地横在那里。

二妹子的堕落，就这样从大失所望开始了，从李丙刚开始了。之所以

说是从李丙刚开始，而不是从那个卡车司机，是说李丙刚之后，二妹子有一种十分急切的心情，想找到一种区别于李丙刚的男人。她从来不知道，一个男人，会把她变成一只僵鱼。于是，在盼不来卡车司机的时候，跟倒卖大葱的张福顺有了一次。当然都是她主动，她陪他喝了酒，喝得醉醺醺的，就跟他上了车。他们因为发生在车上，那来自深处的摇晃并不彻底，但对比李丙刚，还是好了许多，至少，他破冰而入了，他跟她共同沉入了海底世界。

二妹子从没觉得自己是在堕落，这首先因为有一股香气终日在小馆里悬浮，托起了她的身体，让她觉得她的每一个日子都是有奔头的，就像当初在海边的每个日子。有时，与一个人的身体接触，其感觉不如当初和卡车司机的感觉，比如后来又有肉贩子王四，但这丝毫不影响她对身体的盼望，因为恰是这不如，使她的寻找变得急切，变得不可阻挡。

在这样的时候，小馆在二妹子的生活里是这样的，它像一个家，却又不同于原来的家，原来的家是封闭的，是只供自家人进出的，而现在的家，是敞开的，流动的，是可供很多人进进出出的；它同样坐落在土地上，石头墙，石棉瓦的顶，这里整天冒着油烟，热热闹闹，但这一切，不过是提供了二妹子忙碌的前台，在后边，那个屋子，那铺炕，偶尔某个晚上，承载着两个人的身体，是盛开的。而在这一切的背后，还有一个人，他的男人，他不必出现，但他永远存在，他远远地望着她，让她觉得她并不孤单，让她觉得，身体只是身体，与嫁人无关，也与道德无关。

那是一个雨过之后的早上，刚刚打开小馆的窗户，蝉的叫声就从三岔路口的树上荡进来，随后，霞光也铺洒过来，它们先是在远处的树梢上房顶上闪烁和跳跃，之后一点点的，就洒向了小馆的墙壁、窗口，洒进了小馆的屋子。

这个早上，因为空气清爽，也因为做了一个好梦，二妹子心情格外地好。梦里，她坐在一艘小舢板上，在一望无边的大海上飞。海风很大，一阵阵吹过，鼓荡着她的裙子，她好像穿了一条又肥又长的裙子，风在她的裙子里鼓荡时，仿佛一个气球把她托起来，飘飘欲仙，舒服极了。梦里的裙子让她舒服，二妹子一早醒来就在箱子里翻找，她真的有一条又肥又长的裙子，是两年前在海边时用纱料自己缝的，六片儿。一段时间以来对超短裙的喜欢，她早已忘了它。她找出它，上边压了细细密密的褶子，二妹子舀了一碗水，喷雾似的一口一口向裙子喷去，然后把它叠好，坐到屁股底下压一压，然后，就穿了出来。

穿长裙的二妹子，一早在小馆里进进出出，有一种莫名其妙的感觉，觉得好像有什么好事就要到来。因为只要她走动，那裙子就呼呼带风。

好事真的就来了，是在上午十点钟时来的，那好事来到小馆，不是什么事，而是一个人。那人来到小馆，就是二妹子的好事。那人不是别人，是她曾经盼望过等待过的卡车司机。

虽然，一些天来，二妹子早就忘了卡车司机，但他的到来，还是让二妹子喜出望外。这自然和一早的好心情有着不可分割的关系，也就是说，他走进了她的好心情里，他才让她喜出望外。她让他坐下，给他倒水，之后到后厨里为他炒菜。她在迎他进来之后，两个人谁也没有说话，他的目光一直是冷冷的，但那冷冷的目光后面，藏着一种不可阻挡的气势，因为他的小眼睛一直没有离开她，准确地说，没有离开她的身体。这让二妹子感到身子鼓鼓荡荡的，如梦里在海风中鼓荡一样。

真正鼓荡的感觉，还是在后来。后来，二妹子跟卡车司机上了车。因为是大白天，在小馆里有诸多的不便，他们只有上车。卡车司机在上车的一瞬，看了一眼二妹子，好像在问，上哪去？二妹子领悟他的意思，下颏轻轻一扬，车于是就轰隆隆发动了。

二妹子下颏指向的地方，是往岫岩城方向的一座山，叫老黑山。他们只用了二十分钟，就来到老黑山的山口。司机把车停在路边，之后朝山洼里走去。北方六月的山野，一篷一篷的绿，人头高的柞树丛里，一些叫不上名的小花在静悄悄地开放，有黄色、蓝色、紫色，柞树肥大的叶子罩在它们上方，形成一团团晃动的阴影。二妹子走在前边，一跳一跳，仿佛一只小鸟，把卡车司机扔下老远。当终于在一个缝隙里与卡车司机会合，一只肥大的裙子一下子就窝藏了两只鸟。

一只肥盈的手掌，不用引领，自己就推动了瘦削而细长的手指在身体的山峰上滑动，柔软、细致、寸土不让。一双灼热的嘴唇不甘落后，追随着手指，在手指的所到之处留下潮湿的印记，使二妹子渐渐酥松开来，蓬勃开来，使二妹子身体的芳香一汪水似的从骨缝里流出，流遍了山野，如同那些不知名的花开遍山野。

实际上，树丛里野花的香气是清冽的、恬淡的，有着某种不易察觉的

苦味，远不及裙裾下面流出的香气那么浓郁，那么甘甜，那么酣畅淋漓。二妹子在最后一刻，一直喊着一个人的名字，程土根。程土根是她死去的男人，她之所以在这时喊她男人的名字，是她觉得，这是她被摇晃最彻底的一次，她身体的每一条骨缝都打开了，和她男人活时的感觉一模一样。

二妹子的呼喊并没使司机气恼，他只是两手扶住地面，擎起身子，眯起眼睛看了看她，好像这对她是很正常的事。倒是卡车司机从她身上爬起来的时候，扔下了一句话，他说："你怎么能干上这一行？"

二妹子一直平躺在树丛里，看着树叶上方的一块天空，她没有接司机的话。二妹子不接话，并不是不知道他的话是什么意思，而是她一直沉浸在身体的体会里，根本没有留意。

司机说："你很会做生意。"

二妹子还是平躺着，看着树叶上方的一块天空，愣愣地眨巴着眼睛。

司机说："谁弄了你，都不会忘了你，所以你第一次不要钱是对的。你很会！"司机说着，把手伸进他的裤兜，掏出一张一百元的票子，扔到二妹子身上。

这时，二妹子转过身，眼睛错过树叶的阴影，移到司机因为充血而红通通的脸上，之后，翻掉身上的一百块钱，爬起来，脸仿佛被日光长期照射的柞树叶子，突地有些发紫，她气呼呼地说："你把俺当成什么人啦？"

二妹子的话倒使司机有些发愣，他眯起眼，将二妹子推到远处，仿佛要认真打量一下她。司机说："你说你是什么人？你是鸡呗，靠卖肉为生的鸡！"

"你！"二妹子提起裙子，一高跳起来，大声喊道，"你混蛋。"二妹子喊完，身子一闪，流星一样闪到了柞树的后边，朝山下走去。扔下司机在那里捡拾扔在地上的一百块钱。

8

回来时，二妹子一直坚持步行，司机在山路口把车调过头，等她上车，但她从车旁走过，没有抬头。从小馆到老黑山的山道，看起来很近，似乎过一个岗子就到，可是步行起来，却觉得越走越远。因为累，因为急着小馆里的生意，二妹子每走一步，都要多一层对自己的不满。就像多日以前，因为招收吕小敏，遭到嫂子一顿训斥而对自己不满一样。然而那一次的不满，有一个确定的目标，赶紧脱掉超短裙，做一个和嫂子们一样的女人。而这一次，二妹子没有目标，她不知道自己为什么不满，似乎既是对自己，又是对司机，她一边觉得自己不该跟司机出来，一边又觉得司机不该说那样的话，毕竟，他跟她一样，身体是快活的。

二妹子一程程走着，一股气在她的胸口一程程窜着，就是在二妹子气鼓鼓地迈着大步往小馆走的时候，一辆已经超过了她的卡车突然一个急刹车，在二妹子前边停了下来。当二妹子抬起头，一张带有疤痕的脸从车窗里探了出来。那张脸看着二妹子，毫无表情，但二妹子能从那张毫无表情的脸上看到，他是在等她上车。二妹子犹豫了一下，但想到离开小馆时间太长了，还是上了车。

二妹子上了车，司机却没有走的意思，他手搭在方向盘上，眼睛看着前方，不动。见司机不动，二妹子急了，用手推车门，要下车。司机一下子拽住了二妹子的胳膊，司机说："你坐着！"

二妹子害怕了，声音突然高起来："你想干什么？"

司机不慌不忙，慢条斯理："不想干什么，我就是想问你，你当鸡当过多少年啦？"

二妹子慢慢地回转头，把目光对住司机，呼吸一点点变粗："这你管不着，多少年你管不着！"二妹子的声音虽由高变低，但能够听出，那低低的声音里，有一个石头一样坚硬的东西。

谁知，二妹子的声音刚刚落地，司机就变了一个人似的，突地狂吼起来："我非管非管非管，你这个鸡！"

司机吼着，把两只手从方向盘上移下来，绞在一起，恨不能使上一股劲把二妹子勒死的样子。但他并没把手伸向二妹子，而是向自己腿上砸去，边砸边说："你为啥勾引我，为啥？我不是个玩鸡的男人我从没玩过！我还没结过婚！你知道不知道你这个鸡！"

司机发了火，二妹子反而平静下来，她静静地听着司机冲她发火、吼叫，一声不吭，她想："你错了，我不是鸡。"

见她没有反应，司机声音更大，说："你是个鸡你知道不知道？！"

二妹子依然很平静，她平静看着司机映在反光镜里的脸，一字一顿

地说："我不是鸡。"

"那么你是谁？你不是鸡你是谁？"

这时，二妹子再也不能平静了，二妹子用拳头使劲擂车门上的玻璃，说："放我走你放我走，我谁都不是，我就是二妹子。"

司机慢慢把车门打开，看二妹子下车，当二妹子下了车，司机说出了一句话，说出了一句让二妹子十分惊讶的话，他说："你要不是鸡，现在就跟我走，离开小馆！"

二妹子朝车上望了望，望到了司机毛乎乎的腿，二妹子想，去你娘的腿吧，跟你走？怎么可能！随后一扭头就离开车，独自走了。

在这个从一开始就知道会有什么好事的日子里，真正让二妹子惊讶的，还不是卡车司机的话，而是返回小馆以后的情景。当然那情景展示在二妹子眼前，一看就知道绝不是什么好事。在她快走到三岔路口的时候，她看到小馆门前花花绿绿站了几个女人。她们站在那里，比比画画，东张西望，当其中的一个看到二妹子，突然所有的人都转向二妹子，目光锥子一样扎过来。

事实上，二妹子刚走，王树生就上她的嫂子那报了信，说他的二姨跟一个卡车司机走了。事实上，二妹子所做的一切，都在外甥王树生的监督之下，都在她嫂子的掌握之中，包括吕小敏的事儿。只不过二妹子的事儿，嫂子一直没有找到一个合适的机会挑破而已。这个机会之所以合适，是说你不必说二妹子一句坏话，二妹子就坏了。不是有意要把二妹子搞坏，而是她真的坏了，只有让所有人都知道她真的坏了，她也许才能好。光天化日之下丢了人，自然要惊动全村，你在全村人的眼目之下从山道上回来，你干了什么不是一目了然！

干了什么？没干什么！二妹子穿过女人们锥子一样扎过来的目光时，目不斜视腰板挺直的样子似乎有着这样理直气壮的回答。这回答被女人们看在眼里，她们相互交换了一下意味深长的眼色，好像在说：看，多么招摇！二妹子看不见身前身后这些眼色，只让长裙在她的长腿上一飘一飘，使她走过的地面掠起一丝风，二妹子感受着来自地面的风，一飘一飘进了小馆。

这时，二妹子才发现，她的嫂子原来并不在门外的人群里，她正在屋子里的凳子上端正地坐着，她把一条腿搭在另一条腿上，面冲墙壁，好像墙壁上发布着某种宣言，某种与二妹子有关的宣言。

二妹子没有跟嫂子说话，嫂子也没有跟二妹子说话。那个二妹子丢失又归来了的正午，不管是嫂子，还是候在外面的女人们，还是二妹子，谁也没有跟谁说话。二妹子进门不久，嫂子就站起来走了，不肯久留的样子，仿佛二妹子的小馆，脏得不能再脏，稍留一会儿，都会沾染自身。嫂子甚至在离开小馆时，使劲抖了抖身上的衣裳。

按一般的理解，这无声的训斥，比有声的训斥更厉害，尤其这几个女人加到一起的无声的训斥，尤其嫂子哪怕稍待一会儿都不肯的无声的训斥。这哪里是什么训斥，简直是辱骂！你想想，不跟你说话，不是把你当成了畜生！人怎么可能跟畜生说话！可是，在二妹子那里，她没有半点感觉，或许，正因为嫂子和女人们没有留下训斥的话，才使她在接下来的时光里，一点点想起了卡车司机的话："你不是鸡，就跟我走。"

应该看到，这句话在当时，在他用一大堆难听的话刺激她时，她根本没怎么在意，即使在回来的路上，她也没有多想。而后来，当小馆里陷入一片难耐的寂静，当她有时间闲下来体会她的身体，她想起了司机的话。她不但想起他的话，还一程程忆起了司机一上午一直是阴森森的表情，忆起司机在一程程不肯放松的追问中痛苦的样子。到后来，黄昏之后的晚上，司机那张刻有疤痕的脸，就月亮一样照耀在小馆的屋檐下了。

那真的是一个月光如银的夜晚，因为就要进入秋天，蚊蝇们越飞越高，湿气渐渐脱离地面，小馆门前的三岔路口，微风吹来，越来越让人凉爽。在这个凉爽的夜晚，二妹子打来一盆水，把四条短裤一起浸到水里，之后就着月光，静静地看着浮动在水里的槐花花瓣。

这些花瓣，就是第一次跟司机有过身体的摇晃之后，才诞生在她的短裤里，诞生在她的等待里的。那时，她以为，她等待的只是他一个人。谁知后来，她跟了好几个男人。她跟了好几个男人，她都觉得是在寻找她的男人程土根。现在，她跟了好几个男人，可是这好几个男人，都因为卡车司机的再一次出现，消失的光阴一样在她眼前消失，最后，只剩下了卡车司机。

在这月光如水的夜晚，二妹子觉得她的男人回来了。他回来了，却

不是他的男人，而是一张刻有刀痕的脸的卡车司机。这个夜晚，二妹子无法知道，一个人正在悄悄地替代另一个人，一个人正默不作声地进入她的生活，而不光是身体。因为是这个人，让她每每想起，心口都一阵狂跳，这和早先身体的觉醒很不一样。那时，她想起男人，和心没有关系，只是体下一片潮湿，一片芳香。现在，她想起男人——那个卡车司机，不仅仅身体潮湿又芳香，她还感到了痴心想念一个人的甜蜜、焦灼。这甜蜜和焦灼，是在她结婚前的那个八月十五，跟程土根有过身体的秘密之后，曾经体会过的。

在后来的夜晚，二妹子夜夜沉浸在这种甜蜜和焦灼里，她等待着月亮出来，看着它一点点爬向中天，她和热情洋溢的苍蝇们为伍，却对苍蝇们视而不见，因为她的耳边，只有一个声音，卡车轰隆隆的声音，她的眼前，只有一个面孔，卡车司机的面孔。

这是一段什么样的日子呵！二妹子觉得和三年前没结婚时没什么两样，心里一层层裹着秘密，希望跟一个人说出来的秘密，这要是三年前，二妹子会毫不犹豫就去找于水荣。实际上，在后来的夜晚，二妹子还真的想到了于水荣，有好几次，黄昏之后，小馆没有客人，二妹子都在镜前打扮一番，然后走出小馆，朝西走去。可是走着走着，不自觉的，她又停下来，回转身，再走回小馆。

如果她有勇气走回歇马山庄，说出她的秘密，她的不幸会避免吗？不得而知。

几天以后，小馆门外的三岔路口真的响起了轰隆隆的声音，也真的出现了一个人的面孔，但他不是卡车司机，而是李丙刚。

李丙刚是在九点以后来的，这一次，他没有喝酒，人打扮得干干净净，好似刚洗了头，理了发，剃了胡须，身上还有一股淡淡的瓶装花露水的香味。见都九点了，二妹子还一个人坐在小馆门口，有些意外，但很快的，就蹲下来，小声说："想我是吗？"

二妹子看了看李丙刚，没有反应。二妹子的没有反应，刺激了李丙刚，他猛地就拦腿抱起二妹子，向车的方向走去。是快到车跟前的时候，二妹子挣脱下来，二妹子说："李所长，你这是干什么？"

月光下，呼呼带喘的李丙刚似乎想笑，说："怎么，是不是因为不给钱？"

二妹子说："李所长，你把俺看成什么人啦？"

李丙刚这时真的笑了，那种不怀好意的笑，他说："别假正经了，你和吕小敏还有什么区别吗？没有！"一边说着，一边把他的手伸过来。

"吕小敏，你也认识吕小敏？"二妹子愣住，挡住李丙刚的手。

李丙刚没有回答二妹子，只继续他刚才的话："你和吕小敏的区别，只不过玩她需要给钱，而玩你不需要给钱，你哥哥早把你抵了税钱。"

"你……"因为这突然到来的信息，二妹子一时说不出话来。她缩了缩身子，往后退了一步，之后冷冷地看着李丙刚。

李丙刚说："你放心，我只玩过吕小敏一回，她主要是你哥的，你才是我的。来吧。"

二妹子继续往后退着，往小馆的方向退着，月光刚刚还在天地之间流动，可是不知为什么突然就被一朵云罩住了，小馆门前黑了下来。小馆门前黑下来，二妹子却并没借这黑影退到小馆里，而是退了几步，突然停住脚，因为这时，李丙刚说了一句话，他说："你可以不从，但你得想想你哥，我掌握他的所有底细。"

9

二妹子身体里的黑暗，就是跟李丙刚上车之后开始的。这并不是说，因为对一个人的思念而使她对李丙刚格外反感，也不是说李丙刚关于她哥哥的那些信息让她一时心情烦乱，当然，反感和烦乱都是从没有过的，但所谓二妹子身体的黑暗，是那个晚上，二妹子和李丙刚上车不久，一帮人就由远及近地把轿车围住，之后将两人赤裸裸逮住。

二妹子被抓了，是县里扫黄打非办公室的一次集体行动，端掉了好多餐馆。他的哥哥是第二天早上才知道这个消息的，镇派出所的人打来的电话。她的哥哥早就知道上边要行动，但想不到会抓了他的妹子。主要是，他的哥哥想不到，告二妹子的，就是他的老婆，向他的老婆通信的，就是他老婆的外甥王树生。他的老婆串联了于水荣在内的村里十几个女人，在一封上控告信上签名，然后她绕过三岔路口，直接告到县里。

从来不会霸道的嫂子为自己的心情，为乡亲们的心情，终于霸道了一次，可是，在镇派出所见到二妹子，做嫂子的哭得一塌糊涂，两手一再耸着二妹子肩膀，一抽一抽地说："咱命怎么就这么不好，摊上这样的丑事？"

不管嫂子说什么，怎么说，二妹子始终面无表情，她看着嫂子，既没有落泪，也没有说话。

一周后，二妹子被放了出来，是她哥哥托人做的工作。她出来后被直接送到小馆。

二妹子回到关闭一周的小馆，没有像想象的那样换掉身上的衣裳，打扫卫生，也没有回她的睡屋躺下，而是静静地坐在餐桌边。

时至深秋，苍蝇们纷纷从外面飞进小馆，在墙壁和餐桌上飞起、落下，落下又飞起。二妹子呆坐在餐桌旁，看苍蝇们独自飞舞，它们飞着，时不时落在身边的餐桌上，不知是什么时候，不知是第几只苍蝇落到二妹子身边的餐桌上，只听啪的一声，手起拍落，刚刚还在桌子上扭动的苍蝇，瞬间碎尸万段，接着是第二只、第三只、第四只⋯⋯

看到二妹子一进门就拍打苍蝇，做哥哥的很是放心，只在屋子里站了一会儿就离开了。然而，就是这个晚上，二妹子失踪了。王树生把消息告诉村长姑夫时，已是晚上八点多了，王树生说，她打了一会儿苍蝇，人就没了，开始，他还以为她回睡屋里了，可是要吃饭时，还不见人影，四下里找，才发现人根本不在。

二妹子到底什么时候走的，上了哪里，没人知道。此后的日子，做哥哥的四处撒网，各处的水道边、沟谷里、海边的婆家都找遍了，一直没有找到。

于是，关于二妹子命运的猜想，关于二妹子当鸡的故事，关于二妹子身体里的故事，就如同苍蝇一样，在歇马山庄一带四处飞舞。直到深冬的一天，苍蝇们再也舞不动了，才有确切的消息传来，说有人在岫岩城边的一家小馆门口看见她，她大冬天的穿了一件秃领的羊毛衫和皮短裙，露着白白的胸脯和白白的大腿，要多妖气有多妖气。

原载《十月》2004年第5期

点评

　　孙惠芬的中篇小说《一树槐香》通过一个乡村女性出走的故事，书写了乡村女性的身体意识嬗变及其带来的生存境遇变化。与90年代女性文学强调个人化书写不同，孙惠芬对身体的关注，更注重呈现女性身体上铭刻的传统道德、社会阶层、权力话语、经济制度等多重痕迹。小说重现了"娜拉走后怎样"的经典议题，展现了二妹子这一乡村娜拉的生存困境。

小说中，二妹子由外在生活的改变带来了身体意识的嬗变：她与丈夫之间是爱的光芒包裹着的性，而吕小敏让她认识到了被用来消费的性。虽然二妹子将吕小敏赶走，是对乡村道德的妥协；但通过吕小敏，她又看到了女性对身体的自主权利和身体的价值，萌发了对身体的权利意识。她也反对把身体当作一种消费品，重新发现身体后，并没有用来做金钱交易，而是把性当成了寻找爱情的路径。

但在乡土社会道德传统、基层权力腐败等诸多压力之下，她觉醒了的身体变成了无法安放的身体。被李丙刚的权力话语压榨，被传统道德力量举报打击之后，她选择了逃离，到远离家乡的小馆打工。但在这里她能否保持身体的自主性与尊严，对身体的解放是否是对男性的迎合，又进一步堕落成被消费的身体，小说并没有给出答案。小说的开放性结局只是暗示消费社会并不能保证她的身体权利与尊严。

"娜拉走后怎样"的问题，在90年代女性写作中似乎已得到解决，但那些作品的主人公基本都是知识女性。孙惠芬在《一树槐香》中将性别与阶层问题交叉并置，使这个问题重新浮现。对底层女性性别和身体权利意识觉醒的书写，对其困境的揭示，显示了女性写作从90年代对个人化的强调走向了更广泛的社会关怀。

（崔庆蕾）

纸风车/

/阿　成

　　我认识一位非常好的老干部，他只要开会发言——开会他肯定会发言——发言的头一句话肯定是"我在延安的时候"。其中，延安的"安"字不读"安"，读"南"，特别有意思。有一阵子，常听到一些中老年人说"我下乡在兵团的时候"怎样怎样。这些年，在各种场合又常能听到的话是"我念大学的时候"如何如何。我一听到这样的话灵魂就不端庄了，心里就乐得直打滚儿——可是，这有什么可乐的呢？难道人家说的不是事实吗？

　　荒唐，荒唐，荒唐。

　　萧远念大学的时候——你看，这句话是避不开的——萧远和袁侃是同学，都是中文系的。按说中文不读也行，一个人如果立志从事文学，念到初中二年级就可以了，找几本书看看，应付一下中文界的事是没问题的。当然，还是读大学好，有老师在讲台那儿哇哇讲，你带着两只耳朵听就是了，省事。其他的时间该玩玩，该喝喝，该参加诗社参加诗社，该处朋友处朋友。其实，上大学就是给一个人放四到五年的长假，一定要消费好每一天。毕业以后的日子交给命运啦。

　　萧远和袁侃念大学的时候是朋友，都喜欢写诗。其实，所有的在校大学生都喜欢写诗，不喜欢写诗或者不喜欢看诗的大学生不是真正意义上的大学生，是伪大学生。这就像不逃学的学生不算真正的淘学生一样。不过，喜欢写诗或者喜欢读诗不一定要成为诗人，也有后来成为诗人的，但那是极个别的。倘若各个大学每一届毕业生净出诗人，把数理化之类的武功全废了，那社会就乱了，肯定不像话了，青年学子们全都吟着诗在街上走，那成什么样子，荒唐！而且当今又不是一个以诗取士的时代。我想，这也是校方和上级有关部门不那么喜欢诗人的一个原因。只是校方他们没有办法，也没招制止。好在大学生毕了业就不一定喜欢诗了。这是肯定的。

同学们都步入社会了嘛，要开始修身、齐家、平天下了。

萧远和袁侃的所谓喜欢写诗也就是那么回事，仅仅是一种被校园时髦的文化短期地感染了一下而已，是并不严重的诗患者。除了诗歌以外，他们俩还都喜欢打排球。不过，打也是瞎打，打起来愣头愣脑的，有些动作像被地雷炸飞起来的鬼子。他们毕竟是中文系的不是体育学院的。特别是萧远，个子不高，懒懒散散的样子，身上的各个骨头节似乎都用麻绳对付地拴着，走起路来骨头像散了架子似的。带他打排球除非是缺一个人，再也找不到别人了才把他算上。不过，他也偶尔出现过好球，凌空一跳，扣杀！让同学们吃惊。但是这种好球仅仅是偶尔。就像某大学教授张口来一句"我日你大爷！"也仅仅是偶尔而已，整体上还是一个文明的教授。

袁侃与萧远不同，袁侃长得酷，打扮也酷，个子还高，虽然球打得一般化，但风度好，有一种国家二队，即国家青年队队员的"范儿"。走起路来像一只仙鹤，人送外号"鹤步"。多情的女生见了他总是很羞涩的样子，巧笑倩兮，美目盼兮。虽然袁侃和萧远是朋友，但袁侃从不把萧远放在眼里，他的姿态太居高临下了，以至有点像话剧舞台上的那种蔑视的味道。但萧远这孩子没感觉。如果萧远打出好球，袁侃会立刻酸下脸说："×，蒙的！"萧远说是。

但这并不能说萧远没有可爱之处。萧远也挺可爱的，长着一张娃娃脸，像刚刚出炉的奶油小面包，嫩嫩的、软软的，谁都想香香地咬上一小口。许多女生，有心事了，闹心了，失恋了，转不出来了，都喜欢跟他说，觉得跟他聊安全。但是真正爱上萧远弟弟或萧远哥哥的，一个没有。

一高一矮的袁侃和萧远，在大学校园里形影不离。而且两个人无话不说——或者说是萧远跟袁侃无话不说，是竹筒里倒豆子——毫无保留，是胡同里赶猪——直来直去。上食堂呀，泡吧呀，逛书市呀，吃宵夜呀，远足呀，两个人像买一赠一的牙膏似的总在一起。

萧远的家庭经济情况要比袁侃更好一些。其实，两个人的家庭经济情况都很好的，而且家都在本市，钱不十分地愁。因此他们懒散也好，迈鹤步也好，打排球、写诗也好，酸脸子也好，都是有经济基础的。甚至连一个人的表情都是其经济基础的证明。

　　但是，大学生也像军队的战士一样，过的都是没有父母的生活。所以，必须有朋友。如果一个大学生念到大四还没有一个朋友，那就得去看心理医生了。这就像鱼和水的关系一样，水就是朋友，水就是友谊。不过，像分餐制一样，水里的鱼们并不是绝对平等的：鲸鱼不尿鲨鱼，鲨鱼不尿海豹，海豹不尿海豚，海豚不尿王八，王八不尿蟹子一样，总是有区别。但是，都生活在水里，谁离开水也活不了。朋友关系如此，国家关系也如此。

　　迈鹤步的袁侃和懒散的萧远是同在一座城市里念的大学。这座城市叫美丽的哈尔滨。哈尔滨是一座非常优雅的城市。尽管在历史上这里没出现过什么特别了不起的人物，但仍不失其优雅的姿态。总之，哈尔滨是一座有风度的城市。不错，是有人张口就骂人，但那是个别的。

　　迈鹤步的袁侃和懒散的萧远所读的大学在哈尔滨的"郊区"，即学府路上。先前的学府路是极幽静的，那条长达十几公里的街上，手拉着手有好几所大学，还有不少这"好几所大学"所孤雌繁殖出来"子学院"。汽车经过那里是禁止鸣笛的，"咣！咣！"敲锣也不行，放鞭炮也不行。现在全变了，像美国的拉斯维加斯赌城一样，这条学府路相当繁华，相当热闹。全世界的大学的周边情况也没有这么火的，像跳蚤市场一样，附近的很多设施一点文化修养也没有（即便是"新华书店"和"电子大世界"也让人有缺氧之感）。可是它们来了，投奔你来了，定居在这里了，你咋整呢？比如那种私人开的、专门为恋爱中的大学生提供服务的钟点屋，一家一家的，它们像一篇文章的各种标点符号一样地出现在这条街上，客房可以事先电话预约，业主们跟大学生都混得很熟，总开玩笑。让人惊讶万分的还有不少打扮得像小花狐狸似的女个体户，一来二去地，竟成了一些本科生、硕士生、博士生的妻子！有的都有孩子啦，大一点的孩子可以照看柜台上的生意了。这种样子，相信很多文化人是反对的。可反对有什么用呢？世界上有很多事情就是在前辈们的反对声中茁壮成长起来的。啥也别说了，人心不古哇。

　　但是，大学生活永远是美好的，是永远让人怀念的：那条街，那棵树，那个公车的车站站台，那辆扔在校园里的破自行车。遗憾的是，猛一回头，该毕业了，要离开自己生活了四年的大学校园了，真的非常非常非常心慌，真的非常非常难过，真的非常非常非常委屈，真的非常非常非常想再念下去、念下去。可是不行了，船到码头车到站了，该下车了。十里长亭终有一别，要走向社会了，要他母亲的开始自谋生路、自食其力了。那时候，在毕业生中间特别流行哈佛大学那个小笑话：一位刚刚参加完毕业典礼的哈佛学生激动异常，认为在社会上肯定机会无限。他上了一辆出租车，热烈地和司机握手："你好，我是哈佛2003届毕业生。"司机说："你好，我是1983届的。"

但是，正如俗话所说的那样："有福不用忙，没福跑断肠。" 迈鹤步的袁侃和懒散的萧远那一届中文系毕业生，差不多百分之九十（除了留校和继续读研的）都被"分配"到了报社、电台、电视台。为什么会是这种样子呢？道理简单得让人直跺脚，因为这一届大学生正赶上了省内几家新闻单位老职工退休的高峰期，有的部门专题报道组的老人都退光了，电话铃总响没人接了。这种情况对刚刚毕业的中文系大学生来说，简直是把德国的狂欢节拿到哈尔滨各大学的中文系里来办了。

吉人天相，萧远和袁侃等十几个同学，一块儿被分配到了W报社的新闻部。萧远和袁侃本想到W报的副刊部工作，两个人毕竟有一点诗歌的底子，而且在念大学的时候还分别在本市的《诗林》和《北方文学》上发表过几首诗。像萧远的《我懒散，我存在》，像袁侃的那首诗《我吃你盘子里的》，发表出来以后，反响还都不错呢。特别是萧远那句"我懒散，我存在"，成了大学生中的流行语。而袁侃的那句"我吃你盘子里的"，也变成了大学生食堂里的一句箴言。迈鹤步的袁侃的确像他写的这首诗一样，经常吃别人盘子里的好菜。显然这不是经济问题，而是袁侃的个性。其中被袁侃吃的次数最多的当然是萧远。萧远是袁侃的影子，袁侃一迈鹤步，懒散的影子萧远也跟着动了。懒散的萧远很聪明，他到学生食堂买俩菜，即便是让袁侃吃掉总量的一半，自己还有一半儿呢。就是饿不着！

但是，社会毕竟是社会，特别严肃的。用东北话说，社会不是你想咋的就咋的的社会。像踢足球似的，看着运动员到处疯跑，进了球又空翻又画十字的，但那是有规则的，乱来不行。最后，迈鹤步的袁侃和懒散的萧远在人事部部长鹰一样眼睛的注视下，还是乖乖地到新闻部报到去了。

一般说，青年人到新闻部工作日后才会有发展，至于副刊部、少儿部，那都是瞎扯淡，没戏。这俩傻小子。

新闻部的王主任是一个刚三十岁的女人，人长得漂亮，冷丁看，有点

像美国电影明星莎朗·斯通，非常性感，不过也很严肃。这大抵是女报人的基本属性。王主任开始逐个找这些新报到的大学生谈话——这是规矩，也是她的工作。再说了，一个大学生自打上班就没人找你谈话，那也太可怜了。而且，我们的社会，我们的机关，我们的报社从来就不是这种样子。谈话是我们国家上层建筑的传统。

这天轮到懒散的萧远去谈话了。

进去之后，王主任正在接电话，主任的那条修长的大腿搭在写字台上，见萧远进来，并没将腿收回来，这个职业女性已经过了羞涩期了。只是用夹着油笔的手示意萧远先坐下等一会儿。

主任接的这个电话很长，感觉内容有点庞杂。好像所有女性的电话都挺庞杂。萧远规规矩矩地坐在那儿一动不动。还是当年刚到大学报到时的样子。这时，王主任又用夹着油笔的手示意萧远自己去矿泉水机那儿压点水喝。萧远理解错了，以为王主任要喝，便起身去矿泉水机上接了一杯水，放到王主任的写字台上。

王主任妩媚地笑了，对萧远说："咋，刚毕业就学会给领导溜须了？"

萧远说："主任，您不是要喝水么？"

王主任放下电话，赞许地点点头说："好，反应挺快，而且讲得也有道理，是个干记者的料。你叫什么？"

"萧远。"

"你知道我叫什么吗？"

"王主任。"

"全名呢？"

"全名……"

"我叫王晏。"

其实，萧远知道王主任叫王晏，也知道她先前叫王燕，后来改叫王晏的。这种改名字的事在全国各大媒体的女性当中特别流行。

王主任说："走神儿了，你在想什么？"

萧远说："没想什么，正在听您说。"

王主任问："你还记得你上大学头一天的情景吗？"

萧远说："记得，那天突然下起了雨，我穿着一双白球鞋……我很为难，不知怎么办好，又怕把鞋弄脏了，又不能不走路……"

王主任说："好。在我这儿就一句话，好好干，无论干什么事都要事先请示，事后汇报，而且不分昼夜。干不好，卷行李卷儿走人。懂了吗？"

萧远说："懂了。"

王主任说："好，你出去吧。"

萧远出来了，觉得这哪是谈话，就是威胁一下自己。

……

袁侃的情况跟萧远差不多。略有一点不同的是，王主任还问了袁侃有没有女朋友。

袁侃说："没有。"

王主任说："那——萧远呢？"

袁侃说："萧远也没有。"

萧远问袁侃："主任问这个是什么意思？"

袁侃说："好色呗。这是第六感告诉我的。"

萧远说："不会不会，弄不好是想给咱们俩介绍对象吧？现在社会各界给大学毕业生介绍对象都介绍疯了。"

袁侃说："开什么玩笑。如果用正派的思路分析王主任说的话，就是，她不希望咱俩有女朋友，这样就可以全身心地投入到工作当中去了。兄弟，新闻部的工作可是贼忙啊，这之前，Ｗ报社已经累死了一个光要荣誉不要命的伙计了，听说那家伙还没成家呢，而且从未和异性同居过。"

萧远说："不过……"

袁侃说："不过你还是想像念大学的时候一样，混日子。对不对？"

萧远说："不行我就不干了，我也不是战俘。"

袁侃说："兄弟，还是策略一点吧，这儿不是大学校园。见了她咱们就装小学生儿，装幼稚，装啥也不懂，装不成熟，而且是一副忙得要晕死过去的样子，只要她一走，咱们该咋玩还咋玩。再说，咱也真是小学生、真幼稚、真啥也不懂、真不成熟……"

萧远说："要不，先找个女朋友？"

袁侃不禁吃了一惊。

萧远说:"我们已经成熟了,在这方面没必要再扮嫩了。"

袁侃听了笑得不行了,说:"哥们儿,看不出来,刚走向社会,出语惊人哪。"

由于本城的各大媒体都进了大量的新人,因此,建立一种全新的工作秩序就成了这些媒体的第一课。过去多年来一直未能改变的老的工作方式、老的用人方式、老的规章制度,以及那种吃大锅饭的老的付酬方法等等,之所以不能动,是因为那些像礁石一样的老职工们都健在,改革之船无法行驶,一行驶就触礁。干不过他们,他们是一伙不屈的灵魂,咋说也不灵。现在好了,都他娘的走了,一个个都驼背了,日落了,"渔舟唱晚"了。总算可以开始打一个痛痛快快的翻身仗了。

而迈鹤步的袁侃和懒散的萧远进入到报社的时候,正是W报社实施改革的亢奋期。那些日子,W报社几乎天天开会。过去是老领导喜欢开会,可这一拨新领导也不差哪去。其中不少新领导特别沉迷于开会,沉迷于讲话,沉迷于鸡毛蒜皮、家长里短、风言风语。而且,空话、虚话、套话、半生不熟的话,占五分之三,翻来覆去,总是那些话,任何场合都是这一套,中间肯定加上几个新词,什么"建构",什么"拉动",什么"这一块",像新上市的股票似的来回翻炒。好像衡量一个干部的标准不是能不能干事,会不会干事,重要的是会不会讲话。哇哇哇讲完了,痛快了,下班之前就开始码人,到这个大酒家或者那个大饭店,喝酒。天顶天儿的,一天不落。不过,话又说回来,并不是都弄得一团糟,都弄得像说书房似的,绝大多数部门的改革做得还是挺严肃的、挺优秀的,甚至挺人性化的,颇有欧美之风,颇有全球化的姿态,还保持着中国特色。总之,大江毕竟东流去,整个媒体的工作秩序发生了重大变化。

这样闹闹嘈嘈、沉沉浮浮地过了半年多之后,某星期一早晨刚一上班,萧远被王主任第二次叫到她的办公室。

此刻,外面的世界正好是暮春时节。所谓的暮春时节在哈尔滨,就是早春时节的模样。与之比邻的俄罗斯滨海边区的春天也是这样,因此,俄国人在一首歌中唱道"五月美妙,五月好,五月叫我心欢畅",然后是欢快地"啦啦啦……"。这首歌特别适合浪漫的俄罗斯人,似乎也暗合了王主任此时此刻的好心情。

王主任的办公室里春光乍泄。主任的写字台上多了一个大花瓶,花瓶里插着一束鹅黄色的迎春花，一束之下，伊人无比的烂漫。

王主任见萧远在看那瓶花，问："喜欢吗？"

萧远说："喜欢。"

王主任说："我也喜欢。"

萧远问："主任找我有事？"

王主任说："哦，你马上回去准备一下，明天一早跟我上广州。"

萧远："广……"

王主任说："不、是、广、岛、而、是、广、州，坐飞机去，一会儿你把你的身份证号告诉办公室，让他们订票。有问题吗？"

萧远："没……"

王主任："太突然了？"

萧远说："不是不是。好，我马上回去准备。"

萧远刚要离去，王主任突然问："袁侃这个人怎么样？"

萧远说："挺好。"

主任点点头说："年轻人什么事都写在脸上。好，没别的事了，你去准备吧。"

晚上，在松花江南岸的一家被春花簇拥的小酒吧里，袁侃给萧远饯行。饯行在古人中挺盛行的，中间停了一段儿，现在小知识分子又把这一习俗捡起来了。迈鹤步的袁侃和懒散的萧远他们在一起喝的是俄国的伏特加。其实伏特加并不咋好喝，但这是时尚，不好喝也得说好喝。

萧远把主任白天问他的话告诉了袁侃。

袁侃若有所思地说："看来，我有可能吃她盘子里的了。"

萧远笑着说："瞅你想到哪去了，离谱了。"

袁侃说："知道不，要想把一个女人拿下，首先要对她有详细的了解，然后才能做出正确的选择。"

萧远说："你了解到什么了？"

"有兴趣？"

"有兴趣。"

袁侃说："这半年，我在W报社就干了一件事，尽可能地去了解每一

个人。告诉你一件奇怪的事，咱们报社的人，包括王主任周围的朋友，包括她念大学时的同学，没有一个人见过她的丈夫。"

萧远问："那她到底有没有丈夫呢？"

袁侃说："当然有丈夫，而且至今还在一起生活。神秘得很。"

萧远试探着问："再来一杯伏特加？"

袁侃说："好！那就再来一大杯。对了，加冰块。"

萧远说："我知道。"

……

接下来就不再是饯行的味道了，春江花月夜似乎也消失了。迈鹤步的袁侃跟萧远讲述了这半年他从各个渠道所了解到的有关王主任的一些情况。

原来，王主任、王晏、王燕，和袁侃、萧远念的是同一所大学，并且都读的是中文系。当时，王晏的家是一个个体户，专卖各种食品添加剂，小门店不大，但生意不温不火还算正常，老的少的，总有人来买。而今，在美丽的哈尔滨，做大蛋糕、大面包、大馒头、大花卷、大烧饼的个体户作坊越来越多了，像江边的蚊子似的根本挡不住了。另一方面，一天三顿面食全都由自己动手蒸的古老人家也越来越少了，不少会蒸馒头的人都过世了。在过去，人们必须接纳面碱，在当代，就不可避免地要遭遇食品添加剂。显然，王燕一家选择做食品添加剂的生意是正确的。而食品添加剂又是使面食产品又白、又暄、又出数的重要原料。彼此像人和氧气、鱼和水的关系一样。关于做食品添加剂生意的点子，是他们念大学的独生女儿王晏提出来的。她向父母举了旧上海面碱大王发迹的例子，说服了父母开了这家专卖食品添加剂的小门店。正是这个小门店立竿见影的收益，使得王晏摆脱了念大学时的那种捉襟见肘的日子。

但是，正像那则古代寓言一样，螳螂捕蝉，黄雀在后。不久就风吹别调，出问题了。不是店出问题了，店只是一个载体，而是店老板的女儿王晏出问题了。

在王晏念大学的时候，放寒暑假或者双休日的时候，她总是抽空帮父母站站柜台。她是一个颇有心计的女孩子。她在想，既然开这个专卖店的主意是她提出来的，那她就应当以此为出发点，搞一些社会调研和社会实践，从而进一步了解与预测中国面食界的新走向、新追求，从而改善专卖店的经营策略，把事业做大做强。女大学生王晏心中有了这样一个课题，于是，只要有人登门买添加剂，她就主动跟人家攀谈，聊一聊，质量啊，品牌啊，利弊呀，等等，掌握一些新动向，了解一些新信息。当时王晏思考的毕业论文题目是《中文专业如何为社会的经济发展服务》。的确，光学《楚辞》有什么用？《楚辞》能让中华民族二次腾飞么？她在这篇论文中还设计了几个小题目，如"融入与策应""引导与介入"等等。王晏相信这一定是一篇A级论文，其特点是，勺中见月，以小见大。

也可能是那一段时间王晏走的路太理性了，当一个人的"理性行为"出现盲目冒进的时候，感性的东西就会不期而至，进行介入、融入，对"理性行为"做出必要的调节，从而使一个人的感情生活焕发出活力。就在这个看似很平凡但又肯定是特殊的时期，一个男人走进了王晏的感情世界。

这个男人比王晏大五岁，齐齐哈尔人。在T桥的菜市场里开了一个专做各种糕点的手工作坊。这小子是个孤儿。但这种特殊身份恰恰成了他获得爱情的通行证。他固定在每个星期六到王晏的专卖店买食品添加剂，像面粉增白剂、营养素、增香剂、甜剂、膨化食品调味料等等。这个男人不爱说话，进了专卖店里从上衣口袋里掏出一张皱皱巴巴的纸片，需要买什么都在纸片写着，念完了，直视着王晏的眼睛等着，什么也不说了。

萧远问："这家伙长得怎么样？"

袁侃说："这正是问题的关键所在。这个人长得极丑，注意，不是一般的丑，是极丑，而且眼睛里有一股凶光。用王晏母亲的话说，长得像鬼一样。"

萧远说："你是说他们两个恋爱了？"

袁侃说："不仅仅是恋爱，最后发展到王晏离家出走，那小子连糕点作坊也不要了。"

萧远问："为什么？"

袁侃说："黑格尔曾经解释过什么叫爱情：爱情就是一个人的特殊癖好和偶然的心血来潮。"

萧远问："那王主任来潮的什么呢？喜欢对方的蛋糕？我倒是听说过，有的女孩子因为喜欢吃，嫁给了大师傅。难道这个长得像鬼一样的糕

点师每天给王晏送的蛋糕里放大麻，先让她上瘾？然后让王主任摆脱不了他……一般说，个体户都是很有想象力的。"

袁侃说："当时正在念大学的王晏喜欢对方两点：一、孤儿，二、沉默。如果再加上一点的话，就是这家伙每次走进专卖店念完了纸片上要买的食品添加剂之后，都直视王晏的眼睛等着。要知道，这双直视王晏的眼睛里有一股凶光。"

萧远说："我×！这叫什么？如果我直视王主任的眼睛她就能爱上我了吗？"

袁侃说："王主任不喜欢你这种嫩黄瓜纽似的小男人。她喜欢的，我估计是那种模样长得像水雷似的鲍鱼，外面锈迹斑斑，丑陋不堪，但里面很鲜。"

"那王主任的父母同意吗？"

袁侃说："王晏的父母当然极力地反对了。那叫大学生啊，如花似玉呀，嫁给这么一个丑家伙，活傻了？疯了？老爹老妈不但要和王晏脱离父女关系，而且还要同她脱离母女关系。一切都乱了，山崩地裂，世纪末日了。"

"白热化了？"

"对。在这种情况下，王晏大学毕业之后，两个人立即去了齐齐哈尔，并在那儿又开了一个蛋糕作坊。当然也同居了。不过，一年之后又回来了。"

"发财了？一口袋太平洋卡？"

伸着仙鹤腿的袁侃说："没有。跟过去一样，甚至不如过去。"

"为什么？"

"不为什么，主要是齐齐哈尔人民不喜欢吃蛋糕。这一点办法也没有。而那个长得像鬼一样的家伙除了做蛋糕，除了孤儿的身份，除了沉默，除了眼睛里有一股凶光，其他啥也不会。就是说，他的这些优势武器里没有子弹。咋整吧？不过，那家伙的蛋糕做得的确不错。只是到此为止了，绝对成不了蛋糕大师，仅仅是一个手艺不坏的手艺人而已。两口子回来以后，可怜天下父母心哪，毕竟王晏是他们的独生女儿，没有女儿的生活还叫生活吗？就这样，王晏的父母接过他们手中的旅行袋，让他们换上拖鞋，收留了他们。当时外面正下着小雨，苍天总是很适时地配合了人间的这种悲天悯人的气氛。但他们始终没有举行过婚礼。有一次大学同学聚会，同学们发现王晏烫头了，烫的并非是时尚流行的发型，而是那种类似小狮子狗式的、传统的卷发，一问，才知道她已经结婚了。可是谁也没见过她的男人，她也从不带糕点师出席同学和朋友的聚会。"

"那他们回来干什么呢？"

"回来之后，这家伙继续干他的老本行，并且将两间铺子合到了一块儿，这边卖食品添加剂，那边卖各种糕点，整个一个微型托拉斯。而王晏去了咱们W报当记者，然后，当主任记者，再然后，当主任，很能干。但报社没一个人见过她的私人糕点师。"

"就这些？"

"就这些。"

萧远说："可这有什么用呢？说到底咱们还是她的下属。"

袁侃说："古人说，知己知彼方能百战不殆。这次，你跟主任去广州，就是一个很好的了解她的机会。"

萧远说："累不累呀？让我去不过是给她当跟班儿。我也不想了解她。没劲。"

袁侃收起了仙鹤腿说："你小子是改不了没出息的毛病了。到任何单位工作，你得把主管领导了解个透才行哪。什么事都不走心那还行？木头。"

两个聊到很晚，才夸张着醉态晃晃悠悠打车回家。

翌日，懒散的萧远至少提前了两小时，乘机场的大巴去了哈尔滨太平国际机场。而王主任当然是坐小车去的。当官的骑马，战士走路，绝对平均主义是错误的。王主任是掐着点来的，到的时间正好，换了登机牌，通过安检后不长时间就开始登机了。由于两个人换票的时间不在一起，所以座位也不在一块儿。这也是萧远有意而为之的。他不愿意跟领导坐在一块儿，背遭芒刺一般，浑身不自在，活遭罪。领导倒不在乎这种事，跟下属坐在一起旅行，想怎么样就怎么样，想要可乐要可乐，想要牛奶要牛奶，随便得很。如果同行的下属会来事儿，一路上还会把自己伺候得舒舒服服的。不仅仅是身体舒服，精神也舒服，心情也好。而且这种状态对下属有利。

小嫩黄瓜纽儿萧远坐在一个靠舷窗的座位上，他觉得这样子太自在了，像尾号中了三等奖似的，想睡就睡，想喝就喝，想上洗手间，就推推旁边的那个旅客说："唉，哥们儿，醒醒，我上洗手间。"如果跟领导坐

在一块能这么说吗？就得硬憋着，等领导醒了再说。如果领导醒了又马上站起来去洗手间，你就得再忍一会儿，等领导方便回来之后再去。如果领导去，你也去，这成什么话？所以，只要跟领导出门旅行，作为一个下属，心里又绝对没有升官的欲望，就尽可能地不要跟领导坐在一起。你可能会永远地信赖领导，但领导却不会永远地信赖你。这是基础知识。

这空中的一路上，萧远过得很痛快，仿佛又回到了调皮的大学时代，把一个旅客的权利发挥到了极致。他不断地按铃"麻烦"空中小姐。

这位被他叫过几次的空姐，态度像联通公司发给顾客手机的彩信贺卡里的美女一样，永远是那么和蔼可亲，一点厌烦的表情都没有。

"先生，请问需要什么？"

萧远瘫坐着身子说："可——乐。"

"好的，请您稍等。"

说完，空姐转身去给他取可乐。

萧远的确很喜欢喝可乐。这次遇到不花钱的可乐，坐飞机又百无聊赖，于是就不断地按铃，不断地喝。如果这位空姐的态度不好，那好哇，正好可以写一篇文章。记者嘛，就得善于发现。如果没什么可发现的那就制造一些发现。既不能守株待兔，也不能姜太公钓鱼。

只是，由于萧远喝的可乐过多，不得不多次起身去洗手间。

机舱的洗手间附近，正是空姐们小小工作间的所在地。萧远每次经过那里，都和那个给自己送可乐的空姐打照面。开始，两个人的表情还都正常。但是，萧远几次三番地上洗手间，终于让那个空姐忍不住笑出声来。

萧远从洗手间出来问："刚才我进洗手间的时候，你笑什么？"

空姐说："没笑什么，没事的。"

萧远说："你是不是笑话我？你是认为我可乐喝多了，才不断地上洗手间……"

萧远这样一说，竟让那个空姐再次忍不住笑了起来，这个空姐也想停下来不笑，毕竟是空姐嘛，但做不到了。搞得萧远也跟着笑了起来。

两个人笑完了，萧远对那个空姐说："把你们的意见簿拿来，我要给你们提意见。嘲笑旅客，不像话。你叫什么名字？"

这下那个空姐一点也不笑了，说："我姓季，叫季明明，19号胸牌。先生，请您回到座位上稍等，我马上给您送过去。"

萧远回到座位上，果然，那个空姐将旅客意见簿送了过来。萧远取出笔，填写完之后，递给了那个空姐。那个空姐拿了意见簿边走边看，然后，回过头来冲着萧远嫣然一笑。原来，萧远在意见簿上填写的全是表扬的话。

当萧远再次去洗手间的时候，空姐季明明说："谢谢您，先生，您还是位报社的记者。希望能给我们多提宝贵意见。送给您一份旅客优惠卡，凭着这张卡，您可以在全国各大酒店打6—9折入住。"

说着，季明明将一张卡和一本说明书送给了萧远。

萧远回到座位上之后，才发现说明书里面用油笔写着季明明的手机电话号。附有一句话："记者同志，希望您多报道我们机组，改进我们的工作，常联系。季明明。"

经过三个多小时的空中飞行，飞机抵达了广州的白云机场。飞机着陆以后，下飞机的时候王主任问："萧远，怎么，肾不太好啊？我看你总上洗手间。"

萧远不自然地说："不是，可乐喝多了。"

"喝多少？"

"十几杯。"

"不多。"

……

这次王主任去广州的目的，就是考察，了解一下子广州各大媒体的内部改革措施。到广州来既无重要任务，也无重大使命，"工作内容"比较轻松。懒散的萧远就是跟着走，王主任上哪儿他就跟着上哪，主任让他记录他就记录，主任吃请他也跟着吃。但尽量不同主任坐在一桌，跟司机一桌。而且是吃吃停停，停停吃吃，搁眼睛瞄着一点，看主任那边有什么事没有，有了，立刻放下筷子过去听吩咐，就是上演一回主任的马仔。主任上哪游玩观光他就负责给主任照相，这样姿势，那样姿势，萧远发现主任

挺会摆姿势的，而且有好多姿势都是从画报上的模特克隆下来的，很动人，确实是一个个靓丽的瞬间。然后，晚上回到宾馆各睡各的房间。先冲着洗手间的镜子爱抚地抽自己一个嘴巴，然后，泡个澡，睡觉。第二天早晨，他半插在被窝里看看电视的新闻，记者嘛，不能总当马仔呀，短暂的愉快也是愉快呀。短暂的愉快完了，起来，然后去轻轻地敲主任的房门，说："主任，早餐时间快过了，吃早餐了。"主任在里面嘟嘟哝哝地说："小伙子饿得就是快。你先去吃吧。"他兀自捂嘴一乐，小嫩黄瓜纽儿像纸飞机似的轻快地飞下楼去，独自一人到自助餐厅去享用宾馆提供的免费早餐。

广州的日月自古以来就是短暂的，真是不知道怎么理解广州好。

临回去的头一天晚上，萧远主动去敲了王主任客房的门。萧远进去之后，看到王主任正穿着一件极有品位也极浪的睡衣盘腿坐在沙发床上看那些从兄弟媒体收集来的各种改革材料。

萧远觉得主任真的很漂亮，很有风情。但是，嫁给一个鬼一样的、眼睛里冒凶光的糕点师——是个性的特殊癖好？是偶然的心血来潮？心里的眉毛拧成了一个疙瘩的萧远觉得还是有点匪夷所思，觉得不可思议。

萧远说："主任，我想把这几天的花费向您汇报一下。"

主任看着萧远那个小嫩黄瓜样儿，笑了。从烟盒里抽出一支烟，她本想自己点上，但停住了，把打火机放在床头柜上，对萧远说："来，把烟给主任点上。一点眼力见儿也没有，想不想进步啦？"

萧远立刻过去用打火机给主任点烟。可这一瞬间，主任突然变得很调皮，叼着烟卷儿总是往外喷气，让萧远一次次地点不着。接下来，主任抓住了萧远的手，指导他放到应该放的部位上，紧接着，事情像突然暴发的江河管涌一样，一切进入了忘我的发射状态，点火，升空，爆炸！点火，升空，爆炸！反复几次，一个个疯狂的"爆炸"增加了他们重新启动的激情。

当然喽，这是一个不眠之夜。两个人似乎都没有想到事情会发生这么大的变化，而且会有这么多的"爆炸"，太高亢了。

黎明时分，两个人耗尽了所有升空的燃料，安静了下来。萧远躺在床上，他一时有点儿不知怎么称呼身边的这个漂亮女人好，叫主任还是叫王晏。

主任似乎看透了萧远的心思，说："你是不是不知道叫我王晏、晏子、晏儿，还是叫我王主任好？"

萧远像个诚实的孩子，使劲儿地点头。

主任说："那好。你还是叫我王主任。"

萧远困惑地看着她，等候着她的具体指导。

主任说："一切和过去一样：我还是主任，你还是记者。这种关系是真实的，而不是策略性的伪装。懂吗？"

萧远的脸腾一下红了起来，主任的这一提示让他觉得无地自容。

主任抚摸着萧远的头说："没什么，孩子，你还是年轻。千万不要掉到'情'的旋涡里来，这很危险。我看得出来，我再继续几次你就无法自拔了，可我要明白地告诉你，我不能离婚，也不会离婚嫁给一个比我小好几岁的男人。尽管社会上有这种事，但我绝不会这么做。"

萧远干哑着嗓子问："为啥？"

主任说："我告诉你一句永远不要对任何人讲的话，那就是，我不想毁掉自己的仕途。我有我自己的理想。在这个理想面前一切都是微不足道的。就这样。懂了吗？"

萧远苍白地问："主任，你后悔了？"

主任说："一个优秀的女人最重要的素质，就是凡事能原谅自己。凡事都不原谅自己的女人是一个失败的女人。女人就是靠不断原谅自己、理解自己、宽容自己、善待自己在社会上安身立命的。而男人则不同，很多男人是靠着自责活着，靠'吾日三省吾身'活着，靠着自我批评活着，其中最典型的代表就是卢梭。他那本《忏悔录》简直是男人世界的一个缩影。男人在错事面前总是不能原谅自己，做错了事一生都耿耿于怀。好了，汇报一下咱们这几天的花费吧。亲兄弟还明算账呢，何况上下级关系的同事。"

萧远抬起头可怜地看着主任。主任说："记住，我们之间不会再发生什么了，而且，我也不会在工作中对你有任何特殊照顾。你记住，昨天晚上，对你，对我，仅仅是一个梦。不管这梦有多真实，但它毕竟是梦。行了行了，别难过。小伙子，你先回自己的房间去吧，我还要打几个电话，你回避一下。另外，上午好好休息一下，下午我们就往回飞了。你过去坐

过飞机没有？"

"坐过……"

"好，穿好衣服过去吧。"

萧远立刻穿上衣服，像一只受伤的小公猫似的离开了主任的房间。

坐飞机回来的时候，他们仍旧没坐在一块儿，这次是主任提出两个人不坐在一块儿的。主任说："小伙子，多喝点可乐。"

这些年，伟大祖国的东北地区特别流行饯行与接风。这种饯行与接风之风，如果要追本溯源的话，还是中国的古俗呢。比如民间的十八相送啊，十里长亭啊，"桃花潭水深千尺，不及汪伦送我情"，都是。再比如官场的，官场是有规矩的，规矩是：所饯之人，所接之人，必定是官，否则就有朋党之嫌。倘若送则不送，接则不接，省事倒是省事了，潇洒倒也潇洒了，但是闹心事以后就多了起来，麻烦。还是入乡随俗的好啊。

王主任回来，自然有人给她接风。不提。

萧远回来之后，是鹤步袁侃给他接的风。还是那个老地方，喝的还是伏特加。还是"五月美妙五月好"，还是春江花月夜。只是心情变了。

见萧远一脸颓废的样子，袁侃问："咋，受挫了？王主任总不至于强暴你吧？当下属的就是小厮嘛，为领导服务就是为人民服务。严肃地说，这是工作。再说，你也不是那种容易受伤害的人哪，怎么，上了广州学会玩伤感了？"

萧远说："没什么。"说罢，将杯中的伏特加一饮而尽。

这之后，任袁侃怎样盘问萧远就是不说。

最后，袁侃叹了一口气说："唉，今晚你让我很失望啊，你过去不是这种样子的。"

萧远说："没什么可失望的，我还是过去的我，一切照旧。"

袁侃说："我只问你一句，你今后能当上主力记者么？"

萧远说："放屁！"

袁侃高兴地说："行啊，会骂人了，长大了，成熟了。"

萧远说："对不起，主要是这几天我心情不好。你别往心里去。"

袁侃说："如果连你的话我都往心里去，那我也太没出息了。你以为我是你呢？"

萧远说："我想找个女朋友⋯⋯"

鹤步袁侃说："这是酒后吐真言哪。"

⋯⋯

萧远的父母也正想着给萧远介绍一个女朋友。或许这就是上天的安排，是上帝事先为萧远的命运走向预先设定的一个程序，萧远就像电脑里的一个子目录一样，无法摆脱程序对他的制约与控制，除非他染上了病毒。可是他并没有染上病毒，只是在广州的时候懒散的精神世界受到了一点颠覆。

懒散的萧远，父母都是知识分子。退休之前，他们夫妻分别在两个不同的科研部门工作。萧远的母亲曾是一个气质很好、相貌姣好的知识女性。当然，男人娶了这样的女人为妻，美则美矣，只是在漫长的人生道路上多少会遇到一些麻烦。的确，这位美女非常吸引人，而且被这位美女吸引的男人不光是品质不好的人、无能的人和庸人——有些事情我们说不清楚也解释不清楚。大凡牵扯到男女之情的事，只要一解释就有狡辩之嫌。好在这一点好多人已经认识到了，认识到了就不解释了，你说什么就是什么吧。这种行之有效的"以真乱真"的方式，在哈尔滨这座城市里颇为流行——哈尔滨是一个多情的城市啊，有点像17世纪的巴黎。

另外，我们每一个人都要学会尊重别人的父母，特别是前辈们的私生活，万不要把事情说得过细，甚至连一个微小的细节都不放过，那就太残忍了。我们只点到萧远的父亲曾受到了一点儿情感伤害就行了。这样可以给他的父母、他本人，还有萧远的姐姐以及相关的人，一个腾挪、辨别的机会。总之，我们没有任何理由不给我们的长辈们出路，我们绝不能那么做。何况我们根本不清楚这些事情，我们就应当毅然放弃。有一个人背了一袋子很沉的东西，累得不行了，见到和尚就说："我累呀，我累得不行了。"和尚说："你放下身上背的东西就不累了。"于是这个人便放下了肩上的重物，放下之后惊异地说："哇，不累啦。"所以，我们都必须把脸扭过来面对明天，我们不必为过去活着，我们要迎接新生活。何况我们大家都是聪明人，而且一代比一代聪明，不会一代比一代愚蠢。

提到萧远的父母就不能不说到萧远的姐姐。萧远的姐姐到加拿大留学之后，很快就跟那里的一个黑人结婚了。据说那个黑人青年是非洲某国的一个酋长的儿子，庸俗点说，就是有钱。于是，萧远的姐姐嫁给了他。这个来自非洲的青年给人的印象就是，总坐在窗台上看书，看一会儿书，然后向窗外瞭望一下，像是在等待什么人——或者非洲青年都是这种样子。他随着萧远的姐姐从加拿大不远万里来到美丽的哈尔滨看望岳父岳母大人的时候，也是这种样子——坐在窗台上看书，然后向窗外瞭望一下。萧远的母亲说，想不到非洲青年这么喜欢读书。萧远的姐姐没说什么。看得出来，萧远的姐姐对这个黑人青年有着绝对的控制力。当然，开始的时候，萧远的父母并不同意女儿跟一个黑人结婚，尽管这个黑人青年的父亲是一个神话般的酋长。但是，当他们明确地向女儿表达这层意思的时候，萧远的姐姐已经跟这个黑人青年在加国的教堂里结婚了。一个黑人和一个黄种人在北美的城市里散步、生活，或者当众在街头接吻，并没有什么，很自然，是爱情嘛。但是，这对哈尔滨人来说（认定他们之间是爱情的结合），还是一个挑战，需要给一段时间让当地人适应一下。

萧远的父母退休后，决定移居到加拿大去。他们的骨子里终究是知识分子，他们想到国外去开阔一下眼界。促成这件事还有另外一个原因，就是萧远的姐姐已经有两个极淘气的黑孩子啦，女儿也企望自己的父母过来帮帮忙。姐姐想，虽然自己的这两个孩子是黑人，但一定要让他们学汉语，会说汉话，了解中国的神话故事，像乌鸦喝水的故事、神笔马良的故事。

开始也曾考虑让懒散的萧远一块儿走算了。但是萧远觉得这非常无聊。他觉得姐姐变得越来越没有品位了，居然将自己古怪的生活与感受分摊给家人每人一份，真是不可理喻。所以，他明确表态，谁愿意去谁去，他肯定不去。另外，他也不喜欢英语，他觉得能把中国话说好就不错了。

萧远的母亲说："萧远，至于你姐夫是不是酋长的儿子，这一点咱们暂且不说，可他们两口子都是电脑专家，收入不错呀。所以，你到那里去生活上不用愁，其他的一切可以慢慢来，选你喜欢的工作去学习，去做嘛。"

萧远说："不去。他就是非洲总统我也不去。"

萧远的母亲流泪了，说："可我不放心把你一个人留在国内……"

萧远的父亲说："有什么可不放心的，男孩子又不像女孩子……"

萧远的母亲回过头去恶毒地看了一眼白发苍苍的丈夫。

无论怎么说，父母还是不放心萧远一个人留在国内，思来想去，决定给他介绍一个女朋友，介绍一个扎扎实实的女孩子，这样就不会出现任何纰漏了。

萧远的父亲补充说："介绍的女孩子不一定要太漂亮的，长得说得过去就行。"

萧远的母亲白了他一眼。萧远的母亲并没有因为过去的情感失足而气馁，相反，那件"意外"的事情反而让她变得坚强起来，在萧远的父亲面前始终保持趾高气扬的样子。作为一个迂腐的知识分子，萧远的父亲屈服了。他不想将两个人的战争继续打下去，让出卖军火的人在一边优哉游哉坐收渔利。

萧远的母亲战战兢兢地提出要给自己的儿子介绍一个对象时，没想到儿子竟十分痛快地答应了。

萧远的母亲心想，看来，叫一个男人就躲不过恋爱的季节呀。想到这儿，还甜蜜地摸了一下儿子下巴上的小胡茬子。

被介绍的这个女孩儿是一名大学生。这是萧远的父母事先提出的基本条件。大学生和大学生相处有共同语言。除此之外，生出来的孩子肯定智商也差不了。所以这个基本点不容商量。

小姑娘挺好的，萧远的母亲事先背着萧远看过的。小姑娘长得挺甜，挺老实的，一说话脸一红。虽然年纪轻轻的，却是一副非常老派的样子。家是肇州的，走起路来紧夹着两腿，像是有点毛病，但你仔细观察，她就是喜欢这样走路，是少女式的莲花步，挺可爱的。也学的是中文，而且还是市影视家协会的会员，曾经在地方报刊上发表一些影评。她发表的这些小文章，萧远的母亲事先都找来看了，从这个女孩子的字里行间没发现那种疯婆子、彪婆子、横婆子、花婆子式的放肆和忸怩作态，反倒是处处显得与人为善的样子，似乎中国产的每一部影片都让她激动得不行，让她感动得泪水涟涟。另外，文笔也挺好的，挺清秀的，像村前的那条溪呀，像天空上慢悠悠飘过来的那朵云彩呀，特别的小女孩儿。而且和萧远的岁数也相当。经过暗中调查，这个女孩子在念大学的时候就没有谈过对象，

在老家肇州生活那一段也没有少年之恋。个人卫生也很好，同事聚餐吃饭的时候，要咳嗽了，一定扭过头去向背后咳嗽。没有什么不良嗜好。总之，一句话，非常合适，可以跟儿子见面了。

这个女孩子叫李响，现在是某局的文秘。而且入党了，转正了。

两个人的见面地点定在索菲亚教堂广场那里。萧远手里拿一张Ｗ报，穿一双美国大兵鞋，鞋和报纸，非常显眼。李响一眼就认出了他。

萧远问："咱们上哪呢？"

李响说："你说，上哪都行。"

萧远想了想："上果戈里酒吧还是上避风塘？"

李响说："哪都行，随你。"

最后，两个人还是去了避风塘。主要是避风塘的环境好，气氛很宽松，18块钱一位，小食品随便吃，饮料随便喝，扑克和棋随便玩，待多长时间也随便你。避风塘24小时开放。冬天有暖气，夏天有冷气。这座城市的青年人都喜欢到这里坐坐，和几个朋友呀同学呀聊聊天儿，父母也干涉不着，非常舒适、放松。过去，懒散的萧远和迈鹤步的袁侃经常到这个地方来消磨时间，袁侃把仙鹤腿一伸，萧远往座位上一瘫，妈的，挺舒服的。这地方还可以戴上耳机听音乐，还有各种精美的时尚书刊供你翻阅。所以，开始谈恋爱的初次见面，这里是最佳地点。过去，萧远和袁侃这两个光棍儿就经常到这里来消磨时光，是这里的常客。这里不少人的面孔都很熟悉。

两个人选了一个靠窗的位置坐下来，萧远照例要了一大杯可乐，李响给自己要了一杯清茶。

萧远说："怎么，你喜欢喝茶？"

李响说："对，有什么不妥吗？"

萧远笑了，觉得这女孩子说话挺有意思的，像电影里的对白。

萧远说："没有没有，不过……"

李响说："不过，从肇州来的女孩子怎么会喜欢喝茶呢？告诉你，这是受了一个人的影响。"

萧远问："谁？"

李响说："剧作家夏衍。他就很喜欢喝茶。"

萧远说："哦，对了对了，你喜欢搞影评，爱屋及乌。"

李响说："我喜欢清淡的东西，你好像喜欢浓烈的东西。"

萧远说："我也不知道我喜欢什么，我无所谓，有喝的就行，就是图一方便。喝茶也可以。但是——商家沏的茶品质可靠吗？"

李响说："我喝着还行。"

萧远说："行就好，其实都无所谓。"

李响沉默了一会儿说："我觉得你们当记者的都有点牛，是吗？"

萧远说："分人。我就不牛。我牛吗？"

李响说："说实话吗？"

萧远说："你不说也无所谓，随便你。"

李响说："你还是多少有点牛，真的。这可能是职业病吧，你自己已经觉察不出来了。"

萧远说："可能。"

李响说："我提个问题可以吗？"

萧远说："随便。"

李响说："你怎么什么都随便呀？"

萧远说："我就是这么一个人。我也不喜欢我自己这一点。"

李响问："你喜欢电影吗？"

萧远说："问题挺老派呀，这我得想想……"

正在萧远想着如何回答李响的时候，袁侃迈着仙鹤步突然出现在他们的面前。

袁侃说："我喜欢电影。"

说着，袁侃拉开椅子坐了下来。

萧远说："来了？"

袁侃说："我又不是第一次来，都来过N次了，你把表情搞那么惊奇干吗？给我介绍一下这位漂亮的女孩呗。"

萧远对李响说："这是我念大学时的同学，现在是报社的同事，我的朋友袁侃。这位是李响，哈尔滨影视家协会的会员，著名影评家。"

两个被介绍的人立刻起身，握手。

袁侃说："我不妨碍你们吧？"

萧远说："不妨碍，你坐吧。不过，今天你别吃我盘子里的了，你买单吧。"

袁侃说："怎么，想吃我盘子里的？开始反攻了？没问题，今天我买单。对了，刚才你们聊什么？"

李响说："我问他喜欢不喜欢电影。"

袁侃说："他不喜欢电影，他一看电影就睡觉。我们念大学的时候，每次看电影都是我强拉他去的，他那个痛苦劲儿，好像是我拉他上绞刑架似的。不过，响响，我很喜欢电影……"

"响响……"萧远心里吃惊地尖叫了一声。

袁侃说："响响，你看过日本影片《影子武士》吗？"

李响说："当然看过，你感觉怎么样？"

袁侃像一位俄罗斯诗人似的，做着生动的手势说："好！绝！悲怆啊，震撼人心啊，太有艺术冲击力了。一个普通人被一群政客安排冒充国王，其实呢，这不过是一次出于政治目的的、出于战争形势、出于权宜之计的化装表演而已。但是，令人感动的是，这个假国王居然太深入角色了，以至不能自拔。当他看到国家沦丧之际，竟像一个真正的国王那样痛不欲生。这种巨大的、像深水炸弹一样的艺术爆炸力是何等地壮观。Ladies and Gentlemen（女士们先生们），平民、战争、国家、国王、痛苦，像法国幻影战斗机一样轮番俯冲到观众的心里，'咣！咣！咣！'，并全部出色地完成了定点爆破任务。这才叫艺术，这才是电影。响响，我并不光是在电影院里心灵受到震撼，从电影院出来之后，连续几天之内心都无法平静下来，并将这种强悍的印象一直还延续到今天，延续到避风塘！响响，张艺谋导演的《英雄》你看过吗？你肯定看过。"

李响像在军旗下宣誓的女兵一样说："是的，我看过。"

袁侃问："怎么样？"

李响说："我认为非常好。其中影片中先进的电脑制作技术运用得最出色，这是一部优秀的影片。你怎么看？"

袁侃说："我也有同感，我也十分、百分地赞同你的观点。但是有一点，这部电影将要接近尾声的时候，当扮演秦始皇的优秀演员陈道明面对那个大大的'剑'

字一下子顿悟的时候，他像《天问》里的屈原那样，背对着观众，叉开双臂并抖动着，说了一句话："我明白了，剑法的最高境界就是——和平！"我当时听了差点没乐得背过气去。"

说完，袁侃放声大笑起来，他上气不接下气地说："这太直白了，太滑稽了，太幼稚了，太不可理解了。"

袁侃的一席话说得李响也忍不住笑了起来。

袁侃像个变脸王似的马上收起了笑，说："当然，瑕不掩瑜。《英雄》仍然不失为一部优秀的电影之作。"

李响说："其实，你可以搞影评。"

袁侃说："不不不，那是有水平的人才能做的事，搞影评不仅需要广博的知识，敏锐的观察力，细致深刻的分析，还需要懂电影，懂演员，懂导演，懂摄影，懂音响，懂剪接，懂斯坦尼斯拉夫斯基，懂奥尼尔，懂布莱希特，总之和电影相关的事情都要懂，从俄国的《战舰波将金号》到老美《黑客帝国3》，从悬念大师希区柯克到黑泽明，从普多夫金到斯皮尔伯格，还有印度电影、朝鲜电影、非洲电影、越南电影、另类电影，你都得有所了解。而且你还要看大量的电影片子，中国的，外国的，个体户的，还要阅读大量的电影剧本，你才能知道这部片子和那部影片之间的区别，有没有区别，撸没撸哪部文学作品的'叶子'，炒没炒老电影的冷饭，有没有创新，等等。另外，搞笑的片子也得知道，武打的也得明白，肥皂剧也懂，主旋律呀，旁门左道呀，煞有介事呀，一身正气呀，天真烂漫呀，都得有所涉猎……"

萧远在一边注意到李响已经被袁侃滔滔不绝的"演讲"搞得泪花闪闪了。于是，他悄悄地站起来，轻声地说"我去趟洗手间"就离开了座位。

他走到柜台那儿把三个人的账结了，然后，悄悄地离开了避风塘。

萧远走出避风塘来到了街头。的确，一个人走在晚风里挺孤独的——当然是心里孤独，街上的行人还是很多的，才九点多钟。

转过新世纪以后，美丽的哈尔滨也加快了前进的步伐，几乎是在24小时之间就变成了一座不夜城。而今在不夜城里活动的人们至少占城市总人口的三分之一，这个数字就相当可观了。商家是何等地聪明，全城至少有

九成的商家还在灯火辉煌地营业。小摊小贩就不用说了，他们得干到后半夜去。

萧远在街上漫无目的地走着。他倒是不特别地伤心，所以也谈不上心里有怎样的痛苦，仅仅是有一点失落、有一点茫然而已。散逛的时候萧远看到街口那儿有一个老头卖那种小孩玩的纸风车。彩色的纸风车做得很漂亮，有单风车、有双风车，也有六七个彩色的风车组成一组扎在一个小木棍上，风车们正在晚风中飞速地转着，发出"唰唰"的声音，那声音像是来自天庭的音乐，让萧远的心情一下子平静下来，萧远站在那儿看了一会儿，然后看了一眼那个老头。老头正面无表情地看着他，他似乎看透了萧远不是个买主，所以，一声不吱，不兜售自己的风车。萧远瞟了他一眼之后，继续走自己的路。他觉得自己没有任何理由对李响不满，李响和他等于是任何关系也没有，仅仅是见了一个面，然后，魔术师般的袁侃迈着鹤步来了，事情才发生了变化，接着发生了质的变化，在那一瞬间，自己变成了一个多余的人，一个局外人。这就像单位组织春游，一切都在按计划进行着，早晨大家都兴高采烈，精心打扮，带着吃的、喝的，带着乐器，带着事先准备好的几首歌，到了集合地点，天儿突然变了，打雷了，大暴雨下来了，开始，大家在避雨的地方以为这雨一会儿就停呢，可是大雨变成了中雨，非常任性，下起没完没了，咋办？回家呗。

但是，此时此刻的萧远并不想回家。尽管他不特别地痛苦，可在内心已经明确地感到自己是一个失败者了。一个失败者走在回家的路上，从理论上讲，应当是软弱的、可怜的、步履跟跄的。这时候，萧远突然想起了那个空姐季明明。季明明在这期间曾给他打过多次电话。萧远一看手机显示是季明明的电话就关机不接。他觉得这个空姐有点势利，仅仅为了在报纸上发表表扬他们机组的文章就不厌其烦地给他打电话，一次一次，又有点过了。可是，不知道为什么，现在他觉得他需要她。那么，是需要她的安慰吗？需要她来证明一下自己的价值吗？是，还是不是？

萧远还是拨通了季明明的手机电话。拨电话的时候萧远还想，别他妈的小丫头蛋子正在空中飞行呢？没想到，手机很快接通了。萧远决定先发制人。他要学习学习人家魔术师袁侃，特别是在失败中，更要善于向人家学习，不能什么事都不走心了，该走上智慧与技巧之路了。

萧远说："明明吗？噢，是你呀。我已经给你打过N次电话了，这回终于接通了上帝的电话。"

季明明本想说什么，但忍住没说，只说了句："萧远，谢谢你给我打电话。"

萧远说："你现在在哪儿？"

季明明说："广州白云机场。"

萧远说："老天爷，干到广州去了。我本想约你出来坐坐，看来不行了。"

季明明说："别呀，明天晚上一样，明天我就飞回去了。你说吧，去哪儿坐？我请客。"

萧远想了想说："明天是吧——这样，明晚六点，果戈里酒吧。"

季明明说："好，原地不动，不见不散。"

关了手机，萧远想，"原地不动，不见不散"，妈的，这是个约会的老手哇。

差不多在第二天的黎明时分，袁侃给萧远打来了电话，说他和响响一直聊到后半夜，一直在避风塘等他。袁侃还跟响响解释说，一定是报社有急事了，把萧远紧急叫了回去，记者嘛，就是这种工作性质，像急诊似的随叫随到。袁侃说，可是当他讲完这些话之后，响响似乎并不在意。

袁侃问："你们究竟是怎么回事？不是在谈朋友吧？"

萧远懒洋洋地说："不是，偶然见到的。"

袁侃说："噢，那我就放心了，哥们儿，你走以后，我又从易卜生讲到梅特林克，从梅特林克讲到皮兰德娄，然后又讲到普多夫金、格里菲斯，整个一个外国名字大联唱。哥们儿，我有一种预感，我已经把响响征服了，我跟她讲电影《圣雄甘地》的时候，她都哭了，不少人往我们这边看，绝对。为这事儿，哥们儿哪天得请你，我安排，把响响一块带上，罗杰斯还是大嘴鳄鱼，地点你选，我争取在月底之前把她拿下。"

".……

那天晚上，百无聊赖的萧远去了报社，跟报社的几个值夜班的编辑混了一宿，跟他们打扑克，谁输了往谁脸上贴纸条的。

可家里人都在等萧远的消息呢，等了大半宿也没把儿子等回来，就不

等了。

萧远第二天清早才回家。萧远进了屋往沙发上一坐，先自甜蜜地笑了起来。

萧远的母亲说：“儿子，你可别吓唬妈，看你这笑有点不正常，没出什么事吧，咋样啊，两人谈得行不行啊？你自己觉得怎么样？”

萧远说：“这个这个，李……李什么来着？”

萧远的父亲厌恶地说：“李响。”

萧远笑着说：“对，响响。”

萧远的母亲吃了一惊：“响响？”

萧远说：“妈，我说你介绍这个人是不是有点二呀！”

萧远的母亲说：“二？！不二呀，挺正常的。”

萧远说：“那就是我不正常，我有点二。”

萧远的父亲说：“既然二了，那就算了，再介绍别人，三条腿的蛤蟆没有，两条腿的人有的是。你妈再给你介绍一个。”

萧远的母亲说：“我再介绍一个？我是人才库哇？你得跟儿子问清楚喽，那女孩子咋二了，是怎么个二法。搞清楚了之后，再介绍一个不迟。”

萧远说：“二二二，行了行了，你们别操心了，我自己有一个。”

萧远的母亲说：“你自己有一个？这是啥时候的事呀，不会是刚有的吧？”

萧远说：“就是刚有的。”

萧远的母亲问：“那——这个女孩子叫什么，干什么工作的？你们又是怎样认识的？快给妈说说。”

萧远说：“这个女孩叫季明明，比我小一岁，是个空姐。”

“空姐？”

“对。我是那次跟我们主任上广州出差在飞机上认识的。”

萧远的父亲问：“这孩子长得怎么样？”

萧远说：“她是个空姐，你想她长得怎么样？漂亮呗，不漂亮能当上空姐吗？”

萧远的父亲说：“这倒也是。人呢？人怎么样？”

萧远说：“人还不知道。但有一点可以肯定。不像你们介绍的那个李响，二了吧唧。今晚六点半，我和季明明在果戈里酒吧见面。”

果戈里大街先前叫奋斗路，前不久刚改为果戈里大街。刚改没几天，很快就成了全城有名的酒吧一条街。而果戈里酒吧又是其中最好的酒吧之一。

季明明已经先一步到了果戈里酒吧，正坐在那儿等着萧远呢。此时，脱掉了空姐制服的季明明着一套很时尚的休闲装，人显得落落大方。

季明明见了萧远的第一句话就说："怎么样，萧记者，我很守时吧？"

萧远说："您这是职业病。空姐再不守时，天下就没人守时了。"

两个人坐定之后，季明明问："先生，您先来点什么？"

萧远说："我怎么听着感觉像是在机舱里似的。"

季明明说："可乐还是……"

萧远说："今天我来点飞机上没有的，一杯伏特加。"

季明明说："真够味儿。我来一杯雨打芭蕉吧。"

萧远说："雨打芭蕉？我头一回听说。空中的女孩儿和陆地上的女孩儿倒是不一样啊。"

季明明说："没什么不一样的，就是一杯普通的鸡尾酒而已。广东人喜欢喝。对了，我带来了一些有关我们机组的复印材料，你看看。"

说着，季明明从挎包里出一个文件夹，递给萧远。萧远接过来一看，里面全是季明明那个机组的事迹材料，以及一些乘客写的表扬信。萧远像在书店里买书似的简单地浏览了一下之后，便放在了餐桌上。

季明明问："记者先生，能找到点感觉吗？希望您能选一点在报纸上发表一下，这样，我们机组就可以获得加分。"

萧远说："先放我这儿，回去我慢慢看。如果有感觉，我再打电话通知你。还有别的什么事吗？"

季明明说："没有了。"

萧远说："那——我们结账？"

季明明说："这也太快了吧，好像我在这里交换情报似的。聊点别的，多坐一会儿吧。这儿的环境挺好的，你挺会选地方的。"

萧远说："你可别客气。这一段时间我经常受打击，如果一切突然变得平和起来了，我还有点不适应了。对了，我这个人是不是挺没意思的一个人哪？"

季明明说："挺有意思的，特别是你在飞机上的表现，一般的旅客，幽默都表现在嘴上，而你的幽默则表现在行动上，一次次地上洗手间，一次次地要可乐，你知道吗？你给我的印象是十个字：一个非常生动的年轻人。"

萧远说："你没看出我对你有点意思吗？"

季明明说："也想过。但不能确定。那么，你对我有意思吗？"

萧远说："有意思。"

季明明说："为什么？"

萧远说："我看到你的第一眼，我就觉得你将成为我的终身伴侣。"

季明明笑了，说："好了，别开玩笑了，你约我出来不会是将你的行为幽默进行到底吧？说说，你最近受到什么打击了，我可以帮忙吗？"

萧远沉吟起来，他当然想到了季明明对自己没有什么特别的意思，也清楚季明明之所以一遍遍地给他打电话，是想在报纸上发表有关他们机组的先进事迹。而且他也预感到，只要他约她出来她就一定会来。但是，他并没有想到季明明居然对自己的这次邀请竟然一丁点出格的联想都没有。她是真傻呀还是装傻呀……

萧远说："在法国的巴黎，有这样一种特殊的服务，如果一个人心情郁闷，或者受到了某种打击，有一肚子话要说，可这些话又不便对自己的妻子、朋友、亲属讲，因为毕竟是一个人心底的秘密，一个人的脆弱，一个人的困难，如果全部直言不讳地对其他人讲出去，就会让自己觉得很没面子，甚至担心以后会成为对方攻击自己的话柄，假如这个人信仰宗教，这好办，他可以去教堂找神父说说，教堂里有专门的忏悔室。如果这个人不信教，或者也信不过神父，怎么办？有办法，在巴黎有专门的倾诉服务，投币的，把硬币投进去，你面对的屏幕上就会出现一个女人，你能看到她，但她看不到你，你在一个完全封闭的小隔子间里，可以尽情地讲自己的心里话，对方会安慰你，并完全站在你的立场上。当然，这是定时的，到一定时间机器会提示你投币，投了币之后继续倾诉。什么话都可以说，没问题。等你把话说完了，心情也就变得舒畅了，就可以离开了，去面对新的生活与挑战。"

季明明说："现在我就是巴黎那个屏幕上的女人。你有什么心里话就说吧。我会为你保守秘密。"

萧远说："我没什么心里话要对你说，我只是有一事求你帮忙。"

季明明说："求我？没问题。"

萧远说："选人我也是有标准的。"

季明明说："我听懂了，我很幸运。"

萧远说："我之所以选中你呢，是因为你在飞机上的服务态度很优秀，另外，人长得也很漂亮……"

季明明立刻愉快地说："谢谢。"

萧远说："事情是这样的，最近，我父母要去加拿大，因为我的姐姐在加拿大定居了。他们一走，觉得只留下我一个人在家里不放心。可怜天下父母心吧，于是就想着给我介绍一个女朋友，可我现在并不想处女朋友。但是，作为儿子，对远渡重洋去他国的父母总得有个交代呀，我就跟他们说谎说，我已经有女朋友了。他们问我这个女朋友是干什么的。我顺口就说，空姐。这回你明白我约你出来的目的了吧。"

说完，连萧远自己都感到自己挺会自圆其说的。

季明明说："明白了，你想让我假扮你的女朋友去你家，当着你的父母面表演一次。"

萧远说："不好意思。不过，不行也没关系。"

季明明说："没问题。假扮的，又不是真事儿。你说吧，什么时候去？"

萧远说："明天中午。有关你的所有费用，打车钱，礼品钱，一切由我给你报销。友情出演嘛。"

季明明说："一言为定。"

……

离开果戈里酒吧，离开季明明，萧远开始闹心，他没想到这些根本没影儿的事让自己这么一弄，真的成了一种幽默的行为艺术了。天下本无事，庸人自扰之呀。可事已至此只能硬着头皮做下去了。是自己无端地玩跳高、学鹤步，把腿摔断了，能怨着别人吗？不过，有一弊就有一利，有这个假女朋友也真的可以用来应付一下父母，对他们有一个交代。等父母一走，"劳燕分飞"就是了。

想到这里，萧远不禁长叹起来："嫩哪——"

第二天中午，萧远一家准备了丰盛的午宴款待萧远的女友季明明的到来。这件事还被打来电话找萧远的袁侃知道了。当时萧远到楼下接季明明去了，袁侃的电话是萧远的母亲接的，袁侃一听，立刻说："我也去。阿姨，我真的没想到，萧远这事埋得挺深哪。我这个做朋友的居然事先一点风都不知道。"

萧远的母亲说："我们也不知道，听萧远说，他们都相处一年多了。"袁侃叫了起来："一年多了？！神话神话神话。阿姨，今天我一定过去看看，都说我是魔术师，我看萧远才是魔术师呢。"

萧远的母亲突然有点莫名其妙的担心，便问："袁侃，你有女朋友吗？"

袁侃愣了一下，马上说："有，也处一年多了。"

萧远的母亲说："那你就和你女朋友一块过来吧，我和你叔叔做了一大桌子菜呢。"

袁侃说："她上班，我自己先过去，然后再联系她。"

萧远的母亲刚放下电话，萧远的父亲便说："愚蠢。"

萧远的母亲一听，立刻瞪起了眼睛："我怎么愚蠢了？！"

萧远的父亲说："好好好，我愚蠢，我愚蠢，我这一生就是愚蠢的一生。

……

落落大方的季明明的到来，让萧远的父母非常喜欢。他们觉得萧远处的这个女朋友要个头有个头，要腰条有腰条，要长相有长相，而且还是空姐，职业也很好啊。空姐个个都是百里挑一的，文化、出身、品质、健康，一切都必须合格才能当空姐。

季明明毕竟是空姐出身，在待人接物方面训练有素，这些用不着别人来教，进了家门，满面春风，微笑服务，阿姨长阿姨短的，特别有礼貌，而且还特别淑女，特别自谦，特别青春，让萧远的父母心花怒放。

袁侃在季明明到来不久，也飞快地迈着鹤步赶到了。他一见到季明明就愣住了，他没想到懒散的萧远居然能处上一个这么优秀的女孩子。

跟萧远的父母寒暄过后，袁侃便对萧远说："萧远，这位美女是谁呀？"

萧远不咸不淡地说："对象呗。"

倒是季明明大方，向袁侃伸出手来说："认识一下，我叫季明明。"

袁侃说："我叫袁侃，是萧远的铁哥们儿，念大学的时候我们在一个宿舍，上下铺，彼此非常非常了解。你们埋得挺深啊，都处一年多了，我居然一丁点儿蛛丝马迹也没觉察到，你们太厉害了。"

寒暄过后，袁侃悄悄地把萧远叫到一旁，说："哥们儿，我还是觉得不对呀，我怎么不知道这个季明明？天上掉下来个林妹妹——"

萧远说："嗐，别提了，这个季明明是那次跟主任去广州在飞机上认识的，空姐，临时借来当女朋友糊弄老爹老妈的。他们不是要去加拿大吗，不放心，希望有一个女朋友拴住我。"

袁侃一听，长长地"噢"了一声，说："原来如此。我说呢。那么，哥们儿，这个季明明对你一点意思也没有吗？仅仅是帮忙。"

萧远说："仅仅是一个过来帮忙的女孩。另外，她也是有求于我，想在报纸上发点表扬她们机组的小文章。"

袁侃说："交易。"

萧远说："就算是吧。"

"为什么？先造势，再当官？"

"不知道。也没想过。"

袁侃说："没劲。白让我兴高采烈了一回。我还以为你真处了一个女朋友了呢。敢情是中国版的《影子武士》呀。"

季明明在萧远家表演得相当出色，非常大方，和萧远卿卿我我的。显然，这个女孩子是有过恋爱史的。不然，她不会表演得这么逼真。萧远甚至觉得这个季明明什么地方有点像王主任。

在吃饭的过程中，萧远的父亲始终用一种异样的眼神看着袁侃。

袁侃临走的时候对萧远说："你父亲比你有心计。"

萧远说："什么意思？"

袁侃说："没什么意思。一种感觉。"

半个月之后，萧远的父母放心地走了。送行的时候季明明也去了。真的是救人救个活，帮人帮到底。一直到飞机起飞之后，萧远和季明明才分手。那天季明明本来应当飞广州，为了这事，她跟别人换了一个班，专

门给萧远的父母送行，把一个微不足道的事做得扎扎实实、有始有终。从这点上，看得出季明明是一个有心计、有前途的女性。这样的女性不当官那什么样的女性当官呢？

作为对季明明的回报，萧远在报纸上给他们机组的优秀服务连续写了两个消息，分别是《动人的可乐》和《空中之家》，并主动卷了一捆子报纸给季明明送去。他们之间一直保持着联系，间或通个电话聊几句。由于萧远和季明明经过了那么一段特殊的经历，萧远觉得和季明明处朋友是一件挺惬意的事。有时候，无论是在采访的途中，在写稿的时候，或者更深的夜静时分，他都会油然地想到季明明，想到了季明明，心中就不禁会泛起一股理性的、清醒的甜蜜。

在这期间，王晏主任被选调到省内G市电视台任副台长。很显然，市委组织部是将她定为后备干部才这样安排她到基层锻炼的。走是悄悄走的，根本没让任何人送行。萧远事后才知道这件事，按说这倒没什么，正像王主任讲的，她是主任，是领导，而自己是一个普通的记者，一个兵。尽管如此，他心中还是有一缕莫名的惆怅之感。

新主任是个老头，估计是快退了，在退之前呢，提一下子，容领导一段时间考虑新的人选。新主任姓刘，等于是范进中举。白头发也染了，胡子也刮了，脖子上拴了根鲜红的领带，瞅着好像是二婚似的。干工作特有原则，以至都有点"左"了。这也难怪，毕竟他是五十年代过来的人了，人还不错，心眼也挺好的。时代的烙印、老式的思维方法、老式的价值观、老式的工作作风，人人都有，不是他一个人的错。面对他等于是面对一段历史，我们总应当尊重历史吧？于是，大家都尽可能地去适应他、支持他。再说，这么大岁数提个官也不容易，蹂躏他干吗？

然而，萧远仍旧是一副懒散的样子。刘主任说："这小子，聪明，就是不干正事……"

由于父母不在家，萧远去避风塘的时候多了起来。有时候是跟袁侃一块儿去，袁侃有事他就一个人去。要不干什么呢？没地界去呀，百无聊赖呀。每次去避风塘，或者从避风塘出来，他总要在那个卖风车的老头面前站一会儿，欣赏一下那些随风飞快旋转的纸风车。卖风车的老头照例面无表情地看着他。不过，此刻在老人的眼睛里已经没有那种商人的目光了，那双饱经风霜的眼睛里流露出来的，则是对这个年轻人的同情。

这期间，萧远的父母和姐姐，还有那个黑人姐夫也曾打电话，或写信，希望他和季明明一块儿移居到加拿大来，结束一家人天各一方的生活，但均被萧远断然拒绝了。

袁侃和那个李响已经分手了。袁侃说："那女孩子对电影太沉迷了，有点二了吧唧的，她希望他们的爱情生活像纯情影片里所表现的一样，这怎么可能呢！那是艺术，而这是现实生活，现实生活和艺术是相互欺骗的东西。而且，两个人别见面，只要一见面就是电影，别的话题没有了。这烦不烦哪？"袁侃说："后来，只要她一说电影，我掉头就走。"走过了这么一两次之后，李响就不再和他联系了。

袁侃说："兄弟，亏着你没和她相处，你要是跟他相处得闹死你。"

萧远咽了一下唾沫，什么也没说。他知道，袁侃说的有一部分是真实的，但未必全部是真实的。那个女孩其实是不错的。什么都不迷恋的女孩就是好女孩么？

虽然萧远是报社的记者，但懒散的萧远却极少看"本报"。他不大关心这个世界上都发生了什么事，他也不想知道美丽的哈尔滨有哪些新闻。他没有等待，就是有等待他也不知道自己等待什么。他的这种状态有点像钟表，钟表有理想有等待吗？没有，可它照例在"嗒、嗒、嗒"地往前走。

然而，凡事总会有例外。一天，当懒散的萧远从自己的编辑室出来，经过同事的办公桌时，无意中发现，扔在办公桌上的那份当天的报纸上，有一篇关于季明明所在机组的报道。这正应了那句话，你心里保存什么，就会有意无意地注意什么。他立刻拿起那张报纸，通读了那篇不到二百字的文章。文章的内容可以说平淡无奇，但"本报记者袁侃"几个字，让他紧张起来。他立刻感到不妙，马上找来近期的报纸夹到自己的编辑室一一地翻看。他发现有关季明明机组的报道不止这一篇，还有两篇，而采访者都是"本报记者袁侃"。

萧远立刻拨通了季明明的手机，季明明正在广州。萧远说："明明，有件事想请你再次帮帮忙……"

季明明说："不会是还让我假扮你的女朋友吧？"

萧远说："正是这件事。我父母过两天就要从加拿大回来了，他们想见你，你再帮个忙好吗？"

季明明说："噢，这次对不起了，我已经有男朋友了，如果让我男朋友知道了，我不好说话。"

萧远说："那就祝贺你。对了，你的男朋友我认识吗？"

季明明笑着说："你应该认识，你们是好朋友嘛。其实这事我早就应当告诉你，但我的男朋友让我暂时不要说。"

萧远说："噢，我知道他是谁了。"

季明明说："萧远，真是对不起，不然，我一定会帮你这个忙的。"

萧远说："没关系。我再找别人替一下吧。"

季明明说："何必呢，处一个女朋友吧。"

这天晚上，萧远一个人在避风塘坐了很久，这也是他唯一一次不喝可乐的日子。他要了一壶茶，慢慢地呷着、想着。这期间，他给北美的父母打了个电话，告诉他们自己和季明明分手了，现在，季明明和袁侃处朋友呢。电话是萧远的父亲接的，他什么也没说，只是说："孩子，这种事总是发生在朋友当中的。天上下雨的时候别总想着上天把乌云拨开，打把伞就是了，雨不可能永远地下个不停。孩子，别难过，一切都会过去的，时间是最好的良药。"

萧远说："爸爸，我想你……"

萧远的父亲说："儿子，我也想你。记住爸爸的一句话，你是个男人，要么被儿女情长打败，要么，去战胜儿女情长。"

萧远说："知道了。爸爸。谢谢你。"

天已大亮了，街头上的那个卖纸风车的老头已经出来摆摊了。萧远从避风塘出来，再一次地站在纸风车前久久地看着。卖风车的老头从木架子上取下一个双轮的风车递给萧远，说："小伙子，这个叫八风车，送给你，不要钱。"

萧远拿到手里，泪水一下子涌了出来。

卖风车的老头说："小伙子，别小看这风车，风车周朝就有了，传说这风车呀还是姜子牙发明的呢。这风车上画有十二个月，分二十四节气。小伙子，知道风车为什么会转吗？对对，因为风，风车必须迎着风它才会转得好看。这人世间的事情也是这样，不能总停在那儿不动，动起来这日子才好看哪。不信你试试？你拿着它找好风向，嘿，它就转得好看了，心里有什么不痛快的事也就忘了。"

这天上午，萧远拿着那个风车在美丽的哈尔滨走了一上午。的确，只要找好风向风车就会飞快地旋转起来，"唰唰唰"，美不胜收。这中间，袁侃打过来几次电话，他一看是袁侃打来的，一律不接。他想一个人待一会儿，在他的耳边，只回响着那个卖风车老头的话："小伙子，知道风车为什么会转吗？因为风，只要你找准了风向，它就转得好看了……"

下午，萧远去洗了澡，理了发，并去商店买了一套很正派的西装。他要换一种活法，开始他新的人生征程。

翌日，W报社的人谁也没想到，一贯懒散的萧远完全变了一个人。过去的那股懒散劲儿一扫不见了，而且工作非常认真，并积极地与可能有新闻线索的有关部门联系，主动提出要采访一些人。为此，他列了一个长长的采访名单。在这个名单上，市委、市政府及相关部门的主要领导全都在上面，其中不少是他念大学时的同学，这些同学在这座城市的各个部门中担任着要职。

刘主任看到萧远这种样子非常高兴，对萧远说："随你便！但不要一时冲动，三分钟热血，要持之以恒。"

萧远说："刘主任，从现在开始，我的手机24小时开机，有任务随时告诉我，现在我疯了，就是想多工作，越多越好。"

仅仅两个月，萧远采写的优秀稿件源源不断地出现了W报的显著位置上。为此，他多次受到了包括市领导及报社主要领导的表扬，表扬萧远题材抓得好、分析到位、文风正、政策性强。上头表扬萧远，刘主任的脸上也光彩呀。为了支持萧远的工作，刘主任破例给萧远配了一台二手的吉普车。萧远开着这辆二手的吉普车，像一个军事外交家一样整天穿梭在这座城市当中。萧远的这台破吉普连全城各个岗的交警都认识他了，见了他给他敬礼，打立正呢。

而迈着鹤步的魔术师袁侃依然是那副老样子。在报社，袁侃见了萧

远，两个人只是礼貌地点点头，就过去了。两个人心里都很清楚，彼此之间的关系为什么淡了。有一次，萧远的手机接到袁侃发来的一条文字信息，上面写："我们还是好朋友吗？"萧远立刻回了他一条信息，写道："用鲜血凝成的友谊牢不可破。"自从萧远发了这条信息之后，两个人就再也没有什么接触了。

仅一年多的时间，萧远就成了W报的"名记"了。萧远在国际长途电话中对父亲说："老爸，我原以为自己是一个没大出息的人，而且也没什么本事，但是我发现，当一个人被命运抛到角落里的时候，他居然还能发挥出连他自己都想象不到的巨大潜能。"

老爸在电话里说："儿子，你的年岁也不小了，你自己认为合适的女孩子，该处还要处，但要冷静一点、理智一点处，要有第三只眼。"

萧远说："老爸，没问题。这是小事情。"

老爸说："这么自信？"

萧远说："对。"

老爸说："好，你比老爸强。"

正如萧远所说的那样，在这一段时间和确有不少女孩子在追求萧远。她们认为萧远的事业心这么强，领导又这么器重他，将来肯定是一个有前途的人。只是，萧远没有答应任何一个女孩子。他现在的目标不是搞对象，而是另有目的。

在任何一个单位总是不乏敏感的人和有洞察力的人。所以，萧远的这个深层的目的还是有人猜到了，而且，在报社内部已经有人开始议论，即：萧远将来有可能当新闻部主任。新闻部的刘主任也意识到了这一点。可是，这有什么办法呢。他本人再有一年就该离岗了，与其压制这个野心勃勃的年轻人，还不如积极主动地去扶植他，待到自己退休之后，如果能再被这个被自己扶植过的年轻人返聘过来，再干他个三年二年的，岂不快哉？

现在，迈鹤步的袁侃已经根本吃不到萧远盘子里的东西了。他虽然从不认为萧远比自己强，但是，他还是晚了一大步，W报社主力记者的位置已被萧远捷足先登了，而且他的能力与水平已经得到了上级领导和社会各界的认可。他面对的不再是萧远一个人，而是一个看不见的庞大群体。对此，他只能难受地等待机会。

有一次，两个人在报社的走廊里见面的时候，迈着鹤步的袁侃脸色非常难看，而萧远却一脸的朝气蓬勃。

袁侃说："萧远，今天晚上，我们一块儿到避风塘坐坐？我知道你很忙，有时间吗？肯赏光吗？"

萧远说："几点？"

袁侃说："七点怎么样？"

萧远说："好。原地不动，不见不散。"

袁侃在避风塘一直等到晚上十点，萧远也没去。一打手机，则被告知，对方的手机已转入全球呼。

第二天，袁侃找到了萧远，萧远拍着脑门子说："哎呀，哥们儿，瞧我这臭记性，我给忘了。"

袁侃说："我也没去，我是来向你道歉的。"

萧远说："那好啊，我们扯平了。"

袁侃说："萧远，我一直把你当成是我的好朋友。"

萧远说："我也是。有什么不妥吗？"

袁侃说："但今后不是了，我们只是同事。"

萧远说："不要这样讲，今后我们仍然是朋友，哥们儿。我不是说过嘛，用鲜血凝成的友谊牢不可破。另外，你听我一句，人的一生不可能永远不失约，我不过是仅仅失了一次约，我不认为这会对你构成实质性的伤害。再说，人的思考有时候是不可靠的。放宽心，什么事也没发生。什么时候想约我出去随时打电话。"

袁侃说："那就等我的电话吧。"

萧远说："好。我24小时开机。"

果然不出大家所料，萧远被报社提名为新闻部主任助理。就在W报社考核萧远作为新闻部主任助理的时候，报社人事部接到了一封"群众检举信"，揭发萧远写人情稿。信中说，此人的品德不好，善于搞欺骗，曾在×年×月×日，就让空姐季明明假扮他的女友蒙骗自己的父母。作为回报，萧远给梅花航空公司的季明明在W报上发人情稿。为此，季明明还在

果戈里酒吧请萧远吃饭，作为答谢……

　　这封检举信的中心意思是，像萧远这样的人是不可以做新闻部主任助理的。

　　人事部门接到这封信后立刻进行调查。新闻部毕竟是要害部门，在人事安排上的严格与慎重是必须的，这是组织原则。在调查此事的过程中找到了当事人，梅花航空公司的空姐季明明。然而，季明明面对调查人员不说有也不说无，只是不住地说："怎么会这样，怎么会这样……"

　　最后，关于安排萧远任新闻部主任助理一事，被暂时搁置下来。

　　萧远对于这封检举信的事也略有耳闻，但是，他该怎么干还怎么干，还是那么风风火火，没有一点情绪。萧远打电话跟他的老爸说："这封检举信的出现，恰恰从另一个角度证明了自己是一个有力量的人。"

　　在报社的走廊里，萧远看到袁侃迈着鹤步一脸坏笑地走了过来，萧远冲他甜蜜地点点头，两个人谁也没说什么就过去了。

　　同一天，萧远接到了季明明的电话，她告诉萧远，要注意提防袁侃。

　　萧远说："完全没有必要，我们不仅是大学同学，而且还是朋友，是哥们儿，用不着提防什么。对了，你和袁侃处得怎么样了？什么时候办喜事啊？"

　　季明明说："我们已经分手了。"

　　萧远故作吃惊地说："怎么会？什么时候的事？"

　　季明明说："在我给你打电话前的十分钟。"

　　萧远说："开玩笑，开玩笑。天上下雨地下流，小两口打架不记仇……"

　　季明明接过来说："白天吃的一锅饭，晚上睡的是一个枕头。告诉你，萧远，我们铁掰了！"

　　萧远说："抱歉，我还以为你跟我开玩笑呢。"

　　季明明说："阿姨和叔叔怎么样？"

　　萧远说："挺好的。过一个月就要回来探亲了。"

　　季明明沉吟了一下："你……你现在有女朋友吗？"

　　萧远说："有，叫小兰。也是我们报社的，刚毕业，才二十一岁。岁数是不是小了点？"

　　季明明无精打采地说："重要的是你已经不小了。"

　　萧远说："说的是，说的是。我也是这么想的。"

在W报社的确有一个叫小兰的大学实习生，这个长得像林黛玉似的女孩子，有一次突然晕倒在报社的走廊里，是萧远开着他那台破吉普把小兰送到了医院，并在医院看护了她一宿。在看护期间，萧远还特地打电话给报社的领导和小兰的家人，告诉他们，小兰没什么问题了，医生说休息一宿，明天一早就可以出院了，就是贫血而已。报社领导在职工大会上表扬了萧远的这种行为。小兰出院以后，曾多次发手机短信给萧远，表示要同萧远处朋友。萧远只当是一个玩笑，觉得这个小兰有点天真，并未认真对待。但是，这么一顺嘴跟季明明说小兰是自己的女朋友时，他突然觉得小兰这孩子真的还可以。于是，他打电话给小兰，问她："小兰，你喜欢纸风车吗？"

小兰说："喜欢。"

"为什么？"

"因为你喜欢。"

"你怎么知道的？"

"在你的办公桌那儿插着一个纸风车。"

萧远问："想不想晚上出去散散心？"

小兰说："想！太想了！谢谢你。"

萧远一脸无奈地关上了手机，心想，先处着玩吧。

在萧远的"主任助理"一职搁浅的一个月之后，先前W报新闻部主任王晏调回来了，任W报社社长兼总编辑，正厅级干部。此时的王晏比过去当主任的时候成熟多了，也干练多了，完全是一副大领导的派头，有下属跟她打招呼她理都不理，板个脸从你身边走过去，完全是一副居高临下的状态。其实，现在的官场流行这种姿态，不少高官都是这种样子，跟你握手的时候根本不瞅你，你汇报完了工作他什么也不说，好像没听见你在汇报，站起来走人了，搞得你很小丑、很卑琐、很奴才的样子。不过，这种样子挺奏效的，特别是对那些没大没小、没尊没长、满嘴跑火车、处处自作聪明的下属，是一个很好的约束与敲打，并可以借此提高自己的威严和

震慑力，让自己的话有一句顶一万句的效果。

已经不是小嫩黄瓜纽儿的萧远，无论任何场合，无论有人没人，见到王社长一律是敬而远之的样子。不过，从王社长对萧远的态度上，看得出来，她对萧远的情况是了解的。

一个新领导上任之后，要做的第一件事，是了解情况，第二件事，就是人事调整。一天的下午，正在外面采访的萧远接到报社办公室主任打来的电话，让他马上中止采访，王社长找他谈话。

萧远立刻开着自己的那辆破吉普回到了报社。

萧远先到了办公室，办公室主任先给王社长的办公室打了个电话，告诉她萧远回来了。然后，领着萧远去了王社长的办公室。

进去以后，办公室主任就退了出去。

王社长笑眯眯地看着萧远，问："你喝点什么？茶还是矿泉水？噢，对了，你喜欢可乐……"

萧远说："我现在改成喝茶了。"

社长说："那你就喝茶。怎么样？还好吧。我听说了，这一段儿你干得不错。不过，我这儿也有关于你的一封检举信，你看一下。"

社长说着将那封检举信递给萧远，萧远接过来简单看了一眼，放回到社长的办公桌上。

社长问："信上说的属实吗？"

萧远说："属实。"

社长问："是基本属实还是完全属实。"

萧远说："完全属实。"

社长问："你知道谁写的这封信吗？"

萧远说："袁侃。他的字体我认识。而且这件事也只有袁侃一个人知道。"

社长问："你们在念大学的时候不是好朋友吗？怎么，产生矛盾了？"

萧远说："没有。"

社长说："这就怪了，为什么呢？"

萧远说："不知道。"

社长说："你还记得你上大学头一天的情景吗？"

萧远说："记得，那天突然下起了雨，我穿着一双白球鞋……我很为难，不知怎么办好，又怕把鞋弄脏了，又不能不走路……"

社长说："好。组织上决定聘你为新闻部主任。怎么样，有意见吗？"

萧远说："社长，像我这样的，如果说在报社有一百个，那不现实，但是，二十个总有吧？组织上能想到我，我就知足了，怎么会有意见呢？没有任何问题，谢谢领导对我的信任。"

社长笑了，说："一会儿组织部的领导要找你谈话，好好干吧。"

萧远说："是。"

社长突然问："萧远，有女朋友了吗？"

萧远说："有，在咱报社实习的小兰。"

社长笑着说："这回不用再弄一个假女朋友糊弄你老爸老妈了？"

萧远有节制地笑了。

"你们什么时候结婚？"

"快了。"

社长严肃了表情说："萧远，你成熟了，我认为你有前途，好好干吧。的确，要学会控制自己的感情。"

萧远说："谢谢您。"

说完，社长开始翻看文件，萧远就坐在她对面等着。过了三五分钟，社长抬起头来问："你还有事吗？"

萧远说："没有。那，那，我走了。"

……

三天之后，萧远被报社正式聘任为新闻部主任，而不是新闻部主任助理，原新闻部主任退养回家。这个消息一经传出，便成了Ｗ报社的头号新闻。大家纷纷向萧远表示祝贺。但萧远却表现得非常冷静。

袁侃在没人的时候，来到了萧远的办公室。

萧远热情地接待了袁侃。

袁侃问："萧远，我们还是朋友吗？"

萧远说："当然。有什么不妥吗？"

袁侃说："没什么。我只是想问一句。"

萧远说："好，我也跟你说一句话，人人都有机会，你好好干吧。"

袁侃说："如果我不好好干呢？"

萧远说："记住，你不是给我干，我也不是给你干。干工作是有游戏规则的。我们都要遵守这个规则。"

袁侃说："放屁！你在我眼里永远狗屁不是！"

说完，袁侃摔门走了。

第二天，就有人向萧远汇报，袁侃在下边散布说，王社长是萧远最早的情人。所以，才提拔他当主任……20天后，就在萧远和小兰准备启程去加拿大旅行结婚的前夕，袁侃被组织部门勒令在三个月内自己找单位调离报社，否则下岗。

在萧远准备登机之前，收到了袁侃发来的一条信息，上写："我们是朋友吗？袁侃。"萧远立刻给他回了一个短信，说："我正在登上飞往加拿大的班机。在开始旅行结婚之前，我斩钉截铁地告诉你，我们永远是朋友！对了，袁侃，你喜欢纸风车吗？"

小兰紧张地说："萧远，上了飞机你一定搂着我，我头有点晕……"

萧远说："没问题，你放松一点就行了，太嫩。"

点评

这篇小说在题材上非常接近当代现实，且以青年人初出茅庐走向社会为背景和叙事线索，展现了青年人在复杂的社会生活面前的各自反应和不同选择。单纯真诚的萧远和心机颇深的袁侃代表了两类人和两种可能的人生走向。

不管是在校园内还是在初入报社的前期，萧远都将袁侃视为知己，无话不谈，但袁侃的一次次"抢夺"最终让萧远彻底寒了心。袁侃明争暗夺地抢走了萧远的两个女友（可能的女友），让他们终于从朋友变成了陌路，及至萧远在落魄中奋起、开疆拓土地建立自己的事业、晋升触手可及之时，袁侃又以匿名信的方式试图再次阻拦萧远。但此时的萧远已非初出茅庐的萧远，命运已在他的不懈奋斗下完全扭转颓势，他的顺利升迁看起来是王主任的暗中助力，实际上也是水到渠成的结果。

尽管从先天条件上看袁侃更具有发展优势，但萧远显然是最后的胜利者。正如小说中卖风车老头颇具哲理的指引："只要你找准了风向，它就转得好看了。"萧远就是那个率先找到风向的人，让自己的生活和事业像一个漂亮的风车迎风绽放，又像一架纸飞机，直冲云霄。

（崔庆蕾）

大年夜/

/鬼　子

　　往日的莫高粱是很少早起的。他能睡，他儿子也能睡，父子俩一大一小是两条懒虫，时常一动不动地睡在床上，一直可以睡到中午，睡到饿得受不了的时候。可今天不一样，今天是旧历年底的最后一天，莫高粱想在中午前的时间里，把他的家也上上下下地打扫打扫，再不扫就过年了。在瓦镇，没有不扫家就过年的。别的人家早在前些天就都打扫得干干净净的了，扫得他儿子都急了起来，一进门就开口问："爸，你还没扫家呀？"但莫高粱不忙，他说："想扫你就扫呗。"儿子说："我扫了你干什么？"莫高粱没干什么。莫高粱在床上躺着，他就是想睡。老婆离婚之后，他整天想睡，想到了骨头里，不知为什么。

　　莫高粱起来的时候，儿子还在床上睡着，他没有动他，他让他睡。他拿了一把扫把，在地上绑在一根竹竿上。扫把太短，扫不到头上的一些地方，他得给它加长。他刚刚把扫把和竹竿绑好，儿子下床来了。儿子的脚步声很急，但走过爸爸的身边时，他停了一下。

　　他说："爸，你干吗？"

　　莫高粱说："你睡你的。"

　　儿子紧紧地箍着自己的小东西，他说："我尿尿。"

　　莫高粱说："你尿你的，我把屋子扫一扫。"

　　儿子说："要扫你买把新的回来吧，别老用旧的。"

　　说完急急地撒尿去了。

　　儿子的撒尿声很响。他一跨出后门，撒尿声就传了过来。他撒尿从来不上厕所，总是一跨出后门就撒进了眼前的阴沟。一股寒风呼叫着卷进了屋里，把尿臊也卷了进来。莫高粱被呛了一口，一直呛到了胃里。

他说："干吗要买新的，旧的我一样扫。"

儿子撒完尿就急急地跑回被窝里去了。

儿子说："人家用的都是新的。"

莫高粱没有听到心上去，他说："我去年用的就是旧的。"

儿子的声音突然就高了起来，他说："前年你用的就是旧的了！"

莫高粱说："对呀，前年我用的也是旧的。"

"可是没过年呢，你和我妈就离了，你忘了？"

莫高粱猛地一愣，两眼呆了。他匆匆地想了想，然后沉沉地"嘻"了一声，他说："那事跟扫把没关系，是她要离我的，又不是我把她扫了出去。"

儿子不管他。儿子继续说着："去年你也用了旧的扫把，今年你霉了一年吧？人家给你找了那么多女的来？你怎么一个都没有留住？"

"瞎说！"

莫高粱愤怒了。

他说："你在谁的嘴上听到的？"

儿子没有告诉他。

儿子说："反正人家用的都是新的，就你，老是舍不得买。"

其实不是舍不得买，而是莫高粱从来就没有想过要买。要的不就是一个干净吗？新的旧的有什么不同呢？

但他却怎么也举不起那把绑好的扫把了。

他在地上愣愣地又蹲了一会，最后竟慢慢地把扫把解开了。

他收起了扫把和竹竿，悻悻地出门而去。

不就一把扫把吗！

莫高粱决定给儿子一份好心情，当然也想给自己一份好心情，毕竟，明天就是新年了。

莫高粱走到一家日用土产商店的门前时，正好刚刚开门。莫高粱一眼就看到了好大的一堆扫把，堆放在店里的一面墙脚下。但莫高粱却站住了。他站在商店的门外没有进去，是扫把的价格把他给拦住了。那是一块

纸板，就挂在一把扫把的上边，歪歪地写着：每把三元。太贵了！莫高粱心里随即就尖叫道。一把扫把怎么可以卖三块呢？太贵了！他觉得一把扫把一块五就差不多了，顶多也就两块。但他不愿进去说价。这一家人是从来不爱跟别人说价的。这一点莫高粱知道。全瓦镇的人都知道。他要是进去说价，那家人的任何一个都会斜着眼睛对他说："一把扫把三块钱贵什么贵？你看见谁家的质量有我的这么好吗？我这种扫把你买了回去至少可以用一年吧？一年是多少天？只算你是三百天吧，三百天扫了三块钱，一天才花多少呀？还有六十五天呢？一天都花不到一分钱你也跟我说价呀？"这家人头脑都精得要命，精得令人讨厌。莫高粱于是对自己说，算了，还是等街上热闹的时候再看一看吧，也许今天的街上还会有卖扫把的。穷人多着呢，别以为大年夜了就没人卖扫把了。街上卖的才多少钱一把？是一块钱一把吧？当然，实在买不到了再回来吧，反正眼下他不愿意多掏那两块钱。

两块钱他可以吃好大的一碗米粉！

他从身上掏出了两块钱，就吃米粉去了。

今天的莫高粱，除了扫家，做年夜饭，还有一个很重要的活，那就是上街收钱。那要等到街上成了街，等到快热闹的时候。这一份活是李所长请他帮忙的，已经帮了好几个街日了。因为快到过年了，李所长他们的人手一时忙不过来，看见他在街上闲逛，远远地就把他叫住了。

他说："莫高粱，找你呢，给我帮个忙。"

李所长总是这样对他说话。

就是让莫高粱去帮他们所里淘厕所，李所长也是这样对他说的。就那一个"给"字，莫高粱的心里也曾时常地琢磨，觉得这姓李的是明里欺负人呢，可再一想，觉得人与人之间不就是他妈的不一样吗，有什么办法呢？人家是谁，你是谁？明摆着那淘厕所的事就是给你的，你能怎么样？人家要是不高兴要是不肯给你，你就是想帮，还帮不上呢。好在莫高粱的表情总是一脸的乐意接受，这也就没有什么了。

但当时的莫高粱却愣了一下，给李所长站在了街上，心里一时想不出他要给他帮个什么忙，心想不会又是淘厕所吧？我可是刚刚给你们掏的，才几天呢！你们不会吃得那么凶了吧，又不是什么吉尼斯大赛！心里不由笑了笑。一辆大卡车从大街上飞驰过后，他发现李所长没有朝他走来。李所长只是原地站在对面的街边不动。

他心里忽然就明白了。他明白李所长不是给他帮淘厕所了。李所长的嘴里虽然都是一个"给"字，但不同的"给"，莫高粱还是能像医生把脉一样，把出不同的内容来的。有的"给"，是真的给；有的"给"，却是真的求他莫高粱帮忙的，只是嘴里不肯给你说出那个"求"字就是了。如果李所长自己朝他莫高粱走来，那这样的"给"，就是有求于他莫高粱了。每次让他帮他们淘厕所就是这样。但如果是真的给，真的让莫高粱得点什么好处，他李所长就会远远地站着不动，他让你莫高粱自己朝他走去。莫高粱知道是碰着了好事了，脸上便笑笑的就朝李所长走去。李所长先是给他递了一支烟。不管给他帮什么，李所长总会先给他递上一支香烟，这一点，莫高粱觉得这李所长为人还是不错。李所长的烟都是好烟，莫高粱还没有点着，就吸着了一股很香很香的烟味了。那烟味让他有点心花怒放。他脸上笑笑的，看着李所长给他说话。李所长开口就说是："好事呢，给你帮我收钱，收那些在地摊上摆卖的，不管他们卖什么。听说往年也都是给你帮的。"莫高粱说："是，往年他们都是给我帮的。"

往年的所长不姓李。

李所长是今年才从外地回来的。

李所长说："那好，往年你怎么收今年你也跟着怎么收吧，劳务费跟往年一样，收得越多，给你的提成就越多。只要心细一点，最好不要放过任何一摊。"莫高粱说："这好办，他们不听我的他们总不敢不听你的吧，你只要给我那个红袖套，我把它套在胳膊上，谁要是不给我交钱，我就把他拉到所里去，我让他们跟你说去。"李所长笑了笑，并没有说什么。莫高粱说："其实也没几个敢让我拉的，我只要那么一说，人家就自己软了，他们不怕我，还能不怕所长吗？"李所长的脸上便堆满了笑，堆了一层又一层。莫高粱知道，那些笑都是他给堆上去的。

今天是莫高粱帮李所长收钱的最后一天了，过完年，买卖就没有这么盛了，就用不着他再帮忙了。所以每一年的这一天，莫高粱总是在心里暗暗地吩咐自己：今天要多收一点。不就是让脸皮厚一点吗？脸皮是什么呢？能厚就厚吧，你别放不下。

吃完了一碗两块钱的米粉，莫高粱给床上的儿子，买了两个热乎乎的

大馒头，左手握一个，右手握一个，很张扬地走在回家的路上。今天的午饭他不打算给儿子煮了，他让他就吃这两个大馒头。

床上的儿子依旧地睡着，睡得香香的，闻到馒头味的时候，才懒懒地动了动身子，把眼睛睁开了一条缝，但随即又闭上了。那两个馒头离他很近，就丢在床头的桌子上，他胳膊一伸就可以抓到了。

今天的街与往常不一样，谁都是赶早来的，街一热闹，街很快就会散去了，没有人会像往常那样逛来逛去的。卖的是赶早地卖，买的也是赶早地买，完了就会纷纷地赶早上路，回家宰鱼杀鸡，做各自的年夜饭。

趁着街上还没有热闹的时候，莫高粱先到街上去走了一圈。他怕扫把一来就被人买走了。等着新扫把扫家的人，或许还有。瓦镇不大，可瓦镇也不小，他不相信就他莫高粱一人是喜欢懒的。

但哪里都没有看到卖扫把的。

可能还在路上吧，他想。

那些卖扫把的一般都是山里的，路要远一些。

于是，莫高粱只好先收费去了。

他是从卖鸡卖鸭的那里开始收费的，那里距离往时卖扫把的地方不是太远，一边收费，一边可以把眼光不时地扫过去。可收完了卖鸡卖鸭的，还是没有看到有卖扫把的。

这时的街，慢慢地就热闹起来了。

他只好往卖菜的地方走过去。

那卖菜的最前头，是一个脑袋剃得光秃秃的小子。

莫高粱一边把票递上去，一边禁不住嘴里嘀咕道："他妈的怪了，大年夜是不是只有卖菜的，没人卖扫把了？"

那光头当然不明白莫高粱的意思，以为是骂了他们卖菜的，一边站起来懒懒地给莫高粱掏钱，一边便将目光从莫高粱的头顶往远处扫去，很不屑与莫高粱正视的样子，嘴里跟着也骂道："你他妈的瞎了眼了，那不是扫把是什么？"

莫高粱心想怎么骂人呢，抬头一看，光头的神情挺认真的，跟着便把目光转过去。

果然，有人扛着扫把，正在不远处的街上走着。

莫高梁忽然就兴奋了，转身就朝那扫把奔了过去，走了几步才回头对光头笑了笑，但后边的光头却不理睬他的笑脸，光头看了看掏出的钱，嘴里禁不住又骂道："你他妈的不要了？"

莫高梁远远地就掏出了一块钱，他要尽快地买回家，然后让儿子帮他扫一扫，否则等他收完钱回去，时间怕是不够了。可他看了看手里的钱，心想人家可能一块不肯卖，那也只能给人家一块五，人家一定要卖两块，那他就要压一压，能压五毛是五毛吧。可他正要再掏出五毛钱的时候，他突然让自己站住了。

因为，他认出了那个人。

那是一位老阿婆。

三天前，也就是上一街，她也到镇上来卖扫把，可他却没有收到她一分钱。头一次他是因为可怜她，他给她递上票的时候，她的脸上"唰"地就变颜色了。她说："我才刚刚摆下呢，我一把都还没有卖出去，你待会再来吧，好吗？"他于是点点头就走开了。第二次他还是因为可怜她，因为他还没有撕票递上去，她的老脸就一下拉长了。她说："实在是对不起，我还是一把都没有卖掉呢，不信你给看一看，刚才是不是这几把？"一边说，一边把扫把就散开来。莫高梁不知道说什么好，他也不知道那几把是不是原来的那几把，原先他没有留心过，心里只想说"好好好"，转身就又走开了。这一次，他回头说了句："我待会再来。"一边说还一边偷偷数了数，这一次他的脑子真的记下了，一共是五把。他想：等我再来的时候，你只要少一把，我就不会再这么好说了。可是第三次他扑空了。这老阿婆连影子都不见了。

没想到，她竟又自己回来了！

莫高梁的眼睛紧紧地盯着她，他要等着她的回头，他要让她像是自己撞上了他，他要好好地看着她，看她的嘴巴怎么张开她的老舌头。

而且，他把手里的钱也收起来了。

他想：这真是老天有眼呀，老子今天需要一把新扫把，这扫把就自己跑来了，而且连钱都可以不用他再掏了！

他想："我干吗还给她掏钱呢？

上一街她不是逃了收费吗？

老子今天让她补！

她有钱吗？

有钱还会大年夜的到镇上来卖扫把吗？

没钱怎么办？只好白白地送他一把扫把啦！

老阿婆却没有注意到莫高粱正在后边等着她，她正急着找一个地方尽快把扫把放下，可哪里都是摆得满满的，哪里都是买卖的人。有个卖篮子的一旁，好像有一点点空地，可她刚刚走上去，肩上的扫把还没有放下，那卖篮的就抬头用眼光把她给拦住了。他说："阿婆，这里不是卖扫把的，你到那头去吧。"说着就用眼光往她的身后指了一个方向。老阿婆不知道说什么，毫无办法地只好慢慢地转过了身。

这一转，就与莫高粱的眼光撞着了。

她吓得忽然一愣就心慌了，她似乎想转身避开，但莫高粱已经笑着朝她走来，她只好战战兢兢地把扫把从肩上放了下来。

"怎么？是不是又要说'我是刚到的'？"

莫高粱说着就把手伸进了她的扫把中，他有点等不住。

老阿婆让他拿，她也不知道他要干什么，只是嗫嗫嚅嚅的，嘴里不知道跟他说什么好。倒是身后那卖篮的，突然帮了她一句，说："是呀，她是刚刚到，她还没找到地方放下呢。"老阿婆这才乘机开口了，她说："是呀，是是是，我是刚刚才到的。"一边说一边胡乱地点着头。

"我知道你现在是刚到的，可我说的是上一街。"

莫高粱的这一句好像一只手，突然就把她的脖子给揪住了，揪得她脸也变了，气也喘了，嘴里的话也顿时慌乱起来。她说："上一街……上一街……上一街我只卖了一把……我只卖了一块钱……那一块钱……我那天花掉了……我买了一包盐……一包盐刚好一块钱……我想买少一点的，可卖盐的说，只有一块的……那包盐……我放在家里……"

莫高粱说："你别慌，我不要你的盐。"

她说："我知道，你不要我的盐，你要盐干什么？"但她没有想到莫高粱想要的是她的扫把。她说着脸又拉长了，她说："那你先让我拿去卖吧。等我卖掉了，我一起给你，我把上街的也给你，好吗？"

她看见莫高粱已经拿走了她一把扫把，她希望他还给她。

可莫高粱的手已经抓得紧紧的。那一把他是要定了！

他说："上一街，你也是这么说的，你还记得吗？"

老阿婆的脸忽然就低了下去了，好久都不敢抬起来。

"上一街……上一街你说了你会再来的，可后来你没来……"我就拿去买盐了……老阿婆吭吭吱吱的，好不容易才说出这么一两句，可她好像还没说完，对面的莫高粱就猛地愤怒了："你怎么知道我没去？"

"我告诉你！"

"我去了！"

"可是你？"

"你溜了！"

莫高粱的声音很大，一声一声的，每一声都像一个巴掌，一下一下地打在老阿婆的脸上，打得她身子一颤一颤的。老阿婆的脸面顿时就红遍了，她想抬起头来看看他，但她怎么也抬不起。

她的嘴里跟着就连连地说了好几个"对不起"。她说："对不起了对不起，我刚才是跟你说谎了。她说我那天是看见你来了的……可我怕，我怕你把我那一块钱收了去……我就……我就走了……"

"你不是走，你那是溜！"

好像无意中又得到了什么理，莫高粱的声音更吓人了。

老阿婆只好认罪似的说："是是是，我是溜，我是溜。"

"是我不对，我不该溜。"

"那一块钱，我应该等你来，我应该交给你。"

老阿婆说着忽然就软在了自己的脚下。

看那样子，她好后悔，后悔自己真不该跟人家说了谎。人家是谁呢？人家一眼就把你的谎给看穿了！她想人家可是吃国家的，你怎么可以骗人家呢？你以为你骗得了人家吗？你要是可以骗得了人家，人家还算是吃国家的吗？在她老阿婆的眼里，那莫高粱也是那吃国家的人，她不知道莫高粱只是被李所长他们叫来帮收费的。她以为收费的就都是国家的人，

国家的人当然就都是吃国家的。人家没有本事人家能吃国家的吗？你怎么可以骗人家呢？

她是真的好后悔！

莫高粱看着蹲在地上的老阿婆，自然就更加得意了。他说："那好，那这把扫把就当着是上一街的收费了。"完了又补充道："所里正缺扫把扫院子呢。"然后看了看左右的人，他似乎担心有人会突然出来帮老阿婆说他什么。

蹲在地上的老阿婆，还是没有抬起头。

她说："好，你拿吧。"

旁边的人很多，一时都有些看愣了，但谁都没有替老阿婆说话，只让一些隐隐的厌恶和隐隐怜悯的眼光，在莫高粱和老阿婆的身上扫来扫去，扫去扫来。

莫高粱心里明白，只要他乐意帮李所长他们干这个活，他就得接受别人的那些眼光。每年这个时候都这样，而且过后了还得继续地承受着。这他想得开，真的。他心里时常对自己说："狗帮别人吃屎，还经常挨别人乱踢呢，你怕什么？"

何况，他今天非要这么一把扫把不可。

他不想让他的儿子今天对他产生失望。

不就一把新扫把吗？有什么大不了的呢？你爸爸还省了一块钱呢！一块钱当然不能算什么，可一块钱够他给儿子买一抓嗦嗦炮！他儿子就爱烧嗦嗦炮。嗦嗦炮是一种鞭炮，每年过年，瓦镇的小孩们都满街地烧。嗦嗦炮一抓一块钱，一抓里边有十根，十根可以点十次。嗦嗦炮一点就嗦嗦地响，一边响一边跑，一边可以不停地晃，能晃出许多许多的光来，绿的、黄的、红的，什么都有，天色越黑越好看，尤其是漆黑的大年夜。

他提着扫把，往前边的街上走去了，走得很神气。

莫高粱走了好远，老阿婆才想起要从地上站起来，可是她怎么也站不稳，摇摇晃晃的，好几次刚站到一半就又蹲了下去。

有人看了可怜，说："阿婆你怎么啦？"伸手要帮她站起来，她却把别人的手一再地推掉了。她说："不要，你不要扶，你让我自己起。"说话时也不抬头看人，一副只剩了身骨，却没有了骨力的样子。

慢慢地，她终于自己站了起来，可脑袋刚一升高，眼睛就跟着昏花了，脚下仿佛晃了晃险些倒地，只好把眼睛又紧紧地闭上，她让自己先别动，先让自己就那样靠着扫把好好地站一站。

有人以为她是被那收费的吓慌了。

有人以为她可能是走累了，她的家可能很远，很偏，而且很穷。

也有人以为可能是她的身体很不好。

就都问她："阿婆，你到底怎么啦？你没事吧？"

老阿婆很简单地摇摇头，她说没事，我只是有点饿。

"那你早上没吃吗？"

她却不再回答了。

她只是再次地摇摇头，让人想不明白她什么意思。

但人们的同情心却一下子就浓起来了，加上莫高粱已经走开，许多话便一句跟着一句地围上来。有的说："你其实可以不给的，你不是说你只卖了一把扫把吗？一把扫把交什么交？其实你可以不交的。"有人跟着也说："对对对，说上一街是上一街，上一街他收不着那是他收费的自己的事，你为什么还要给他呢？"有人说："你最不该说的是你怕交费，你不说他能拿你怎样呢？"于是说："你真傻！"有人觉得那一个傻字伤着了阿婆了，就帮她说："这不是傻，傻什么傻？傻的人不是这样的，傻什么傻，阿婆是因为太善良了！"

老阿婆自己也说不清，自己是因为太善良了或者是真的因为傻，但善良两个字让她多少觉得心里好受些。她慢慢地就扬起一只手，在人们的眼前无力地晃了晃，然后说："算了。"

"别说了。"

"不就一把扫把吗？"

虽然只是一把扫把，但莫高粱的脸上却得意极了，他没有把扫把提在手里，也没有把扫把扛在肩上，而是朝头上的天空高高地举着，张扬得就像一个从校门走出的小学生。当然，也许他是无意识的。到底是白白拿了人家一把扫把，心里总是有一些藏不住。人嘛，要不怎么会有得意忘形的说法呢。但有人一眼就把他看低的，远远地，就朝他讥笑道："哟，买了

一把！"

莫高粱嘻嘻地笑了笑："对，买了一把。"

而心里却说："买什么买？老子我这是白拿的。"这么想时，莫高粱不觉有点飘然起来，接着便是一番由衷的感叹，感叹人的手中，有时就是有一点点小小的权力，也真他妈的是一件好事，虽然这小小的权力在他的手中只是一个收费的，而且是一个帮别人收费的。

他于是看了看手中的扫把，那把扫把在他的左手里，他紧紧地握了握，他觉得真的不错；他于是就看了看自己的右手，右手却是空空的，他让右手空空地握了握，突然觉得这手也应该拿一把。

他站住了。

是应该再拿一把的呀？

为什么不拿？

这一把是上一街的，那这一街的呢？

这一街也应该拿一把！

为什么不拿？

不拿白不拿呀！

再说了，就剩这么一街了，下一街人家李所长就不用你帮了，到时候你就是想拿，也许只是一根葱，怕都没人给你拿了。

莫高粱一转身，就往回走来了。

老阿婆刚刚睁开眼睛，就看到了回头的莫高粱，吓得又是一个冷战，以为是花了眼，再一看，莫高粱已经急急地走到面前。忽然间，她似乎预感到了什么不测，手臂一软，剩下的三把扫把便从怀里纷纷地倒到了地上。

然后，她惶惶地看着他。

莫高粱也没有说话，他看了看老阿婆，一只脚便踢进了倒在地上的扫把里，轻轻一挑，其中一把便离地飞起，飞进了他的右手中。

他的两只手，随即就都有了扫把了！

莫高粱的心里忽然就满满当当的了，那感觉就像是已经吃饱了年夜饭。他又看了看老阿婆，老阿婆还在愣愣地看着他，眼光很空洞，也很怅惘。显然，她没有想明白这到底怎么啦。

莫高粱只好说话了。

他说:"我得拿两把。"

老阿婆就看了看地上的扫把,又看了看莫高粱手里的扫把。

她也说话了。

她说:"为什么呀?"

莫高粱说:"这一把是上一街的,这一把,是这一街的。"

老阿婆的眼光忽然就散开了。她终于明白了。她知道她拿来的四把扫把,有两把眨眼间就跑到莫高粱的手里了!她猛然就觉得一阵心痛,痛得就像被人突然一刀,把她的心给切下了一半!

她突然就尖叫了起来:"我今天的还没有卖呢!你怎么就拿我的啦?"

老阿婆的声音很锋利,四周的人又看了过来了。

莫高粱却很镇定,他说:"我要是等你卖了我还拿什么?"

老阿婆说:"那你让我先卖吧,我要是能卖了我会给你交钱的。"

莫高粱却摇着头,摇得没有一点商量的余地。

他说:"不行。卖完了你又溜了,我到哪里找你去?"

她说:"不会的,我怎么还会溜呢?我不会再溜的,你让我先卖吧,卖完了我等你,好吗?"

老阿婆说着竟哭了起来了。

老阿婆的哭声把旁人都给震住了,人们好像忍不了了,就都纷纷地说话了。有人说:"你就让人家先卖吧。"有人说:"对呀,你就让人家先卖吧。人家还没卖呢,你怎么就先收了人家的呢?人家一共才拿了四把呢,你一下就拿走了两把,人家还卖什么卖?你这样是不是太黑了,你不要这么黑。太黑了会遭老天报应的,你知道吗?"

一时间,什么话都有。

莫高粱却突然愤怒了。

"谁说我黑?谁说我黑?我不黑我怎么办?你不交,他不交,我这收费的我怎么办?"

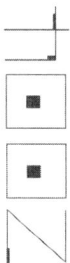

但人们的嘴巴并没有给他停下。

人们说："你怎么办关我们什么事，我们只知道，不能黑的事，你就是不能黑！"站在老阿婆身后的人，猛地就推了她一把，说："阿婆，别管他，把你的扫把抢回来！老阿婆一直不知道怎么办，心慌慌地就回过了头去，看了看那个推她的人，那人跟着就又推了她一把，这一推，就好像给了她一股力，她回头看了看莫高粱，竟发现莫高粱已经不是了原来的莫高粱，好像莫高粱脸上的那种凶气已经没有了，她于是猛地一扑，就往自己的扫把扑上去，还真的就把自己的扫把又统统地扑回了自己的怀里。然后，她紧紧地抱着她的扫把，坐到了地上，气喘吁吁的，不知是恨，还是全身突然用完了力气了。

莫高粱看着空空的手，顿时也骇然了。

看着四周的人，他有点恨，也有点怕，当然也有一点后悔。他后悔自己也许不该回来，看着坐在地上的老阿婆，他又不敢上去抢。抢是肯定不行的！可他想，只要她一直地这么坐着，她不动，弄不好他一把扫把都拿不到。他要是把她给逼急了，她只要说一声"我不卖了"，然后扛着扫把回家去，那样一来，他可是拿她没有办法的。

他眼下拿她怎么办呢？

总不能那把到了手的扫把就这样丢了？

不，那把扫把一定要拿！

不就想个办法吗？

有什么办法呢？

如果是李所长，他会怎么办？

莫高粱突然就想到了李所长。因为李所长他们也时常碰着一些不肯交费的。莫高粱忽然就说话了。他说："好好好，我不要，我一把都不拿，好了吧？我也不知道再跟你们说什么。"他一边说，一边无奈的样子给人们摊开自己的双手，然后低头对老阿婆说："这样吧，你要是真的不愿给，那你就跟我到所里去一趟，我让你跟我去见李所长。他是领导他是头，他也比我懂道理，他要是说阿婆你可以不交，那阿婆你就别交好不好？反正我是他叫来帮他们收费的，除了帮，我没有任何别的权力。"

其实在莫高粱的心里，他是刹然间就想好了，他知道所里眼下肯定没人。所里的人，有的家在村上，有的家在城里，李所长昨天下午就放了他们回家去了。就李所长一个人是镇上的，他这个时候肯定也不在，他知道李所长早上一忙完，就转身早早地回家去了。

但没有人知道莫高粱心里的摆布，他们有的说不去，有的说应该去，嘴上一时又热闹起来。后边的人说去了也没用，天下的乌鸦一般黑，这帮收费的，哪个是好人？但前边的人却说去去去，应该去，不信他们都这样的没有了良心了。他们相信人心都是那肉长的，他们说，老阿婆的情况，会让李所长他们的良心多少有点同情的。

"去吧，再不去转个眼就要散街了。"

真正让老阿婆动心的却是这一句，老阿婆顿时就有点急了，她急急地就要站起来，但她的腰竟怎么也立不起，她不知道身上的力气都跑到哪里去了，她觉得一身都像被掏空了似的，脚是软的，腰是软的，全身的骨头都软软的。莫高粱见势就伸过了手去，他想给她拉一把，但她看了看莫高粱的手却不肯抓，她把自己的手递给了旁边的另一个人。莫高粱只好睁着眼在一旁看着。老阿婆刚刚被人拉起，不觉眼睛又是一阵昏花，好像天也旋，地也转，只好依靠着怀里的扫把，赶紧又闭上了眼睛。

好久，才跟在莫高粱的身后，慢慢地往前边的街上走去。

所里果然空空的，一个人影也没有。

老阿婆一走进院子，身子就又软下了，她赶紧就靠在一根柱子上，然后让身子靠着柱子往下移，好不容易才坐在了柱子下，像是要随时断气的样子。其实，还走在街上的时候，她都已经走不动了，走着走着，肩上的扫把就自己无力地跌落在了街面上。她于是又一次地蹲下去。她说："我不走了，我走不动了，我不想走了。"可莫高粱却不理睬她，他上来就替她把地上的扫把统统抱起，然后自己往前走去，看着自己那走去的扫把，老阿婆又只好咬着牙，死命撑着站起来，看着莫高粱走去的背影，摇摇晃晃地跟随着，生怕莫高粱突然把她的扫把扛跑了。

老阿婆突然觉得自己的咽喉像冒火。

她说："能给我一点水喝吗？"

莫高粱说有，可走到办公室门前时，却停住了。他想："我怎么能一进来就给她喝水呢？老子得让她熬一熬，让她尝尝拿回扫把所带来的滋味。"他说："想喝水呀，先等一下吧。"

她说："我像是快要死了，你就让我先喝一口吧，你们的水在哪？"

莫高粱说："死什么死，我们还是先说说扫把吧。"顺手在房门边提起了一张破烂的靠椅，离老阿婆不近不远地坐着。老阿婆四处看了看，看不到他们的水到底在哪里，只好又把眼睛闭上了。

她说："所长呢？不是让我见什么所长吗？"

"见李所长？在这哪！"

老阿婆听得出是莫高粱在耍弄她，就很想憎恨地瞪他一眼，但眼睛却沉沉的不想再睁开。心想她已经连憎恨他的神情都没有了，她只有默默地听着他说话。他说："你见过李所长吗？"她没见过，可她也没有给他回话，她让自己就先这样歇一歇。她不知道他的所长是不是也在院子里，但她想，他既然让她来见他，到时候他就会出来的。

莫高粱说："我告诉你吧，李所长要是在的话，他现在就是这样跟你说话的。"说着在破椅上摇了摇，看那破椅能不能承受他，还好，那椅子只是晃了晃，一时好像是晃不倒的，便把腰身从破椅上往下溜了溜，溜到一半的时候收住了，他让自己的两条腿长长地踏到前边的台阶上，让身子歪歪地坐着。往时的李所长就是这么坐着的。他在极力地寻找着那样的一种感觉。那样的坐法当然没有什么，可他莫高粱在屋里也曾千百次地这么坐过，却就是坐不出人家李所长的那种派头来。而眼下的莫高粱似乎一下就找着了那样的感觉了，原来你莫高粱在家里不管怎么坐，你永远只是坐在家里的莫高粱，而在这里坐的才像人家李所长。因为最最重要的是，李所长这么坐着的时候，是坐给他面前的别人看的，那当然都是一些因为各种各样的交费问题被弄到院子里来的人，那种所长的味道也就自然出来了。莫高粱还发现，这么坐着的李所长，眼光也是很有讲究的，他总是一副对人爱看不爱的样子，你别看那个样子的眼色好像有点虚虚的，然而其实厉害哪，对方的眼光一旦撞着，当即就会像电击一样，把对方电了一个心惊胆战。

这就叫人咧，人与人可以说一样，而其实完全不一样，就看你是谁。莫高粱的心里忽然就又满满当当的，仿佛自己也终于成了一回李所长。满足之余，心底里便隐隐地飘上来一丝沉沉的怅惘，怅惘自己小的时候怎么就没有好好地多读几天书，否则眼下坐着的，或许还真他妈的是莫所长。怅惘之后，只好让自己又回到原来的状态里，让自己的眼睛也像往常李所长的那一种样子，朝老阿婆阴阴地瞥过去，那样的眼光确实很有穿透力，他觉得他的眼睛顿时就硬硬的好像会随时飞出去，遗憾的是，老阿婆的眼睛却一直紧紧地闭着，并没有让他的眼光也电一电，这让他多多少少地有点失去了一些满足。

躺在椅子上的李所长，往时还有一手绝招，那也是很让莫高粱佩服的，就是对付那些敢在街上跟他顶牛的人，一进院子就把他们关起来，关的当然是在办公室，但那些人马上就明白厉害了，嘴里纷纷地就给李所长认错了，他们希望马上离开，马上回到街上去。但这时的李所长已经不是刚才的李所长，这时的李所长会像什么事都没有发生过一样。他只是不急不躁地对他们说："我现在没有时间考虑是谁的错，也许错的是我，但我得好好想一想，你就先在这里歇歇吧，我有一点急事先忙一忙，等我回来了我们再好好地聊一聊。"说完从椅子上起身，真的就往外走去了。

莫高粱觉得这一招他今天也应该用一用，他觉得这个老阿婆也应该尝一尝，何况他得先把扫把拿回去，他得让他的儿子先替他扫一扫，然后他还得上街去再收他一点钱，等收得差不多了，再回来放了她，到了那个时候，她还会说只给他一把扫把吗？这么想的时候，莫高粱似乎已经看到了那个被关后的老阿婆，看到她灰溜溜的什么话也不再多说了，只扛着她剩下的扫把，乖乖地就上街去了，也许，到时她还会连连地给他说几声对不起。

莫高粱随即就从破椅上坐起来，不想那破椅却经受不了他这样的激动，只听得"哗啦"一声，被他压垮在了地上。好在老阿婆的眼睛还一直紧紧地闭着，除了突然响起的声音，她什么都没有看到。

他一边从地上爬起，一边拍了拍手上的灰尘，就推开了办公室的门，对老阿婆喊道："过来！你到这里来！"

老阿婆不知道他要干什么，睁了眼睛就慢慢地走过去，看见办公室里空空的，就开口问："所长呢？他不在吗？"莫高粱说："我给你找他

去，你在这等着吧。"老阿婆在门边的椅子上刚一坐下，就听到外边的莫高梁把门给锁上了。莫高梁锁门的声音很响，他那明显是有意的，他要让里边的老阿婆给他老老实实地待着。但老阿婆却在里边说道："你不用锁的，我不会跑。"门外的莫高梁心里便笑了，他想我锁了你还怎么跑，你当然跑不了啦。他拿了两把扫把刚要走，里边的老阿婆却又说话了。她说："我是不是真的快要不行了，我的眼睛，都看不见了……"

后边的话竟没有了。

莫高梁忽然一愣，便站住了。

他说："你说什么？"

里边的老阿婆好像急急地又抽了两下喘息，接着就停下了。

莫高梁的心忽然就有点悬了，关人的事，对他来说毕竟是头一次，他毕竟不是人家李所长。他急忙悄悄地靠到窗户边，贴着脸往里偷偷地看了看。

里边的老阿婆，脖子软软地吊着，吊得长长的，一直吊到了膝盖上。莫高梁晃了晃自己的眼睛，他有点不肯相信，也不相信里边的老阿婆怎么会转眼就成了那样了。他举手就敲了敲窗户，他想把她给敲醒。但老阿婆的脖子，竟动也不动。他又敲了敲，老阿婆的脖子还是不动。他于是问话了："你刚才说什么？"

老阿婆没有回话，像是没有听见。

"哎！你刚才说什么？"

这一句刚一说完，自己就急急地掏出钥匙，把门给打开了。

莫高梁用扫把轻轻地推了推，推在老阿婆的肩头上，他怕一不小心，就会把她给推倒在了地上。老阿婆的身子动了动，又不动了。莫高梁就又推了推，嘴里也跟着连连地"哎"了她几声。这一次，老阿婆的身子摇了摇，脖子才慢慢地活了过来，慢慢地，又往后坐直了。

但眼睛却是一直地闭着，只有嘴巴动了动，说话了："我，真的快不行了，我眼睛都睁不开了，我什么都看不到了。"

她的两只手一直没有离开她的腹部，她一直紧紧地压着。

但莫高梁没有注意到这一点，也没有去注意她的手。他只是紧紧地盯着她的脸，他看到她的脸色是有点不太好，可山里的老人又有几个脸色是好看的？莫高梁觉得，这样的脸色是很欺骗人的，其实他们比电视里那些肥肥胖胖的城里人，不知要硬朗多少呢。

他拍了拍抱着的扫把问："这是什么？"

老阿婆没有睁开眼睛，听声音她就听出来了。

她说："是扫把吧？"

"你睁开眼睛看看，这是几把？"

老阿婆就慢慢地睁开了眼睛，说："两把。"

"这边呢，这边是几把？"

老阿婆的眼睛转了转，说："也是两把。"

这一次，是莫高粱的心活过来了，他暗暗地就笑了。

"他妈的，你这老东西！想吓我是不是？"

骂完就又出门响响地把门锁上了。

但莫高粱没有马上走，他忽然想："这老女人也许狡猾着呢，等我一走，她要是气疯了，她要是发起了火来，她把办公室的东西都给砸了怎么办？我莫高粱还能让她赔？她拿什么赔？她能赔她还会大年夜的来卖扫把吗？而那李所长是肯定不会放过我的，他肯定会让我给他赔，那老子可就倒霉了。这一街可是老子的最后一街了，我总不能天亮了还尿裤子吧？"莫高粱于是让目光到处看了看，他想他得给她换一个地方吧，最后，就看到了一个小矮房。

那是上二楼的楼梯脚下。

小矮房的房门正打开着，像一张怪怪的嘴。

他想："对，老子就应该把她关到那里去。"于是就过去看了看。小矮房是顺着楼梯而起的，一头高一头低，里边有些黑，而且堆满了乱七八糟的东西，好像纸箱呀，扫把呀，就连鸡笼好像都有。他骂了一声："这帮鸟人他妈的混蛋，怎么什么东西都往里边堆，这是你们家的厕所呀？"进去就是一顿乱踢，仿佛一脚一脚的都踢在了那帮鸟人的屁股上，最后就踢出了一块空地，然后自己蹲下去试了试，觉得好像有点窝窝的，就从纸箱上撕下了一块垫在了地上，再一坐，好像就好受多了，只是在把门关上的时候，小矮房突然就黑了下来，黑得竟什么都看不见，但他很快就发现，这样的黑还是挺暖和的，一点冷风都进不来。他于是闭上眼睛，

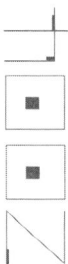

往后靠了靠，觉得还行，还真是一个关人的好地方，再说了，老子又不是关她一天两天的，顶多也就一个小时吧，或者多一点，会出什么事呢？不会的。他劝自己放心吧。

转身就打开了办公室，就把老阿婆提出了门外。他说："你不能待在这里，我要是让你待在这里，李所长来了要骂人的。"再一提，就连拖带拉地把老阿婆提到了小矮房里。他没想到老阿婆的身子那么轻，轻得只像是一只纸糊的大鸟。他说："你就待在这里吧，我马上把李所长给你叫过来。"

老阿婆什么话也没有说。只是在被突然提起的时候，曾在嗓喉似乎想喊一声什么，但莫高粱一提，就把她的声音给提住了，她觉得咽喉一哽，好像有颗炭火掉了进去似的，就作不了声了。听说要给她把李所长尽快叫来，便缩着身子，坐在了脚下的纸板上。

这一次，莫高粱把门扣扣上后，就直直地离去了。

他想他会很快就回来放了她的，他还会让她赶在散街之前，去把剩下的那两把扫把卖了。他想自己的心再怎么黑，也不能黑得不让人家把另外的两把扫把卖掉，至少不能像以往的李所长那样，有时天都快黑了才让那些人从关着的办公室里出来。但李所长就是他妈的李所长，他总是有他自己的方法，他总会在放人时很殷勤地给他们一一地点上一支香烟，就那一支香烟，竟把那些人的愤怒好像一一地灭了。

莫高粱因此回头喊了一声："先忍一忍吧，等我回来了，我再给你弄点水。"

莫高粱的儿子却不在家。

床头柜上的那两个馒头，也跟儿子一起不见了。

他想儿子肯定是一边啃着馒头一边玩去了。儿子除了爱睡就是爱玩。嘴里不由骂了一句，然后帮儿子将扫把绑在了竹竿上，最后留了一张字条。字条写得很简单，说是请他帮帮爸爸，请他把家扫一扫，不扫就不给他买鞭炮。他知道，儿子只要看到了鞭炮两个字，就会乖乖地拿起那地上的扫把，至于扫得如何，那是另一码事了。莫高粱心想总比不扫要好一些的。

他得意地笑了笑，就出去了。

他打算回到街上去再收一点钱。为了白拿人家那两把扫把，他把收钱的事都给耽误了不少。他得赶早去把没有收到的钱，尽可能地多收一点回来。而且，他决定还是回到光头小子那里收起。他从身上摸了摸，摸出了那张曾给光头小子递上去的票。

光头的菜已经卖完了。但莫高粱朝他走来的时候，他并没有注意到，他已经站了起来，在收拾自己的担子。他把卖空了的两只菜篓，分别地举起来，把落在篓里的烂菜叶，一一地拍落到地上，然后，就往前边走去，他准备就这样回家了。

莫高粱没有叫住他，他只是往前赶了两步，把一只菜篓抓住了。

光头没有想到是莫高粱，回头一看，脸色就严肃了。

他说："你干吗？"

他的声音冷冷的。莫高粱笑了笑，把手松开了。他想光头应该明白他的意思。但光头没有理睬他。光头一转脸，又往前走去。

莫高粱只好"哎哎"地叫了几声，又把菜篓给抓住了。

这一次，光头没有马上回头。

他只说："你想干什么？"

莫高粱也没有放手。

他说："干什么？你忘了？"

光头知道他说什么，但他愣愣地站了好久才慢慢地转过了身来，眼光冷冷地逼视着莫高粱，突然，伸出一只手，直直地指着他。

"你再说一遍，你刚才说什么？"

光头的声音很低，低得就像一股冷风，阴阴地从莫高粱的心口上扫过。莫高粱的手，又一次松开了。

他说："钱呀，你刚才还没有给我交钱呢，你忘了？"

一边说，一边把原来的那张票，给光头递上去。

光头却不理睬他。他说："什么钱？"

莫高粱说："卖菜的钱呀，你刚才不是在这里卖菜吗？"

"我刚才在这里卖菜吗？"

光头的脸突然一横，显然是不想给他交钱了。莫高粱心里顿时一愣，

心想：今天怎么啦？见了鬼了还是碰上了无赖了？

"怎么？你刚才不在这里卖菜吗？"

"谁说的？谁说我刚才是在这里卖菜的？"

莫高粱的眼睛顿时就吓住了，他立即愣愣地盯在了那颗光秃秃的脑袋上，心想：这小子不会是刚刚从牢里放出来的吧？或者是刚刚被哪个女孩给甩了，要不，就是刚刚丢了小媳妇？老子年初被老婆离的时候也是这么剃过光头的。可怎么剃那都是你的事，你不能拿到街上耍无赖呀！

"谁说你刚才不是在这里卖菜的？"

莫高粱说着就要抓住他的菜篓，他真的有点怕他一横，转身就跑走了。不想，那光头却自己直直地往回走来，一边走，一边用扁担推着他，把莫高粱推到那些卖菜的面前。

"谁说我刚才是在这里卖菜的？"

"我刚才在这里卖菜吗？"

"你们，谁看见了？"

光头的话很锋利，每说一句停一下，让声音伴着冷冷的眼光，从人们的脸上一一扫过。那些卖菜的，似乎谁都明白他意思，都一个个地往脸上笑着，谁都没有给莫高粱作声。

莫高粱顿时就惊诧了。

"你们说，他刚才不是在这里卖菜吗？"

人们依旧笑笑的，谁都没有搭理他。

光头原来卖菜的地方已经没有了，就在他起身走去的时候，旁边的人已经挪过来，把位子给占掉了。但莫高粱记得那个人，他是原来光头旁边的，莫高粱的目光于是落在了他的脸上。

他说："你帮我说句公道话吧，他刚才就在你旁边，我就站在这里，我正要让他交钱，可他还没有给我钱，我就走了，你说是不是？"

然而，那人却说不知道。

莫高粱顿时就觉得奇怪了。

"你怎么会不知道？你当时在旁边的，你当时看得清清楚楚的！"

那人又说了："我没看清楚！我只知道卖我的菜。"

但莫高粱却似乎清楚了，他清楚自己再怎么说，也没人帮他说话了，回头要跟光头说什么，却看见光头已经走人了，只留了他傻傻地站着。顿时，那些卖菜的就都大笑起来了，那当然都是在笑他，笑得他莫高粱顿时脸色干干的，好像丢脸丢尽了。他几乎没有多想，就赶紧追了上去，把光头的菜篓又死死地拖住了。

而且，他不再吭声。

他要看看光头怎么办！

光头当然知道是莫高粱，他就那么站住了，他也没有回头，他也没有吭声。两个人一时就像两只当街做爱的野狗，一个想往前走，一个要往后拖，一时间谁也脱不了身。这样的局面当然僵持不了多久。光头知道莫高粱是不会自己放手的，暗暗地就咬咬牙，算计着什么，但他依然没有回过头来。他用扁担在身后暗暗地掂了掂，似乎掂着了莫高粱抓住的地方，但他依然没有作声，而是将扁担突然一打，就朝莫高粱的手上打去。莫高粱的眼睛其实一直紧紧地盯着光头的扁担，他的手突然一闪，就把打下的扁担给闪开了。前边的光头以为莫高粱的手被打飞了，随即将扁担往上一挑，准备同时往前边走人，谁知，还是走不动。

后边的菜篓又被莫高粱死死拉住了。

最后急的当然是光头了，因为他要回家。

光头说："你放不放？不放老子不客气了！"

莫高粱听得出光头的声音很凶，但他就是不放手。

他说："你先把钱交过来。"

"你放不放？"

光头的声音真的凶了起来了，凶得把附近的人都给震着过来了。但后边的莫高粱还是不怕他，他怕的是自己一放手，自己就算是输掉了。他心里觉得他不能输，于是就死死地抓住了。他想：我就算你光头是真的横，但我不信你能横到哪里去，毕竟，这是在瓦镇的街市上。他就还是那一句："我说过，你先把钱交过来。"

"好，那你就自己看好了！"

光头的话音刚落，他肩上的那根扁担果真就飞起来了，然而，似乎谁

也不看清楚，那根扁担是怎么飞了起来的，就先飞出了莫高粱手里的那只菜篓，然后飞到了一旁的电线杆上，只听得"梆"的一声，最后从光头的手里给震了出去，飞到了高高的天空中。周围的人都看到了，而且全都看呆了，他们看到那根扁担在他们的头上整整横飞了一个大圆圈，才飞落了下来。那扁担飞在人们头上的时候，把所有的人都给吓慌了，所有的人都抬着头紧紧地注视着，所有的人都高高地抬着双臂，保护着自己的脑袋，好像那扁担会随时地就劈到自己的头上；就连那光头也吓坏了，他也高高地抬起了双臂，把那一颗光秃秃的脑袋，惊恐地躲在自己的两只手掌下边。

只有一个人是例外的，那就是莫高粱。

莫高粱的手里依旧紧紧地拿着光头的那一只菜篓，在人们高高地抬起双臂的时候，他并没有把菜篓放下，而是本能地举了起来，应该说，这样的举措，是最为安全的，可是，意外却偏偏就落在了他的头上。只听得"哧"的一声，飞旋而下的扁担，竟突然地横打在了他的太阳穴上，那声音就像有人将筷子猛地一插，插在了一个水分充足的大萝卜上。

光头的扁担上，每一头都有两颗钉子，那是竹子做成的，就像我们平常吃饭用的筷子，很圆，很滑，没有任何的尖利。

莫高粱的眼睛突然就睁大了，他晃了晃，就"嘭"地倒在了地上。

他手里的那只菜篓，早在扁担飞下的时候就被打飞了。

光头的脸色"唰"地就白了，他往后退了退，又退了退，最后头一扭，就没命地逃去了。

倒在地上的莫高粱，先是觉得眼前一黑，随后是身子一沉，就沉进了一个黑漆漆的深洞，但慢慢地，慢慢地就又清醒起来了。他发现自己从那个黑洞里又慢慢地浮了上来，慢慢地，又浮回到了街面上，浮在了一个巨大的黑压压的花圈之中，不同的只是，他发现插在花圈上的竟然都是一些人脸。

"他死了！"

有人惊叫道。

随着那一声惊叫，那些人脸围成的花圈便惊动起来，像是遇着了狂风似的，所有的嘴巴都胡乱地惊叫成了一片："死啦！"

"真的死啦？"

"有人被打死了！"

……

莫高粱在人们的惊叫声中先是蒙了一下，他想动一动自己的身体，他想用动作告诉人们他没事，他还活着，然而他的身子却怎么也不听话。他随即就也恐慌了起来了。

他问自己："你真的死了吗？"

他摸了摸他的手，他的手是凉的。

他摸了摸他的脚，他的脚也是凉的。

他再摸摸他心，他的心也是凉的。

他想，自己也许是真的死了，可他就是无法接受这样的事实，他不相信自己就这样真的死去了。

"我没死！"

他大声地喊叫道。

"我没有死！"

但没有人听到他的声音，他们只是惊恐万状地议论着他的死，议论得满天都是。莫高粱忽然就惶恐起来了。他想他的死只要这样传开去，马上就会传到他儿子的耳朵里，那可就遭殃了。他儿子怎么能接受呢？他儿子怎么能没有他？他想他得抢在人们的议论声还没有传进儿子的耳里时，先去告诉他的儿子，说你的父亲我还活着，你别以为一根扁担从天空飞下来，把我打了一下，我就死掉了，我没有死。你别听他们的。

可儿子现在在哪呢？

他回家了吗？

他是不是正在帮他打扫屋子？

莫高粱慌慌张张地就从地上爬了起来，他还没有站好，一个人的尖叫声突然把他给撞了一下，把他撞到了一个女人的脸上，那女人顿时就吓了一跳，像是被一股冷风猛地扑打在脸上，把眉毛和头发都给撞翻了，丢了魂魄似的。莫高粱没有去顾理她，顺势就撞出人群，头也不回地往家里狂奔。

回到家里的莫高粱却没有看到他的儿子，他看到的只是自己出门前绑在竹竿上的那把扫把。那扫把依旧一动不动地放在地面上。

他的儿子到底哪去了呢？

他是一直没有回过家，还是回来了又跑出去了？

然而，莫高粱却没有来得及想这些，脑子就"轰"的一声，几乎粉碎了。

他的眼睛突然停在了那把扫把上。

他突然想起了那个漆黑的小矮房。

想起了小矮房里那个被关着的老阿婆！

糟了！

糟了！

他随即就张大了嘴巴，尖叫了起来！

我莫高粱这么一死，那老阿婆她怎么办呢？

她要是回不去，她晚上怎么过呢？

今天晚上可是大年夜啊，我的天！

惊慌之余，他才突然记起那小矮房的房门上，他好像没有上锁。是没有上锁吧？好像是没有。他好像只是把门扣扣了上去而已，真要是那样就好了，那样里边的老阿婆是可以自己把门弄开的。她只要不停地踢门，门扣就会被震下来的。当然，她必须是愤怒了她才会踢的。她会愤怒吗？她等久了，她等不到他回来给她开门，她怎么会不愤怒呢？她会愤怒的！她也应该愤怒。她一愤怒她会先是使劲地摇门，摇不动了她就会用脚踢的，踢一脚不行可以踢两脚，踢两脚不行可以踢三脚，踢多了那门扣肯定就会自己松动的。

但愿是这样了，阿婆！

你现在是不是已经出来了？

你出来了吗？

这么想的时候，莫高粱早已狂奔在了街上。

小矮房的门果然没有上锁。

莫高粱刚一冲进院子就看到了，这让他的心上随即闪过了一丝欣慰，然而，那门扣却老样地紧扣着。

也许是老阿婆走了之后扣上的?

莫高梁希望是这样。

可他走到门前的时候,才发现里边的老阿婆还依旧地坐着,坐得一动也不动。莫高梁的眼光是穿过门板往里看到的。他的眼睛先是盯在了那门扣上,他不敢相信那门扣还是他原来扣着的样子,他的眼睛一愣,就突然地睁大了,就那一睁,他发现他的眼睛忽地一亮,竟然就看到了房里去了。虽然不是很清晰,虽然只是迷迷糊糊的,但他的心一下就急起来了。

他猛地就扑在了门扣上,他要将门扣给老阿婆扳开来。可他每一次使劲,那门扣总是一动也不动的,像是没有碰过一样。他拉一次,是空的。再拉一次,还是空的。他发现他的手好像根本就抓不住门扣,他只是感觉着抓着了,可一使劲,他的手就又风一样在门扣上飘了过去。

他惊讶地看了看自己的手,看看这边,又看看那边,他看到自己的两只手都好好的,可怎么会那样?他让自己的手相互地拍了拍,这一拍,他才看清楚了,他的手连自己打自己都打不着,打来打去只像是两片树叶的影子,在地上不停地对打,其实什么也没有打着。

人死了之后,难道所有的力气都消失了吗?

那么小的时候,又怎么整天听说,人死了就是变成了鬼了,也是可以在人间找仇人报仇的,尤其是可以死死地掐住那些仇人的脖子,把他们一个一个地掐死!

他们怎么掐呢?

莫高梁看了看自己的十个手指,看看这边,又看看那边,然后让他们慢慢地把门扣掐住,他的眼睛也紧紧地凝视着,他看到了他的手指,其实什么都没有掐着,他原来看到的只是掐的样子而已。

这到底是怎么回事呢?

难道我莫高梁眼下连鬼都不如吗?

是不是我死了但我还没有变成鬼?

那么人要死了多久,才能变成鬼呢?

他看着自己无能的两只手,一脸的无奈,一脸的焦躁。

然而他觉得不对，他突然想起，他在街上爬起来的时候，不是曾经把一个女人的眉毛和头发都给撞翻了吗？那不就是力量吗？他随即让自己的身子扭成一股风，然而从远远的前边，朝门扣狠狠地撞去。

那门扣却依然不动。

他又连连地撞了几次，每一次都是直直地撞过了门板，撞过里边的老阿婆，一直撞到老阿婆身后的那些废物上。

自然，也没有撞翻过老阿婆。

老阿婆依旧总是一动不动地坐着，她其实可以靠一靠身后的那些杂物的，可她却没有靠，而是勾勾地坐着。她那长长的脖子，似乎已经越吊越长，都直直地垂到了她的膝盖的下边去了。

他想：她这是怎么啦？

她是不是被他关得昏了过去了？

他在她面前蹲下来。这时，他终于注意到了她的双手，他看她的两只手，一直一动不动地紧箍着她的肚子。她的肚子看上去已经瘪瘪的，好像她的手如果不是那么紧紧地箍着，她的腰就会随时地折断到前边来。

他的眼睛突然睁大了，他想看看她到底怎么啦。

他想：她是不是得了什么要命的病了？

他让自己的目光亮一些，再亮一些。

他的目光终于看透了老阿婆的衣服，他看到衣服里边的老阿婆，竟然是瘦骨伶仃的，就像一块就要晒干了水分的大萝卜。他一下就被吓坏了，吓得他几乎喘不过气来，只好惊恐地把眼睛闭上了。他想怪不着，怪不着他把她从办公室里提出来的时候，她的身子轻飘飘的像是一只纸糊的大鸟！这么一个瘦弱的老人，她是怎么走到镇上来的，她的家在哪里？

他真的不想再睁开眼睛，但又忍不住想再看一看这位瘦弱的老人，她的肚子到底是怎么啦？她的肚子要是没有什么事，她怎么会这般痛苦难忍的模样呢？

可他的眼睛刚一睁开，他就再一次地被吓慌了。

老阿婆那瘪瘪的肚子里，原来竟是空空的！除了一团鸟蛋大的食物，里边几乎是什么也没有。而那团鸟蛋大的食物，竟然只是一团消化不掉的什么野菜，里边没有一点粮食的影子！

这怎么可能呢?

莫高粱完全不肯相信。

他让自己的眼睛再眨一眨,让目光变得更明亮些。

那确实只是一团消化不掉的野菜!确实没有一点粮食的影子!

莫高粱禁不住就瑟瑟地战栗起来了。

他迅速地收回了自己的目光。让目光回到了老阿婆的衣服外面。他忧虑地摸了摸她的手,她的手是冷的;他又摸了摸她的脚,她的脚也是冷的;他最后把耳朵紧紧地贴到了她的心胸上,好久,好久,才隐隐地感触到她的心只是在微弱地支撑着她的生命。

莫高粱顿时就恐慌地喊叫了起来:"阿婆,阿婆!"

"我一定要救你出去!"

"我一定要救你!"

"你等着我,我马上给你把李所长叫来。"

"这一次,我不会再骗你了,你一定要等着。"

转身就狂奔而去了。

李所长家的年夜饭,已经忙得差不多了。他们家的大阉鸡已经煮在了锅里了;他们家的扣肉也蒸好了;一条长长的大鲤鱼,也从油锅里炸了出来,炸得一身金黄金黄的;就连李所长的老婆,那个在厨房里忙得像穿梭一样的女人,也好像是大年夜的一道什么菜,已经被各种各样的香味几乎给熏透了。

但屋里却看不到李所长的影子。

莫高粱伸长着脖子,在他们的家里到处寻找,都没有看到。他想所长是不是在门外的什么地方忙着别的,转身走到门槛上,就被李所长给撞着了,撞得他猛地闪了一下,飘到了门框的边上。而李所长却什么都没有撞着似的,直直地走了过去了。莫高粱还来不及回头,就听到李所长的声音朝厨房里的老婆喊了过去。

他说:"真他妈的倒霉呀,那鸟人真他妈的死了!"

所长的老婆一听,脸色就变坏了。

她说："他真的死了？"

"我也以为他们是吓唬我的呢，没想到过去一看，还真他妈的死了。"说完深深地"嘻"了一声，他说，"我他妈的让谁帮我收费不好，我怎么就让这么个鸟人帮我呢？真是他妈的倒霉！"

说着就要跨进厨房，却被老婆的尖叫声拦住了。

她说："哎，你别进来！"

李所长吓了一跳，马上退回到厨房的门外。

他说："怎么啦？"

老婆没有回答，她突然抓了一把菜刀就朝他走来，吓得李所长马上站到了一边。他说："你要干吗？"

"干吗？今天是大年夜，你不知道呀？"

说着把菜刀塞进了他的手里。

李所长看着菜刀，一时还是摸不着头脑。

他说："你给刀给我干吗？"

老婆说："你不怕呀？你不怕我怕！"

"怕什么？"

"怕他跟着你呗，跟着你跑到我们家里找事来了。"

李所长这时才注意到，老婆的脸色被吓得白刷刷的。他又看了看手里的菜刀，脸上却现出了好像很可笑的样子。他说："他要跟就跟呗，你给刀给我干吗，让我拿刀劈他呀？"

门槛上的莫高粱不由就是一个冷战。

李所长没有等到老婆的回话，就舞了舞手里的菜刀，装模作样地在前边劈了劈，在后边也劈了劈，好像那样就把跟着他的莫高粱给劈掉了，然后笑笑的，把刀还给了老婆。

老婆却不接。她说："你这样就可以啦？"

他说："那要怎样？"说着又舞起菜刀，左边修了修，右边也修了修，就连头顶上也让菜刀过了一遍，但没有等他修完，老婆忽然把刀夺走了。

她提着菜刀，直直地扑到一个鸡笼的跟前，只听得几声鸡的惊叫，一只大公鸡就被她强蛮地揪了出来。李所长看不懂老婆要干什么，只是愣愣地看着。老婆把大公鸡一提就提到了他的身边，嘴里忽然支支吾吾地胡说了一些什么，一边说一边就把那鸡往他的身上乱撞，撞得他就跟那只公鸡一样，在嘴里不停地喊叫着，他说："你干吗，你干吗。"老婆却没有理睬他，只让那大公鸡从他的头上一直地往下撞，把他的身子整个地撞得干干净净的，就连脚上的鞋子都没有放过，然后，她猛地一蹲，将那大公鸡狠狠地压在了地上，好像她那压着的并不是那只大公鸡，而是一路附在李所长身上的莫高粱，只看见她手里的菜刀突然高高地举起，然后狠狠地就剁了下去。

门槛上的莫高粱吓了一大跳，慌忙退到了门外。与此同时，他看到了那个无辜的鸡头，在李所长老婆的刀前，子弹一样飞到了远处的阴沟里。

李所长的眼睛好像也在跟踪着那个飞出的鸡头，但他竟看不到落在了哪里，他的眼光正四处找寻着，老婆已经站了起来，把那只无头的大公鸡，狠狠地塞到了他的手中。

"去，把它的血到处滴一滴，然后扔到门外去。"

"不要了？"

"还要什么要！"

李所长似乎觉得不可理解："你是说，这么一扔那死鬼也被扔走了？我怎么没听说过？"

"你听说过什么呀？快点拿去扔了。"

看着那只滴血的大公鸡，李所长还是有点迟疑。

他说："哎，我扔了他就不会再来啦？"

"再来？再来我就让他再死一次！"

她说着就夺过了那只滴血的大公鸡，自己往外提去，吓得门槛外的莫高粱惶惶地往后退，一直退到门外的远处。

他真的有点怕！

他怕自己真的再死一次。

再死一次会是什么滋味呢？

莫高粱无法知道，然而他却是真的怕。

看着地上那些吓人的鸡血，莫高粱不敢再往李所长的家门挪一步，而是往后怯怯地退着身子，一边退一边紧紧地盯着那只被剁了头的大公鸡，

好像它还会随时地飞起来，飞扑到他莫高粱的身上，然后把他再一次地弄死，或者，把他莫高粱再一次地扑倒在地上，让他永远不能再起来。

他就这样怯怯地往后退着，一直退到看不见那只大公鸡，也看不见李所长的家门时，才猛地转过身子往街道的远处奔跑而去。

还有谁可以帮他呢？

街上的行人已经渐少渐少了，偶尔有人，也只像些漏网的鱼，转过身就钻到石缝或岩洞里不见了。莫高粱前前后后地好像拦了七八个，没有一个理睬他，他的嘴巴总是刚刚张开，他的几句话也不知道别人听到了或是根本不想听，急急地就从他的身上过去了。他想跟随着一家一家地去敲开他们的家门，但他总是在门前站住了。他怕他们也像李所长的老婆那样，把他从他们的家里轰走。他想他们会的。到底是一个镇上的人，他想他对他们还是了解的。何况今天又是大年夜，谁愿意让你一个死鬼接近呢？

最后，他只好想到了自己的儿子。

儿子是他自己的骨肉，也许只有儿子是不会拒绝他的。何况，儿子的小脑瓜，也没有那么多大人们的恐惧和忌讳，如果没有什么大人的指导，至少儿子是不会把一只大公鸡的脑袋那样活活剁掉的，儿子有的也许只是恐惧，但那是本能的。

但他的家里，依然没有儿子的影子。

他的家门，也依然是紧紧地锁着。

他不知道儿子是一直没有回来过，或是回来了又出去了，或是被谁给接走了。一定是被谁给接走了，他想。这样的好心人在瓦镇，在附近的村里，还是会有的。恐惧是一回事，好心有时又是另一回事。何况这又是大年夜，肯定是有人可怜他的儿子，于是就接到家里去了。也许，儿子还没有回到家里，也许还在街上的什么地方玩着，他就被哪个好心人给接走了。那个好心人会告诉他儿子什么呢？他会告诉他"你父亲死了"，还是"你父亲有急事到别的什么地方去了"？应该是到别的地方去了。小孩子常常愿意接受这样的欺骗，因为这样的欺骗，是充满了良心的。真要是这样，那就好了，那样他的儿子，就会在这个大年夜里，也能像别的小孩一样，能够快乐地吃上他一个心爱的鸡腿，同时，还能点燃一些他心爱的鞭炮。

莫高粱是从门缝进屋的。

屋里静静的，静得有点怕人。

他默默地坐在扫把的边边上。

他想自己的死是不是就因为这扫把呢？当然不是。但如果不是因为这扫把，那位可怜的老阿婆，是肯定不会被他关到那个小矮房里的。那么自己的死又是因为什么呢？然而莫高粱似乎不愿多想，他只是觉得，自己如果不死，是用不着这么苦苦地寻思着如何才能把那个老阿婆救出来的。可事到如今，这么想还有什么用呢？自己不死也已经死了，就算自己的死是冤死的，自己有一万条理由可以不死，可难道自己这么一死，就有了理由可以让她，让那个可怜的老阿婆，也跟着活活地死去吗？

那可是天大的罪过呀！

如果那老阿婆真的这样活活地死去，那我莫高粱可就是真他妈的真真的该死呀，而且还应该千刀万剐！会的，那老阿婆要是真的这样活活地死了，我莫高粱到了阴曹，到了地府，是肯定要遭到千刀万剐的。

那老阿婆她真的会这样活活地死去吗？

如果没有人帮我去把她救出来，她是肯定会死的。就算她能撑得过今天晚上，她怎么能撑得过明天吗？她就是能撑得过明天，她怎么能撑得过后天？从明天起，就是放春节假的日子了，谁会跑到那里去呢？李所长他会去吗？他就是去了，他也许会一次又一次地打开他的办公室，可他会去打开那个小矮房吗？他去打开那个小矮房干什么呢？我原先把她关在那个办公室里好好的，我干吗又要把她关到那个小矮房里呢？我把她关到那个小矮房里去干什么呢？我的心怎么就那么毒那么黑呢？她如今被关在了那个小矮房里，她的肚子里只有了那么一团小小的消化不掉的野菜，她怎么能够撑得住呢？

她肯定是今天晚上都撑不过去的。

看来，自己只有再死一次了。

但不知道因为什么，这一次的莫高粱，却慢了下来，他慢慢地站起，慢慢地走到门外，然后慢慢地往李所长家走去。

李所长和他的儿子，正在大门前摆桌子，那是准备吃饭了，吃饭前先

在门外供供他们家的老祖宗。看到李所长的时候，莫高粱又停了一下，慢慢地才走到李所长的面前，然后给他慢慢地跪下。他知道他得先给他说一些客套话，他知道李所长这人虽然官不大，但他不喜欢别人直接给他说事。他喜欢别人给他以尊重。莫高粱心想那就先给人家尊重吧，尊重完了人家也会尊重你的，人家也会客套地问你有什么事，还会把你扶起来，然后让你慢慢地说。天下的事，不能想急就急，你急了别人不急也是没有用的。然后，他才慢慢地说话，他说："对不起了李所长，我莫高粱给你添了麻烦了，我先给你磕头了。"莫高粱说完就一下一下地，给李所长磕了三个头，磕得"咚咚咚"的，磕得十分地响，他想用那声音先感动他，可他的头刚刚磕完，他的头还没有抬起来，李所长的两条腿，就在他的眼皮下走开了，他回屋里去了。

他难道没有听到吗？

但莫高粱没有从地上站起来，他想他应该就这样地给他跪下去，他想他还会出来的，他看到他的桌上摆了鸡，摆了鱼，也摆了酒，但香火还没有插上去。他不插香火他的祖宗们怎么能知道呢？

果然就又回来了。李所长的手里拿着一把香，他儿子的手里拿着一叠烧纸。李所长在桌边刚站好，莫高粱就一把抱住了他的一条腿，他又开始急起来了。

他说："李所长呀李所长，我的话你能听到吧？有一个事我只能求你了，你一定要帮帮我，我今天做错了一个事，我把一个老女人给关到所里了。"莫高粱一边说一边抬头看着李所长。

他看到李所长正在慢慢地燃烧着手里的香。

"我知道大年夜的我死了我不该再来打扰你，可我不来我就不知道怎么办。你现在能不能就去帮帮我……"

莫高粱的话还要说下去，但莫高粱突然停住了。他突然看到他的话不知怎么从李所长的这边耳朵进去，又从李所长的那边耳朵出来了，那些话就像一丝丝轻飘飘的烟缕，一飘就飘走了。

莫高粱的两眼顿时就惊讶了。

他想不会吧，他想李所长的耳朵怎么啦？

他想可能是自己眼花了，于是两眼紧紧地注视着他的耳朵。

他说："李所长，我的话，你听到吗？"话刚说完，自己就真的傻眼了，他看见他的话果真从李所长的这边耳朵进去，又从李所长的那边耳朵飘走了。他顿时就急起来了，心想我的话怎么从他的这边耳朵进去又他的那边耳朵出来了呢？这样他知道我跟他说了什么吗？他听不到那不等于我白说了吗？

莫高粱不由诧异地站了起来，两眼愣愣地盯住了李所长的那只耳朵。他弄不明白，他的话是怎么从里边飘出来的。他想他得给他堵住，他突然看了看自己的小指头，他让自己的小指头在李所长的耳门上晃了晃，然后放进嘴里"咔"的一声，就咬断了。他把那根手指头吐在手心看了看，然后就塞进了李所长那只耳朵的深处，塞得紧紧的。

李所长好像感觉到了那只耳朵怎么突然有了点异样，可他只是把头晃了晃，又晃了晃，就不再多管。他把手里点燃了的香，分成了三组，递给了桌边的小儿子，让他分别插在那碗鸡肉上。

莫高粱于是又开始说话了。

他说："李所长呀李所长，你听到我在跟你说话了吧。我今天做错了一个事，我只能求你帮我了……"话没说完，自己又把话咬断了。他的眼睛瞪得更大了。他看到他的话，还是被李所长给一一地排出来了。他咬断了自己的手指，他堵住的只是李所长的那只耳朵，但他堵不住李所长的鼻孔，堵不住李所长的嘴，也堵不住李所长的发根。他的话刚一进去，李所长就把它们化成了烟，驱散了出来。

莫高粱急得就喊叫起来了，他说："李所长呀李所长，你怎么能这样呢？你怎么可以把我的话不当话呢？难道我对你说的这些，在你的脑子里全都是废话吗？"

"那可是一条人命呀！"

"你怎么把我的话当成了废话呢？"

然而什么话都没用，什么话都一一地被李所长挤了出来。

显然，莫高粱的话被李所长完全地拒绝了，拒绝得莫高粱一点办法都没有了。眼睛空空的莫高粱，突然想哭，却怎么也哭不出来。

插完香，李所长吩咐儿子好好地看着，别让猫狗把东西给叼了，然后把火机递到儿子的手上，吩咐他等香烧得差不了才能把烧纸烧了。儿

子却好像不太情愿，嘴里懒懒地嘟哝着："干吗要等香烧完啊？烧香本来都是多余的。"

"多什么余？你小孩子你懂什么？"

李所长给了儿子狠狠的一眼，但儿子却不惧怕。他已经是中学生了。他说："我不懂你懂吗？你说烧香干什么？人死了还有灵魂吗？"

"怎么没有灵魂？没有灵魂人们都烧香干什么？你以为就活着的人才有灵魂呀？死了也一样有，知道吗？烧香就是要把祖上的灵魂都给招回来，知道吗？你不烧香他们怎么知道你在招他们？"

"笑话，烧香他们就知道了？"

"怎么不知道？这是都是他们这些老祖宗定的规矩，他们怎么不知道？"

说着举起巴掌就要劈过去，儿子把头一缩，把嘴也闭上了。

莫高粱一听就愣了，两眼死死地盯住了李所长。他说："是呀，你说得对呀，人死了也是有灵魂的，我现在就是用灵魂在跟你说话的呀，可你怎么一句都没有听进去呢？你的灵魂怎么啦？"

但李所长一转身就进屋里去了。

只给莫高粱留了一脸的沮丧。

莫高粱看着李所长那敞开的家门，却只愣愣地站在那里，一直等到李所长的儿子烧完了纸，搬完了东西，最后把门关上。

瓦镇的上空，已经到处弥漫着鸡鸭鱼肉的香味了。一年到头，也就这一天的香味，才算得上是一年里最最丰富的香味了，不管走到哪里，你只要伸手在空中抓一把，你的手心都能留下久久的余香。

莫高粱茫然地走在街上，走得很慢、很沉重，沉重得每一步都像是在艰难地穿越一道厚厚的墙。

他想他还有什么办法吗？

没有了。

他什么办法都没有了。

只要没有人听到他的话，他就什么办法都没有了。

他突然伸长着脖子，撕心裂肺地吼叫道："你们有谁听到我说的话吗？"

"我莫高粱今天做错了一个事，我把一个老阿婆给关在了一个小房里，你们谁听到了就去帮帮我，帮我给她把门打开，我求求你们了！你们听到我说话吗？我要是不死我不会求你们的，可我现在死了，我知道我错了，你们就帮帮我吧！你们听到我给你们说话吗？"

"如果没有人去帮我，她可能就活不过今天晚上了。"

"你们听到了吗？"

"你们听不到我给你们说话吗？"

"你们不是有灵魂吗？"

"你们的灵魂怎么会听不到我说的话呢？"

"难道你们的灵魂都死了吗？"

他知道这最后一句他是愤怒了，但就这愤怒的后一句，他看到了一股旋风在眼前的地上"呼"地飘了起来。那是一股看得见的风。那股旋风像他一样在"呼呼"地吼叫着，像是在不停地传达着他刚才吼叫过的那些声音。

莫高粱顿时就惊诧了。

那股旋风先是在街面上漫步着，可走着走着，猛地一起一落，就像是一瓢熊熊的火苗，把所有潜伏在大街小巷里的风，给"呼"地点燃了，于是所有的风都鼓动了起来了。刹那间，整个瓦镇到处都是他的声音，都是那些风的吼叫。那些被丢弃在街巷里的小东西，顿时也像一个个的小精灵，东奔西跑地撞击着一扇又一扇的房门，但毫无作用，它们像是一阵阵往日的寒风一样，没有敲击到任何一个人的心上。

莫高粱又一次愤怒了！

他猛地一声长啸，让满街的风，扶摇而上，最后停在了瓦镇的上空。满街的垃圾也早早地跟随着，在天空中盘旋着、飞舞着，把整个瓦镇都盖黑了。

最早看到的，是几个不懂事的小孩，他们在门前的小巷里东奔西走着，忽然发现天色不对，就抬头怪怪地瞅了一眼，觉得这个大年夜的天怎么与往时不太一样了？有两个邻近的孩子忽然就惊叫了起来，一边惊叫一边奔跑着。

一扇又一扇的房门，被惊叫声推开了。

街面上，眨眼间站满了抬头看天的小孩。

随后是一个一个的大人。所有的人都听到了孩子们的惊叫。所有的人都从屋里跑了出来，都抬着头，惊恐莫名地张望着，张望着那黑漆漆旋转的天空。

但谁都没有作声，就连那些原来喊得吱吱喳喳的小孩，也顷刻间一一消失了声音。在他们的心里，只剩下了莫名的恐惧，都觉得这个大年夜到底怎么啦。谁也没有想到，那是一个死人的灵魂的呼号。

突然，有人锋利地尖叫道："快，拿鸡，拿鸡！"

"把鸡拿到门槛上把头剁下！"

"把血洒在门槛上！"

瓦镇的街民们，哗啦啦地顷刻间像泛滥的洪水，鸡叫声，剁鸡声，惊恐地响成一片，所有的门槛上眨眼都洒满了鲜红的鸡血，子弹一样的鸡头四处横飞，无头的公鸡此起彼落，满街胡蹦乱跳。

莫高粱一时惊呆了！

他似乎想说什么。

但他不知道还能说什么。

他只有再一次地愤怒了！

他猛地一声怒吼，把那股巨大的旋风高高地托起，然后将那些旋风中的垃圾，四散摔下，吓得瓦镇的街民们一个个真的见了鬼似的，抱头往家里乱窜，"乒乒乒乒"的关门声，惊天动地。

随后，便是死一般的沉静。

只剩了一些阴冷的寒风，在一些屋角巷尾缩头缩脑地东张西望着什么，显得万分无奈。

痛苦的莫高粱，孤零零地行走在满是鸡血和垃圾的街道上。看着那些紧紧关着的房门，他想他们也许是对的，谁都不愿意在这个大年夜里遭遇到这样的惊吓。

就这样，莫高粱已经完全地软了下来了，往时一口气就能跑过的小街，此时竟摇摇晃晃地，走了好久好久都走不到尽头。

他想，他只能回到那个小矮房的门前去了，去那里守候着她，并乞求得到她的原谅。她会原谅他吗？别人马上就要开始吃年夜饭了，而她还被他苦苦地关在那个小矮房里，她能原谅他吗？他不知道她是否能原谅他，他只是知道，除了去给她跪着谢罪，他已经毫无办法了。

莫高粱"嘭"的一声，就重重地跪下了。

他还没有回到那个小矮房的门前，他距离所里的那个院子也还远远的，他就在街上给她跪下了。莫高粱跪下的声音很响，就像是从天而降的一声闷雷，狠狠地砸在了瓦镇的脊梁骨上。

那一跪，莫高粱便不再起身，他就那样一直地跪着。他把他的膝盖当作了他的脚板，一下一下地往前挪着，挪出了一阵阵"唰唰唰"的响声，一直挪到小矮房的门前。

老阿婆还在小矮房里勾勾地坐着。

莫高粱想把手伸进去，想再摸一摸老阿婆的心，但他的手停在了门上。他怕他的手，会把老阿婆的心给碰着了，他怕她的心，一不小心就会"咣"的一声落到地上，就像一颗熟得不能再熟的果子。

他只好战战兢兢地把眼光长长地伸了进去，他看见老阿婆的心好像已经停止了跳动，但他不敢相信。他让自己的眼睛一动不动地凝视着，好久好久，老阿婆的心才微微地动了一下，但那样的跳动，是任何的肉眼都看不到了。

莫高粱忽然就呜呜地哭了起来了。

他也只剩了哭了。他说："阿婆呀阿婆，我只能这样眼睁睁地看着你了，你不要怪我，等你的心脏不再跳动了，只要你高兴，不，只要你解恨，你要我怎么给你赎罪我都会答应你，当牛，做马，什么都可以，我只有这么等着你了。"

"你的身体很弱，你走不动，我可以天天背着你，你就是天天骑在我的头上我都没有怨言。你要是觉得这样你不能解恨，你要是想拆了我的骨头来给你做拐杖，我也没有怨言。要不，我现在就先给你拆下来吧，免得到时候你还得等着。"

莫高粱一边呜呜地哭着，一边就把自己的身骨，一件一件地拆下来，

一件一件地摆在了小矮房的门前。

"如果你走累了，你不想走了，你想拿我的脑袋当板凳也可以。"

莫高粱说着把脑袋也拆了下来，端端正正地摆在门前。

里边的老阿婆，依旧一动不动。她似乎没有看到他的身骨，也没有看到他的头颅。

他想她要是真的死了，也许她最先想到的就是吃，她得先把她那空荡荡的肚子填上，免得到了地府永远是一个饿鬼。

"你想吃什么呢，阿婆？"

也许什么都不想，就想吃了我，她才可以解恨？

那就让她吃吧。莫高粱想。她会吃我什么呢？吃我的心肝吗？我的心肝她也许会觉得太脏，尤其是我的心，她是不会吃的。那她吃我的什么呢？也许她太恨他了，她会不顾一切地把他整个地吃掉，就像猫啃老鼠一样，真要那样，也由着她吃吧，谁叫她的死确实是因为自己造成的呢？人活着的时候作了恶，死后也许就该遭到别人的任意处置，以至于把你整个地吃掉，连骨头都不给你吐出来，让你就是做鬼了都找不到安身的地方……

哭着哭着，莫高粱忽然发现自己竟然泪水如注，泪水从他的脸上一直地往下流淌着，流到了面前的地板上，把地板都给洇湿了一大片。

他想他不是死了吗？

死了怎么还有泪水呢？

莫非……莫非他还没有完完全全地死？

或许是，人已经死了，可心还活着？

人死了心还会活着吗？这是不是就是刚才李所长对他的儿子说的灵魂？难道说灵魂也会有泪吗？

他似乎有点不肯相信。他于是在地板上摸了摸。他摸着泪水真的是湿湿的，而且还带着泪水的温热。这是怎么回事呢？他不懂，他从来也没有听人说起过，他因此禁不住放声地哭泣起来……

忽然被人推了一下，把他从呜呜的哭泣中推醒了。

他发现老阿婆不知什么时候已经站在了他的眼前。

他刚要说什么，老阿婆先开口了。

她说："你怎么在这呢？"

莫高粱说："我死了。"

老阿婆说："我知道。"

莫高粱吃了一惊，他说："你怎么知道呢？"

老阿婆说："我现在不是看到的吗？"

莫高粱这才愣了一下，嘴里"啊"了一声，说"是是是"。

看着眼前的老阿婆，莫高粱的心里怎么也安宁不下。他说："你的死是我造成的，你知道吗？"老阿婆给他点点头，轻轻地说了声："我知道。"莫高粱说："算是老天有眼呀，所以就让我先死了。"这一句老阿婆却不给他点头了，她说："没有吧，老天怎么有眼呢？"她把莫高粱问住了。莫高粱只好想了想，说："那我为什么先死呢？""谁知道呢，"老阿婆说，"我只知道害人的人，总是不得好死的，那你说，你是怎么死？"

莫高粱一时只好支吾了，他说："算了，不说了，我的死也许是该死的，可你不是。"老阿婆说："我当然不是啦，我怎么会是该死呢？我是饿死的你知道吗？"

"不，你是被我关死的！"

"这我知道，可是你就是不关我，我可能也是会死的，你知道吗？我那几把扫把只要今天卖不出去，我今天可能也是会死的。我可能会死在回家的路上，你知道吗？我可能会走着走着，突然就走不动了，我可能会突然地就倒往路边，然后我就死掉了。"

莫高粱："说那就不一定，你要是倒在了路上，只要有人看见了，他们就会救你起来的。那样你就不会死了。还是怪吧，如果不是我关了你，你是肯定不会死的。"

老阿婆说："也会的，路上静悄悄的，这时哪里还会有人呢？你说这个时候了，还有谁在路上走呢？路上肯定就我一个人，我一倒，有谁能够看到呢？我的家，远着呢。"

莫高粱就把老阿婆说的路，放在脑里想了想。他看到了那条路确实静

悄悄的，只有老阿婆一个人在慢慢地走，心里便想，可能也会，心里忽然就悲悯了起来。

"那你怎么就饿成了那样呢？你的肚子里怎么一颗米都没有呢？"

老阿婆便情不自禁地摸了摸。

她说："你都看到了？"

莫高粱点点头，说看到了，他说："我都被你吓坏了，你那到底是怎么啦？你们家没有粮食了吗？"

老阿婆把头摇了摇，低头好久不说话。

"怎么回事，你说说吧？"

老阿婆只好"嘻"了一声，说："被偷了，全部被偷了，还剩下一点，我一个人吃着吃着，就吃完了。"说着又把头低了下去，悄然地掉了几滴泪来。老阿婆的眼泪亮晶晶的，挂在了她的颊骨上，一闪一闪的，莫高粱知道，那里闪动的是老阿婆的苦难的心。

"我想不通，真的，"老阿婆接着说，"我想不通他们为什么要偷我的……我家的粮食是最少的……他们为什么要偷我的呢……我真的怎么也想不通，真的……"

"哪里的强盗知道吗？"莫高粱问。

"不知道，可能是我们那里的，又可能不是……我不知道……我只是想不通……他们为什么要偷我的……为什么？"

"那你来镇上报案了吗？"

"来了。可我只来到路上，我又回去了。"

"为什么？"

"我家没有鸡，我就回去了。"

莫高粱好像没有听懂。他说："什么鸡？鸡跟报案有什么关系呢？"

"怎么没有呢？我要是来报了案，人家警察去了，我没有鸡杀给他们吃，他们怎么去帮我抓人呢？"

莫高粱就沉思了一下，然后说："镇上那几个警察我没有不认识的，我全都认识。怎么说呢？他们是真的喜欢吃鸡，这我知道，不管他们到了哪里，哪里都会给他们杀鸡的，这我知道。可他们也挺能抓坏人的，真的，这我也知道。怎么说呢？

应该说，他们是也喜欢吃鸡，也喜欢抓坏人，我看到的，我看到他们抓到过很多的坏人，他们抓到的坏人总要从我家的门前经过的，我看见过很多，真的。你应该来找他们说说的。"

"我没有鸡我就回去了。"

"我是说，有时候不一定要有鸡，只要有坏人就行了。"

老阿婆说："我哪知道呢？我不知道，我只知道我来到了半路，我碰见了那个人，我就不来了。那个人问我：'阿婆你去哪？'我就告诉他，说我的粮食被人偷光了，我要到镇上报案去。他就问我：'你们家没有米了那你们家还有鸡吗？我说我只说米我不说鸡。'我们家本来就没有鸡。他就给我摇着头，他还给我摆着手，他说那你就别去了，你回家去吧，你别去了。他说：'你知道吗？我都杀了两回鸡了，我丢的两头牛都还抓不回来呢，你家的粮食有我的两头牛大吗？'我就想，我家的粮食怎么可以跟他的两头牛比呢？我没有米，我也没有鸡，我要是把警察叫来了，我给人家吃什么？我在路上歇了歇，歇完了我就回去了……我真的想不通，真的，我想不通他们为什么要吃鸡，啊不不，我想不通他们为什么要偷我的……我真的想不通……真的……你说，他们为什么要偷我的？"

莫高粱也摇着头，他说："我也不知道。"

他说："那你总该想想什么办法呀？你怎么能一点粮食也不吃呢？我看见你的肚子只有小小的一团野菜。"

老阿婆回答说："我有什么办法呢？我没有。我以为我的孙女这两天会回家的。我孙女叫阿梅，她在广东那边打工去了，她说了这两天回家的，可就是怎么也不见人，我不知道为什么。"

"是不是路上出事了？"

"不知道。"

"可能是在路上出事了。"

"出什么事呢？"

"听说现在的长途车上经常出强盗，她是不是被人抢了钱了。"

"抢钱？抢了钱那她人呢？她人可以回来呀？"

"人家要是抢了她的钱，她要是不肯给，她就回不了啦。"

"抢钱当然不能给啦，人家辛辛苦苦的，好不容易才挣了那么一点点，哪能说抢就抢了呢？就像我，你一下要抢走我两把，我怎么会给你呢。"

"我不是抢，我是拿。"

"拿？你那是拿？你要拿你拿一把，我不是给了吗？你哪能又回来拿一把呢？"

"是倒是，可问题就出在这里啦。"

"就比方说，你要是两把都给了我，我还会拉你到这里吗？"

"这倒也是……可道理不是这样呀？"

"道理有时就是这样的，你的阿梅要是也不肯把钱给那些强盗，那些强盗会不会就对她动刀啦？"

"老阿婆吓得猛地就倒吸了一口冷气，眼睛大大地盯着莫高粱。"

"会吗？你说会吗？"

莫高粱想了想，好像吃不准。他说："这种事有时很难说，就像我吧，还有你，我们谁会想到今天会是这样呢？嗐，不说了，阿婆，说来我对不起你啊。"

看见莫高粱唉声叹气的，老阿婆也禁不住"哎"了一声，她说："算了，别说了，人都没了，还说那些干什么，待会你就陪陪我，让我回去看看我阿梅回来了没有，如果不出什么事，可能今天回来了的。"莫高粱说："好的，我陪你去，你到哪我都可以陪着你。"说完就扶着阿婆要走。老阿婆却说："待会吧，我那几把扫把还没有卖掉呢。"

莫高粱没料到那扫把她还记在心上，就说："只剩两把了阿婆，有两把我已经拿回我家里去了。再说了，我们现在已经不在人间了，谁还来买你的扫把呢？"

老阿婆说："这你就不懂了，你都没听人家说过吗，说是人间要过年，阴间也是一样要过年夜的，阴间的年夜比人间晚一点，听说是晚半天吧，现在拿去卖，可能正是街上最热闹的时候呢。说着就走过去，拿起了剩下的那两把扫把。"

莫高粱一步就抢上去，他说："那我帮你拿吧。"伸手就去拿，竟然没有抓到手上。他抓着的是空的，好像他去抓的只是那两把扫把的影子。他看了看自己的手，又看了看老阿婆的手，不由愣住了，心想：她老阿婆不是也跟我一样了吗？她的手，怎么又拿得住那两把扫把呢？

老阿婆看出了莫高粱的心，便说："你当然拿不了啦。你怎么可以拿呢？"

莫高粱说："为什么？"

老阿婆说："你的手脏呗，你自己心里不清楚吗？"

莫高粱不觉一脸的内疚，只好说："那上街吧，我替你吆喝。"

两人就上街去了。

果然不出老阿婆的所料，街上热闹着呢，而且还是不同时代的人全走在了一起，从他们身上的不同穿着，就一眼看出来了。确实是比那上边的人间，热闹多了，也像样多了，好像这里才是真正的人间似的，要不怎么可以容纳这么多的各种不同时代的人，相聚而又欢乐地生活在一起呢？

老阿婆的眼睛在很多人的穿着上看呆了，她看不懂他们怎么都穿成了那些样子。她说："这街上是不是要唱戏了？"莫高粱说："不是的。你们都没有电视看吗？"老阿婆说："有啊，我们山里有很多电视呀，好多人家都有，可我没有去看过。我老了，眼睛不好用，我就没有去看过。"

莫高粱笑了笑，忽然脖子一伸，就吆喝了起来："卖扫把咧！"

"买扫把回家扫家过新年咧！"

"这是山里最新最新的新扫把，用这样的新扫把，打扫堂屋，打扫厨房，来年的日子就会顺顺当当的咧！"

"离了婚的，可以找到新的！"

"丢了粮食的，警察就会帮你找回来……"

"还有牛，牛……"一旁的老阿婆突然提醒道。

莫高粱先是一愣，说："什么牛？"

"就是丢了的牛，被人偷走的。"

莫高粱猛然地"啊"了一声，笑了。

"对，还有丢了的牛……"但他突然又把话掐断了，他迟疑了一下，对老阿婆低声地说，"这么喊是不是像是有点在骗人？"

老阿婆忽就也愣了一下，想了想说："那就别这么喊。"

莫高粱点点头，说："还是别这么喊吧。"老阿婆也点点头。莫高粱就依旧地吆喝起来了："来咧，买扫把咧，就剩这两把了，新扫把咧……"

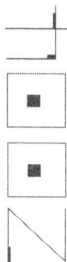

莫高粱的声音很尖很亮，一下就跑来了很多人，老阿婆手里的两把扫把，一下就被两个中年妇女买走了。那两个中年妇女走去没有多远，一个穿得火红的小女孩，火一样朝老阿婆他们飞了过来。

她说："还有吗？我也要买一把。"

莫高粱说："对不起，没有了，你来晚了。"

火红的小女孩便显得一脸的懊丧。

莫高粱回头看了一眼老阿婆，声音低低地说："我要是没拿走那两把就好了。"

老阿婆的脸上慢慢地就露出了一丝微微的笑。

她抿抿嘴，却什么话也没说。

二〇〇年七月二十七日深夜即时，江边仿佛有人在哭泣

原载《人民文学》2004年第9期

点评

大年夜实际上是一个死亡之夜，死亡的不止一人，除了小说主角莫高粱，还有一位卖扫把的老阿婆。两个人的死将一个充满喜庆气氛的大年夜变成了一个鬼气充溢的中元节，那些被砍掉头的公鸡也加入了死亡的队伍，让整个镇街陷入了无边的恐怖之中。

值得玩味的是两个人的死亡方式。莫高粱是因为收钱被光头小贩在无意中杀死，如果说这是因为偶然，不具备太多死亡逻辑的话，那么老阿婆的死则是人为造成的悲剧了。尽管如果没有莫高粱的关押，老阿婆也有可能会饿死，但莫高粱的关押显然是压倒老阿婆的最后一根稻草，是她的生命走向终结的助推手。莫高粱最初只是想贪小便宜，结果在事情失控的状态下将事情导向了另外一种结局。他并非有意如此，他死后四处奔走呼号地求援，希望能救回老阿婆的命，在老阿婆死后他又向她忏悔祈求原谅，这些行为都说明了莫高粱本身不具有主动杀人的恶意，但主观的意愿并不能代替他客观上造成老阿婆死亡的事实。一个卑微的人杀死了另一个卑微的人（事实上莫高粱的死也是这样的），

几个生命卑微的人，在一个喜庆的大年夜为了甚小的利益，失手杀了人。这种悲剧远超过生存本身带来的死亡。鬼子在这篇小说中通过几个人的死亡写出了生活底层人生存的艰难，以及艰难中的互相倾轧，大年夜变成了死亡夜，卑微的人以更卑微的方式死去，这是人世苦难的寓言和缩影。

（崔庆蕾）

我困了，我醒了

/映　川

1

那是怎样一锅稀饭啊，九分火候，水清米糯，汩汩吞吐小泡，一层软软的白皮浮在上头。虚弱无比的肚子再也经不起哪怕是一粒米的诱惑，泄气之时发出空谷回旋的长啸，像在庄重宣告，宣告我醒了。

我确实是被肚子"力拔山兮"的呼啸声撼醒的，首先感觉身子底下压的是硬硬的木板床。木板床提醒我，我不是睡在自己的房里，不是躺在那张软得让人腰痛的席梦思上。我急于知道身处何地，可眼睛睁不开，眼屎好像累积了一千年，严严实实地将眼皮子封住了。我伸手助眼皮一臂之力，睫毛纷纷扯断，两只眼睛挣脱出来，它们立时被光线烫出泪水。其实屋里的光线很暗，门窗紧闭，光线的来源仅是屋顶上的一块透光瓦，正是这一块补丁似的透光瓦让我知道身在何处，我竟然躺在张聚德的床上。我整个人猛地像被谁踢了一脚蹦弹起来，随即又倒下。床板"嘭咚"一声，十分不满。

身体和四肢并不听我的指挥，刚才那猛地一起身，它们懒洋洋，硬邦邦，一点不配合。这情形说明它们疏于管教。我好像躺很久了。我慢慢伸缩手脚，扭动脖子，在脑子里搜索睡前记忆。外面传来"啪啪"的拖鞋响，想是刚才床板的响声招来了注意。门"吱呀"裂开一条缝，一个瘦干、微驼的灰影子斜身挤进门。我暗暗嘘出一口气，不用看清楚来人的脸我就知道这人是谁，我甚至已经闻到他嘴里那股经年不散的烟草味。他走到床边掀开我的蚊帐，脑袋紧凑到我的脸上，认真地检查。张聚德又老了不少，他的眉毛稀稀拉拉，每一根都长而白，很硬气的白，像毛笔头。奇怪的是，他嘴里的烟草味没有了，张聚德变成了一个没有味道的人，这让我有一丝失落。我的眼睛就这么盯着他看，张聚德还不相信我是醒着的，将一只手搭到我的额头上叫道，钉子，钉子？他的手又粗又硬，我别开头去，让他的手落空。我说，我怎么到你家里来了？张聚德的手停在半空中，嘎嘎地咧开嘴笑说，真是醒了，祖宗保佑。

天啊，我从张聚德咧开的大嘴发现他的牙齿做过矫正，过去龇露在外头的两颗门牙乖乖地待在家里了。几年不见，张聚德已经不是我熟悉的张聚德了。

我两手撑着床板挣扎着要坐起来，张聚德说，慢，慢点，你得慢慢来，先活动活动手脚再起身。

张聚德的话让我心生疑惑，看来我不仅仅躺了一天两天。我的手在两腿上狠捏了一把说，我喝醉了还是被车撞了？

张聚德又嘿嘿笑了两声说，你什么事都没有，就是扎扎实实、雷打不动地睡了差不多一个月。他抬起手腕，看了一眼手表说，到今天下午两点三十分，你整整睡了二十七天。老子总是失眠，你小子倒好，一睡几十天……

2

二十七天前的下午两点钟左右我应该是和卢兰在一起的。

我们那天有一件特别重要的事要去办——取车，取一辆我在三个月前订购的帕萨特。我和卢兰叫了一辆的士往代理商那里去。因为是周末，街上的车子像蚂蚁一样爬来爬去。卢兰的脸贴在车窗上，滴溜溜转的眼睛不放过任何一辆迎面过来的车子。她对车子的见识远远超过我。我只认得满街乱跑的桑塔纳。

这辆尼桑得三十多万，不过这牌子的发动机不是很好。瞧瞧，那一家三口弄一辆小奥拓，自得其乐还挺美的。哟，不就是辆破凌志，凭什么超我们的车，显摆呀……卢兰两片小嘴张张合合，牙齿白得晃眼。这不是因为她的牙变白了，而是因为她的皮肤比以前大大地黑了，这么一白一黑的，反差就出来了。她的腮帮子附近还冒出几块浅褐色的汗斑，让人觉得脸没洗干净。卢兰知道自己长得不是很漂亮，但皮肤不错，所以对皮肤是

特别呵护有加，大白天出门除了涂抹各种度数的防晒霜，头顶上一定还有一把伞，每个星期还要到美容院做什么自然美白。能让一个女人把自己保爱的东西弃之不顾，那一定是有了更爱的东西。卢兰现今执着地爱车子。她说她爱车买车不是为了显摆，而是为了提高生活质量。

卢兰是图书馆管理员，摊上这份职业还想着买车得具备些勇气。卢兰没指望我给她掏这笔钱，不过她认为我们迟早是会结婚的，既然迟早要在一起过就应该凑钱买车，可我迟迟不表态，她只能继续攒钱。车子虽然一时半会儿买不回来，但学会开车却是必须的。卢兰花了三千三百元到驾校报了名以后，每个星期总有几天要到老远的郊外去练车。驾校的车子破破烂烂，一没空调，二没防晒玻璃，几天下来她的脸就黑了。鼻尖上脱皮，手上脱皮。因为戴着墨镜练车，两只眼圈反倒是白的，看样子像变了种的熊猫，得白化病那种。每当看到卢兰这张脸，我心里总会软一软，软的时候就差点脱口说，车，我给你买。

钱我有，比卢兰知道的要多得多，但我不想花这笔钱。车子买回来，车主写谁的名呢？写我的，卢兰肯定有看法，甚至不高兴，写她的名字我心里也不乐意，说实在话，我还没拿定主意是不是要娶她。

人总有软弱的时候，有一天我的心软到了极点，还是把那话说出来了。我对卢兰说，车子我给你买。那天我和公司的同事在外面喝酒，喝到半夜，错过了最后一班到知了山庄的巴士。我一个人站在午夜的街头，身子像一截旺旺燃烧的炭，不把它烧尽我是无法入睡的。我摸到卢兰宿舍门口，手指像啄木鸟急切地在门板上叩，快要把门啄出洞来卢兰才穿着一件宽大的睡衣来开门，她的脸蛋子黑红黑红，头发松松蓬蓬地披着。我闻到一股闺房温暖的气息，带肉香味的，心思一动，脚下打滑，做出摇摇欲坠的样子。卢兰慌忙把我架住，扶进屋里。她从热水瓶里倒了热水，温了一条毛巾替我擦脸。毛巾上卢兰的味道随着水汽在我脸上乱窜，我的心思跟它们一样活跃。和卢兰断断续续交往一年多，我们没干别人也以为我们干了的，我们一样也没干。卢兰是一个特别认真的人。我们刚一谈恋爱她就对我说，如果我们之间哪一天有了那种关系我们一定要结婚，哪怕是结了再离。她的观念说白了就是没有婚姻关系有那种事情是不可能的。她的话不一定吓得了别人，但特能吓住我，因为我最怕担责任，觉得为一时之快搭上一辈子太不划算。但我这会儿邪劲已经上来了，口里哇哇乱喊，我头晕，我想吐。卢兰为难了，瞅来瞅去，她九平方的房间也只有床能让我躺着。我又哀哀地叫了两声。卢兰没有时间再犹豫了，把我扶到床上，替我脱了鞋，盖上薄被。

人一躺到床上，我就知道我的目标已经实现了大半。果然往下的事情一切按照我的预想挺进。趁卢兰俯身照顾我，我拽住她的手，撕开她的睡衣，我们之间大概进行了三分钟的无声搏斗，最后她缴械投降。事后，卢兰起身为我冲了一杯热牛奶，我心满意足就着她的手喝，这温馨的情形让我想起了我妈。小时候，外公家的邻居养了一只奶牛，我妈每天一大早上人家家里去买上一口盅，回到家里给我煮得热乎乎的。有时我刚爬起床，热奶子就递到我的口边。那年头没几家人能喝上牛奶，更不用说鲜奶了。我在家族中鹤立鸡群的一百八十公分的大个子多半得益于此。

一杯热奶子下肚，我打了个嗝把空杯子递给卢兰。空气的味道因为我的嗝稍稍有了改变。卢兰皱了皱小眉头，蚊子叫般地哼哼，如果你没醉就好了。那语气里充满了湿漉漉的愁怨，分明怨恨我的所作所为只是一时冲动，没有真情实意。我喜欢这种埋怨，一瞬间胸肌厚了几公分，男性的骄傲和豪迈在这小女子的幽怨中高涨，乘风破浪。我一把将卢兰搂过来说，兰子，赶紧把车学好，车子我给你买。卢兰的脑袋从我怀里挣脱出来说，喝多了净吹牛，你给我买一只车轮子就好了。我把她的头重新摁下去说，宝贝，别小瞧了你男人，我要给你买一辆四只轮子轱辘转的小车，男人给女人买东西天经地义……

我在豪情中呼呼睡去，没有看见卢兰在黑暗中发光的脸庞，也没听到她一夜幸福的呢喃。我不是那种酒后糊涂的人。第二天早上我一睁开眼睛就记起昨晚上说过的话和干过的事，心里悔得隐隐揪痛。卢兰还在熟睡，我轻轻将她的脑袋从我的胸口上移开。窗外的阳光好灿烂，卢兰的头发悄悄变幻颜色，散出栗子的红光，我拨弄柔软的它们。这个女人值不值得我为她买一辆车？

和卢兰好上，绝对不是看她的长相，我头一个女朋友李芳菲比她漂亮多了。我看上卢兰因为她没心眼，基本上心里想的什么嘴上就会说出来，我说什么她信什么。我和李芳菲斗智斗勇三年，着实累坏了，觉得卢兰的品质可贵至极。就拿买车这件事来说，我不出钱，她也没什么意见，

自己省吃俭用地攒钱买。这样的女人不多吧？当然她也是有缺点的，这一缺点经常性地破坏我们的感情。前一阵子我们就闹过一次不快，那是由一部极其低劣的古装武侠电视剧引起的。电视里，一个貌美如花的女人，为情人挡了敌人致命一剑。她的情人是一个无恶不作的大坏蛋。这个傻女人临死前梨花带雨苦口婆心劝说情人归善。

要不是外面下着大雨，我哪也去不了，我才不陪卢兰看这种烂片。卢兰一个劲地抹泪，沾湿鼻涕眼泪的面纸一团团扔进我们面前的废纸篓。纸篓神速地吃饱溢出来了。我心痛那一屉面纸，说行了，行了，别哭了，这都是演戏，值得吗？

卢兰突然圆睁两只红兔子眼一字一字地问我，你会像这个女人那样为爱人去死吗？

我扑哧一笑说，你不觉得这个女人脑子有问题吗？

你认为她是傻子，意思是说你绝对不会做这种事，对吗？卢兰眉毛竖起来，声音尖尖细细扎得我耳朵疼。

我可不愿在这个问题上骗卢兰，不把她打醒我后患无穷。我说，一般情况下我是不会去干这事的。当然了，如果有人为我这么去死，我没准一感动也会为她去死的。

卢兰不依不饶，说你意思是我必须先为你挡那一剑，你才有可能会为我而死，你自私得让人恶心。

天啊，卢兰真把自己当成电视里的主人公了。有时候我真痛恨那些电视剧导演，赚观众的眼泪也就罢了，还培养一批傻子，一个个以为自己是情圣。对付卢兰这样的女孩子千万不能打马虎眼，因为她们会当真的。我庄庄重重地冲卢兰点点头，算是默认她的指责，然后换了频道，从冰箱里找出一盒冰淇淋，一大勺一大勺地舀进嘴里。

卢兰的脸腾地红了，上排牙齿咬住下嘴唇，她站起来拿了自己的外套往门外冲。门"砰"地关上。一分钟不到门又"砰"地开了，卢兰一阵风旋进来，她的主意没有改变得这么快，她指着我说，这房间是我的。

卢兰暗示我该滚蛋了。我看她气得嘴唇发白，实在是认真得有些可爱。我说，可以让我吃完这个冰淇淋吗？卢兰把头别到一边。我心里是好笑和无奈，不得不耗了一盒冰淇淋的工夫把她哄好了。不过，我知道她心里一直对这事有疙瘩。

3

卢兰的话实在是太多了，她对周围车辆的评价甚至有点影响司机。司机依照她的现场直播前前后后地打量车子，心思远离开车。我不得不叫卢兰闭上嘴。我说卢兰，你能不能帮我削一只苹果？

其实我这张嘴巴张合的频率和卢兰差不多，只不过我是在吃东西。我的手上有一大盒巧克力豆，腿上还搁着一只大塑料袋，里面有包子、板栗、花生、核桃、橘子……我上班的时间吃，坐在公交车上吃，躺在床上吃，甚至上厕所的时间我也不忘带上包瓜子去嗑。在厕所里嗑瓜子能勾起我美好的童年记忆。我们小时候一帮伙伴都喜欢带着瓜子到厕所里去嗑，因为听说这样做能够捡到钱。

我在一个多月里疯长了近二十斤肉。卢兰发现异常后想方设法制止我，一开始是从我手里把吃的夺去扔了，她抢去了我再买。卢兰看行不通后就和我抢着吃，是想帮我吃掉一部分，让我少吃些。当她的体重也快速增加几斤后不得不放弃了，而且她实在也忙不过来。现在的情况是我们两人都很忙，她忙着练车，我忙着吃东西。

我的眼睛偷空从手里的巧克力豆转移到窗外，车子已经过了邕江大桥，直往埌东的方向，帕萨特代理公司越来越近，我呵欠连天，嘴巴开始发涩，口里的东西越嚼越慢，眼皮子止不住地往下盖。怎么这么困呢？我虽然是个好睡的人，可从来没有这么犯困。我手在大腿上掐了几把，疼痛也盖不住困，我实在是太想睡上一觉了。卢兰一看到了目的地，没等车子停稳，打开安全带就往外跑，看我没跟上来，回过身来推我。我顺势斜斜软软倒在椅子上。卢兰一开始认为我只是打个盹，看我的模样觉得不对了，我歪倒在椅子上，嘴角边挂着黑乎乎的巧克力汁，手里抓着的巧克力豆滚落到大腿上、座位上，这副无力软瘫的模样可不像一般的打盹。卢兰用力晃我的脖子，捶我的肩，我索性一头栽进她的怀里。卢兰把买车的事吓忘了，抱着我狂喊，那阵势像是我死了，呼天抢地的也没想起送我上医院。还是的士司机老到，在一旁提醒，要不要送医院？卢兰连连点头，舌头打结，快，快，快，上医院。

几位大专家经过三天的会诊讨论之后，得出结论：冬眠症。这是一个留洋博士提出的观点，称这类病人处于一种沉睡状态，可以不吃不喝，依靠自己身体里的能量储备来维持身体正常运转。又称这很有可能是一种返祖现象。例如，有些地方的少数民族用青蛙作为图腾，说明人类与青蛙是有关联的，青蛙就是一种冬眠动物。

卢兰听不懂医生的理论，她关心的是我会睡上多久。主治医生告诉她，他们从来没有遇到过这样的病人，但估计病人能量耗尽了会自己醒过来。卢兰不相信有冬眠的人，傻傻地坐在我床边哭，偶尔伸手摇摇我，用手指划划我的眼皮子，希望我奇迹般地睁开眼睛醒来。医生顾不上卢兰的情绪，将两个治疗方案提出来：一是留我在医院里观察，一是接回家里自行照顾观察。卢兰对医生说，当然是留在医院里观察。医生对卢兰说，治疗方案是要家属签字的，如果你们已经结婚，你可以签字；如果你们只是男女朋友关系，要把病人的亲属找来。卢兰说，他已经没有什么亲人了，就我一个。医生说，如果病人没有亲属，他单位的领导也可以签字。医生显然信不过卢兰的话。这年头一个人要没有几个亲属还说不过去。这问题摆在卢兰的面前她更伤心了，她发现她在这个重大问题上不能做决定，尽管我们俩的关系已经超出一般的友谊。

卢兰不情愿却不得不到我们公司去找我的领导签字。人事处的负责人把我的档案翻出来，告诉卢兰，这事情你应该找张钉的父亲张聚德。我的人事档案亲属关系一栏里清楚地写着："父亲张聚德，大华毛巾厂干部。母亲花红，大华毛巾厂职工。已过世。"白纸黑字卢兰不得不相信，她对我有一个在本市工作的父亲感到非常吃惊，因为我告诉过她，我的父母早已过世。

卢兰找到毛巾厂。大门边的收发室里有一个老头正在用电热杯煮面条。卢兰等他把一只鸡蛋打进面条里，站在门边大声问，大伯，请问你们厂里有一个叫张聚德的吗？

老头手中的筷子在面条里搅了搅，慢吞吞地回过头来看了卢兰一眼，又回过头去搅他的面，一边搅一边问，找他有什么事？卢兰说，他儿子得了急病住院了，我来通知他一声。老头"啪"地把筷子扔到桌子上，电热杯的插头胡乱一拔，跑到门边冲着卢兰招手说，快带我去，哪个医院？什么急病？卢兰还有点发蒙。老头说，你还站着干什么，我就是张聚德，张钉的老子。张聚德在大华毛巾厂干了三十多年，退休后因身体不错自告奋勇给厂里看大门兼收发。卢兰一下无法将眼前这个衣着寒酸的老头和我联系起来，但仔细看那脸和我如同一个模子打出来的，赶快三两步跟了上去。

张聚德跟医生了解我的病情之后，把卢兰找来进行了一次深入的调查询问。张聚德问了如下几个问题，张钉最近有没有碰上什么大事？

卢兰说，大事？没什么大事，快到年终了，他好像要做明年的预算。他们公司里竞争挺激烈的，他的上司同时让几个人一起做预算，听说做得好的有奖励，还有可能升职。

张聚德嗫嗫嘴说，还有其他事吗？

卢兰说，我们订了一辆车子，他睡过去的时候我们就在取车的路上。

张聚德的眼睛亮光一闪说，买车，张钉要买车，多少钱的车子？

卢兰说，十八万多。

张聚德的嘴里发出"哦"的一声，这一声拖着很长的尾巴，稍稍一拉就能牵扯出一大串的东西。张聚德说，我带张钉回家，过一阵子他一定会醒过来的。我担保他没什么事。

卢兰心里想医生都不敢打包票，你凭什么说这话，于是说，张钉还是留在医院里稳妥，有什么情况医生能及时处理。

张聚德说，张钉是在睡觉，只不过睡的时间可能要比别人长。睡觉为什么要在医院睡呢？睡觉应该在家里睡。医院里的护士也不会比我照顾得好，我是他爸。

卢兰还是不同意，她认为我一定是快要死了，却没有一个人知道我的病因。张聚德在这事上根本没打算和卢兰多商量，自个去结账让我出院。张聚德跟收费的抱怨我只在医院住一两天就花费了几千元的检查费，让跟在后面的卢兰逮个正着。卢兰从张聚德的手里抢过报账单说，如果你付不起张钉的住院费，我来出。这句话把张聚德伤到了，张聚德的注意力一下从检查费回到面前昂首挺立的卢兰身上。张聚德说，姑娘，话说到这份上我也不怕家丑外扬了，张钉订的车子，你去查过了吗？卢兰说，没有。张聚德说，还是去看一看吧，查过以后你再过来跟我理论。我的儿子我能不了解吗？我的儿子我能害他吗？我说他是睡觉就是睡觉。我要把他接回家里去，等你们结了婚这摊子事你再来管吧。

4

我从床上爬起来，肚子就一直不客气地叫唤，一点不给我留面子。张聚德把我扶到饭桌旁，给我找碗盛粥。我偷偷打量屋子，这屋子和我离开时几乎没有什么变化，好像只有墙上的挂历是新的。挂历上写着"二〇〇四年二月二十三日"，我已经有九年没有跨进这个门了。

九年前我和张聚德打了一场官司，父子关系从此破裂。官司是由八亩菜地引发的。我母亲在我二十岁那年得了癌症，她在临死前把属于她的八亩菜地转到我的名下。这八亩地是外公留给母亲的，外公是城市的边缘人——菜农，长期在城市的边缘种菜卖菜。母亲原来跟外公一块种地，后来招工进了毛巾厂。母亲亲口告诉我，她不怕得罪张聚德把菜地留给我的原因有二：一、她死后张聚德迟早是要再结婚的，肥水不流外人田；二、菜地留给我，她的孙子会有新鲜的果菜吃，更不怕没有饭吃。

那时候八亩菜地还没有看出价值，后来，随着城市向周边扩张，八亩地成了宝。我还是一个在校的大学生时，张聚德擅自做主把地卖了，尽管张聚德说他这么做是因为我太年轻，和生意人打交道容易吃亏，我还是运用法律的武器夺得自主权。在法庭上，法官宣布最后判决的时候，张聚德的脸转向我，我看到了一张破败的脸，那种脸色和母亲弥留之际的脸色一模一样。当天，我拿了八亩地的地契，仓皇离开家，再也没有回来。

张聚德的稀饭端上来了。我问，有谁来过吗？我问的是卢兰。她早该知道我没订车子的事，不知道是伤心还是失望。无论是哪一种情绪，我都别指望她原谅我了。我这么一睡，倒是一了百了。

果然，张聚德没有提起卢兰的名字。他说，年前几天你们单位有人来过，送了水果还有你的年终奖。张聚德进了里屋，手上拿着一只信封出来。他将信封递到我手上。

我掂了掂信封，重量没有想象的那样，我睡的不是时候，在年关的坎上，公司肯定会在年终奖上克扣斤两。信封口子是封住的，我"唰"地撕开，一叠新崭崭的人民币露出头来。我刚想点一点，突然想到张聚德就站在旁边看着，就胡乱把信封一折塞进裤兜里。

喝了两碗白稀饭，倒空几十天的胃像一只大米桶投进两把米，越发感觉空空落落。我还要再添。张聚德上前来把我手中的碗摁住说，打住了，肚子空了这么长时间，要慢慢适应。就好比一个人一辈子没吃过肉，你突然让他一顿消灭一盆扣肉，他的肚子肯定吃不消；像我，一辈子没见过几张票子，你要用钱来砸我，我准会疯⋯⋯

我"啪"地把碗搁下了，我不爱听这种唠叨，张聚德话中提到的一个"钱"字，特别刺激我的耳朵，这不是暗示我要给他钱吗？他迟早会往这上面扯的，我早该料到了。这间屋子我没法多待。在五斗橱上头找了一支圆珠笔和一张纸，给张聚德写欠条：张聚德照顾我二十七天，按一天三十元的酬劳支付，我共欠张聚德八百一十元，将于三十日内付清，特立此据。

我兜里有钱，本可以立即兑现，可我想让它们在我身上多待一会，同时照顾张聚德的面子，直接把钱递给他，让他太难堪了。

三十元一天张聚德该偷偷乐了，我不吃不喝也不拉，太容易照看了。这比他守毛巾厂的大门，每天一大堆芝麻蒜皮的事就几百块钱强多了。我把欠条递给张聚德。张聚德接过来看了，嘴角立即露出我最讨厌看到的似笑非笑的怪模样，他说，老子照顾儿子天经地义，不用收钱。张聚德的话中有话，他是在借机讽刺我，讽刺我从来没有照看过他，不孝顺。我不接招，说我走了，公司里有一大堆事情等着呢。

举步跨出门槛，我脚上碰到一个东西，那东西骨碌碌地滚到屋角，我眼角瞥见是只木陀螺，暗红色的木陀螺。我俯身拾起来，正是那只陀螺，我小时候唯一的一件玩具，柄子上刻着我的小名——钉子。张聚德的声音从后面传过来说，我前些天从橱柜里翻出来的，等你有了孩子还可以派上用场。我现在老了，没有这手艺了。这只陀螺是张聚德帮我做的，用的是上好的铁木。年青时他常到越南边境上去销售厂里的货，一次他从当地带回来一块木头，沉得像铁。大概花了一个月时间他用这块木头把陀螺刻出来了。为了让陀螺转得久、稳，据张聚德自己说，他多次潜进文工团去看舞蹈演员跳舞，开启灵感。张聚德设计出来的陀螺确实和别人设计的有些不同，陀螺头与柄的接洽处多了两根细小的支撑，转起来像一个人的两

只手搭长腿上。不知是不是这两根东西起作用，我的陀螺只要轻轻一打绳就转个不停，成为方圆百里有名的陀螺王，也使我在学校里赢得了在学习上赢不到的威信。

我把陀螺摞地上，头也不回地往前走，走到路边打了一辆的士。车来车往的，喇叭声，飞扬的尘土，人流，人流中的美女，这才是我的生活，我怎么会在床上躺了二十几天呢？浪费，浪费生命。

5

当天我就回公司上班了，一进办公室的门我吃惊地看到在我的风水宝座上坐着一个漂亮的女孩，这女孩剪了一头短发，脸蛋子耳垂子清晰明丽不加遮掩充分地显露着。我的桌子正靠着窗户，光线充足，空气新鲜，这个位置是部门主管原来的位置，他提拔后位置就空出来了。别人都说这是个风水宝地，坐上去的人准能往上提。

尽管女孩长得漂亮我还是不爽，她坐在我的位置上，难道顶了我的缺？我走过去站在桌边，一声不吭，用沉默抗议。她抬起头看我笑了笑，继续手中的活，在电脑的键盘上敲敲打打。她的笑容有一种说不出的妖异，我想想因为她的嘴角边有一粒小黑痣的缘故。我理了理思路，决定先发制人了。我以主人的身份说，你有什么事吗？她终于停下手中的活说，你好，张钉，你身体复原了吗？我叫王双双，你的新同事，我想暂时用你的电脑做账，可怎么也进不了内部系统。我心里有些暗喜，这个叫王双双的竟然一眼认出了我。我故作惊讶地说，你认得我？她指了指电脑屏幕说，我每天打开电脑首先就看到你的照片，早看熟了。原来如此，我有点失望，我希望她是通过其他渠道而不是我设成主页的照片认识我，尽管那是一张我自认为最潇洒的照片。

王双双说，张钉，中午能给我一个机会吗？我请你吃饭。我说，为什么要请我吃饭？王双双说，我刚来，什么都不懂，以后你要多多关照，饭不是白吃的哦。

我们吃的是六元钱一份的两荤两素的快餐，我和王双双挤在人群中大着嗓门点菜，我耐性比平时都好。两人挤了一身汗，各自端着摇摇晃晃的盘子挤出人群找了位子坐下。王双双把她盘子里的鸡肉和牛肉全扒到我的盘子里说，给你，我不吃肉。然后又从我的盘子里把苦瓜和豆腐扒到她的盘子里说，我爱吃素的。这一来一往的，在别人的眼里我们怎么看都是一对。我发现不少男士的眼睛往王双双的身上窘，心里更有些得意。好像人家是看得到摸不着，而我是艳福旺旺，看得见又摸得着。

王双双是一个可爱的女孩。请我吃过一次午饭后，后来每个中午我们几乎都会在一起用餐，方式是轮流请客。

杨吉对我的意见越来越大。这小子一直暗自在和我竞争，我们都知道主管的位置空着，反正不是我就是他要坐到这个位置上。这样两人之间的较量就不可避免了。这次，我睡了这么久，杨吉是最高兴的了，他巴不得我不要醒过来，睡死了去最好。去年年终上面交了一个任务，让我们各人拿出一份今年的预算方案，说是美国总公司的副总裁要来参加评估，这是一个绝佳的露脸机会。在昏睡前，我为这个计划绞尽脑汁，也没想出什么绝招，每天看着杨吉腋下夹着一只文件夹，步履匆匆，却胸有成竹，面带微笑的模样，我的额头、鼻尖大粒大粒的青春痘像被谁挖中了老巢，一个个跑出来。好在后来睡过去了，杨吉赢了也是没有对手的胜利，胜之不武。杨吉的下场比这还坏，本来以为他可以凭这次计划露脸了，没想总公司来的人一下就否掉了他的方案，弄得我们上头灰头土脸的，也没给他好脸色。

杨吉比我大两岁，但人家离过两次婚。我没事就琢磨他离婚的原因，十有八九是太精打细算，老婆受不了才离婚的。自从部门来了个新鲜亮丽的小妞王双双，杨吉这个没老婆收拾的人，本来一件衬衣要穿一两个星期的，现在日日更新，身上时时刻刻洋溢着三种味道：沐浴液，洗发水，香水。杨吉叫王双双的名字，叫得和所有人都不一样，他叫"双儿"。他还借了一套DVD给王双双看，说是金庸的什么原著改编的，里面有一个千娇百媚、温柔体贴的丫头就叫双儿。我看出来，杨吉是发情了。他恨王双双老跟我混到一块。他越难受我越显摆给他看，有事没事我总在办公室里"双双、双双"地乱叫。

其实，王双双不是个简单的丫头，对人她有自己的一套。昨天早上她给杨吉带了只茶叶蛋，中午我们吃完午饭，她顺手又给杨吉带了只鸡腿。我说，双双，杨吉离过婚你知道吗？王双双说，知道，一个大男人缺了女人日子不好过。我说，双双，像你这样刚出校门的女生动不动就发同情

心，会吃亏的。王双双皱了皱眉头说，你是不是和杨吉有什么过节呀？我说，都是为了你好，你倒认为我和他不对了。其实他人不错，就是脾气急些，听说他一急就打老婆。王双双的眼睛瞪圆了说，杨吉他还会打人？太可怕了，我最看不起打女人的男人，这种男人没本事。我叹了一口气说，也不怪杨吉，可能他老婆也有做得不好的地方。王双双说，不好就能打吗？谁不是父母养大的？王双双扬起拳头说，谁敢这么对我，我一定和他拼到底。我说，我是绝对不会打女人的，要打，就是女人打我。王双双被我的话逗得咯咯地笑，她一笑，妖异的味道又漫开了。

过了几日王双双提出和我换座位，我问她为什么要换。她说，你的位置风景好，我喜欢看风景。我说，这是个风水宝座，可不能随便和人换的，你要拿什么东西来换呢？王双双说，你看我有什么值钱的东西，有你就拿去。王双双歪头笑看着我，脸蛋凑过来，我眼睛不由自主地聚焦在她嘴唇的那颗痣上。这个狡猾的小妖精，我邀她到我家看碟，她答应了无数次，可临时总有事。今天早上我又看到她往杨吉的抽屉里塞了两盒伊利牛奶和一只苹果。我是那么好糊弄的人吗？我说，除了用你本人，什么都不能换。我凑到王双双的耳边说，我家里有好茶，晚上到我家一起品品茶怎么样？王双双笑着说，先换好了，我们再一起品茶。我说今晚喝茶，明天换座位。王双双的笑容逐渐淡了，她发现我不是在开玩笑，我说的是实打实的交换，她的眉头皱起来说，小气鬼，不换就不换。

我嘴上没有接王双双的话茬，可是我心里把话接上了，不可沾名学霸王，不可沾名学霸王。

6

李芳菲来找我借钱。她不是一个人来的，手里抱了个两岁大的孩子。

三年前我和李芳菲分了手，分手是李芳菲提出来的，她最后对我说的一句话是，我从来没有见过你这么自私无耻的男人。

李芳菲比三年前瘦了很多，以前没发现她的颧骨有这么高，现在河水干枯了，石头就露出来了。一句古老的咒语跳出我的脑子，高颧骨，苦命人。李芳菲不应该是苦命的人，尽管世人都说红颜薄命，但时代不同了，这时代受苦永远轮不到有一张漂亮脸蛋的女人。

我几句问候的词还没吐出来，李芳菲先表明了来意，张钉，你可不可以借我五万元？这阵势一下让我语塞。我和李芳菲好了几年，她从来没有这样赤裸裸地向我要过钱。她从我这要钱就好比一个人到银行去取钱，先要摆脱别人的跟踪，所以绕到邮局，进了菜市，再到医院，最后才到达银行取钱。她的耐性特别好。

过去，她如果看中商店里的一套衣服，她会拉着我去逛那家商店，将那套衣服试给我看。李芳菲的身材，试什么都差不到哪儿去。她在得到观者一致的赞赏之后，把衣服除下，交回店员的手里说，太贵了，太花钱了。然而，她的眼睛还会流连在衣服上，那眼神会流露出千般的不舍。在这种情形下，是男人的都会说，穿得这么好怎么不要呢？李芳菲如果是对付一般的男人根本用不着这么费神，她要对付的人是我。碰到这种情况，我会对店员说，可以打五折吗？店员吃惊地瞪圆眼睛，我们的衣服是名牌，从来不打折，即使能打折，也不会打到五折。我会耐心地跟店员讲价钱，讲到他们的耐性一点点地消失，傲气一点点地上涨，最终我总能逮到他们的漏洞。我理由充分拍着柜台骂，你们看不起人是不是？你们觉得我们买不起是不是？你们想用激将法是不是？这衣服我们还真不要了。

李芳菲是唯一知道我有多少钱的女人。当年追她的人太多，我年轻气盛一时情急把财产暴露了。当时我好像是故意将存折遗落在沙发上，让她拾到。我不知道李芳菲是爱上我的人还是我的钱，反正她后来是跟了我。她在我面前尽量扮演不爱钱的角色，她想方设法让我花钱花得没有脾气，花得心甘情愿，花得莫名其妙。那次李芳菲的单位组织欧洲十日游，一人要交一万八。李芳菲说她是学美术的，如果能到法国巴黎转一圈，死也值了。她还说，我已经交了八千元，剩下的我想跟林月借，不过她也要去，不知道还有没有钱借给我。林月是李芳菲的同事，死对头，我认识，平时两人就争个你死我活的。李芳菲没少在我面前哭诉林月如何压着她、踩着她，她是死也不可能向这姑奶奶借钱的，她又在利用我的同情心。在我看来，参加旅游团最没意思，出去十天半月看的东西看过就没了，不能揣在兜里带回来，说有多虚就有多虚。我问了李芳菲一个问题，我说，你觉得在这世上和谁在一起最幸福呢？李芳菲说，当然是你了。我说，我的答案和你一样。你们的旅游团我又不能参加，我不能陪着你，跟林月那样的人

你能玩到一块吗？你离开十天我可受不了。我说得情真意切，字字感人。李芳菲的欧洲之行最终不了了之。

李芳菲在我跟前屡战屡败，屡败屡战。我其实很佩服她的好耐性。我这么对她也是没有办法，我不能让祖宗的基业在我手中败落，八亩菜地啊，我不能创业总还能守业吧。

李芳菲最后和我分手是因为她的单位集资建房。我在李芳菲的宿舍里混吃混住有一段时间了，明摆着是个无房户，现在她的单位集资建房我没有理由拒绝。但我有房子，我在本市著名的知了山庄拥有一套小别墅。知了山庄起在我母亲留下的八亩菜地之上。房地产开发商当时除了付我钱，还用房子来抵了其中一部分欠款。我从来没告诉李芳菲我拥有这么一套房产。我已经有房子了，当然不想再要一套，何况还是李芳菲单位分的房。她们单位特黑，首期就要交十万。

但我实在找不出不让李芳菲集资的理由。我对李芳菲说我有个远房亲戚出国了，让我去看房子。我手忙脚乱地搬出李芳菲的宿舍，龟缩进我的知了山庄。李芳菲每天通过电话向我汇报情况，填表了，讨论设计方案了，定图了，下地基了……每天她跟我说这些事，我都觉得我们之间没隔着电话线，李芳菲小姐好像拿了一支枪面对面指着我。交首付前一天，李芳菲跟我说好，第二天请假一块去取钱交钱。我好像没说好，也没说不好，当时躺在床上晕乎乎的，一睡睡了过去，一睡睡了三天，手机响没听见，电话铃响也没听见。

醒来后听说李芳菲满世界找我找不到，跟一个过去一直对她有点意思的人借了钱，后来她嫁给了这个人。

三年时间就像睡一觉的工夫，一觉醒来，李芳菲站在我的面前说，张钉，你可不可以借我五万元？李芳菲不让我歇气，接着又说，张钉，我知道你有钱，这五万元拿得出。借钱我不是为了我自己，我是为了这孩子。

我心里咯噔一下，仔细看那孩子。大鼻子阔嘴巴，该不是我的种吧？孩子抱在母亲的手上，却没有一分钟是安分的，他拉扯他妈的头发，咬他妈的手，踢他妈的肚子，嘴里还发出奇怪的喊声。

李芳菲说，孩子有病，先天性耳道发育不良。说白了，他没有听力。我带他到北京做过一次手术，人工植入耳道。那次手术把家里的积蓄花光了，还欠了别人不少钱。但是手术没有成功，我打算带孩子重新去做第二次。我是走投无路了，我不知道找什么人，只有来找你了。你一定要帮帮我。李芳菲的话说得很快，眼波闪动着惊慌和无助。

看来这孩子和我没有关系，不然依着李芳菲的性格，她早就抖出来了。

孩子的口水哗哗地流到衣服上，他挥挥手厉声尖叫像是向我示威。李芳菲把孩子搂紧了说，孩子的心烦，比我们大人的心还烦，因为他听不见别人说话的声音，也听不到自己说的声音。他知道不对劲，又不知道哪不对劲，所以他烦。

我试着叫了两声，小宝宝，小宝宝。孩子没有看我，依旧是在他妈妈的怀里踢蹬。我说，他能说话吗？李芳菲说，他听不清，自然也不能说清楚。李芳菲摇了摇孩子的小手说，叫叔叔。孩子叫，哇——啊——哇——

那声音很吓人。我宁可李芳菲又是在蒙我，也不愿意这孩子是个残疾人。我打了一个呵欠，眼泪哗哗地流下来，我说真困。

李芳菲叹了一口气说，张钉，我一直弄不清楚，你是真困还是假困？和我在一起的时候你也老这样，你就这么缺觉吗？

我的手把另外一个呵欠捂住说，你怎么能这么想我呢？我当然是真困了，犯困有什么错？

李芳菲留下联系方式抱着孩子走了，我告诉她，我的钱全投到项目里去了，等凑齐了再通知她。

7

明天是我的生日，在上班的路上我就想着找个人和我一道吃吃喝喝庆祝庆祝，可思来想去，就是找不出一个合适的人来。

进了办公室，王双双迎面袅袅娜娜地走来。今天王双双穿得特别漂亮，蓝色的格子套裙，金丝围巾把脸衬得粉粉光光，这身打扮像是为我的生日准备的。我眉毛跳了跳，想干脆厚个脸皮邀这个美女明天一块过生日算了。前几日没跟她换座位，她对我冷淡下来，中午邀请一道用餐的人变成了杨吉。不过，她还是会给我带点小吃回来，像当初对杨吉一样。我吃着她的东西，心里没有一点感激的意思。像王双双这样的姑娘，对付我们

男人说得难听就是处处留情，让每个人都觉着自己有机会，其实到头来什么也捞不着。杨吉这傻子一头栽进去，这几日脸色清清寡寡，分明是被鬼迷了。

我的嘴还没张，王双双先冲我嫣然一笑，红唇凑到我的耳边，轻轻地吐出带微风的几个字：晚上有空吗？我想到你家看碟。说完王双双的脸好像腾地红一层。

凭空掉下来一个大馅饼，以前邀她邀不动，今天怎么会突然主动出击？难道王双双经过比较，发现了我身上不可多得的优秀品质？在目前的情况下我想不出还有第二条理由。我有点不自信地对王双双说，八点，怎么样？王双双优雅地点点头。

还差一个小时才下班，我开溜了。我先到花店买了一束红玫瑰，又到超市买了一大堆吃的，最后绕到药店买了一盒避孕套，我想到关键时候没准王双双提出要用这个，拿不出来就糟了。剩下的时间我主要用在收拾知了山庄我那套房子上，几个月没收拾过，着实花了一番功夫，我连床单被单都换了新的。最后我找出几张影碟搁在茶几上，我想这不过是做做样子而已，我敢打包票，我和王双双什么都有可能干，就是不会看碟。

八点钟，我准时把王双双接进知了山庄。一路上她对这一带的景致赞不绝口，她艳羡的表情更让我打定主意不告诉她实情。还没进入我的房子，我先给她说，房子是我一个朋友的，这哥们到处有房子，住不完，我住着算是帮他看房子。

进了房子，我将插在花瓶里的玫瑰花递到王双双的手上，王双双好像有点心不在焉，她说了一句谢谢，把花搁到一边，目光开始在四周转悠。我说我带你参观参观。我们楼上楼下，阳台厨房卧室转了一遍，王双双一点也没注意到我全新的卧具。她的情绪好像陡然跌落了，她淡淡地说，你的朋友真有钱，你的朋友对你很大方。我说我这个人没有什么长处，就是交了几个好朋友。

王双双叹了一口气说，我就没有这样的朋友。我说，难道我不是吗？王双双看了我一眼说，你当然是。她走到沙发边坐下了说，张钉，有什么喝的？我说，想喝什么，饮料还是酒？我这什么都有。王双双犹豫了几秒钟说，给我来一杯酒吧。我倒了两杯威士忌，王双双一杯我一杯。酒杯拿到手上，我们两人反倒没了话，在寂静而黏稠的空气里王双双一口口地喝，我也一口口地喝，我们并排坐着谁也不看谁。每一口下肚，随着一股股热力的腾空，我觉得我离某个事件越来越近了，我的眼睛禁不住地往卧室门瞟了瞟。

王双双的杯子终于空了，她把杯子搁到玻璃茶几上，玻璃碰玻璃碰出清脆的声音，它替我们打破了寂静。我的喉咙已经完全黏稠了，拼命地咽着口水。王双双不知死活地冲我笑笑，把身边的手提包提到茶几上打开，掏出一只长方形的盒子。王双双说，张钉，给你看一件宝物。我面红耳赤地往王双双的身上靠说，什么宝物？盒子打开后，又剥开几层绸布，一只黑不溜秋的砚台露出来。王双双说，这是我家祖传的砚台，七八年前就有人出过十几万的价钱，我们没卖，现在要卖至少值二十几万。

王双双举着砚台指指点点说了一大堆古董鉴赏家才能说出来的行话，主要的结论是：这是一方名贵的砚台。我虽说对古董这些玩意不在行，但这砚台我一看就知道不是什么特别的货色，在专营的摊上一两千就可以买上一只。王双双在这种时候拿出这么一件东西，实在是让我急火攻心。我说我对古董的玩意狗屁不通，双双，你跟我说这些简直是对牛弹琴。王双双说，我只相信你，我想把砚台放在你这里保管。

我不知道王双双要让我干什么，但她先前说了什么十几万二十几万的数目，我想不会有什么好事。我打了一个呵欠，用手拍了拍嘴巴说，酒量太差了，一杯酒眼皮就打不开了。王双双看我这副模样有点惊慌，她说，我们一会还要看碟，你怎么就困了？我说，不困不困，我能挺得住。王双双说，张钉，实话对你说，最近我急用钱，我想把砚台押在你这里，你借我点钱，我会很快把砚台赎回去的，它是我爸的命根子。

不知道是酒的热力作怪还是王双双心虚，几道汗从她的额头挂下来，她一脸的艳妆说残就残了。仔细看看，王双双长得其实也不怎么样，让她生动起来的是唇上那粒痣，不过现在也被残粉给遮了一半。我说，你要多少？王双双说，十万。

这个数字从那张两片红唇里吐出来我就开始讨厌它们了。我说，双双，你这不是开玩笑吗？我这辈子还没见过这么多钱呢。

王双双说，你别骗我了，我听别人说你家底很厚实，我怀疑这所房子根本就是你的。

王双双的话让我毛骨悚然，我身上的热量一点点地从腋下溜掉。我说，双双，我手上实在是拿不出钱。我每个月的工资除了要养老父亲，还用来买股票买保险和投资。我是会计出身，每分钱的用途我都算得好好

的，哪里会有剩余？双双，我也实话跟你说，我现在虽然没有钱，但将来我一定会有，根据我现在的投资情况，我不出十年就要大发，我可以提供你一些信息……

我滔滔不绝地给王双双讲家庭理财经，王双双的眼睛直愣愣地盯着我，盯得我都有点不好意思说下去了，但我还是不得不说。王双双红通通的脸靠过来，靠得很近，我都感觉到她身上散发出来的热气了。她说，张钉，难道你一点也不喜欢我吗？

我的屁股往外挪了挪。我说，双双，今天晚上我只能说我不喜欢你，如果我说我喜欢你我就是个乘人之危的小人。

王双双突然一头扑进我的怀里，我跳起来，像被一只刺猬扎到了。我说，双双，你喝多了，我送你回去。我顺手把茶几上的几张碟塞到王双双手中说，这几张碟你拿回去看吧。

王双双脸上的光泽彻底暗淡了，她把我塞给她的碟子扔到地上，拿起手提包，打开我的房门说，你不用送了。门砰地关上。我扭头一看砚台还在茶几上待着，这东西根本就是个手榴弹，我赶紧把它裹好冲下楼去追王双双。王双双刚下到楼底，听到我的脚步声，猛地一回头，两只眼睛挂着两道希望，当看清我手上拿的东西，那两道希望立马化作两道火焰。她从我的手里夺过砚台，头一甩，屁股一扭转身走了。

王双双的裙子又窄又短，鞋跟又高又细，这个美丽的背影离我越来越远，实在让我难忘。

8

去年我的生日是和卢兰一起过的，我们在一家四川菜馆吃麻辣菜，那些菜辣得我们鬼叫鬼叫的。今年的生日还得过，一个人也要过。

下了班我直接到最繁华的地方找饭馆。在几家饭馆门口溜达着没敢进去。那些门口站的小姐又高又靓，嘴一张就是，先生几位？我不能跟她们说就一位吧。里面吃得热火朝天的一桌桌人，如果看见我孤零零一人进去，肯定会有想法，他们不会认为我是单纯为了吃一餐饭去的，而想我是个孤家寡人的可怜虫，借酒浇愁来了。我不想被人看成可怜虫。

还不如到去年那家川菜馆，那家川菜馆在一条偏僻的街上。有了这个念头，我心口好像被一根小指头点开了窍，突发灵感。我想，卢兰不是喜欢电视剧吗？不是喜欢巧遇和重逢的故事吗？如果她今晚去那家川菜馆，坐在去年我们坐的位置上等我，我马上向她求婚。

的士很快把我送到那家饭馆。饭馆里的人不多，我隔着窗玻璃就能看见去年我们坐的那张桌子。桌上铺着蓝白格子的桌布，正中放着一只花瓶，花瓶里有一朵半蔫的粉色的康乃馨。面对面的两个位置空空的。卢兰没来。

我还是进去了，在最远离这张台的地方找了位置，点两个菜，上一瓶酒。估计酒不是正货，半瓶下去，我的心口忽上忽下在嗓子眼晃悠。我赶紧结账出门，外边风一吹，胃部的进攻更迅猛了。我往一旁停车场靠去，选中一部高大威猛的丰田越野车，弯腰躲在它闪光的车轮后边吐。秽物像一条火枪，所到之处腾腾烧起来。有车灯徐徐从远处打过来，越来越近，我赶紧站起来，一辆的士杀到，停到丰田车边上。我头晃了晃，身子管不住地向车子扑去。司机一个急刹车，里面坐的人尖叫一声。借着昏黄的车灯，我抬眼看到那尖叫的声音出自卢兰。我傻呆呆地看着她。我曾看过一篇报道，说在澳大利亚的草原公路上，夜里行驶的车子经常会撞上袋鼠或鹿，因为这些动物看到灯光，只会傻愣愣地站着，一动不动。我像一只袋鼠。我嘴里叫出卢兰的名字，那声音只有我一个人听得见，因为它被惊天动地的呕吐声淹没了。

卢兰侧头对司机说了句什么，司机摇摇头。卢兰付钱下车，的士调头开走了。

卢兰走到我的身边，递了一包口纸到我手上说，喝这么多干吗？人家的士都不敢载你。

如果说卢兰是凑巧经过此地我绝对不相信。我抽出一张口纸把我的嘴上上下下擦了一遍。我把手中肮脏的口纸扔掉。口纸还在空中飞扬，我已经把卢兰紧紧抱住了。我说，卢兰，车子我一定给你买。

卢兰拼命地把我推开，她的力气很大，一下把我推到地上。她说，张钉，今天我要跟你说清楚，我离开你并不是因为你没有给我买车，而是——因为你是一个逃避责任、没有责任感的男人。你爸爸跟我说了，你

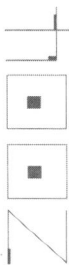

从小到大一有难事就一睡了之。你前辈子到底是什么变的，真是一只青蛙吗？

我在卢兰的骂声中睡着了，第二天早上醒来发现我躺在公司的接待室里，我蒙蒙眬眬想起好像是卢兰把我送到这里来的。我上班的时候一直在想卢兰，我把她的好处放大一百倍来想，想得头都快炸了。我决定给她打一个电话。卢兰接到我的电话会是什么反应呢？第一种可能性是立时把电话挂断；第二种可能性是用一种隔着十万八千里的口气说，您找我有什么事吗？这两种预想的情况我并没有应对的方法，我想车到山前必有路，船到桥头自然直。电话拨过去，从线路接通的第一声响起，我的手掌就往外沁汗，手里的话筒又热又滑，像一只刚出锅的红薯。接电话的人不是卢兰，一个沙哑的女声说卢兰在发传真，过一会儿再打过来。我松了一口气，像完成一项艰巨的任务，再也没有勇气来一遍。

卢兰在干什么呢？尽管我知道少了一个人地球照样转，但我想少了我，卢兰的那颗地球会转得和以前不一样。我提前半个小时溜到卢兰工作的市图书馆对面，潜伏在一间书报亭里。五点半钟陆续有人流涌出来，卢兰应该是最后一个走出来的人，她是图书馆管理员，要留在后面锁门。

我终于等到卢兰。她低头走出来谁也不看，往左拐进一家快餐店买了几只小笼包和一包豆浆。她一路走一路啃包子喝豆浆，当最后一个包子放进嘴里，她迅速地抹了一把嘴，手顺势滑到裤腿上蹭了蹭。这些动作粗鲁得让我心痛。穿过两条巷子，卢兰走进一家印刷厂的大门。大门口有门卫守着，我没跟进去，在外面候着。

我在印刷厂外边的马路上走了十几个来回，吃了路边小摊上的四盘炒田螺，时间磨到十一点多，卢兰还没有出来。我脑子里就有一个坏念头浮上来：卢兰有了野汉子，那野汉子是印刷厂的。带着这个令我悲愤的念头我在马路上又转了一圈，一圈转回来，我又觉得卢兰不是这样的人，尽管我不仁，她应该不会不义。

还是弄个水落石出的好。我昂首阔步迈进印刷厂的大门。门卫伸手拦住我说，干什么？刚才我在马路上转来转去，这门卫早注意我了。我打量了他两眼，小伙子目光威严，腰腿笔直，估计是刚退伍的兵哥哥。我说，六点钟左右进去那位姑娘到你们这来干什么？小伙子警惕地盯住我，你认识她吗？我说，认识，认识。小伙子说，你认识她她为什么没有告诉你？工厂重地，请你马上离开。对付这种刺头不能硬碰硬。我挂出苦相说，兄弟，我不怕丢脸，实话跟你说了，我追这姑娘追了几个月了，可人家对我不冷不热的，每天晚上都说在你们这有事，我也不知道是真是假。如果她真有事我看来还有戏；如果她骗我，我死了这条心得了。

面对我这样一个弱者，小伙子的敌对心比潮水退得还快，说那姑娘是来帮我们厂搞校对的，她没有骗你。我说，不对呀，她有工作，她是市图书馆管理员。小伙子说，没听说过第二职业吗？我们这里上的是夜班，校对给的是双份，我要是有文化水平够格也弄校对去，站门口又累又没钞票……

9

李芳菲留下的电话号码就放在我的台上，我每天都会看到那一串阿拉伯数字，每看它们一眼我就打一个呵欠。

我跟李芳菲的同事林月联系过，得到确切的消息，李芳菲确实没有骗我，她的情况比我知道的还要糟，儿子是残疾人不说，老公也和她离婚了。林月悲天悯人地在电话那头对我说，李芳菲三天两头地跟单位请假，到处找医生，在家里陪她的儿子说话，以前单位里讨厌她的人很多，觉得她太招摇，太逞能，现在，没有一个不同情她的。她这辈子就搭在这儿子身上了，也是个苦命的人。

连林月都同情李芳菲了，全世界还能找出不同情她的人吗？只不过五万元的数目对于我来说是一个难关，这么大一笔钱要离开我，我没办法不心慌、不心乱。一定要有一个人来和我分担这个重担，这样我会感觉好一点。卢兰，卢兰是最好的人选。这事情应该让卢兰来决定，如果她没意见，这钱我就借出去了。借出去后如果钱回不来，卢兰要和我一道分担损失，这个损失主要是指心理上的损失。

我再次拨打卢兰的电话，这次拨电话我手不出汗，心也不跳，我镇定得很。因为这个电话不是为我打的，是为李芳菲打的。电话是卢兰接的，我理直气壮地说，卢兰，请你赶快到高院门口的小草坪上等我，有一个孩子的命运捏在你的手上，你的决定将会影响他一辈子。在卢兰没有完反应过来之前，我把电话挂断了。

卢兰被吓着了，一刻没敢耽误就直奔我约定的地点——高级人民法院大门口。约这个地点很有讲究，我为什么不约在餐厅咖啡厅，不约在公园

电影院，这些地方都不是谈正经事的地方。高级人民法院在我们公司的大楼对面，门口有带枪的警卫守着。大门延伸出来有一小块的地界，种满了树，摆了几张石凳。我经常路过就想谁会在带枪的警卫监视下在这留步呢！今天我选在这个地方，说明我们要进行的谈话有多么严肃，坚决不带儿女私情。

隔着老远，我已经看见卢兰规规矩矩地坐在石凳上，两手夹在腿中间，低着头。我三两步走过去，一屁股坐到卢兰的身边。卢兰猛地抬起头，看到是我，脸蛋在我的注视下一点一点地熟透了。我说，卢兰，这件事必须由你来决定。我以前的女朋友李芳菲生了个聋儿子，她要向我借五万元钱去替儿子做手术，你说这钱该不该借？

卢兰紧张绞在一起的手松开了，她有些吃惊，你找我来是为了这件事？我说，对，就这件事。卢兰说，这事怎么来问我呢？好像和我没有什么关系，你的钱你决定就好了。

你明明知道我的钱就是你的钱，我不问你问谁？

卢兰的方向是沉默的，一直沉默着。

我试探地伸出手去，碰了碰卢兰的手臂，她没动。我的手臂一下把她的身子整个扳过来说，以后什么事都由你做主，你不让我睡觉我就不睡。

卢兰惊慌地要摆脱我的手，说有带枪的人看着我们呢。

我说，他那是在替我们把风。

卢兰扑哧笑了。

我说，快，等着你做决定呢。

卢兰说，如果由我做主，我认为这钱应该借给李芳菲。

我心里喜忧参半。喜的是卢兰同意领受当家做主人的权利就等于原谅了我，我省去很多过程，一切都回来了，失去的阵地一一收复。忧的是那五万元钱的事，卢兰怎么就同意了呢？我说，卢兰，有些情况我必须向你说清楚，李芳菲是我的初恋女友，我和她好了三年，时间比你长一倍。

卢兰说，就凭你和人家好过这一段钱就应该借给她，我不吃醋。

我说，李芳菲现在停职在家，又离了婚，这钱估计她还不起。

卢兰说，反正我们又不等这五万块钱用，借给她就当存在银行了呗。

我说，她那孩子已经动过一次手术，这次手术也不一定能成功，这钱可能会打水漂，说不定往后还要管我们借钱。

卢兰说，只要有一点希望就不要放弃……

看来谁也不能说服卢兰借钱给李芳菲的决心了，事情走到这步我还能干什么呢？我说，卢兰，我们走吧。

卢兰说，到哪？

我说，睡觉去。

卢兰的脸又飞红了。

我说，我是真困，你不要想歪了。

我困得走在马路上脚步都打晃。卢兰一路扶着我说，没事吧？

我说，没事，没事，就缺一觉。

睡了多久我不知道。我醒过来时，迷离之间，看到桌上五扎钱。从哪里来的五万块？我一下从被窝里坐起来，眼睛在屋子里搜寻我的皮包，难道卢兰不打一声招呼就从我的卡上把钱取出来了？

卢兰就坐在床边，直到跟她的目光对上，我才意识到她就坐在我的身边。为了掩饰我对五扎钱的过分关注，我说，我的睡衣呢，替我找找睡衣。

卢兰从我的腋窝下把睡衣抽出来递给我说，你再不醒我又要送你上医院了，你已经整整睡了一天。

我把睡衣套上说，是吗？现在是什么时候了？

卢兰说，现在又是晚上了。

我说，既然是晚上就接着睡吧。

卢兰说，你不能再睡了。人家李芳菲急着钱用，你给人家送过去吧。看你睡得香，我先把自己的钱取出来了。

我说，你的钱？你哪来这么多钱？

卢兰说，这半年我在一家出版社兼了一份工，再加上以前攒的，就这么多了，本来打算用来付车子首期的。

我抱起卢兰亲了一口说，兰子，你太善良了，我太爱你了。

温存了一会儿，在卢兰的催促下我给李芳菲把钱送了过去。我对李芳菲说，这钱是我女朋友的，她本来想买车的，现在先急着你这边，借条你

就写给她吧。我怕李芳菲不打借条，丑话先说了。我看到李芳菲好像冷笑了一下。她说，替我谢谢你女朋友，这样的女人还让你找着了。

五万元钱借出去了，开始一两天我就盘算什么时候取五万出来给卢兰补上。卢兰方面没有什么动静，没提钱也没提车，她不积极我更懒了，反正借条是写给她的，那钱我贪不了。

10

事情的发生根本没有任何预兆。那几天王双双的电脑老死机，一死机她就想将手上的活儿甩给我。我没那么傻，让她用我的电脑自己做账。杨吉在这种关键的时候倒是不露脸了，说是他爸病了，三天两头地请假。

谁知道这对狗男女在酝酿一桩大事呢。

天大的事情在一夜之间发生了。我们公司的账上被人转走两千多万，王双双和杨吉双双失踪。

往下的半年时间一直是调查取证，有几笔款项是以我的名义转出去的，尽管最后判定是王双双和杨吉以我的名字登录网站，偷了密码，但我作为公司里的主要会计师无法脱离干系，按渎职罪被判刑一年，缓期一年执行。

我的前途彻底毁了，谁也不会再雇我，我没有工作，没有薪水，那八亩菜地将要被我一点点地啃掉。早知道有今天，我何苦花钱费时间在学校里苦读那么多年；早知道有今天，我何苦在公司里苦干那么多年。一切说完就完了。我想不通啊。想不通就拼命地吃，我天天鸡鸭鱼肉，糖果饼干。看到我这么吃卢兰眼里有了恐惧，她说要带我上医院，我说我没有病。卢兰说，前次你突然昏睡之前也是这样大吃大喝了，你一定要上医院检查检查。

我咆哮起来，你这是给我心理暗示，我根本没有想睡觉，我一点也不想睡觉，我现在根本不能睡，我还有很多事情没有想明白……尽管吼骂卢兰，但我的心虚了，我说卢兰你赶快去买十斤茶叶，回来给我熬汁喝。

大把大把的茶叶放到锅里，加了水，像熬骨头汤那样熬，熬出来的汁黄绿黄绿的，黏稠黏稠的。我手里总是拿着一只茶杯，盛满苦涩的浓茶，我要想问题，我不能睡。我想不明白这事情怎么会变成这样。我的事业一下子全毁了，毁在一个女人的手上。我相信杨吉不会有这样的胆识，这些主意全来自王双双，那个嘴角边有一粒痣的女人。从她拿那个假砚台来骗我的时候我就该长点心眼了。

有一天，我跑到火车站站前售票亭，跟着长长的人流排队，那时候我脑子里只有一个念头：把这对狗男女找到，让他们被绳之以法，我还可以领到公安局奖金，在一定程度上弥补我的损失。等我排到窗子跟前我却不知道要往哪里去，售票员说，要哪的票？我说随便。售票员扔出一张往新疆去的软卧票。这个售票员把我当傻子占我的便宜，给我选了一条和我们这距离最远的路线。我说，我不去新疆，我要到你老家去，操你奶奶。售票员愤怒的脸一下逼到小拱玻璃窗边，说你怎么骂人？你是不是有病？她出不来，我也进不去。我得意地又骂了一句，操到你老家去。

更多的时候，我像一条被圈养的猪，躺在床上昏昏沉沉地睡。那天我迷迷糊糊爬起来上卫生间，墙上挂的镜子里照出一个人，那个人把我吓了一跳。为了证实那个人是我，我向前走了一步，那人也向前走了一步。镜子里的人迟迟疑疑摸了摸像猪头一样浮肿的脸，嘴里挤出一句话，操你妈的王双双。

咚咚，房门被人敲打着。卢兰有钥匙，只要不是卢兰谁我也不想见。门外的人不屈不挠地敲打着门板。我怒气冲天从卫生间冲出去把门拉开，张聚德和两只箱子站在我的面前。

张聚德说，钉子，帮我把这两口箱子扛进去。张聚德弯腰扛起其中一只箱子说，这些东西都是你小时候用的玩的东西，放在你这里，留给我孙子。

我抱起另外一只箱子说，孙子，你的孙子在哪？

张聚德说，你结了婚不就马上有孩子了吗？

我说，陀螺呢，我那只陀螺王在吗？

张聚德说，当然给你收在里面了，那是传家宝啊。

两口箱子收进了壁柜。张聚德拍拍手上的灰尘说，我前几天登记结婚了，没通知你是因为你后妈说一大把年纪的人了办事要低调。

张聚德终于还是结婚了，我母亲花红果然料事如神，她的预言在十年之后兑现了。我说，改天我和卢兰去看看你们。

张聚德说，不用，我明天就和你后妈回她老家去，她退休了算是告老

还乡。张聚德从兜里掏出一个本子说，我把那套老房子过到你的名下了，而且已经替你找好了租户，是个长期租户，给钱也大方。你即使没有工作，这钱也够日常开销了。

我把房产证接过来，觉得这事不太可能，张聚德就两手空空地走了？我又把房产证递还张聚德说我不能要，前次我欠你那一千多块钱还没给你呢。

张聚德说，你不要难道让我带走？我可是记得你妈的话，肥水不流外人田。

我悲从中来，突然像一个小孩子，捂着嘴哭得很凄凉。在我妈死后我就没有这样哭过。我说，爸，你不是因为我才给人家当上门女婿的吧？

张聚德说，这么老的上门女婿人家愿意要我们也不吃亏，对吧，儿子。

11

张聚德的房子变成了我的房子后，我带卢兰去看了一回。

租户是外地来做生意的，看样子是要长住，重新刷了墙，铺了木地板。见我和卢兰在院外边转，租户招呼说，进来坐坐吧。我进去没坐，手里拿着他们泡的茶，里外看了一遍。租户跟在我后面，笑着说，这个月的房租我已经打进你的账户，收到了吗？我点点头。他们以为我是来催租的，我实实在在是为了看房而来。

这套房有二十多年的历史了，是张聚德转干的第六年分到手的。张聚德跟我妈是在厂里堆放原料的油毡棚结的婚。他们的新婚之夜弥漫着油毡的胶臭味，花红捂着鼻子不愿和张聚德亲热，张聚德当下跟花红发誓，没有房子我张聚德决不要孩子。

我是独生子，是搬进新房的第二年出生的。当时还没有严格地实行计划生育政策，张聚德也想多要几个孩子，可花红生不出来。我一抱着张聚德的腿让他陪我玩陀螺，张聚德口里就埋怨，你妈怎么不多生几个陪你玩？

花红恨听这话，顶了回去，我们住油毡棚的时候，干劲多大？！那时要生我一年能生一个。就是你死要面子，说等有了房子再生。新房子我是住上了，你不行了，我也老了，还能生得出来了吗？

张聚德和花红的吵闹声似乎隐藏在这房的砖墙里，我一进屋就挤出来让我听到。

看房回来的路上我问卢兰，看我住过二十年的房子有什么感想？

卢兰说，我觉得你好幸福。

我说，真的？

卢兰说，为什么要骗你呢？

我说，那你向我求婚吧，让我这个幸福的人把一半幸福分给你。

卢兰哈哈大笑，笑得腰都闪了，她一手扶着腰，一手指着我的鼻尖还在笑。我静静地看着她，等她完成这次笑。卢兰的笑终于停了，她掏出一张面纸把眼角溢出的泪水擦掉说，你不向我求婚是不是怕我以后拿这个来说事，你占不了上风。

我说，兰子，时代不一样了，女人应该掌握主动权。

卢兰点点头，表情变得肃穆庄重，她拉起我的手说，张钉，你娶了我吧，我对你是认真的。

我说，现在就要给你答复吗？

卢兰说，不要让我等得太久。

我说，好吧，我现在就可以回答你，我——愿——意。

卢兰的求婚结束了。我们谁也没有笑，我们相互看着对方的眼睛，看来看去，鼻尖近了，身子近了，手握紧了。

我到财产公证处把我的所有动产与不动产进行公证，不动产主要是知了山庄那套别墅。公证处的办事员是个老男人，一边翻我的资料一边问，要结婚了吧？我说，没有，怎么，办公证还要问这个？老男人斜了我一眼说，随便问问。

这家伙分明是在讽刺我。我反击道，办一项公证，就两张纸片，你们收费四百，逮到我们这些人你们真是不吃白不吃啊。

老男人也不生气，说，我们不吃，你还求着我们吃呢。他把一张表格扔到我的面前说，填好了给我。

人活在世上有些气是不得不忍受的。手续办完后我把卢兰带到知了山庄，向她宣布，你将是这幢房子的主妇。卢兰站在房子的中央，忧郁地说，钉子，这房子要花很大一笔钱的。我说，反正是跟银行按揭，现在不住难道等我们老了才住吗？

卢兰还是高兴不起来，在房子里转了几圈又圈到我的面前说，钉子，

我们的车子先别买了。

我说，为什么？

卢兰说，我不想让你的压力太大。

我拍了拍卢兰的头说，压力是给男人扛的。你什么事情都不用管，张罗你的嫁妆吧！

12

傍晚时分，布置新房的人一一离去，卢兰随她父母离开的时候，故意走到我旁边，在我手臂上捏了一把，低头晃了一句，明早见。

剩下我一个人站在门边，我把门关上，把自己关在屋内。明天是我人生的一个重大日子，我二十九岁，要娶二十六岁的卢兰为妻。

房子上上下下里里外外全布置好了。门上、床头、镜面、椅子……到处贴了红喜字，连床上都摆了红喜字，好像这床晚上不睡人了。

我心里躁躁的，总觉得有些事在等着，又想不起是什么。这时间离上床睡觉太早了，我从桌上拿了一盒给客人预备的香烟，点燃一支，走到窗边，打开窗，让烟味透出去。窗外的树叶哗哗地摇动，一股热浪涌进来，原来是要下雨了。我认为这就是我心躁的原因，干脆拿起整盒烟掩上门到楼下去吸。

楼下有一块小草坪，除了种草还种花，花是那种会发出浓烈香气的千里香。我不喜欢这种香味，它和烟草一起混入我的肺部，让我有一种酒后的恶心感。雨零零星星滴了两滴做预告，一滴在我的额头，一滴在我的手背。我把手上的烟掐灭，伸伸腰，吞吐几口新鲜空气，又往楼上走。

房门一推就开了，我一边往里走一边将外套脱下。外套脱了一半，两只衣袖还没有完全从两只手臂上滑下来，卡在手肘附近，它们突然不再往下滑了。有一只手从后面把我的外套翻上来反套到我的头上，我的手立时像被反绑住了，眼睛什么也看不见。

虽然我知道身后这只手不是卢兰的，但我还是忍不住颤颤地唤了一声，卢兰？一件沉重的东西敲打在我的头上，作了回答。

我很快醒过来了，醒来的时候那人还在绑我的脚，他用的是插排的花线，那插排不时拖拉在地上，"啪啪"地响。我吞了一口唾沫，发现嘴里没有塞上东西，他根本不怕我叫唤。这里一幢别墅离另一幢有几十米远，叫了别人也听不见。我现在知道为什么有些大款宁愿在市区买几套连在一起的房子将它们打通也不愿买别墅了，大隐隐于市。我竟然被人绑架了，这么一想我一口气差点上不来，快晕过去了。为了不让牙齿打战，我使劲咬住它们。我的头可能动了动，那人马上发现我醒了，呵斥了一句，别动，动就捅死你。这人的声音不是我熟悉的，但他显然故意变了嗓音，音质夸张的粗硬。

我在牙缝里挤出话，你要干什么？我明天结婚，什么东西都齐，你要什么就要什么吧。

那人加快了手上捆绑的速度，最后一下使了狠劲，花线勒进我的肉里。我哟地叫起来。那人踢了我一脚，说，钱放在什么地方？我说，在鞋柜的最下排的第三个鞋盒里。

过了一会儿那人回来了说，怎么只有三万多？

我说我就这些现金，还是明天用来打点岳母的。现在谁也不会在家里放很多现金的。

那人说，拿不出钱你就得死，张钉，我知道你有钱。

对方一下子将我的名字说了出来，他说得太顺畅了，以至于他本人也没发现。这暴露了他的身份，杨吉，这人是杨吉。他每次叫我的名字，吐出钉字时总流出一种把我钉在地上的感觉。他不是和王双双卷款逃跑了吗？怎么又回来了？他们害得我还不够吗？我的恨意将胆怯暂时击退。我说，杨吉，是你。

杨吉的方向沉默了半分钟，他把蒙在我头上的衣服一把扯开说，你还真是个聪明人，竟然能猜到是我，难怪王双双骗不到你。

杨吉的脸白了，胖了，腮帮上的胡子青碴碴的。我说，你不是跟王双双逃了吗？怎么又找上我？

杨吉呸了一口说，那个妖精已经逃到泰国，把所有的钱都卷跑了。

我说，那你可以去自首，提供线索，公安把王双双抓起来，我们的恨都解了。

杨吉说，自首？这么大一笔钱我要自首还不得把牢底坐穿了？出来我已经成了废物，还不如搏一把。

我说，杨吉，冰箱的冷冻层有一个塑料盒，里面有一张存单，卧室窗帘的最上头也缝了一张存单，我就这么些钱，你都拿去吧。

杨吉一脚踢到我的下巴上说，你以为我是傻子吗？存单的钱我能取得出来吗？别以为你比我聪明，别以为我们以前是同事我就可以放过你，现在你在我的手里，我要现金。他妈的，我也要到泰国，人家要六万块过路费。

我被杨吉踢得差点痛晕过去，以前我说杨吉的坏话全遭报应了。我跟王双双说他打老婆，现在看来他真有暴力倾向。我说，我家里确实没有现金了，一分也没有了。

杨吉沉默了一阵，转来转去，嘴里唠叨着，还差三万，还差三万。

电话铃突然响了，我憋住气，杨吉也一动不动。六声过后，铃声终于停了。我兜里的手机接着又响了起来。我说，这电话可能是我女朋友的。

杨吉想了想把手机从我兜里翻出来，递到我的嘴边说，你叫她过来，带三万元钱过来。杨吉把一件冰凉的东西搁到我的颈边轻轻拉了一下，那感觉就像手指被稻草的叶子拉了一下，有一点轻微的辣痛，然后我感到颈窝处湿了。杨吉说，别玩花样，我不管你用什么方法，就要让她把三万块钱送过来，送不来，你就去死。我对着手机"喂"了一声。卢兰的声音压得低低地说，还没睡吗？我说，睡不着。卢兰说，你平时那么滥睡，今天怎么睡不着了？

我说，你不在我睡不着。

卢兰说，再忍一晚上吧。

我说，不，你马上过来，快过来。随便拿三万元钱过来。

卢兰有些吃惊说，要钱干什么？

我说，我忘了给你爸妈准备彩头了，为了让他们高兴，你最好拿点钱过来。

卢兰说，我爸妈都在外屋睡着，再说了明天一大早花车就过来接人了，我怎么能过去？

杨吉不耐烦了，手中的刀子又搁到我的脖子上。我也不耐烦了，恨恨地说，卢兰，对我好就表现在今晚上，快点带三万块钱过来。

卢兰沉默了，我心里喊起来，千万别挂断电话！谢天谢地，她没有。她说，我一会儿就过去。

等待卢兰的时间很漫长，这段时间我把我的二十九年回忆了一遍，我试图说服自己，我的人生不是碌碌无为的，我的二十九年胜过别人的八十年，即使发生意外我也是今生无憾了。我没办法说服自己，我不想死。

卢兰的钥匙串在门锁里转，我听到了，眼泪溢出我的眼眶，我第一次承认我是一个自私无耻的男人，我把自己的女人骗来了。杨吉也听到响声，他迎她去了。我听到"砰"的一声和一声短促的惊叫。事情出了偏差，因为外面下着雨，卢兰打着伞，她进门的时候是伞先进来的，杨吉手中的棍子只打中卢兰的手臂。卢兰本能地往门外跑，嘴里喊，张钉，张钉。杨吉眼见卢兰就要逃出门去，低低吼了一句，如果你走我就杀了张钉。这句话把卢兰钉在原地。

杨吉看这话起了作用继续说，明天你不愿做一个寡妇吧。

我叫起来，兰子，兰子，我在这里，你不要走。

卢兰说，你到底是谁要干什么？

杨吉说，我不想对你们怎么样，你只要把手上的三万元钱给我，我马上就走。

卢兰说，你先把张钉放了，钱我马上就给。卢兰说着又往门边退了退。

杨吉骂了一句"他妈的"，把我从地板上提起来。他手中的刀就架在我的脖子上。我想卢兰应该看得见这刀的光芒。

那一瞬间发生的事是谁也无法预料得到，卢兰一看到杨吉将刀架在我脖子上就发了疯地冲过来，她的头撞向杨吉的胸口，她把全身的力气都用上了，杨吉被撞跌倒在地。卢兰拉起我的手往外跑，可我脚上还绑着绳索，我"扑通"一声绊跌在地。杨吉爬起来，样子很怕人，他的手中握着刀子追过来。卢兰拼命把我拽起来，我刚站稳杨吉已经近在咫尺。卢兰迅速和我调了一个位置，将我挡在她身后。杨吉手中握的刀子一下插进卢兰的身体，一点声音也没有。杨吉僵住了，他没想到他的刀子这么快、这么准确地插到人的身体里去了。

杨吉一步一步地挪到门边，他摊开手说，张钉，我不是故意的，我没有想要杀她。他凄惨地叫了一声捂着脸冲出门去。

卢兰为我挨了刀子，她真的可以为我挨刀子。她倒在地上，很重的一

声。我的脚刚迈开，也绊倒了。我躺在她身边，看到刀子插在她左肋下边，露出一截金色的刀柄。我抱起她的头说，痛吗？

卢兰干咳了几声说，你觉得我傻吗？你说过这是傻女人干的事。

我说，傻，你比谁都傻。

卢兰的上衣被洇出来的暗红色的血浸透了。我的眼睛开始迷离，眼皮子往下盖，我说，兰子，别怕，我送你上医院。

我要解开脚上的绳索，可腿硬了，手硬了，解了很久绳子才离开我的脚。卢兰的脸色越来越灰暗，我想她要死了。我的呼吸越来越弱，我知道我马上要睡着了。我说，兰子，我好困，我抱不动你了。

卢兰说，钉子，不要睡，为了我，你不能睡。

我吃力地点点头，把卢兰抱到我的腿上，慢慢起身，我又摔倒了。卢兰的血好像快要流干了。我说，兰子，对不起，我走不动，我想睡觉，我没办法把你送到医院，路太远了，太难了。

卢兰突然抬起身子，嘴一口咬住我的手，咬得很重。她从牙缝里挤出话来，张钉你不能睡，我不能死，我明天是你的新娘。卢兰的嘴紧紧吸在我的手上，像一只水蛭。我血管里静止的血液找到了突破的口子，它们上上下下欢腾地流窜。

我的手开始暖起来，脚板开始热起来，肌肉开始松软。我直起身，我的腿很轻，步子迈得很大。我抱着我心爱的女人冲向夜色里。

原载《人民文学》2004年第6期

点评

小说以青年张钉为中心，围绕其颇具游戏性的恋爱生活展开叙述。作为一个"拆二代"，张钉有丰厚的物质基础，因此，在与一众女性谈恋爱的过程中，他的心态颇有些游戏人生的味道。第一任女友李芳菲因与他在购买集资房的问题上存在分歧而分手，第二任女友卢兰也因为与他在购车问题上存在分歧而差点劳燕分飞。小说中出现的另一个女性人物王双双虽然心怀不轨，但也长时期成为张钉的梦中情人。张钉与几个人的感情纠葛都曾因为钱而使爱情之舟触礁或搁浅，在钱与爱的问题上，他始终是个守财奴、吝啬鬼。而每次面对钱与爱的尖锐对立，他总是以"睡"为挡箭牌，对于这一点，他的父亲张聚德看得一清二楚。

小说中张钉从困到醒的转变，具有觉醒的象征意味。当他被杨吉绑架，危在旦夕之际，卢兰的奋不顾身不仅震撼了他，也让他的思想发生了根本性的转变，他不再回避问题，不再吝啬自己的钱财和私利，他战胜了长期困扰他的"瞌睡虫"，抱起卢兰奔向医院的他一个获得新生的生命，爱与付出重新回到了这个新生命的体内来。他醒了，从一场自私自利的梦中醒来。

（崔庆蕾）